गांधी के सपनों का भारत

गांधी के सपनों का भारत

महेश प्रसाद सिंह

ज्ञान गंगा, दिल्ली

प्रकाशक : ज्ञान गंगा, 2/42, अंसारी रोड, दरियागंज, नई दिल्ली-110002
सर्वाधिकार : सुरक्षित / संस्करण : 2025 / मूल्य : चार सौ पचास रुपए
मुद्रक : नरुला प्रिंटर्स, दिल्ली ISBN 978-93-47509-40-7

GANDHI KE SAPANON KA BHARAT
by Shri Mahesh Prasad Singh ₹ 450.00
Published by **GYAN GANGA**
2/42, Ansari Road, Daryaganj, New Delhi-110002

प्रेरणास्रोत
पूजनीया माँ एवं
प्रिय पत्नी
अनुभा को
जिनकी उम्मीदों के बहुत पीछे हूँ
और जिन्होंने इस युग के महान्
मनीषी गांधी के विचारों की प्रासंगिकता
का आज के परिप्रेक्ष्य में विशेष रूप से अध्ययन हेतु मुझे
कुछ करने के लिए अकसर उत्प्रेरित
किया।

आभार-ज्ञापन

प्रस्तुत पुस्तक 'गांधी के सपनों का भारत' के आज के परिप्रेक्ष्य में विशेष अध्ययन के संबंध में दुर्लभ सामग्रियों की जानकारी के लिए यह कृति एक आसान हल है। इस कृति में किसी गांधीवादी अंधभक्त का अतार्किक पूजा भाव नहीं है और न ही किसी गांधी विरोधी की आक्रोशपूर्ण अनर्गल आलोचना है। यह शोध प्रबंध तटस्थ बौधिकता पर आधारित निरपेक्ष विवेचन का दावा भी प्रस्तुत नहीं करता। यदि कोई दावा यह कृति प्रस्तुत कर सकती है तो यही कि यह एक मननशील छात्र के कठिन परिश्रम की उपलब्धि है। जाहिर है कि स्वाभाविक रूप से मैं उन सबके प्रति अपना आभार व्यक्त करना चाहूँगा, जिन्होंने इस कृति को पूरा कराने में किसी-न-किसी रूप में मेरी मदद की है।

सबसे पहले में अपने विद्वान निदेशक डॉ. बच्चू सिन्हा का आभार प्रकट करता हूँ, जिनके चरणों में बैठकर मैंने अपना शोध कार्य संपन्न किया है। बिना उनकी प्रेरणा और बहुमूल्य सुझावों के मैं इस कार्य को निभा ही नहीं पाता। तत्पश्चात् मैं पटना विश्वविद्यालय के राजनीति विज्ञान विभाग के शिक्षकों—डॉ. लाल नारायण शर्मा, प्रो. विश्वनाथ सिंह, डॉ. आर.के. लाल, प्रो. एम.एन. झा, प्रो. एच.एन. अग्रवाल, डॉ. (श्रीमती) कौशल्या श्रीवास्तव, प्रो. वहीदा मुर्तुजा, श्री हरिशंकर प्रसाद सिन्हा, प्रो. जी.पी. ओझा के प्रति आभार व्यक्त करता हूँ, जिनके यदा-कदा मगर ठोस सुझावों ने मेरी हर कदम पर सहायता की है। मैं पटना विश्वविद्यालय के ही अवकाश प्राप्त प्रो. डॉ. वी.पी. वर्मा का बेहद अहसानमंद हूँ, जिन्होंने कई मुश्किल सामग्रियाँ उपलब्ध कराईं।

मैं अपने अंतरंग मित्रों—प्रो. ज्योतिशंकर सिंह, प्रो. डी.एन. सिंह, डॉ. सतीश कुमार चंचल, सतीश सिंह, प्रो. रंजीत कुमार, दिनेश सिंह, सुभाष, प्रो. रमाकांत शर्मा, प्रो. अवधेश सिंह, प्रो. सिद्धेश्वर, रविशंकर सिंह, पाठकजी, संजीव कुमार, ज्ञानदेव 'समीर', प्रो. समीर सिंह, प्रो. इंद्रजीत सिह, प्रो. रविनंदन सिंह, कामेश्वर भाई आदि को

कैसे भूलूँ, जिन्होंने अपने-अपने विचारों से तथा अनेक मुश्किल अध्ययन सामग्रियों को एकत्र करने में मेरी मदद की। उनके इन प्रयासों के लिए मैं उन सबकी मैत्री भावना की सराहना करता हूँ।

पटना विश्वविद्यालय के पुस्तकालयाध्यक्ष श्री जगदीश महतो, श्री राजेश्वर प्रसाद तथा अनुग्रह नारायण सिंह, समाज अध्ययन संस्थान पटना के श्री प्रभास प्रसाद सिंह तथा निहाल अशरफ, गांधी संग्रहालय पटना के ''राय'' जी का भी इस कृति को पूरा करवाने में उल्लेखनीय योगदान रहा है। पटना विश्वविद्यालय के उन तमाम शिक्षकों तथा छात्र-छात्राओं के प्रति मैं आभार व्यक्त करता हूँ, जिन्होंने गांधी की प्रासंगिकता पर पूछे गए प्रश्नों का उत्साह के साथ उत्तर दिए एवं तनमयता दिखाई। देश-विदेश के उन तमाम शिक्षा-शास्त्रिओं का भी मैं अत्यंत आभारी हूँ, जिन्होंने गांधी के प्रति अपने-अपने दृष्टिकोण से मुझे अवगत कराया।

अंत में मैं अपनी प्रिय पत्नी अनुभा के प्रति कृतज्ञता प्रकट करता हूँ, जिसके प्यार ने इस कार्य के बोझिलपन का एहसास ही नहीं होने दिया।

—महेश प्रसाद सिंह

"गांधी महराज के धनि औ दीन शिष्य अनेक, पर एक ऐसी बात है जिसमें सभी हैं एक हम पेट के हित दीन-पीड़न में नहीं अभ्यस्त, झुकते न धनियों से कभी होते न भय से त्रस्त।"

—रवींद्रनाथ टैगोर

"हमें सत्य और अहिंसा को केवल व्यक्तिगत व्यवहार के लिए ही नहीं, वरन् संघों, समुदायों और राष्ट्रों के व्यवहार का सिद्धांत बनाना है।"

—मो.क. गांधी

"अस्पृश्यता ईश्वर और मानवता के प्रति अपराध है।"

—मो.क. गांधी

"अर्थ रचना ऐसी होनी चाहिए कि किसी को भी अन्न और वस्त्र के अभाव की पीड़ा न सहनी पड़े।"

—मो.क. गांधी

भूमिका

विश्व में अनेक महापुरुष हुए जिन्होंने संसार के हर क्षेत्र के लोगों को अपने-अपने विचारों से सर्वाधिक प्रभावित किया है तथा उनकी शिक्षाओं की अमिट छाप अब भी शिक्षित जनमानस पर है। परंतु उनमें से कुछ ने अपने सिद्धांतों, आदर्शों और राजनीतिक गतिविधियों से मुझे सर्वाधिक प्रभावित किया है और यह प्रभाव जब मैं आधुनिक विश्व के वर्तमान परिप्रेक्ष्य में देखता हूँ तो महात्मा गांधी मुझे सर्वाधिक प्रभावी व्यक्तित्व लगते हैं। हम भारतीय इस महान् हस्ती, जिसने अपने विचारों से विश्व मानवता को एक नई दिशा एवं नई रोशनी प्रदान की, पूरी तरह कृतज्ञ हैं। आज भी उनके आदर्शों, शिक्षाओं एवं प्रयोगों की प्रासंगिकता पूरी तरह कायम है। यों तो महात्मा गांधी पर अनेक शोध देश-विदेश के शिक्षाशास्त्रियों के द्वारा किए गए एवं किए जा रहे हैं, परंतु राजनीति विज्ञान जैसे गतिशील विज्ञान का छात्र होने के नाते और आज देश-विदेश में व्याप्त हिंसा, आतंकवाद, तनाव, अनुशासनहीनता, शोषण, उत्पीड़न, अशांति, अराजकता, सांप्रदायिकता, क्षेत्रीयतावादी एवं साम्राज्यवादी प्रवृत्तियों में वृद्धि, विज्ञान का विनाशकारी रूप, राष्ट्रों में परस्पर संघर्ष, अहं भाव, स्वास्थ्य की समस्या, नेताओं में गुणों का ह्रास, एक-दूसरे पर बढ़ रही निर्भरता की प्रवृत्ति आदि को देखकर मैं भी गांधीजी के राजनीतिक, सामाजिक एवं आर्थिक विचारों, मूल्यों एवं आदर्शों से अपने को अलग नहीं रख सकता और इस महान् मनीषी पर आज के संदर्भ में कुछ जानना और लिखना आवश्यक समझता हूँ।

वास्तव में उपर्युक्त परिस्थितियों ने आज विश्व को असमंजस के ऐसे कगार पर पहुँचा दिया है, जहाँ अद्यावधि प्रचलित सभी सामाजिक व्यवस्थाएँ, राजतंत्र, कुलीनतंत्र, प्रजातंत्र, साम्यवाद, समाजवाद आदि अन्य समस्याओं का समाधान ढूँढ़ने में विफल हो रही हैं। यदि हम मानव हित में सच्चाई के साथ स्थायी शांति स्थापित करना चाहते हैं तो गांधी द्वारा बताए गए रास्तों को अपनाना ही होगा। आज के संदर्भ में जब मैं सोचता

हूँ तो महसूस होता है कि राष्ट्रीय ही नहीं अपितु अंतरराष्ट्रीय क्षेत्र में भी गांधी का सत्य, अहिंसा, साध्य और साधनों का उपयोग तथा मानव में चारित्रिक गुणों का विकास आदि की सशक्त जरूरत है। दक्षिण अफ्रीका की रंगभेद नीति, मध्य अमेरिका की उथल-पुथल, नि:शस्त्रीकरण वार्त्ता की असफलताएँ तथा महाशक्तियों की आपसी वैमनस्यता की नीति, यूरोप के परमाणु विरोधी आंदोलन, ईरान-इराक युद्ध, लेबनान के गृह युद्ध, संयुक्त राष्ट्र संघ में परस्पर वाक् युद्ध, विश्व राजनीति का अपराधीकरण एवं राजनीति में बढ़ती हुई हिंसा की प्रवृत्ति, एटनवरो की फिल्म 'गांधी' विश्व के देशों की बिगड़ती आर्थिक स्थिति, व्यापारिक असंतुलन, संरक्षणवाद आदि ने सारी दुनिया को एक बार फिर महात्मा गांधी की शिक्षाओं को ओर ध्यान आकर्षित किया है।

राष्ट्रीय संदर्भ में तो आज गांधी की शिक्षाओं तथा प्रयोगों की जरूरत काफी बढ़ गई है। खेद की बात यह है कि जिस देश के इस महान् मनीषी ने विश्व को अनेक उच्च विचार दिए, विश्व मानवता को संकटों से मुक्ति का मार्ग बताया उसी के इस महान् भारत में स्वाभिमान, राष्ट्रीयता, ईमानदारी, कर्तव्यनिष्ठा, सहनशीलता आदि गुणों का ह्रास हो रहा है और देश के चारों तरफ समस्याओं के काले बादल छाने लगे हैं। जिस गांधी ने सांप्रदायिक एकता के लिए कई बार आमरण अनशन किया तथा अपनी जान तक दे दी उसी गांधी के देश भारत में पंजाब, अलीगढ़, मुरादाबाद, हैदराबाद, भिवंडी, जमशेदपुर, बिहार शरीफ, मेरठ आदि भी हैं जहाँ के कब्रगाहों में वेबात दीवाली मनती है, शमशान में आँसुओं के भींगे गीत उभरते हैं, चूड़ियाँ फटती हैं, सुहाग उजड़ते हैं और खून की होली खेली जाती है। ऐसी स्थिति में गांधी की याद ताजा हो जाती है। देश को जिन विघटनकारी तत्त्वों से बचाने के लिए गांधी ने अपने प्राण गँवाए उसी में आगे की कड़ी में स्व. इंदिरा गांधी तथा संत लोगोंवाल भी जुड़ गए हैं। स्वर्ण मंदिर में 'ऑपरेशन ब्लू स्टार' के बाद जिन परिस्थितियों में इंदिरा गांधी को अपनी जान देनी पड़ी साथ ही श्री राजीव गांधी के साथ ऐतिहासिक पंजाब समझौते पर (अपनी मौत के वारंट) हस्ताक्षर करने के बाद संत लोंगोवाल को अपनी जान गँवानी पड़ी, इसे देखकर सहसा लोग पुन: एक बार अपने अतीत के प्रति सोचने को बाध्य हो गए हैं कि आखिर यह सब महात्मा गांधी के देश में कैसे हो रहा है ? आज गांधी की याद इसलिए भी आती है कि उनके प्रयास से फला-फूला कांग्रेस जो कि कल तक जन-जागरण का जीवित प्रतीक था, आज अपना जन-प्रतिनिधित्वात्मक स्वरूप खोता जा रहा है और अब यह वैसी प्रेरणा का केंद्र नहीं है। आज हम देखते हैं कि कांग्रेस दल जनता की सेवा करने से अपना मुख मोड़कर परस्पर लड़ने-भिड़ने में लगा है तथा जनता की समस्याओं को सुलझाने की अपेक्षा उन समस्याओं में रुचि रख रहा है जो स्वयं उसके नेताओं के कुकृत्यों के फलस्वरूप समय-समय पर उपस्थित होते हैं। आज सर्वत्र स्वार्थपरक और

कुत्सित राजनीति का बोलबाला है। व्यक्तिगत मतभेद के कारण दल-बदल की घटनाएँ होती हैं और संसद् में जूते-चप्पल तक चलते हैं। ग्रामों पर समुचित ध्यान न देने का परिणाम शहरीकरण में व्याप्त भ्रष्टाचार उभरकर सामने आया है, कुटीर उद्योग को छोड़ बड़ी-बड़ी मशीनों को लाने का कड़वा फल आज भारत की जनसंख्या के विशाल भाग को चखना पड़ रहा है। आज देश में व्याप्त समस्याओं को नैतिकता से अलग कर उनकी राजनीतिक, सामाजिक एवं आर्थिक रूप दिया जा रहा है जो कि इस महान् भारत, जिसने अतीत में विश्व को नई रोशनी दी है प्रेरणा के मूल तत्त्व दिए हैं—महावीर, बुद्ध, गांधी पैदा किए हैं, के लिए कतई शोभनीय नहीं है। संसदीय सर्वोच्चता का उपयोग करके तथा न्याय-पालिका की स्वतंत्रता एवं निष्पक्षता पर आघात करके शासकों के द्वारा जो शक्ति केंद्रीकरण का प्रयास किया जा रहा है वह भी गांधी के सत्ता के विकेंद्रीकरण के सपनों पर जबरदस्त आघात है और इसका भयानक और कटु परिणाम के रूप में हम देख रहे हैं कि केंद्रीकरण की प्रवृत्ति से ऊबकर कुछ राज्यों ने स्वायत्तता का प्रश्न उठाकर राष्ट्रीय एकता और अखंडता पर प्रश्नवाचक चिह्न लगा दिया है। सामाजिक क्षेत्र में बुनिवादी शिक्षा के अभाव में बेरोजगारी की समस्या मुँह बाए खड़ी है, प्रशासन में भ्रष्टाचार का बोलबाला है।

ऊपर वर्णित समस्याएँ ऐसी हैं जो निश्चित रूप से मानव को काल के मुँह में ले जा सकती हैं। आज के विश्व को काल्पनिक आदर्शों की उतनी आवश्यकता नहीं है जितनी परिवर्तन लाने के साधनों की। समाज व्यवस्था के उसके सामने दो आदर्श हैं—पश्चिम का उदारवादी, लोकतांत्रिक पूँजीवादी आदर्श और साम्यवाद का मार्क्सवादी लेनिनवादी और माओवादी आदर्श, जिन्होंने विश्व को पहले ही दो भागों में विभक्त कर दिया है। जिनमें विश्व की क्रमशः २० और ३३ प्रतिशत जनता अपना जीवन बिता रही है। इन दो विश्वों के बाहर एक तीसरा विश्व है, विकासशील विश्व, जिसमें शेष ४० प्रतिशत जनता निवास करती है और जो एक पागलपन के साथ विकास के गैर-साम्यवादी पथ पर दौड़ने की चेष्टा कर रहा है और जिसने विकास की होड़ में सभी प्रकार के आदर्शों के साथ प्रयोग किया है—इंग्लैंड के ढंग के संसदीय लोकतंत्र से लेकर अधिक से अधिक तानाशाही सैनिक अधिनायकवाद तक जो आज भी अपनी राजनीतिक, सामाजिक और आर्थिक समस्याओं को सुलझाने में सर्वथा असमर्थ है। अब तक यह स्पष्ट हो जाना चाहिए था कि उन समाजों के लिए त्रिगामी औद्योगिकीकरण की दौड़ में सफलता प्राप्त करना कभी भी संभव नहीं हो सकेगा और अंततोगतत्वा उन्हें गांधी के द्वारा बताए गए मार्ग पर लौट आना होगा। एक बात जो अभी पूरी तरह से स्पष्ट नहीं है वह है विकसित देशों ने भी भौतिक सफलताएँ, जो उन्होंने विशिष्ट परिस्थितियों में प्राप्त की थीं और जिनका दोहराया जाना अब संभव नहीं है, थके प्रतीत होते हैं।

तकनीक और संस्कृति के बीच आज जो एक विश्वव्यापी संघर्ष चल रहा है उसका समाधान करने की क्षमता न तो पश्चिम के पास है और न साम्यवादी विश्व के पास। पश्चिम और साम्यवादी दोनों ही जब तक अपनी आणविक तकनीकों से हटकर सामाजिक तकनीकों की दिशा में बढ़ना शुरू नहीं करेंगे—जो केवल गांधी के साधनों के द्वारा ही संभव हो सकता है—उनके सामने आणविक आत्महत्या के अतिरिक्त और कोई मार्ग नहीं रह जाता है। लॉयड वायड ने भी कहा है कि, ''यदि आज जीवित बचे रहना है तो आपको गांधीजी द्वारा बताया गया अहिंसात्मक साधन अपनाना चाहिए और यदि आप सच्चाई के साथ अहिंसात्मक साधन अपनाते हैं तो आप एक नवीन संसार की रचना करेंगे, एक ऐसे संसार की जिसमें कि गरीबी न होगी, जिसमें वे रोग न होंगे जिन्हें रोका जा सकता है, जिसमें कि संपूर्ण मानव जाति समस्त राष्ट्रों का चाहे वे सबसे धनी हों, चाहे सबसे गरीब, सांस्कृतिक और आध्यात्मिक कल्याण का एक बहुत उच्च स्तर होगा।''[१] आज के प्रसंग में गांधी को सर्वथा प्रासंगिक बताते हुए युथों ने भी कहा है, ''गांधी का संपूर्ण दर्शन आज उनके देश और विश्व के लिए बिलकुल महत्त्वपूर्ण तथा प्रासंगिक है।''[२] फिर उन्होंने कहा कि, ''गांधी का दर्शन उस समय तक महत्त्वपूर्ण बना रहेगा जब तक संसार अपने को आणविक युद्धों से बचाने का प्रयत्न करता रहेगा।''[३]

हमें आज की परिस्थितियों में यह देखकर निश्चित रूप से प्रसन्नता हुई है कि देश और विदेश सभी जगह लोगों ने कुछ हद तक गांधी रास्तों पर चलना शुरू कर दिया है और वह दिन अब अधिक दूर नहीं जब दुनिया के हर व्यक्ति गांधीवादी पद्धति का अवलंबन शुरू कर दें। तभी मानवता को जीवित रखा जा सकता है। अमेरिका, इंग्लैंड, पश्चिम जर्मनी, जापान और अन्य दूसरे विकसित देशों के लोग आज गांधी द्वारा बताए गए अहिंसात्मक प्रतिरोध के द्वारा अपनी-अपनी सरकारों पर दवाब डाल रहे हैं कि वे मानवता का संहार करनेवाले हथियारों की रोक संबंधी बातचीत में तेजी लाएँ और विश्व को भय रहित बनाने में योग दें। यूरोपीय देश जैसे—स्वीडन, नार्वे, डेनमार्क ने अपनी परमाणविक प्रक्रिया को इसलिए स्थगित कर दिया है चूँकि उनके विरुद्ध व्यापक जन प्रदर्शन हुए। फिर आज पश्चिमी राष्ट्रों में लोग परमाणविक नि:शस्त्रीकरण हेतु आवाज उठा रहे हैं और जनता तथा विभिन्न विद्वानों व विचारकों, जिनमें प्रमुख हैं—बर्ट्रेंड रसेल, एंड्रो मालरोक्स वेरिन, बेंडल विल्की के द्वारा सामान्य परमाणविक नि:शस्त्रीकरण के लिए आवाज उठाई जा रही है। सामान्य परमाणविक नि:शस्त्रीकरण की माँग गांधी की अवधारणा का ही विकसित रूप है जिसके अनुसार, अहिंसा बलवानों का हथियार है, कमजोरों का नहीं। केवल वही एक मात्र जिसकी इच्छा-शक्ति और संकल्प दृढ़ है, हानि उठाने में समर्थ है और बेरहमियों का सामना कर सकता है। गांधी की योजना में कमजोर या कायरों को कोई स्थान प्राप्त नहीं है। इस प्रकार वे लोग जो

सामान्य परमाणविक नि:शस्त्रीकरण की माँग कर रहे हैं, उनलोगों का सामना करने में समर्थ हैं जो अपने हथियार दिखाकर मौत की चेतावनी और नाश करने की चुनौती दे रहे हैं और साथ ही इस प्रकार के लोग पूर्व और पश्चिम दोनों में विद्यमान हैं।

कांगों में पैट्रिक लुमुंबा, जाम्बिया में केनेथ काउंडा, तनजानिया में जुलियस न्यररे सभी ने मानवीय मूल्यों की रक्षा तथा समानता एवं स्थायी शांति के लिए काफी प्रयत्न किए हैं। जिस प्रकार महात्मा गांधी अपने पहले के टॉल्सटॉय, क्राइस्ट, रस्किन, बुद्ध आदि से प्रभावित थे, ठीक उसी प्रकार आज लोग गांधी से प्रभावित हो रहे हैं। आज विश्व जनमत इस बात का प्रयत्न कर रहा है कि नैतिक अस्त्रों के द्वारा जनता पर किए जानेवाले किसी प्रकार के गलत कार्यों का प्रतिरोध किया जाए।

आज संसार के अधिकांश राष्ट्रों ने अपनी विदेश नीति में असंलग्नता को प्रमुख स्थान दिया है। आज इस समुदाय की संख्या निरंतर वृद्धि की ओर है। इनमें वे राष्ट्र हैं जिन्होंने सदियों से जकड़ी हुई गुलामी की जंजीरों को तोड़कर तुरंत स्वतंत्रता पाई है और उनका आर्थिक, सामाजिक तथा राजनीतिक विकास अभी होना है तथा वे राष्ट्र भी हैं जो पूर्व तथा पश्चिम के गुट से विचारात्मक संबंध भी रखे हुए हैं। स्वीडन और डेनमार्क जो स्वतंत्र अर्थनीति के माननेवाले राष्ट्र हैं पश्चिमी गुट में शामिल हैं जबकि क्यूबा, युगोस्लाविया तथा रूमानिया जो साम्यवादी दर्शन को मानते हैं, भी गुट-निरपेक्ष आंदोलन के सदस्य हैं। गुट-निरपेक्ष आंदोलन के कई सिद्धांत, आदर्श एव उपदेश निश्चित रूप से महात्मा गांधी की शिक्षाओं पर आधारित हैं। सभी के साथ मैत्री की बातें निश्चित रूप से गांधी को शिक्षा 'विश्व से प्रेम करो' का उप-उत्पादन है। फिर सभी समस्याओं या बातों को उनके गुणों के आधार पर जाँच किया जाए। गांधी द्वारा प्रतिपादित विश्व की समस्याओं का नैतिक अस्त्र द्वारा अंत हो—के सिद्धांत पर आधारित है।

जवाहरलाल नेहरू के विचार बहुत हद तक गांधी की शिक्षाओं से प्रभावित थे। चूँकि नेहरू भारत के प्रथम प्रधानमंत्री बने, अत: उन्होंने गृह और विदेश संबंधी बहुत सी समस्याओं के समाधान में गांधी की शिक्षाओं, आदर्शों एवं वास्तविकताओं को निर्देश के रूप में स्वीकार किया। आज संसार के लोग झगड़ों को तय करने के लिए वार्त्ता, मध्यस्थता, तर्क, अंतरराष्ट्रीय सम्मेलन आदि बातों पर जोर दे रहे हैं, जिसका उपदेश यही महान् संत गांधी ने दिया था। आज विश्व की महाशक्तियाँ विश्व जनमत के नैतिक प्रभाव के कारण ही बहुत हद तक अपने दमनात्मक इरादों पर अंकुश लगाए बैठी हैं। इस प्रकार महात्मा गांधी के विचार आज के विश्व के लिए राम-ब्राण औषधि है और इसमें कोई आश्चर्य नहीं कि भविष्य में इतिहासकार गांधी को मानवता का रक्षक की उपाधि प्रदान करें।

भारत में भी गांधी की योजनाओं को कार्यान्वित करने हेतु अनेक उपाय किए गए

हैं, संविधान निर्माताओं ने भारत के विभिन्न भाषा-भाषी, क्षेत्रीय एवं धार्मिक संप्रदायों के हित को ध्यान में रखकर भारत को एक धर्म-निरपेक्ष राज्य घोषित किया है। पंचायती राज तथा नीति निर्देशक तत्त्वों को संविधान में स्थान दिया। नागरिक अधिकारों के साथ कर्त्तव्यों का समाविष्ट करना भी शासक वर्ग की दूरदर्शिता ही है। न्यायपालिका को स्वतंत्र बनाए रखने की भरसक कोशिश की गई है। आर्थिक क्षेत्र में विकास की प्रक्रिया तेज करने के लिए पंच वर्षीय योजनाओं और २० सूत्री जैसे कार्यक्रम पर बल दिया जा रहा है, कुटीर उद्योगों को प्राथमिकता दी गई है, जमींदारी उन्मूलन कानून के तहत जमींदारों की बपौती समाप्त की गई। मजदूरों की स्वास्थ्य रक्षा तथा सुकुमार बच्चों को हित का विशेष ध्यान किया गया है। बच्चों के लिए नि:शुल्क शिक्षा के साथ वयस्कों से निरक्षरता दूर करने के लिए यूनेस्को की मदद से व्यापक कार्यक्रम शुरू किए गए हैं। अनुसूचित जातियों तथा जनजातियों के हित की रक्षा हुई है। अस्पृश्यता का अंत कर दिया गया है, साथ ही साथ यह महात्मा गांधी का देश ही है जिसने पंचशील के सिद्धांतों के सहारे विश्व को असंलग्नता आंदोलन के रूप में एक ऐसी अनोखी देन दी है जिसके मूल्यों को आँका नहीं जा सकता और जिसने इस बात पर बल दिया है कि यह शांति की नीति है, साहस की नीति है, कायरता की नहीं।

इस प्रकार हम देखते हैं कि भारत तथा विश्व ने बहुत हद तक गांधीवादी आदर्शों एवं मान्यताओं को व्यवहार रूप में अपनाया है, फिर भी आज स्थिति संतोषजनक नहीं है। आज भारत तथा विश्व में जो कुछ भी हो रहा है और जिसका वर्णन पूर्व में किया जा चुका है, सर्वथा निंदनीय है। आज विश्व के अधिकांश भागों में निर्धनता व्याप्त है, बच्चे भूखे चिल्ला रहे हैं, सर्वत्र भय एवं हिंसा का तांडव एवं बलवानों द्वारा कमजोरों का शोषण हो रहा है। राजनीतिक स्वार्थ में राष्ट्रहित संवर्धन हेतु अनैतिक साधनों का प्रयोग खुलकर किया जा रहा है वहीं आर्थिक क्षेत्र में विकसित देशों का संरक्षणवाद की नीति और विकासशील देशों द्वारा अविलंब नई आर्थिक व्यवस्था की स्थिति उत्पन्न करने की माँग जोर-शोर से बढ़ती जा रही है। विश्व के आतंकवादी अपना अलग वर्चस्व कायम करते जा रहे हैं। नित्य सैकड़ों व्यक्ति मौत के घाट उतारे जा रहे हैं। भारत ने तो गांधी को सिर के बल खड़ा कर दिया है तथा उनकी कब्र पर उत्सव मना रहा है। अत: आज जरूरत ऐसे आध्यात्मिक महापुरुषों की है जो अपनी दिव्य ज्योति से समाज, राष्ट्र और विश्व के चतुर्मुखी विकास में सहयोग कर गांधी के सपनों को साकार कर दें।

उपर्युक्त गहन समस्याओं के निराकरण के लिए जब मैं अपनी अंतदृष्टि से देखता हूँ, तो इसका एकमात्र हल महात्मा गांधी के विचारों में मिलता है जो समय-समय पर उनके द्वारा विभिन्न पत्र-पत्रिकाओं, व्याख्यानों, लेखों, पुस्तकों आदि में व्यक्त किए गए हैं तथा जिन्हें सुविधा हेतु 'गांधीवाद' का नाम दे दिया गया है। परंतु स्वयं

महात्मा गांधी इन विचारों को 'वाद' कहे जाने के विरोधी थे तथा नहीं चाहते थे कि इन विचारों को 'वाद' कहा जाए। उनके ही शब्दों में, 'गांधीवाद' नामक कोई वस्तु नहीं है। मैं अपने बाद कोई संप्रदाय छोड़ना नहीं चाहता। मैं किन्हीं नए सिद्धांतों या किसी मत को चलाने का दावा नहीं करता। मैंने तो अपने ढंग से आधारभूत सच्चाइयों को अपने नित्यप्रति के जीवन एवं समस्याओं पर लागू करने का प्रयत्न किया है। मैंने जो मत बनाए तथा निष्कर्ष निकाले हैं, वे सब अंतिम नहीं हैं। मैं कल ही उन्हें परिवर्तित कर सकता हूँ। दुनिया को सिखाने के लिए मेरे पास कुछ भी नहीं है। सत्य और अहिंसा उतने ही पुराने हैं जितने की पहाड़। मैंने तो केवल इन दोनों को यथासंभव विस्तृत क्षेत्र में प्रयोग करने का प्रयत्न किया है। आप इसे 'गांधीवाद' न कहें इसमें वाद जैसी कोई बात नहीं है।

पूजा में पवित्रता का समावेश ही नहीं है बल्कि उसका आश्वासन भी है। पवित्रता पत्थरों की धरोहर नहीं है, उसमें वर्तमान और आनेवाली प्रत्येक पीढ़ी के दुःखों को वरण करने की क्षमता का आग्रह होता है। स्थूल रूप में जब यह पवित्रता किसी व्यक्ति के मन में बैठती है तब उसका मन, जीवन और चिंतन सेवा के निर्मूल आदर्शों के प्रति स्वमेव समर्पित हो जाता है। गांधी का संपूर्ण जीवन ऐसी ही पवित्र भावनाओं का संकलन था, जिसमें दूसरों के प्रति अपार संवेदनशीलता थी। अलबर्ट आइंस्टाइन ने गांधी के विषय में ऐसा कहा है कि ''गांधीजी जनता के ऐसे नेता थे, जिन्हें किसी बाह्य सत्ता की सहायता प्राप्त नहीं थी। वह एक ऐसे राजनीतिक थे जिनकी सफलता न सिर्फ चालाकी पर आधारित थी और न किसी शिल्पिक उपायों के ज्ञान पर, बल्कि मात्र उनके व्यक्तित्व की दूसरों को कायल कर देने की शक्ति पर आधारित थी। वह एक ऐसे विजयी योद्धा थे, जिन्होंने बल प्रयोग का सदा उपहास किया। वह बुद्धिमान्, दृढ़-संकल्पी, नम्र और अडिग निश्चयी व्यक्ति थे। उन्होंने अपनी सारी ताकत अपने देशवासियों को उठाने में और उनकी दशा सुधारने में लगा दी। वह एक ऐसे व्यक्ति थे जिसने यूरोप की पाशविकता का सामना मानवीय यत्न के साथ किया और इस प्रकार सदा के लिए सबसे ऊँचे उठ गए। आनेवाली पीढ़ियाँ शायद मुश्किल से ही यह विश्वास कर सकेंगी की गांधीजी जैसा हाड़-मांस का पुतला कभी इस धरती पर हुआ होगा।''

महात्मा गांधी न तो एक दार्शनिक थे, जिन्होंने गहन अध्ययन एवं मनन के पश्चात् एक सुव्यवस्थित दर्शन प्रस्तुत किया हो; न ही वे एक राजनीतिज्ञ थे, जिन्होंने राजनीति को राजनीति मानकर एक नेता की भूमिका निभाई हो और न ही वे एक संत थे, जिन्होंने इस जगत् को मिथ्या मानकर अपने को ब्रह्म में लीन कर दिया हो। फिर वे न एक राजनीतिक विचारक थे, जिन्होंने ऐसे राजनीतिक सिद्धांतों का प्रतिपादन किया हो जिसकी तुलना आदर्शवाद, साम्यवाद, उपयोगितावाद, समाजवाद आदि से की जा

सके। किंतु वे यह सबकुछ न होते हुए भी सबकुछ थे। अपने जीवन दर्शन को व्यवस्थित रूप देने का अवकाश नहीं था फिर भी दार्शनिक मुद्रा में कठोर सिद्धातों का प्रतिपादन उन्होंने किया। राजनीतिक न होते हुए भी उन्होंने अपने को देश और विदेश की राजनीति से हर क्षण संबद्ध रखा। गुफावाती संसार त्यागी संत न होते हुए भी उनका मसीहायी अंदाज प्रखर बना रहा है। उनका सर्वव्यापी व्यक्तित्व अक्षितिज फैला रहा तथा उनके कृतित्व ने मानव-जीवन के हर पहलू को साधिकार आत्मसात् किया। लोगों ने उन्हें देखा, सुना, पढ़ा और सहमत-असहमत हुए, उनका तीव्र समर्थन क़िया, उनका घोर विरोध किया किंतु प्रेम और श्रद्धा उन्हें जितना मिला उतना विश्व में किसी एक व्यक्ति को नहीं मिला। क्योंकि उनके विरोधी भी उन्हें एक व्यक्ति के रूप में प्रेम करते रहे।

महात्मा गांधी राजनीतिक, सामाजिक और आर्थिक कार्यों में अंतर करने को तैयार नहीं थे तथा वे मानते थे कि मनुष्य के सभी कार्य एवं समस्याएँ मूल रूप में नैतिक हैं एवं उनका समाधान भी नैतिक उपायों से ही संभव है। वे व्यक्ति को राजसत्ता के आदेशों का पालन तभी तक करने का निर्देश देते थे जब तक कि उनकी चेतना इन आदेशों को नैतिक माने। गांधीजी को व्यक्ति में असीम निष्ठा थी, जिसके चलते ही उन्होंने राज्य सत्ता की शक्ति को कम करने, उसके अस्तित्व का इनकार करने तथा अंततोगत्वा 'रामराज्य' की अवधारणा प्रस्तुत की। परंतु राजसत्ता के विरोध का उनका तरीका अहिंसात्मक था, जिसका व्यावहारिक प्रयोग सत्याग्रह के रूप में सामने आया। राजनीति को नीति से मिलाकर उन्होंने राजनीति को स्वच्छ तथा धर्म का लौकिकीकरण किया। आर्थिक क्षेत्र में उनकी देन प्रसिद्ध ट्रस्टीशिप का सिद्धांत के साथ ही रोटी के लिए श्रम करना हर व्यक्ति का कर्तव्य है। उन्होंने बड़ी-बड़ी मशीनों का विरोध इसलिए किया चूँकि मानव जनसंख्या के इस्तेमाल से ही भारत अपनी उन्नति की परकाष्ठा पर जा सकता था। जापान ने आज के युग में भी यह सिद्ध कर दिया है कि कुटीर उद्योग के बल पर आज भी कोई राष्ट्र विकसित देशों की श्रेणी में जा सकता है। महात्मा गांधी एक रचनात्मक कर्मयोगी थे, जिन्होंने समाज के हर अंगों पर पैनी दृष्टि डाली।

संदर्भ

१. ज्योति प्रसाद सूद, 'प्रमुख राजनीतिक विचारक', पृ. ८५

२. सोमनाथ धर, इंडिया एंड फॉरेन रिब्यु, 'रिलेंटेर ऑफ महात्मा गांधी टू डे', पृ. ५, भाग २१, नं. २३, ३० सितंबर, १९८४

३. उपर्युक्त

४. गांधी : व्यक्तित्व, विचार और प्रभाव, पृ. २०, भारत सरकार द्वारा संपादित

□

विषय-सूची

१

महात्मा गांधी का संक्षिप्त जीवन वृत्त

शोक संतप्त मानवता को उसके दु:खों से त्राण दिलाने के लिए इस पैगंबर राजनीतिज्ञ मोहनदास करमचंद गांधी का जन्म २ अक्तूबर, १८६९ को गुजरात राज्य के काठियावाड़ नामक देशी रियासत में हुआ था। गांधीजी के पूर्वज वैश्य थे, किंतु उनके पिता और पितामह वाणिज्य व्यवस्था (व्यवसाय) की जगह उस प्रांत के देशी राज्यों में दीवान आदि पदों पर ही सेवा करना ज्यादा पसंद किया। वे दोनों ही अपनी ईमानदारी और निष्ठापूर्ण सेवा के लिए जितने प्रख्यात थे, उतना ही प्रबल स्वाभिमान के लिए भी। मोहनदास के दादा का नाम श्री उत्तमचंद गांधी था तथा पिता का नाम श्री करमचंद कावा गांधी। माँ थी उनकी पुतलीबाई जो कि अत्यंत साध्वी एवं धर्मपरायणता थीं। पिता से ज्यादा गांधीजी को माता से ही लगाव था तथा माता की शिक्षाओं का गांधीजी के जीवन पर युगांतकारी प्रभाव पड़ा था, उनकी माँ और बचपन में पालनेवाली उनकी धाय दोनों से ही मोहन ने संस्कार ग्रहण किए।

मोहनदास के पास-पड़ोस में जैन, इसलाम और जरथ्रुस्ती संप्रदाय के लोग रहते थे जो मोहन के पिता श्री करमचंद कावा गांधी से धार्मिक विषयों पर बराबर चर्चाएँ किया करते थे। इन सबों को सुनने का गांधीजी को अनायास ही अवसर मिल जाता था। इसके साथ ही अपने पिता के पुस्तकालय से उन्होंने 'गुजराती रामायण', 'श्रीमद्‌भागवत' और 'मनुस्मृति' आदि हिंदू धर्म के मूल ग्रंथों का अध्ययन किया, जिसके परिणामस्वरूप बचपन में ही उन्हें धर्म का स्वरूप थोड़ा स्पष्ट हो गया। किंतु भारत में व्यापक रूप से फैले प्रबल ईसाई प्रसार साहित्य, धर्म प्रचारकों एवं गिरिजाघरों आदि के बावजूद अन्य हिंदू युवकों की तरह गांधीजी ईसाई धर्म की ओर आकृष्ट नहीं हो सके। गांधीजी ने

लिखा है कि "उस समय मुझे केवल ईसाई धर्म से ही एक प्रकार की घृणा हो गई थी, क्योंकि ईसाई धर्म प्रचारक स्कूलों के पास कहीं खड़े होकर हिंदू धर्म और हिंदू देवी-देवताओं के खिलाफ गाली-गलौज बकते रहते थे।"[१]

बचपन में गांधीजी प्राय: कुछ कोमल, संकोची और दुर्बल मस्तिष्क के थे। संस्कृत और गणित उनके लिए बराबर पहाड़ ही बना रहा, किंतु जो भी हो, वे शुरू से निष्ठावान् और अव्यवसायी थे और इसी कारण उन्हें स्कूल में सफलता मिली। उन्होंने १२ वर्ष की आयु में राजकोट के एल्फर्ड हाई स्कूल में प्रवेश किया था और १३ वर्ष की अल्पायु में ही उनका विवाह कर दिया गया। उनकी पत्नी उनसे छह वर्ष बड़ी थीं। कस्तूरवाई से विवाह के पहले उनकी तीन सगाइयाँ भी हुई थीं। अपने दांपत्य जीवन के बारे में लिखते हैं कि वे लोलुप और ईर्ष्यालु पति थे, लेकिन आचार्य कृपलानी का विचार बड़ा ही महत्त्वपूर्ण है। वे कहते हैं कि इतनी कम उम्र के नवयुवक में ऐसे लक्षण हों यह कोई आश्चर्य की बात नहीं थी। हाँ, अधिक संवेदनशील होने के कारण वे अपने पापपूर्ण आचरण को बढ़ा-चढ़ाकर दिखाते हैं। साथ ही यह खूबी उन्हीं की है कि पाप की अतिरंजित कल्पना करके वे उससे आजीवन बचते रहे।

हाई स्कूल के बाद उच्च अध्ययन के लिए उन्हें इंग्लैंड भेजा गया और ४ सितंबर, १८८८ को वे इंग्लैंड के लिए रवाना भी हो गए। किंतु उन्हें विदेश जाने की अनुमति अपनी माँ से तभी मिली जब उन्होंने वहाँ बिलकुल निरामिष रहने एवं कुसंगति से हमेशा दूर रहने की दो प्रतिज्ञाएँ कीं।

उनके द्वारा स्वीकार किए गए इन दोनों व्रतों और माँ के प्रति उनके हृदय में अपार स्नेह एवं भक्ति ने ही उन्हें लंदन में कई बार पाप के गहरे गर्त में जाने से बचा लिया। व्रतों के विषय में उनके अनुकूल अनुभवों ने ही अपनी पवित्र आकांक्षाओं की पूर्ति के निमित्त कई बार कितने ही व्रत धारण करने में उनकी अपूर्व सहायता की। अपने अनुभवों के आधार पर उन्होंने हिंदू एवं जैन धर्म ग्रंथों में व्रत के महत्त्व का प्रबल रूप से समर्थन किया।

यूरोप का जीवन भारत के जीवन और सभ्यता से कितना भिन्न था, इसका आभास मोहनदास को इंग्लैंड पहुँचते ही होने लगा था। पुस्तक के आधार पर मिलनेवाले ज्ञान से यह ज्ञान कुछ भिन्न था। एक परिचित डॉक्टर प्राण जीवन मेहता के सद्परामर्श में ही इंग्लैंड के जीवन का आभास मिल जाता है, "किसी की चीज नहीं छूनी चाहिए, किसी से जान-पहचान होने पर हिंदुस्तान में यों ही सवाल किए जा सकते हैं। वैसे यहाँ नहीं किए जा सकते, बातें करते हुए जोर से नहीं बोला जाता है।"[२] इन साधारण बातों की दीक्षा देने में डॉक्टर मेहता का अहंकार नहीं बल्कि उनका मोहनदास की अनभिज्ञता के प्रति प्रेम परिलक्षित होता है। राजकोट के देहाती वातावरण से एकदम भिन्न वातावरण

में पहुँचकर मोहनदास ने अनेक कष्टों का आभास किया। उनके अपने शब्दों में, "देश बहुत याद आता था। माता का प्रेम आँखों के सामने नाचा करता। रात हुई की रोना शुरू हुआ। घर की अनेक प्रकार की स्मृतियों की चढ़ाई के कारण नींद कहाँ से आ पाती ? यह दुःख गया—किसी से कह भी नहीं सकता था... मनुष्य विचित्र, रहन-सहन विचित्र, घर भी विचित्र। घरों में रहने की रीति-नीति भी वैसे ही विचित्र। क्या बोलने और क्या करने में यहाँ के शिष्टाचार का भंग होता है, इसका भी बहुत कम पता था।"[३]

इंग्लैंड में उन्होंने पाश्चात्य सभ्यता और संस्कृति की प्रायः सभी अच्छी बातों को परिश्रमपूर्वक अभ्यास करके अपनाया। वकालत का पेशा उन्हें बहुत आकर्षक नहीं लगा और इसलिए अपने जीवन में अनेक प्रयोग करने के लिए उन्हें अवसर मिले। लंदन में मैट्रिक परीक्षा के क्रम में उन्होंने लैटिन, फ्रेंच, अंग्रेजी और आरंभिक विज्ञान की जानकारी हासिल करने के लिए व्यापक बौद्धिक साधना की। उन्होंने पाश्चात्य नृत्य और संगीत सीखने की भी कोशिश की, हालाँकि उसमें वे सफल नहीं हो सके। लेकिन वे अपना बहुत सारा समय पुस्तकों, परिचर्चाओं, विचार-गोष्ठियों और व्यक्तिगत चर्चाओं में लगाकर यूरोप के अनेक नैतिक, धार्मिक और यहाँ तक कि आहार संबंधी आंदोलन से भी परिचित हुए। यही नहीं, उन्होंने यूरोप के अनेक साहित्यकारों और कलाकारों के माध्यम से भारतीय संस्कृति की कुछ महान् कृतियों को जाना और उनके महत्त्व को समझा। एक दिन अर्नाल्ड की 'एशिया की ज्योति' नामक पुस्तक ने भगवान् बुद्ध के जीवन का मर्मस्पर्शी प्रभाव उन पर डाला और अर्नाल्ड कृत 'श्रीमद्भागवत्गीता' का अंग्रेजी अनुवाद (पाठ्य रूप में) ने उन्हें गीता का अनन्य भक्त बना दिया। उन्होंने ईसाई धर्म की पुरानी पुस्तक 'ओल्ड टेस्टामेंट' में तो डुबकियाँ लगाई ही थी, नवीन पुस्तक 'न्यू टेस्टामेंट' भी पढ़कर अत्यंत प्रभावित हुए। उन्होंने स्वयं ही इस प्रभाव का वर्णन "आत्मकथा" में किया है—" 'न्यू टेस्टामेंट' ने तो मुझ पर अद्भुत प्रभाव डाला और विशेषकर 'पर्वत के उपदेश' ने तो सचमुच मेरी आत्मा को झंकृत कर दिया। विशेषतः यह उपदेश कि 'तुम दुष्टों के प्रति हिंसा का भाव मत रखो जो तुम्हारे दाहिने गाल पर थप्पड़े मारे, तुम अपना बायाँ गाल उसके सामने कर दो। मैं 'गीता' से उसकी तुलना करने लगा। मेरे किशोर जिज्ञासु मन ने 'गीता' एशिया की ज्योति और 'पर्वत के उपदेश' के विचारों में समन्वय स्थापित करने का प्रयास किया। 'त्याग ही धर्म का मूल है', इस बात ने मुझे बेहद प्रभावित किया।[४]

ब्रह्मसमाजियों (थियोसोफिस्टों) और उनके साहित्य से संपर्क होने के कारण उनके हृदय में धर्म समन्वय के लिए आंदोलन करने की प्रेरणा हुई। कार्लाइल की पुस्तक 'हीरोज एंड हीरो वरसिप' से उन्होंने पैगंबर हजरत मुहम्मद साहब की महानता, वीरता और साधनामय जीवन का पाठ सीखा। कानून के अध्ययन से भी उन्होंने दो

महत्त्वपूर्ण बातें ग्रहण कीं—पहली बात तो यह कि तथ्यों की नि:पृह खोज ही कानून का आधार है। गांधीजी को कानून की दूसरी बड़ी देन मिली थी कि इसी के कारण उनके मन पर 'संरक्षण सिद्धांत' की अमिट छाप पड़ी, जिसका उन्होंने पीछे संपत्ति के सामान वितरण के लिए प्रयोग किया था।

कुल मिलाकर देखा जाए तो इंग्लैंड का उनका प्रवास उज्ज्वल रहा। इंग्लैंड में ११ जून, १८९१ को उन्हें वकालत की परीक्षा में उत्तीर्ण घोषित किया गया और उसके दूसरे ही दिन उन्हें हाईकोर्ट के लिए पंजीकृत कर दिया गया। वे १८९१ में स्वदेश लौट आए और यहाँ आकार कुछ दिनों तक बंबई और काठियावाड़ में वकालत की। पर सफल न हो सके। सन् १८९३ में एक गुजराती मुसलमान की फर्म 'दास अब्दुल्ला एंड कंपनी' की ओर से एक मुकदमे के सिलसिले में उन्हें दक्षिण अफ्रीका जाना पड़ा। वहाँ इन्होंने रंग-भेद के कारण प्रवासी भारतीयों पर गोरे लोगों द्वारा किए जानेवाले अन्यायों एवं अत्याचारों को देखा। गांधी खुद वहाँ कुली-बैरिस्टर कहे जाते थे। एक बार तो उन्हें प्रथम श्रेणी के डिब्बे से अमानुषिक ढंग से बाहर फेंक दिया गया था। रंग-भेद अपनी पराकाष्ठा पर था। इन अपमानपूर्ण अनुभवों ने गांधीजी के नैतिक व्यक्तित्व को उभारने में महत्त्वपूर्ण भूमिका निभाई। उन्हीं दिनों गांधी का संपर्क अनेक ईसाइयों एवं मुसलमानों से हुआ जिसकी वजह से उन्हें ईसाई, इसलाम एवं हिंदू धर्म का अच्छा ज्ञान मिला और उन्होंने इन तीनों धर्मों का तुलनात्मक अध्ययन भी किया।

सन् १८९६ में वे भारत लौटे। परंतु शीघ्र ही उनको फिर अफ्रीका लौटना पड़ा। इस बार तो उनके साथ अफ्रीका में और भी बर्बरतापूर्ण व्यवहार किया गया। नीचता और पशुता जिस बिंदु पर काँप उठती है, उससे भी वीभत्स अनुभव गांधीजी ने किया। उनपर अंडे और पत्थर फेंके गए और एक जगह तो बूटों से भी उनकी पिटाई की गई। लेकिन भारतीयों की दशा सुधारने के लिए उन्होंने अपने प्रयोग शुरू कर दिया। आंशिक सफलताएँ भी हासिल हुईं, लेकिन तीन साल बाद फिर १८९९ में उनको भारत लौटना पड़ा।

इस बार भारत में गांधीजी ने कांग्रेस में पहली बार प्रवेश किया। कांग्रेस में उन्होंने क्लर्क एवं वेयरर के रूप में कार्य किया और गोखलेजी का भी सामीप्य मिलता रहा। राजनीति में यही गोखले महोदय गांधीजी के आदर्श थे और गुरु भी। गोखले की प्रेरणा से ही उन्होंने बंबई में फिर वकालत प्रारंभ की मगर फिर अफ्रीका से बुलावा आ गया। इस बार जो अफ्रीका गए तो १८ वर्षों तक वहाँ रहे। हर बार जुर्म के खिलाफ उन्होंने जोरदार सत्याग्रह आंदोलन आरंभ किया और सत्य एवं अहिंसा के अस्त्रों का प्रयोग करके अंत में भारतीयों को सभी मानवोचित अधिकारों को दिलाने में सफलता प्राप्त की। उनकी वजह से ही एशियाटिक एक्ट रद्द हुआ। पोल्टेक्स बदला गया और भारतीयों

के बीच विवाह को भी मान्यता दी गई।

अफ्रीका प्रवास गांधीजी के जीवन का निर्माणात्मक काल माना जाता है और अफ्रीका ने ही गांधीजी के नैतिक व्यक्तित्व का निर्माण किया। अफ्रीका में ही उन्होंने हिंदू, मुसलमान, सिख, ईसाई—में मूल एकता के विचार को आत्मसात् किया। उनके आश्रम जीवन की रूपरेखा एवं सामाजिक दर्शन का निर्माण भी अफ्रीका में ही हुआ। वहीं टॉल्स्टॉय फार्म में ही उन्होंने सर्वोदय के प्रत्येक पक्ष का परीक्षण भी किया। आत्म-विश्लेषण, प्राकृतिक चिकित्सा, अहिंसा, ब्रह्मचर्य, अपरिग्रह आदि की साधना एवं परीक्षण भी गांधीजी ने अफ्रीका में ही किया। सबसे बड़ी बात तो है कि अफ्रीका में ही उन्होंने हृदय से वह अनुभव किया था कि उन्हें अपने देश की स्वतंत्रता में भी योगदान देना चाहिए।

इस बार जब सन् १९१४ में गांधीजी भारत लौटे तो पूरी तरह राजनीति में कूद पड़े। इसी उद्देश्य से २५ मई, १९१५ को अहमदाबाद में आश्रम की स्थापना भी की और उसी आश्रम से उन्होंने भारतीय राजनीति की डोर सँभाली। १९२० से लेकर १९४७ तक का भारतीय राष्ट्रीय आंदोलन का काल 'गांधी युग' कहलाता है। इस युग की महत्त्वपूर्ण घटनाओं में १९२०-२१ तक असहयोग आंदोलन, १९३० का नमक सत्याग्रह, १९३२ का गांधी-इरविन समझौता, १९३१ का द्वितीय गोलमेज सम्मेलन, ९९३२ में सरकार का कम्युनल एवार्ड और गांधी द्वारा आमरण अनशन, १९४२ का भारत छोड़ो आंदोलन और गांधीजी की जेल यात्रा, १९४४ के शिमला सम्मेलन की असफलता, १९४५ में युद्ध के समाप्त होने पर केबिनेट मिशन का भारत आना, १९४७ की माउंटबेटन योजना और भारत विभाजन एवं १५ अगस्त, १९४७ को भारत की स्वतंत्रता की घोषणा आदि प्रमुख घटनाएँ हैं। इसके साथ ही इस दौरान गांधीजी ने हरिजनोद्धार, बाल-विवाह, मद्य निषेध, खादी ग्रामोद्योग, हिंदू-मुसलिम एकता आदि के लिए भी अथक परिश्रम किया।

देश को स्वतंत्रता मिलने के बाद भी गांधीजी ने सरकार से अलग सर्वोदय आंदोलन को आगे बढ़ाने का प्रयास किया। वे देश के नेताओं को महत्त्वपूर्ण सलाह दिया करते और विभिन्न धर्मों के अनुयायियों में एकता लाने के लिए अपनी संस्था की प्रार्थना सभा में सभी धर्म ग्रंथों से पाठ भी कराते और अपने राजनीतिक कार्यक्रमों में सत्य-अहिंसा के साधन अपनाकर दूसरों को भी उसका निर्देश देते। इस तरह अपने अहिंसा के अनोखे हथियार से भारत के इस भाग्य-विधाता बापू ने भारत माँ की सदियों की दासता की लौह शृंखलाओं को तोड़कर स्वतंत्रता के स्वर्णिम विहान को मात्र प्राप्त करके ही दम लिया। देश के विभाजन के मामले पर वे अत्यंत दुःखी थे उन्होंने कहा था कि देश का विभाजन उनके मृत शरीर पर ही होगा। लेकिन तपः पूत और त्यागपूर्ण इस महात्मा ने

राज्याधिकार एवं सुख से संन्यास लेकर समाज–निर्माण एवं लोक–कल्याण में अपने को लगाकर ३० जनवरी, १९४८ की प्रार्थना सभा में एक उन्मुक्त व्यक्ति नाथूराम गोडसे की गोलियों से आहत होकर 'हे राम' के महामंत्र का उच्चारण करते हुए इस संसार से सदा के लिए विदा ले ली। फिर तो इस महात्मा की हत्या पर सारी मानवता बिलख पड़ी। लुइस फिशर ने तो लिखा है कि, ''सुंदर भारत में लँगोटी लगाए इस वृद्ध की हत्या पर सारी मानवता रो पड़ी।''[५] पं. नेहरू ने कहा, ''उनकी मृत्यु से प्रकाश समाप्त हो गया है।''[६] प्रसिद्ध अंग्रेज विद्वान बर्ट्रेंड रसेल ने कहा—"His assassination shows how dangerous it is to be too good."[७]

स्टेग्ले जोन्स ने लिखा है कि—"The assassing's bullets were ment to stop Mahatma Gandhi and his ideas. They succeeded only in freeing those ideas and in making them the possession of the human race. No human being ever somed up more perfectly in this death the things for which he lined in this life."[8]

महात्मा गांधी आज हमारे बीच नहीं हैं फिर भी उनका सत्य की रक्षा, मनुष्य की समानता एवं स्वतंत्रता का संदेश अमर है और उनके इस संदेश के किसी नाचीज की बात क्या है, बल्कि इस शताब्दी के सबसे बड़े ईसाई सी.एफ. एंड्रूज भी भक्त बन चुके हैं।

गांधीजी की कृतियाँ

गांधीजी ने अपने सिद्धांतों का प्रतिपादन प्रमुख रूप से दो पुस्तकों 'हिंद स्वराज्य' तथा अपनी 'आत्मकथा' में किया है, जिसका नाम बिलकुल ठीक रूप में 'मेरे सत्य के प्रयोग' रखा गया है। उनकी अन्य रचनाएँ हैं—शांति और युद्ध में अहिंसा, नैतिक धर्म, सत्याग्रह, सत्य ही ईश्वर है, सर्वोदय, सांप्रदायिक एकता और अस्पृश्यता निवारण आदि। इसके अतिरिक्त गांधीजी ने दक्षिण अफ्रीका में 'इंडियन ओपीनियन' नामक साप्ताहिक पत्र का, भारत में 'यंग इंडिया', 'हरिजन', 'नवजीवन', 'हरिजन सेवक', 'हरिजन बंधु' आदि पत्रों का संपादन करते हुए अपने विचारों का प्रतिपादन किया। सन् १९६९ में 'गांधी शताब्दी वर्ष' कार्यक्रम के अंतर्गत भारत सरकार के प्रकाशन विभाग द्वारा गांधीजी के सभी लेखों और भाषणों के प्रामाणिक संग्रह कई खंडों में प्रकाशित किए गए हैं।

गांधीजी के विचारों के प्रेरणास्रोत—गांधीजी पर उनके घर, परिवार, देशी एवं विदेशी अनेक लोगों का प्रभाव पड़ा था। उनका परिवार, जिसमें उन्होंने जन्म लिया और जैसाकि पहले भी कहा गया बड़ा धर्मपरायण था। उनके पिता सत्यवादी थे और सिद्धांतों के व्यक्ति थे। उनकी माता बहुत दयालु, व्रत, पूजापाठ और धार्मिक अनुष्ठान करनेवाली

महिला थी। गांधीजी पर उनकी धर्मनिष्ठा का गहरा प्रभाव पड़ा था। अब मैं बारी-बारी से उन ग्रंथों और मनीषियों के दर्शन का विवेचन करूँगा, जिन्होंने गांधीजी के व्यक्तित्व और कृतित्व को सर्वाधिक प्रभावित किया।

गांधी और 'गीता'

गांधीजी पर 'गीता' का सर्वाधिक प्रभाव पड़ा। महात्मा गांधी इसे गहराई से समझते थे। गीता मूल रूप से अनाशक्तियों की व्याख्या करती है। इस व्याख्या में निष्काम कर्म-योग निहित है। निष्काम कर्मयोग यदि हत्या के लिए हो तो उस हत्या में हिंसा नहीं हो सकती। महात्मा गांधी कहा करते थे, "जब शंकाएँ मेरा पीछा करती है, जब निराशा मुझे घूरकर देखती है और जब क्षितिज पर मुझे प्रकाश की एक किरण भी नजर आती तब मैं गीता की ओर मुड़ता हूँ और गहराते हुए दुःख के बीच मुसकरा देता हूँ। मेरा जीवन बाहरी त्रास आदि से भरा हुआ है और यदि उन्होंने मुझमें द्रष्टव्य और अमिट छाप नहीं छोड़ी है तो उसका सारा ऋण मैं भगवद्गीता के उपदेशों में मानता हूँ।"[९]

गांधीजी पर जैन, बौद्ध, इसलाम, वैष्णव तथा हिंदू धर्म का प्रभाव भी कम नहीं पड़ा। केवल शारीरिक अहिंसा को अहिंसा मानने से ही जैन धर्म संतुष्ट नहीं होता। वह तो बौद्धिक अहिंसा जिसे 'अनेकांतवाद' कहा गया है, पर जोर देता है। आज के संदर्भ से अनेकांतवाद को 'सह-अस्तित्व कह सकते हैं।' अनेकांतवाद के चिंतन में जो प्रक्रिया है वह अहिंसावादी है, परंतु जैन धर्म के अंतर्गत जिस अहिंसा की व्याख्या की गई है वह अत्यधिक कठोर और रूढ़िवादी है। गांधीजी का यह मानना है कि जैन धर्म के अंतर्गत पशुओं के प्रति जो दया का वर्णन है उसके अंतर्गत मनुष्यों के प्रति दया भी अपने आप सम्मिलित हो जाती है। उनके अनुसार केवल पशुओं के प्रति दया दिखाना और मनुष्यों के प्रति उदासीन रहना एक विकृति है।[१०]

वास्तव में जैन धर्म एक अतिवादी दर्शन है जो अहिंसा जैसे महत्त्वपूर्ण सिद्धांत के निषेधात्मक पक्ष पर इतना अधिक बल देता है कि एंड्रूज के शब्दों में, "यह मानवता पर एक ऐसा भार है, जिसे वहन करना प्राय: असंभव सा है।"[११]

महात्मा गांधी ने अहिंसा के निषेधात्मक पक्ष को नहीं, बल्कि उसके निश्चयात्मक पक्ष को अंगीकार किया है।

बौद्ध धर्म में नैतिकता पर बहुत अधिक बल दिया गया है। महात्मा बुद्ध के प्रेम और करुणा संबंधी सिद्धांत सार्वजनिक एवं सर्वव्यापी हैं। निश्चय ही अहिंसा के अंतर्गत प्रेम, करुणा, निष्पक्षता और सरलता अनिवार्य है जिसका अंगीकार गांधीजी ने किया[१२] अहिंसा के अंतर्गत मृदु भाषा के महत्त्व को बुद्ध ने इन शब्दों में दरशाया है, "भला कौन ऐसे व्यक्ति के लिए कठोर वचन प्रयुक्त करेगा जिसने पाप कर्म न किया हो, वह तो ऐसे

ही होगा जैसे उसके मूल रूपी घाव में नमक छिड़कना।''[१३]

इसलाम अरबी भाषा का शब्द है जिसका अर्थ शांति में प्रवेश-करना है। अतएव इसलाम शब्द का लाक्षणिक अर्थ होगा वह धर्म जिसके द्वारा मनुष्य भगवान् की शरण लेता है तथा मनुष्यों के प्रति अहिंसा एवं प्रेम का बरताव करता है। इसलाम धर्म का मूल ग्रंथ कुरान है जो इस बात पर जोर देता है कि ईश्वर एक है तथा उसके सिवा किसी और की पूजा नहीं करना चाहिए। कुरान का कहना है कि मनुष्य में उच्च और नीच दोनों ही प्रकार की वासनाएँ काम करती हैं। नीच वासनाएँ यदि नियंत्रण में नहीं रहीं तो मनुष्य का पतन हो जाता है। इनसे बचने के लिए मनुष्य को सावधान रहना चाहिए। कुरान कहता है कि अच्छे और बुरे कर्मों के परिणाम अवश्य मिलेंगे।

सैयद अमीर अली ने इसलाम धर्म की व्याख्या करते हुए लिखा है कि ''इसलाम शब्द का अर्थ है—शांति, अभिनंदन, सुरक्षा, मोक्ष।''' इसका अर्थ सत्कार्य और न्याय के लिए संघर्ष है।''[१४]

कुरान में ऐसे कितने ही उदाहरण भरे पड़े हैं जो सत्य, न्याय, प्रेम, प्यार, आदि सद्गुणों पर आधारित हैं जो कि निश्चय ही अहिंसा के गुण हैं।[१५]

यह बात कुछ और है कि कुछ लोगों ने कुरान की गलत ढंग से व्याख्या की है और उसे हिंसा के साथ जोड़ा है।[१६]

गांधीजी मानते हैं कि कुरान अहिंसा को उपदेशित करता है। गांधीजी बादशाह खान का उदाहरण देते हुए कहते हैं कि वे धर्म प्राण मुसलमान होते हुए भी संपूर्णतः अहिंसा पर एकनिष्ठ आस्था रखते हैं।[१७]

गांधीजी दृढ़तापूर्वक इस सत्य को मानते और कहते हैं कि, ''कुरान पढ़ने से मेरा निश्चित मत है कि इसलाम का आधार हिंसा नहीं है।''[१८]

सुकरात

प्लेटो का गुरु सुकरात हमारे विश्व का पहला सत्याग्रही है। गांधीजी ने कहा—''सुकरात अपने समय का सबसे सत्यवान् व्यक्ति है।''[१९]

गांधी और सुकरात की तुलना करते हुए एडवर्ड थॉमसन ने कहा है, ''मेरा यह विश्वास है कि सुकरात के बाद गांधीजी के समान आत्मसंयमी और संपूर्ण संतुलनवाला व्यक्ति विश्व ने नहीं देखा।''[२०]

सुकरात ने ज्ञान की सार्वभौमिकता को प्रतिपादित किया जिसे तत्कालीन एथेंस के शासकों ने व्यावहारिक रूप में निरंकुशतावाद का सिद्धांत समझा। चूँकि उस समय प्रशासकगण प्रजातांत्रिक थे, इसलिए उनके मन में यह शंका उठी कि वह किसी कुलीन तंत्रात्मक गिरोह का नायक है। इसलिए उस पर यह आरोप लगाया गया कि उसने

युवकों को भ्रष्ट किया है तथा राज्य के ईश्वर के प्रति अनास्था व्यक्त की है।[२१]

अब सुकरात के समक्ष दो ही प्रश्न थे कि या तो वह उस राज्य के आदेशों का पालन करते हुए अपने उद्‌देश्यों को छोड़ दे या अपनी अंतरात्मा की आवाज का पालन करें।

ऐसा प्रश्न हमेशा शहीदों के सामने उठा है और शहीदों के ही अंदाज में सुकरात ने इस प्रश्न का उत्तर दिया—मुझे मुक्त कर दो या अपराधी घोषित कर दो। मैं अपने मार्ग से विचलित नहीं होऊँगा।[२२]

सुकरात को जेल भेज दिया गया और उसे मौत की सजा सुनाई गई। जिस समय मृत्यु से पहले वह जेल में था उस समय उनके शिष्य क्रीटो ने सारी व्यवस्था करने के बाद उनके सामने यह प्रस्ताव रखा कि वह जेल से भाग चले। सुकरात ने इनकार करते हुए कहा, ''कानून का पालन करो और उसका सहर्ष पालन करो, जब केवल भौतिक हितों का प्रश्न हो··· उसका उल्लंघन करो और दुःखी होकर उल्लंघन करो, जिस समय सार्वभौम आध्यात्मिक प्रश्न सामने हो।''[२३]

गांधीजी सुकरात की अहिंसा एवं सत्याग्रह से इतने प्रभावित थे कि उन्हें 'दि एपोलॉजी एंड द क्रीटो' नामक प्लेटो की पुस्तक का पुनर्लेखन किया और उसका नाम रखा 'दि स्टोरी ऑफ सत्याग्रह।'[२४]

ईसा मसीह

ईसा मसीह शांति के राजकुमार, स्वयं सत्य, प्रेम और शांति के महानतम् विराट् और भव्य प्रतीक थे। गांधीजी ने ईसा मसीह को सत्याग्रहियों का राजकुमार कहा। उन्होंने यह भी कहा कि 'सरमन ऑन द माउंट' को ईसाई धर्म की एकमात्र पवित्र पुस्तक मान लिया जाए तो वे स्वयं अपने को ईसाई कहने को तत्पर हैं।[२५] फिर भी गांधीजी ने ईसा मसीह की अंधूपजा से इनकार कर दिया।[२६] और यहाँ तक कहा कि 'सरमन आन दा माउंट' उन्हें वह सांत्वना नहीं दे पाया जो उन्हें उपनिषदों और गीता में मिलती है।[२७]

गांधीजी नजिरथ के ईसा को विश्व के महानतम् शिक्षकों में से मानते हैं।[२८] ईसा ने जिस ईसाई धर्म का प्रतिपादन किया उसे वे नया नहीं मानते, बल्कि वे मानते हैं कि यह 'ओल्ड टेस्टामेंट' के ही उपदेशों पर आधारित है।

यदि मुझे मेरे शत्रु का वृषभ यार्ग्वभ भटका हुआ मिल जाए तो तू निश्चय उसे उसके पास पहुँचा देगा।[२९]

यदि मेरा शत्रु भूखा है तो उसे तू खाने के लिए रोटी दे। यदि प्यासा है तो तू उसे पानी पीने के लिए दे।[३०]

जब मेरा शत्रु हार जाए तब तू खुशियाँ मत मना, जब वह गिरता है तो तू अपने हृदय में प्रसन्नता मत कर।[३१]

घृणा संघर्ष को उभारती है, किंतु प्रेम सभी पापों को ढक देता है।[३२]

प्रो. हार्किंग ने इनके संबंध में लिखा है कि "इनके संबंध में कट्टर धार्मिक विश्वास ने लोक-जीवन को ऐसा मोड़ दिया जो असामान्य रूप से अहिंसा पर आधारित है।"[३३]

डेविड थोरो

हेनरी डेविड थोरो एक अमेरिकी अराजकतावादी सविनय अवज्ञा शब्द का प्रयोग करनेवाला पहला व्यक्ति था। गांधीजी ने कहा, "यह अभिव्यक्ति जहाँ तक मेरा संबंध है, थोरो द्वारा उत्पन्न की गई थी, जिसके माध्यम से उसने दास राज्य के कानूनों का व्यक्तिगत प्रतिरोध किया था; किंतु थोरो शायद संपूर्णत: अहिंसा का अग्रदूत नहीं था। शायद थोरो ने कानूनों को तोड़ने की, अपनी सीमा वित्त संबंधी कानूनों तक जिसके अंतर्गत कर देना, आता है, सीमित की थी।"[३४]

थोरो की तरह गांधीजी भी इस बात को मानते थे कि यदि एक दृढ़-नैतिक अल्पमत व्यक्ति कोशिश करे तो बहुमत की बुराइयों को सुधारने की क्षमता रखता है। गांधीजी ने कहा, "हम थोरो के इस विश्वास से सहमत हैं कि एक सत्य अहिंसक प्रतिरोध सत्य की विजय के लिए काफी है।"[३५]

गांधीजी थोरो के इस कथन से बहुत अधिक प्रभावित थे जो उसने जेल जाते समय कही थी, "...जब मैं उस ठोस दीवार के सामने खड़े होकर सोच रहा था—दो या तीन फीट मोटी लकड़ी और लोहे के दरवाजे एक फुट मोटे और लोहे के सीखचों जो रोशनी को रोकते थे—मैं इस संस्था की मूर्खता से अचंभित हुए बिना नहीं रह सका, जिसने मुझे तथा मेरे अस्तित्व को केवल हाड़-मांस और रक्त का पुतला समझकर ताले में बंद दिया... मैंने एक मुहूर्त के लिए भी अपने को कैदी नहीं महसूस किया और मुझे ऐसा लगा कि यह दीवारें, पत्थर और गोटे की बेहद फिजूलखर्ची है।"[३६]

रसकिन

जॉन रसकिन यद्यपि अहिंसावादी विचारक नहीं था, किंतु यह निश्चित है कि उसने निर्माण एवं शारीरिक भ्रम के महत्त्व का जो पहलू प्रस्तुत किया वह निश्चय ही एक अहिंसावादी ही कर सकता था। महात्मा गांधी ने जिस समय रसकिन द्वारा लिखित 'अन टू दिस लास्ट' पढ़ना शुरू किया, उनके लिए उसे परे हटाना मुश्किल हो गया। गांधीजी ने कहा उसने मुझे बाँध लिया। जोहान्सबर्ग से डरबन २४ घंटे की यात्रा थी...मुझे

उस रात नींद नहीं आई। मैंने अपने जीवन को उस पुस्तक के आदेशों के अनुसार ढालने का दृढ़ संकल्प किया। यदि मेरे जीवन को व्यावहारिक रूप से संपूर्णता तत्काल बढ़ने का कार्य किया एक ने किया तो वह 'अन टू दिस लास्ट है।'[३७]

गांधीजी ने इस पुस्तक का गुजराती अनुवाद 'सर्वोदय' के नाम से किया। उस अनुवाद के निष्कर्ष में उन्होंने कहा, ''रसकिन की इस पुस्तक का पुनः लेखन भारतीयों के लिए उन अंग्रेजों से जिनके लिए यह पुस्तक प्रमुख रूप से लिखी गई है, कम महत्त्व का नहीं है।''[३८]

गांधीजी के जीवन में इस पुस्तक के कारण जो आमूल परिवर्तन हुआ उसके संबंध में फिशर लिखते हैं कि ''उन्होंने सीधे-सीधे एक फर्म में बसने का तथा सादा जीवन बिताने का निश्चय किया। वास्तव में गांधीजी प्रकृति की ओर वापस जाने के लिए उद्धयत हों। रसकिन की पुस्तक ने उन्हें अपने निश्चय को मूर्त रूप देने में सहायता पहुँचाई। वे बार-बार ग्रंथों को पढ़ते थे और उनमें से अपने काम के वाक्य ढूँढ़ लिया करते थे। वे एक ऐसे सज्जनशील पाठक थे, जिन्होंने जिस पुस्तक को पढ़ा उसके वे मानसिक रूप से सह-लेखक बन जाते थे वे उन पुस्तकों को पढ़कर उनपर अपनी भावनाएँ आरोपित करते और ब्याज सहित वापस ले लेते थे।''[३९]

टॉल्स्टॉय

टॉल्स्टॉय का दर्शन, जिसे ईसाई अराजकतावाद की संज्ञा दी गई है, वास्तव में आधुनिक सामाजिक एवं राजनीतिक समस्याओं के समाधान में 'सरमन ऑन दि माउंट' के उपदेशों का व्यवहार है, टॉल्स्टॉय प्रेमवादी थे। टॉल्स्टॉय के अप्रतिरोध और असहयोग के सिद्धांत के पीछे आधार के रूप में प्रेम विद्यमान है। टॉल्स्टॉय की अहिंसा उनकी इस मान्यता से प्रकट होती है कि किसी जीवन पर अपना मत आरोपित करना उसे किसी भी रूप में विवश करना अपराध है।

गांधीजी ने टॉल्स्टॉय के संबंध में लिखा है कि ''स्व. राजा चंद्र के बाद टॉल्स्टॉय उन तीन आधुनिकों में से एक हैं जिन्होंने मेरे जीवन पर सर्वाधिक आध्यात्मिक प्रभाव छोड़ा है, तीसरे हैं रसकिन।''[४०]

गांधी और टॉल्स्टॉय में कई समानताएँ भी हैं। गांधी टॉल्स्टॉय से अधिक व्यावहारिक हैं। गांधी का अहिंसा के अंतर्गत शक्ति का प्रयोग किसी भी रूप में स्वीकार नहीं करते जबकि गांधीजी अहिंसा के पीछे भावना को अधिक महत्त्व देते हैं। तभी तो गाँधी के अनुसार हत्या भी कभी-कभी अहिंसा हो जाती है।

सोवियत विद्वान आज गांधीजी की महत्ता को स्पष्ट करते हुए उन्हें भारतीय टॉल्स्टॉय मानते हैं। एक सोवियत विद्वान Anatoli Lunacharaky ने अपने एक

अनुच्छेद 'दि इंडियन टॉल्स्टॉय' में लिखा है कि—"The significance of Gandhi's movement which awakened the sluberous consciousness of the people and became a broad popular movement, can't be denied just one can't deny the spiritual grandeur of this Indian Tolestoy."[४१]

संदर्भ

१. मो.क. गांधी : आत्मकथा, धीरेंद्र मोहन दत्त द्वारा 'महात्मा गांधी का दर्शन', पृ. ५ में उद्धृत।
२. मोहनदास करमचंद गांधी, 'सत्य के प्रयोग', पृ. ६३
३. मोहनदास करमचंद गांधी : पूर्वोक्ति, पृ. ६३
४. मोहनदास करमचंद गांधी : पूर्वोक्त, पृ. १२
५. लुईस फिशर : माई गांधी, पृ. १२६
६. सोमनाथ धर : 'रिलेवेंस ऑफ महात्मा गांधी टूडे', भाग २१, नं. २३, पृ. ४
७. उपरोक्त
८. स्टेन्ले जोन्स : 'महात्मा गांधी : एन इंटरप्रेटेशन', पृ. ५३-५४
९. 'यंग इंडिया' : २, पी.पी., १०७८-७९
१०. तंदुलकर 'महात्मा', भाग ८, पृ. १२८
११. सी.एफ एंड्रूज, 'महात्मा गांधी आइडियाज', पृ. १३२
१२. कुमार स्वामी एंड हार्नर, पृ. १४४
१३. उपरोक्त
१४. सैयद अमीर अली : 'दि रिप्रट ऑफ इसलाम', पृ. १३८
१५. उपरोक्त, पृ. २६१
१६. मोयर : 'लाइफ ऑफ मुहम्मद', भाग ३, पृ. २५१
१७. डी.जी. तंदुलकर, 'महात्मा', भाग ५, पृ. १७२
१८. डी.जी. तंदुलकर, 'महात्मा', भाग ५, पृ. २९१
१९. उपरोक्त, पृ. २११, भाग २
२०. उपरोक्त, पृ. १६५, भाग ३
२१. अर्नेस्ट बार्कर, 'ग्रीक पॉलिटिकल थ्योरी प्लेटो एंड हिज प्रेडेसर्स', लंदन, ५२, पृ. १२१
२२. अर्नेस्ट बार्कर : पूर्वोक्त, पृ. १२२
२३. उपरोक्त, पृ. १२३
२४. तंदुलकर, 'महात्मा', भाग १, पृ. २९५
२५. सी.एफ. एंन्ड्रूज : 'महात्मा गांधी आइडियाज', पृ. १३
२६. उपरोक्त, पृ. ६६
२७. उपरोक्त, पृ. ७३
२८. उपरोक्त, पृ. ९२

२९. एक्सोडस २३.४
३०. प्रोवर्ब २५.२१
३१. उपरोक्त, २४.१७
३२. उपरोक्त, २४.१७
३३. ई. हार्किंग : 'मेन एंड दी स्टेट', पृ. १३
३४. यंग इंडिया, २३-३-२१
३५. तंदुलकर, 'महात्मा', भाग १, पृ. १६३
३६. आस्कर कारगिल एंड हेनरी डी. थोरो : 'सलेक्टेड राइटिंग्स', पृ. २३-२४
३७. गांधी : 'माइ एक्सपेरिमेंट विथ ट्रूथ', पृ. ३६४-६५
३८. गांधी-रसकिन : 'अन टू दि लास्ट : ए पेराफ्रेज अहमदाबाद', १९५९, पृ. ५९
३९. लुई फिशर : 'गांधी लाइफ एंड मेसेज फॉर द वर्ल्ड', पृ. ३०
४०. यंग इंडिया, भाग ३, पृ. ८४३
४१. वीरेंद्र त्रिपाठी : 'महात्मा गांधी इन दि आइस ऑफ सोवियत स्कॉलर्स' (दि इंडियन नेशन, संडे मैगजिन, ३० सितंबर, १९८४)

□

२

राजनीति का नैतिकरण : सत्य एवं अहिंसा

विश्व में अनेक विचारक हुए हैं जिन्होंने धर्म को राजनीति से ने केवल पृथक् किया है बल्कि धर्म को राजनीति से निम्न स्थान दिया तथा उसे राजनीति द्वारा मर्यादित भी किया है। मैकियावेली, मार्क्स, मैक्सवेवर आदि इसी श्रेणी के अंतर्गत आते हैं। मार्क्स ने तो यहाँ तक कह दिया है कि धर्म वह अफीम है जिसे पाकर जनता हमेशा ऊँघती रहती है तथा हमेशा ही शोषक वर्ग ने अपनी महत्त्वाकांक्षा की पूर्ति तथा दरिद्रों के शोषण के लिए धर्म का आश्रय लिया है। धर्म वह भाग्यवादी दर्शन है जिसने सदा गरीब को और गरीब तथा अमीर को और अमीर होना सिखाया है। इसने मनुष्य को दासवृत्ति का बनाया है तथा इसके विकास के मार्ग को रोका है।

आज की परिस्थति में भी जब हम देखते हैं तो दक्षिण अफ्रीका की रंगभेद नीति, शिया-सुन्नी झड़पों से लेकर भारतीय संदर्भ में पंजाब की घटना, हमें धर्म और राजनीति के परस्पर संबंध तथा इन दोनों के संबंध में राष्ट्रपिता महात्मा गांधी के विचारों को जानने हेतु प्रेरित करती है।

महात्मा गांधी मात्र नए भारत के निर्माता ही नहीं, उससे आगे भी बहुत कुछ थे। उनके लिए मातृभूमि की स्वतंत्रता का अर्थ उसकी अनंत * में एक पग मात्र था। उन्‍े जीवन और उनकी शिक्षा का महत्त्व केवल उनके देशवासियों के लिए ही नहीं वरन् समस्त मानवता के लिए है। गांधीजी का संपूर्ण चिंतन विवेक रेखाओं के विभक्त नहीं था। उनके लिए व्यवहार और विचार में कोई अंतर नहीं था। गांधीजी साधनों की

पवित्रता का मात्र समर्थन ही नहीं करते बल्कि उसके प्रतिपादन को अपने सिद्धांतों का मूल आधार मानकर चलते हैं।

भारत में आकर गांधीजी ने जितने भी कार्य किए उन सभी का प्रत्यक्ष अथवा अप्रत्यक्ष प्रभाव देश की राजनीति पर पड़ा। देश नव-जागरण की नई मशाल और नई रोशनी को लेकर अप्रत्याशित रूप से खड़ा हुआ। जनता नई स्फूर्ति पाकर जिस प्रकार परिवर्तन को उत्सुक हुई, उस सभी के पीछे सजग राजनीतिज्ञ के रूप में गांधीजी का वरदहस्त था। गांधीजी ने तिलक और गोखले के बाद इस देश की राजनीति को सर्वाधिक प्रभावित किया। गांधीजी ने प्रचलित राजनीति की दिशा को मोड़कर उसे सच्चे और सात्विक रूप में विश्व के सामने प्रस्तुत किया, जिससे कि वह जीवन के लिए ग्राह्य हो सके।

गांधीजी का धर्म मात्र रूढ़िवादी मान्यताओं और पैराणिक गाथाओंवाला धर्म ही नहीं है, उनके धर्म में वे सभी आदर्श समाहित हैं जो मानव जाति के लिए सदैव अपेक्षित हो सके हैं। गांधी का धर्म केवल मंदिर, मसजिद, गिरजाघर या गुरुद्वारे तक ही सीमित नहीं है, उसमें समस्त मानव जाति की सेवा परिलक्षित होती है। गांधीजी की धार्मिक दृष्टि सर्वधर्म समभाव की धरोहर है। इस दृष्टि को लेकर गांधीजी अपने धर्मगत विचार दर्शन को जीवन के प्रत्येक क्षेत्र पर स्थापित करते हैं। अर्थ का क्षेत्र हो या राजनीति का, सामाजिक हो या आध्यात्मिक, सभी उनके इस धर्म तत्त्व से तथा पवित्र साधनों के आदर्श से प्रभावित हैं। उन्होंने स्वयं भी कहा है कि, ‘‘मैं जो एक राजनीतिज्ञ का परिधान पहने हूँ, हृदय से एक धार्मिक व्यक्ति हूँ।’’[१]

गांधीजी की राजनीति का स्वरूप प्रचलित राजनीति से सर्वथा भिन्न है। उनकी राजनीति में छल, कपट, दंभ और विनाश के तत्त्व विद्यमान नहीं हैं। वह तो पूर्ण रूपेण सात्विक और शुद्ध मनोवृत्तियों से परिचालित है। इसका अर्थ यही है कि उनकी नैतिक मान्यताएँ ही उनकी राजनीति का पथ प्रदर्शित करती हैं। जहाँ तक राजनीति का प्रश्न है, वर्तमान समय में कोई भी व्यक्ति उसके चंगुल से नहीं बच सकता, भले ही वह एक धार्मिक या सामाजिक नेता क्यों न हो राजनीति का प्रभुत्व मनुष्य जीवन के चारों ओर साँप की कुंडलियों के समान घूम रहा है। इससे हम छूटना चाहें या छूटने का प्रयास भी करें तो भी नहीं छूट सकते। गांधीजी मानव समाज को इन्हीं सर्प कुंडलियों से मुक्त करना चाहते थे। परंपरा और वातावरण सें निर्मित राजनीति में वह धर्म तत्त्व को सर्वाधिक महत्त्व का स्थान प्रदान करते हैं। धर्म और राजनीति के निकटतम सहयोग के बिना गांधीजी न तो धर्म की व्यावहारिक उपयोगिता स्वीकार करते हैं और न ऐसी राजनीति को ही, जिसके प्राणों में धर्म तत्त्व ही न हो—‘‘मैं धर्म से भिन्न राजनीति की कल्पना नहीं कर सकता। वास्तव में धर्म तो हमारे हर एक कार्य में व्याप्त रहना चाहिए। यहाँ

धर्म का अर्थ कट्टर पंथ से नहीं है। इसका अर्थ है—विश्व की एक नैतिक सुव्यवस्था में श्रद्धा।''[२]

धर्मविहीन राजनीति राज्य—गांधीजी ने धर्म की कट्टरपंथी कठोरता को न अपने लिए और न समाज के लिए ही आवश्यक माना है। यदि कोई व्यक्ति जीवन में सात्विक मूल्यों से अपना संबंध हटा भी ले तो उसके कार्य अहित ही करेंगे। उस समय उनसे हित किए जाने की कल्पना करना निरर्थक है। यही दृष्टिकोण उनका राजनीति के लिए भी है। ''मैं देश की आँखों में धूल नहीं झोकूँगा। मेरे नजदीक धर्मविहीन राजनीति कोई चीज नहीं है। धर्म के मानी वहमों और गतानुगतिवत्व का धर्म नहीं, द्वेष करनेवाला और लड़नेवाला धर्म नहीं, बल्कि विश्वव्यापी सहिष्णुता का धर्म। नीति शून्य राजनीति सर्वथा त्याज्य है।[३] सत्य शोधक के नाते गांधीजी का मानस ऐसी राजनीति की दलदल में न खुद फँसना चाहता है और न समाज को ही फँसाना चाहता है, जो मनुष्य के नैतिक विकार की गति को अवरुद्ध करती है। गांधी का धर्म अत्यंत व्यावहारिक है। ऐसे भी धार्मिक व्यक्ति होते हैं जो दुनिया की मुसीबतों और परेशानियों से बुरी तरह घिर जाने पर अपना मुँह छिपाकर मठों या पहाड़ों की गुफाओं में चले जाते हैं और वहीं अपने हृदय में जलनेवाली पवित्र आग की रक्षा करते हैं, यदि सत्य, प्रेम और न्याय दुनिया में नहीं मिलते तो हम इन गुणों को अपनी आत्मा के पवित्र मंदिर में प्राप्त कर सकते हैं। गांधीजी के लिए पविता और मानव सेवा अभिन्न थे।''[४]

गांधीजी मूलतः एक धर्म पुरुष थे। नैतिकता के आवरण में उनकी मानव सेवा की इच्छा उन्हें राजनीति में ले आई। जो व्यक्ति मशीन की तरह धर्म तत्त्वों की पूजा करते हैं, वह धर्म के खोल में बैठे हुए दंभी हो जाते हैं। वह एकांतिक साधना के व्रत में पड़ोसी को होने वाले दुःख दर्द के प्रति कोई ध्यान नहीं देते। धार्मिक प्रवृत्तियोंवाला राजनीतिक तटस्थ भाव से मानव जाति की सेवा करेगा। वह कुछ देने का प्रयास करेगा, छीनने का नहीं। गांधीजी ने धर्ममय राजनीति को अंगीकार कर संसार को एक नई दिशा की ओर ले जाने का प्रयास किया है। धोखे के आधार पर प्राप्त सत्ता से राजनीतिज्ञ सामान्य राजनीतिज्ञ से भिन्न मद-मोह में ग्रस्त हो जाते हैं और नीति के स्थान पर कूटनीति को पदासीन कर देते हैं। डॉ. मिश्र ने गांधीजी को इस परिवेश से सर्वथा दूर रखकर देखने का प्रयास किया है, ''गांधीजी का रास्ता कूटनीतिक अथवा छिपाव एवं प्राप्त करो की चतुरता को अंगीकार नहीं करता तथा उनकी राजनीति राष्ट्रीय अथवा अंतरराष्ट्रीय कूटनीति को छोड़कर निश्चित रूप से स्पष्ट स्वतंत्र एवं निष्काम भावना से प्ररित विषयों के चिंतन के लिए मार्ग प्रशस्त करती है।''[५]

नीति का समावेश

नीति विषयक ज्ञान के आधार पर मनुष्य उचित और अनुचित के मध्य अंतर की स्पष्ट रेखा खींच सकता है। उचित को पूर्ण मर्यादा के साथ पालन करने का नाम ही वास्तव में धर्म है। मनुष्य जीवन की विभिन्न क्रियाओं को पृथक् नहीं रखा जा सकता। ''मनुष्य की समस्त क्रियाओं का हेतु विस्तार एक अविभाज्यपूर्णता का द्योतक है। तुम मनुष्य की सामाजिक, आर्थिक, राजनीतिक तथा पूर्ण धार्मिक क्रियाओं को पृथक् जलरुद्ध विभागों के रूप में विभाजित नहीं कर सकते। मैं ऐसे किसी धर्म को नहीं जानता जो पूर्णरूपेण मानव क्रियाओं से पृथक् हो। यह अन्य समस्त क्रियाओं को नैतिक आधार प्रस्तुत करता है, जिसे वह अन्यथा ग्रहण नहीं कर पाएगी।''[६]

धार्मिक प्रभाव का अर्थ है कि मनुष्य की जितनी भी क्रियाएँ हैं उन सबमें धर्म तत्त्व ही प्रवाहित हो। धर्म तत्त्व के प्रवाहित होने का अर्थ गांधीजी के लिए सत्य और अहिंसा का प्रभुत्व ही है। हमें सत्य और अहिंसा को केवल व्यक्तिगत उपयोग के लिए नहीं सार्वजनिक उपयोग के लिए निश्चित करना है।

राजनीति में मानव सेवा—राजनीति, गांधीजी को धर्म और आचार शस्त्र के एक अंग के रूप में मान्य है। गांधीजी राजनीति में भी ऐसा ही आदर्श मानते हैं, जिसके अनुसार मानव सेवा संभव हो सके। जैसे उनके लिए धर्म भी मानव सेवा का अविभाज्य अंग है। वी.पी. वर्मा के अनुसार, ''गांधीजी के लिए राजनीति ईश्वर की सेवा करने का एक मार्ग था।''[७] यह तभी हो सकता है जबकि प्रत्येक मनुष्य स्वयं अपने कार्यों को शुद्ध बनाए। धर्म मनुष्य का इस शुद्धता के लिए आग्रह ही तो है, और यदि प्रत्येक राजनीतिज्ञ इस आग्रह को स्वीकार कर ले तो मानव जाति सुखमय स्थिति में पहुँच सकती है

गांधीजी ने धर्म को राजनीति से पृथक् करने के सिद्धांत को भी स्वीकार नहीं किया—''समाज से धर्म को निकालकर फेंक देने का प्रयत्न बाँझ के घर पुत्र पैदा जितना ही निष्फल है और अगर सफल हो जाए तो उसमें समाज का नाश है।''[८] गांधीजी अपनी समस्त राजनीतिक क्रियाओं में इसी आदर्श की अनुमति को सराहते हैं और शरीर बल के स्थान पर आत्मबल को सराहते हैं। गांधीजी की चेतना में अनैतिक साधनों के लिए कोई स्थान नहीं है। एक आध्यात्मिक दृष्टि से * विश्व में अच्छे लक्ष्य कभी भी बुरे साधनों से प्राप्त नहीं किए जा सकते। एक नैतिक उपदेशक के रूप में गांधीजी ने सदैव निश्चित उद्देश्यों की प्राप्ति के लिए पद्धतियों की परशुद्धता पर जोर दिया। राजनीति का आध्यात्मीकरण उसी आस्था का सफल संकल्प है।

साधन एवं साध्य की अवधारणा

गांधीजी ने अहिंसक जीवन पद्धति को अपनाया। इसके अंतर्गत गांधीजी ने सदैव यह अनुभव किया कि जिस तरह हमारा पवित्र लक्ष्य हो, साधन भी उसी के अनुरूप पवित्र होने चाहिए। गांधीजी ने पाश्चात्य जीवन दर्शन की उस उक्ति को अस्वीकृत कर दिया कि साध्य की प्राप्ति में साधनों की चिंता नहीं करना चाहिए। उनके लिए पवित्र साधनों के प्रयोग भी सदैव प्रमुख रही। आज के भौतिकवादी व्यावहारिक राजनीतिज्ञ उस सिद्धांत में आस्था रखते हैं, जिसमें साध्य साधनों की पुष्टि करता है।··· गांधीजी के जीवन दर्शन में यह दोनों एक-दूसरे के पूरक हैं। यह दोनों हैं तथा दोनों समान रूप से पवित्र होने चाहिए। हमें लक्ष्य का श्रेष्ठ होना ही पर्याप्त नहीं समझना चाहिए। गांधीजी साधनों में भी नैतिकता देखना चाहते हैं। वास्तव में साधनों की पवित्रता ही उनके लिए सबकुछ है।[९]

गांधीजी की दृष्टि में साधनों की पवित्रता पर बल देने का मुख्य कारण यह है कि मनुष्य केवल कार्य कर सकता है। व्यक्ति साधनों को नियंत्रित कर सकता है। लेकिन साध्य को नियंत्रित नहीं कर सकता। गीता का निष्काम कर्म भी मनुष्य को इसी तथ्य की दीक्षा देता है। मनुष्य धोखा देकर अपना काम निकाल सकता है, लेकिन यह काम निकाल लेना ही तो सबकुछ नहीं है, इससे उसका पतन होने लगता है। ''पवित्र साधनों से भले ही लक्ष्य की प्राप्ति एक बार न हो, इसका कोई महत्त्व नहीं है। हमें अपने साधनों की पवित्रता में सदैव आस्था रखनी चाहिए।''[१०]

स्वराज्य भी पवित्र साधनों से—गांधीजी स्वराज्य की प्राप्ति अहिंसा के साधनों द्वारा ही करना चाहते थे—''सत्य और अहिंसा की नीति के अतिरिक्त मुझे कोई नीति चातुर्य नहीं है। स्वदेश और धर्म के उद्धार हेतु भी मैं सत्य और अहिंसा को नहीं त्याग सकता।''[११] इन साधनों की पवित्रता में आस्था रखने के कारण ही गांधीजी लक्ष्य प्राप्ति के लिए कभी व्यग्र नहीं हुए। उनके अनुसार, ''मैं शुद्ध, पवित्र अहिंसा में आस्था रखता हूँ।'' लाखों की जान मारकर हिंसात्मक साधनों द्वारा भारत के लिए स्वराज्य पाने की संभावना में मैं विश्वास नहीं रखता।[१२] उनका संपूर्ण सत्याग्राही जीवन सत्य के आग्रह और साधनों की पवित्रता के संकल्प से संबद्ध रहा है। 'चौरी-चौरा' कांड के घटित हो जाने के बाद उन्होंने सत्याग्रह में हिंसा आ जाने के कारण उसे बंद कर दिया, क्योंकि वह एक अच्छे साध्य के लिए जीवन पर्यंत साधनों की पवित्रता के महत्त्व को स्वीकार करते रहे। राजनीतिक, सामाजिक और आर्थिक चिंतन पर उसके पवित्र साधनों के प्रभाव को स्पष्ट रूप से देखा जा सकता है। महात्मा गांधी के शब्दों में, ''साधनों की तुलना बीज से की जा सकती है और साथ ही वृक्ष से और जो अटूट संबंध बीज और वृक्ष में है वही साध्य और साधन के बीच भी है।''[१३]

गांधीजी का 'साधनों की पवित्रता' का विचार उसे मार्क्सवाद से पूर्णतः भिन्न करता है। जहाँ मार्क्सवाद एक वर्गहीन समाज के आदर्श की प्राप्ति के लिए हिंसा और क्रांति का उपदेश देता है, गांधी के अनुसार, वहाँ खून की बूँद गिरते ही जिस कीमत पर वर्गहीन समाज मिले वह कीमत महँगी है। गांधीजी की आस्था तो खून का कतरा गिराए बिना ही स्थापित होनेवाले वर्गहीन समाज में है। साधनों की पवित्रता का यह विचार राजनीति को गांधी की सर्वाधिक महत्त्वपूर्ण देन है, परंतु दुर्भाग्यवश आधुनिक राजनेता 'मेकियावेलीय राजनीति' के उपासक हैं।

इस प्रकार गांधीजी ने राजनीति का आध्यात्मीकरण तथा धर्म का लौकिकीकरण किया और महात्मा गांधी के सिवा शायद ही दुनिया में कोई व्यक्ति हो, जिसने भौतिक वस्तुओं के ऊपर आत्मा की शक्ति का प्रर्दशन इतने महत्त्वपूर्ण और विश्वसनीय तरीके से किया हो।[१४] आचार्य कृपलानी ने भी लिखा है कि गांधीजी राजनीति का सत्य, अहिंसा और साधनों की पवित्रता द्वारा आध्यात्मीकरण करके विश्व शांति के लिए मार्ग प्रशस्त किया।[१५]

सत्य और अहिंसा

सत्य दर्शन—गांधीजी ने कहा है कि जो व्यक्ति अपने समग्र जीवन को नैतिकता के नियमों के एकनिष्ठ पालन के लिए प्रस्तुत नहीं करता, वह सही अर्थ में मनुष्य कहलाने का अधिकारी नहीं है।[१६]

नैतिक दृष्टिकोण गांधीजी के राजदर्शन का मेरुदंड है। इसलिए गांधीजी मानते हैं कि नैतिक अनुशासन के लिए पंच प्रतिज्ञाएँ अनिवार्य हैं। वे प्रतिज्ञाएँ हैं—सत्य, अहिंसा, अस्तेय, अपरिग्रह तथा ब्रह्मचर्य। सत्य जो गांधीजी की पंच प्रतिज्ञाओं में प्रथम है, गांधीजी के अनुसार ईश्वर है। चूँकि ईश्वर असीम होता है, शाश्वत होता है, निरपेक्ष होता है, इसलिए सत्य शाश्वत होता है और निरपेक्ष भी है। प्रश्न उठता है कि शाश्वत सत्य को नश्वर मनुष्य कैसे प्राप्त कर सकता है। निरपेक्ष सत्य को जो कि असीम है, सीमा में बँधा हुआ व्यक्ति कैसे पा सकता है। गांधी ने कहा है, "हम नश्वर शरीर के माध्यम से उस सत्य का साक्षात्कार नहीं कर सकते जो शाश्वत है।"[१७]

इसलिए प्रश्न उठता है कि हम निरपेक्ष सत्य को कैसे प्राप्त करें? गांधीजी के अनुसार निरपेक्ष सत्य को प्राप्त करने के लिए सापेक्ष सत्य के माध्यम से उस ओर बढ़ सकते हैं। सापेक्ष सत्य का अर्थ है, जिसे हम सत्य मानते हैं। गांधीजी ने कहा, "एक पवित्र हृदय किसी एक निश्चित समय पर जो महसूस करता है वही सत्य है और उस पर अड़िग रहकर हम विशुद्ध सत्य की प्राप्ति कर सकते हैं, क्योंकि यह सत्य स्वयंसिद्ध है।"[१८]

गांधीजी ने जीवनपर्यंत सत्य को सर्वोपरि माना है। धर्मशास्त्रों और आचार की कसौटी भी सत्य ही है। उनकी अपनी यह निश्चित धारणा थी कि जो सत्य की कसौटी पर खरा न उतरे वह सब कुछ त्याज्य है। सत्य, सत् शब्द की व्युत्पत्ति है। इसका अर्थ है 'होना'। सत्य के अतिरिक्त कुछ भी स्थायी नहीं है। सत्य में सच्चे ज्ञान का भाव केंद्रित है। सत्य का सिद्धांत केवल मात्र भाषण के सत्य तक ही सीमित नहीं, इसमें क्रिया का सत्य भी निहित है। विचार या चिंतन का सत्य भी समान रूप से महत्त्वपूर्ण है।[१९] इस सत्य की प्राप्ति की खोज में गांधीजी ने अपने जीवन का होम किया था। सत्य की खोज के इस रास्ते में उन्होंने किसी सत्य विशेष के प्रति संकेत नहीं किया, क्योंकि वह इन परिस्थितियों के संदर्भ में बदलता हुआ ही मानते हैं।

यूनियान की मान्यताओं में गांधीजी का सत्य के प्रति आग्रह इस रूप में समझा जा सकता है, "संक्षेप में हमारी समस्त क्रियाएँ सत्य के चारों ओर केंद्रित रहनी चाहिए। इस आधारभूत विश्वास के कारण गांधीजी सत्य के अभ्यास में पूर्ण हुए। वास्तव में उन्होंने अपने राजनीतिक आंदोलन को सत्याग्रह आंदोलन की संज्ञा दी। यह आंदोलन स्वयं सत्य के पथ को प्राप्त करने की आंतरिक इच्छा की शक्ति का परिणाम है।"[२०]

सत्य के मार्ग पर चलने में सफलता और असफलता के भ्रम में नहीं पड़ना चाहिए। सत्य में सफलता निश्चित है। यदि हम कहीं असफल भी हुए तो वह असफलता हमारे अपने किसी कारण से हो सकती है। हो सकता है कि सत्य की साधना में साधक से कहीं भूल हो गई हो। "सामान्य श्रेणी का सत्य धारण करके हम कोई परिणाम प्राप्त करने के लिए प्रयत्न करें और वह परिणाम प्राप्त न हो, तो दोष सत्य का नहीं, हमारा है।[२१] सत्य के पालन में कभी दुराग्रह नहीं होता। सत्य में कहीं अंधानुकरण नहीं है। सत्य का पालन करनेवाला सदैव स्वयं कष्ट में रह सकता है, दूसरों के द्वारा किए गए विश्वासघात को भी सहन कर सकता है, किंतु सत्य का पालन इन क्षणिक दुविधाओं से अपने मार्ग को बदल नहीं सकता। सत्य में पराजित रहने का भाव नहीं होता। गांधीजी का सत्य स्वयं एक स्वावलंबी सत्य था, जिसमें बल स्वयं शक्ति का द्योतक था। उदारता नम्रता की प्रतीक थी। "नम्रता के बिना सत्य को अहंकारपूर्ण ही मानना होगा।... सत्य का प्रणेता मनुष्य परीक्षाओं से गुजर कर शुद्ध और नम्र बन सकता है।"[२२]

कभी-कभी सत्य की अनुभूति प्राप्त व्यक्ति में अप्रिय सत्य बोलने की बातें आ जाती हैं। गांधीजी इस अप्रिय शब्द को सत्य के साथ जोड़ना अनुपयुक्त समझते हैं। सत्य स्वयं ही पूर्ण शक्तिमान है और जब कड़े शब्दों द्वारा उसकी पुष्टि का प्रयत्न किया जाता है, तब वह अपमानित होता है।[२३]

उनकी धारणा में सत्य के प्रवक्ता व मृदुभाषा होना परमावश्यक है। इस मृदुभाषी सत्य से संसार के अहित की कल्पना नहीं की जा सकती। गांधीजी ने यह तो अनुभव

किया कि वह सत्य के निकट पहुँचने के लिए प्रयत्नशील हैं, किंतु उन्होंने कभी यह अधिकारपूर्ण रूप से नहीं कहा कि वह पूर्ण सत्य को पा चुके हैं। इसलिए उन्होंने परिस्थितिजन्य अनुभूति सत्य को निहारा, प्रयोग किया और आवश्यकता और परिस्थिति के संदर्भ में उसे बदल दिया। "सत्य जहाँ सूर्य के समान ताप देता है वहाँ प्राणों का सिंचन भी करता है। सूर्य यदि एक घड़ी भर के लिए भी तपना बंद कर दे तो यह सृष्टि जड़वत् बन जाए। इसी प्रकार सत्य रूपी सूर्य क्षण भर के लिए न तपे तो इस संसार का नाश हो जाए।"[२४]

सत्य की अराधना में उन्होंने हृदय परिवर्तन को स्वीकार किया। वे यह स्वीकार करते थे कि यदि सत्य को हृदय में धारण कर आचरण किया जाए निश्चित ही दूसरे व्यक्ति का हृदय परिवर्तित होगा। अंग्रेजों के विशाल साम्राज्य के विषय में भी उनकी यही मान्यता थी। सत्य को गोपनीयता से घृणा है। इसका आशय यह है कि कि सत्य के साधक को अपनी किसी घटना या योजना को गुप्त रखकर चलना उचित नहीं है। सत्य के पास अमोघ शक्ति है। सत्य में धर्म की सच्ची निष्ठा निहित है। इस निष्ठा की परिपूर्ति के लिए ही सत्य के साधक को अपने दोषों पर परदा डालने की किंचित् भी आवश्यकता नहीं।

सत्य को विचारों से अभिव्यक्त करना भर पर्याप्त नहीं है। सत्य तो मनन, चिंतन और आचरण की वस्तु है। "मनुष्य बस सत्य का आचरण करता है, तब उसे बोलने की इच्छा ही नहीं होती। सत्याचरणी मनुष्य कम-से-कम बोलता है।" आचरणगत सत्य को किसी दूसरी अभिव्यक्ति को खोजना नहीं होता, क्योंकि सत्य में अपार शक्ति होती है। सत्य स्वयं से पूर्ण होता है, लेकिन सापेक्ष सत्य में ऐसी क्षमता नहीं होती, पर सापेक्ष सत्य भी सत्य के निकट ही होता है। सत्य जहाँ मनुष्य को गोपनीयता से मुक्ति दिलाता है वहाँ वह उसके दमन का भी परिहार करता है। गांधीजी का सत्य, सत्य के शोधक को और भी अधिक नम्र कर देता है। सत्य की इस महान् साधना में जीवनपर्यंत लगे गांधीजी यह स्वीकार कर चलते हैं कि सच्चा साधक होने के कारण अनुमान और निर्णय त्रुटिपूर्ण भी हो जाएँ तो उनमें सुधार कर लेना चाहिए। गांधीजी ने वकालत के व्यावहारिक जीवन में भी इसी सत्य को धारण किया, राजनीति के संसार में इसी के फलितार्थ उन्होंने भोगे और जीवन को सत्य के जितना अधिक निकट किया उतना ही अधिक अपने को ईश्वर के निकट पाया है।

अहिंसा—वर्तमान मानव संस्कृति पर हिंसा, द्वेष, असत्य और संघर्ष की जो छाप पड़ रही है और आज विश्व के चारों तरफ जो अशांत वातावरण व्याप्त है, उसके निराकरण का एक ही मार्ग है कि जीवन हिंसा के पथ से अग्रसारित हो। गांधी बुद्ध, महावीर जैसे हमारे महान् विभूतियों से प्रभावित हैं। ईसा मसीह, पॉल ऑफ टाटसस,

पीटर वल्डो, वाहकिल्फ, जॉर्ज फॉक्स, जॉन पुलमैन, विलियम पेन, थोरो, टॉल्स्टॉय के जीवन धर्ममय होने के साथ–साथ अहिंसा के प्रतिनिधि रहे प्रिंसक्रोप्टोकिन एंड एडवर्ड कारपेंटर के नाम भारतीयों के लिए इसी संदर्भ में रमरणीय हैं कि उन्होंने अहिंसा की आधारशिला रखी।

गांधी के विचार अहिंसा को वरण कर मौलिक लगने लगे। इसका मुख्य कारण यह है कि गांधीजी ने अहिंसा का प्रयोग अपने जीवन में किया और संपूर्ण देश का इस सिद्धांत के साथ तादात्म कराया। इस प्रकार गांधीजी की अहिंसा परंपरागत अहिंसा से भिन्न हो गई, क्योंकि उसमें व्यावहारिकता समाहित है। उन्होंने अपने जीवन की प्रयोगशाला में इसका निरंतर परीक्षण किया। उसको व्यवहारोपयोगी बनाकर उन्होंने अहिंसा के पुरातन अर्थों की सीमाओं का विस्तार किया। गांधीजी ने अहिंसा के वैयक्तिक तत्त्व में सामाजिकता का प्रवेश कराया तथा निष्क्रिय एवं सैद्धांतिक पक्ष को अत्यंत सक्रिय बना दिया। अब तक अहिंसा एक व्यक्ति के सुधार का सहारा थी, गांधीजी ने उसका प्रयोग विशाल समूहों पर किया।

जीवन के प्रत्येक क्षण में अहिंसा की स्थिति का आभास होता है। किंतु अहिंसा का इतना अनुभव है कि जीवन में असंभव लगता है। साँस लेने, खाने–पीने, रहन–सहन में कहीं–न–कहीं हिंसा हो ही जाती है, किंतु गांधीजी शरीर के रहते ऐसी हिंसा हो जाने की स्थिति को स्वीकार करते हैं। उन्होंने अहिंसा के इतने सूक्ष्म भाव्य से अपना तादात्म्य नहीं किया था। उन्होंने हिंसा की तरह अहिंसा को संगठित किया और विश्व को यह दिखलाया कि अहिंसा से समाज परिष्कृत होता है, युद्ध को रोका जा सकता है और मानव संस्कृति को सुरम्य बनाया जा सकता है। "अहिंसा का अर्थ है प्रेम का समुद्र वैर–भाव का सर्वथा त्याग, अहिंसा में दीनता, भीरुता न होकर भागना भी न हो। अहिंसा में दृढ़ता, वीरता, निश्छलता होनी चाहिए।"[२५]

अहिंसा कोई बाह्य चिंतन का विषय नहीं है। अहिंसा तो मानव की प्रकृति का अंग है। "जब मनुष्य शैतान की पूजा करता है तो वह स्वभाव के प्रतिकूल कार्य करता है। मनुष्य का यदि कोई कर्तव्य है तो वह अहिंसा में निहित है। अहिंसा में दया की भावना जाग्रत् रहनी चाहिए।" जहाँ दया नहीं, वहाँ अहिंसा नहीं। अतः कह सकते हैं कि जिनमें जितनी दया है उतनी अहिंसा है। अपने पर आक्रमण करनेवाले को मैं न मारूँ उसमें अहिंसा हो भी सकती है और नहीं भी। यदि उसे भयवश न मारूँ तो वह अहिंसा नहीं हो सकती।[२६]

अहिंसा शुद्ध निःस्वार्थ प्रेम की छाया में ही पल सकती है। अहिंसा की अग्नि–परीक्षा तो तब होती है जब हिंसा के लिए भयंकर से भयंकर उत्तेजना होते हुए भी मनुष्य मन, वचन और कर्म से अहिंसक बना रहे। मन में भय अथवा कार्यरत निवास कर बैठे

तो अहिंसा निरापद धोखा ही हो जाती है। गांधी के शब्दों में, ''अहिंसा सर्वश्रेष्ठ शक्ति है। यह आत्मबल अथवा मनुष्य में निहित अंतर्यामी ईश्वर की शक्ति है।''[२७] ऐसी स्थिति में अहिंसा आत्मा को शुद्ध और शक्तिमान बनाए रखती है। गांधीजी ने अहिंसा को जीवन में धारण करके उसके भारत पर व्यावहारिक दर्शन करने की अभिलाषा की। उनकी यह दृढ़ता थी कि भारत का उद्धार अहिंसा से हो सकता है ''भारत यदि अहिंसा को गँवा देगा तो संसार की अंतिम इच्छा पर पानी फिर जाएगा।''[२८] उनकी अहिंसा में इतनी गहन श्रद्धा थी कि वे उसके अभाव में आजादी को भी स्वीकार नहीं करना चाहते थे।

गांधीजी के अहिंसा के सिद्धांत को कुछ लोगों ने कायरता का सिद्धांत कहा, क्योंकि उनके अनुसार वह संघर्षों से विमुक्त होने की दीक्षा देती है। किंतु गांधीजी अपनी अहिंसा की विवेचना में इस आक्षेप को स्वीकार नहीं करते। वह यह पहले ही मानकर चलते हैं कि अहिंसा कायरता के साथ समझौता नहीं कर सकती।

जब मनुष्य अहिंसा धर्म का पालन सही प्रकार से करता है तो सारा संसार उसके चरणों में गिर जाता है। जीवन में साहस की आवश्यकता होती है, अहिंसा उस साहस का ही प्रतिफल है। ''मेरा अहिंसा धर्म एक महान् शक्ति है। उसमें कायरता और निर्बलता के लिए तनिक भी स्थान नहीं। एक हिंसा का उपासक अहिंसा का शत्रु बन जाता है। किंतु एक कायर से तो कभी अहिंसक बनने की आशा नहीं की जा सकती।''[२९] अहिंसा के विवेचित संदर्भों में गांधी ने दंभी कायरता को अंगीकार नहीं किया। ''अहिंसा और कायरता परस्पर विरोधी शब्द हैं। अहिंसा सर्वश्रेष्ठ सद्गुण है, कायरता बुरी से बुरी बुराई। अहिंसा का मूल प्रेम है, कायरता का घृणा। अहिंसक सदा कष्ट सहिष्णु होता है, कायर सदा पीड़ा पहुँचाता है। संपूर्ण अहिंसा उच्चतम वीरता है। अहिंसक व्यवहार कभी पतनकारी नहीं होता, कायरता सदा पतित बनती है।''[३०]

गांधीजी अपने जीवन के सभी अहिंसक प्रसंगों में हर तथ्य को स्पष्ट करते रहे कि कायरता तो हिंसा से भी बुरी स्थिति है। ''मैं एक पूर्णतया सशस्त्र और हृदय से भीरु व्यक्ति की कल्पना कर सकता हूँ शरद रखने में कायरता नहीं तो भय का भूत अवश्य छिपा है। किंतु विशुद्ध निर्भीकता के बिना सच्ची अहिंसा असंभव है।''[३१] विशुद्ध निर्भीकता का अर्थ है शूरवीर की तरह जीवन जीना। ''अहिंसा में भय को स्थान प्राप्त नहीं है। भयमुक्त होने के लिए अहिंसा के उधारक को उच्च कोटि की त्यागवृत्ति विकसित करनी होती है। जमीन जाए, धन जाए, शरीर जाए, इसकी कुछ परवाह न करे। अहिंसा का पुजारी एक ईश्वर का ही भय रखे और दूसरे सब भयों को जीत ले।''[३२] अहिंसा भय निवृत्ति की स्थिति में ही संभव हो सकता है। अहिंसा हर परिस्थिति में खरी उतरे तब तो उसमें पूर्णता है अन्यथा वह अहिंसा नहीं है। ''खूनी के सामने अहिंसा का प्रयोग करना अपनी जान देना है, लेकिन इसी में अहिंसा की परीक्षा है।

दूसरी विशेषता यह है कि जो लाचारी से मर जाता है वह अहिंसा की परीक्षा में पास नहीं होता। जो मरते हुए खूनी पर क्रोध नहीं करता और उसके लिए मन में ईश्वर से क्षमा माँगता है, वही अहिंसक है।''[३३] ''जब एक चूहा एक बिल्ली के शिकंजे में पड़कर अपने को समर्पित कर देता है तब वह यह नहीं कहा जाएगा कि उसने बिल्ली को क्षमा कर दिया।''[३४]

भयमुक्त जीवन ही अहिंसा के मन को समझ सकता है और बदले की आकांक्षा न रखनेवाला व्यक्ति ही अहिंसा धर्म का मर्मज्ञ हो सकता है। ''हर सिद्धांत का अंतर्निहित भाव यह है कि बदले की भावना नहीं होती।''[३५] अहिंसा एक सीधी लकीर है जिस पर चलकर मानव जाति का कल्याण संभव है, क्योंकि तलवार से या हिंसा से किसी जाति को स्थायी सुख या शांति उपलब्ध नहीं हो सकती। ''तलवार के जोर से कोई आदमी कुछ लेता है तो उससे बड़ी दूसरी तलवार से वह छीन लिया जाता है।''[३६] समालोचकों के मत में अहिंसा एक वैयक्तिक गुण हो सकता है, किंतु राजनीतिक क्षेत्र में उसकी प्राप्ति दुर्लभ और कठिन है। यह अहिंसा के व्यावहारिक पक्ष की आलोचना है। इस संबंध में यह स्मरणीय है कि गांधीजी का संपूर्ण जीवन व्यावहारिक प्रयोगों की प्रयोगशाला थी। गांधीजी द्वारा पीड़ित बछड़े के मरवाने के कार्य को भी हिंसा की श्रेणी में रखकर अनेक व्यक्ति उनपर आक्षेप करते हैं। बछड़े को मार देने में उनकी दशा का अंश ही समाहित है, क्योंकि वह उस मूक प्राणी को पीड़ा मुक्त कर देना चाहते हैं। ''गांधीजी की अहिंसा का सिद्धांत केवल मात्र ऋषियों और संतों के लिए नहीं था। साधारण लोगों के लिए भी था। उनके लिए हिंसा समाज का प्राकृतिक नियम नहीं है। एक समाज की प्रगति का मापदंड अहिंसा के अभ्यास में निहित है।''[३७]

देश में जब सांप्रदायिकता की आग भड़की तब भी उन्होंने अपनी अहिंसा से उसे दबाया। ''खून का बदला खून से या हरजाने से नहीं लिया जा सकता। खून का बदला लेने का केवल एक ही रास्ता है कि हम बदले की इच्छा न रखते हुए स्वयं को बलिदान कर दें।''[३८] गांधीजी ने स्वराज्य शब्द से लेकर युद्ध के संदर्भों तक अहिंसा का प्रतिपादन किया है। हिंसा के बिना स्वराज्य आवश्यक है; अहिंसा इस प्रकार जीवन की एक विकसित कला है। ''अहिंसा जीवन का एक शक्तिशाली मार्ग है जिस रचनात्मक कार्यक्रमों के माध्यम से अभियुक्त होना चाहिए।''[३९] अहिंसा के लिए कठोर संयम और नियमों की आवश्यकता है। इसमें दूसरों के साथ सहयोग करने की भावना का विचार जागृत करना है, कठिन श्रम करना है, साहस और हिम्मत की भावना का विकास करना है। ऐसी अनुशासनबद्ध अहिंसा से हिंसा बल परास्त हो जाता है। ''हिंसा की वृत्ति का दमन करके कोई शक्ति अथवा राष्ट्र जिस शक्ति का उपार्जन करता है, वह बर्बर है।''[४०]

गांधीजी ने युद्धों को तिरस्कृत किया, क्योंकि वह यह स्वीकार करते हैं कि खून–

खराबी से संसार का भला नहीं हो सकता। गांधी ने दक्षिण अफ्रीका के बोअर युद्ध तथा प्रथम विश्व युद्ध में ब्रिटेन की सहायता की। ऐसी स्थिति में उनकी अहिंसा का दम क्यों नहीं घुटा, यह सर्वथा प्रशंसनीय है। इस प्रश्न का उत्तर स्वयं गांधीजी ने इस प्रकार दिया, ''मैं स्वयं युद्ध का विरोधी हूँ, इसलिए मैंने अवसर मिलने पर कभी मारक अस्त्र-शस्त्रों का प्रयोग नहीं सीखा, किंतु जब तक मैं पशु बल पर स्थापित सरकार के अधीन रहता था और स्वेच्छा से उसकी बनाई सुविधाओं का उपयोग करता तब तो यदि वह कोई लड़ाई लड़े तो उसमें उसकी मदद करना स्वाभाविक था।''[४१] युद्धों के परिवेश में प्रवेश पाने के बाद भी युद्ध को वे घृणा की दृष्टि से देखते थे। गांधीजी मूलतः अहिंसक ही रहे। वह स्थायी शांति के लिए युद्ध की समाप्ति के प्रतिपादक थे।

गांधीजी की अहिंसा, करुणा और दया दोनों ही रूप में मिलती है—''गांधीजी की अहिंसा का निषेधात्मक दृष्टिकोण नहीं है। यह एक सकारात्मक विचारधारा है, अपने उस सकारामक रूप में वह प्रेम से संबंधित है।''[४२] प्रेम अहिंसा को जीवन देता है, अहिंसा प्रेम में पनपती और बढ़ती है। यू.एन. ढेवर के अनुसार, ''अहिंसा मानव प्रकृति का एक नियम है तथा मानव के अस्तित्व की रक्षा के लिए आवश्यक परिस्थति है।''[४३] गांधीजी की अहिंसा का एकमात्र अर्थ जीव हिंसा करना ही नहीं है, प्रत्युत्त कामनाओं और वासनाओं का परित्याग करते हुए जगत् के हित के साथ यथासंभव तादात्म करते जाना भी है।[४४] इस दृष्टिकोण से मनुष्य को उसने जीवन में अहं की पूजा को छोड़कर दूसरों के अधिकारों की सुरक्षा के लिए प्रयत्न करना आवश्यक है। यह सोच लेना नितांत संपूर्ण है कि केवल शस्त्र न उठाने का नाम ही अहिंसा है। यह तो कायरता, पलायनवाद, भय और भीरुता का विरोधी है।

संदर्भ

१. जी.ए. नटसन : 'स्पीचेज एंड राइटिंग्स ऑफ महात्मा गांधी', पृ. ४०
२. 'हरिजन सेवक', १० फरवरी, १९४०
३. 'हिंदी नवजीवन', ३० नवंबर, १९४०
४. राधाकृष्णन (लेख), मानव जाति को गांधीजी का संदेश, पुस्तक : 'गांधी श्रद्धाजलि ग्रंथ', पृ. १४
५. डॉ. मिश्र (लेख) गांधी दि पॉलिटिकल साइनटिस्ट (पत्रिका), गांधी मार्ग, जुलाई, १९५८, पृ. २२५-२६
६. हरिजन, २४ दिसंबर, १९३८
७. डॉ. वी.पी. वर्मा : 'दि पोलिटिकल फिलॉसफी ऑफ महात्मा गांधी ऐंड सर्वोदय', पृ. ७२
८. उपरोक्त, पृ. ८७-८८
९. गोपीनाथ धावन : 'दि पोलिकिल फिलॉसफी ऑफ महात्मा गांधी', पृ. ५४

१०. एस. कृष्णराव (लेख), 'गांधिज्म ए न्यू वे ऑफ लाइफ'
११. 'हिंदी नवजीवन', २० जनवरी, १९२७, गांधी जयंती, अक्तूबर, १९५५, पृ. ३९
१२. उपरोक्त, १२ सितंबर, १९२९
१३. 'हिंद स्वराज', पृ. ६०
१४. डॉ. बी.पी. वर्मा : पूर्वोक्त, पृ. ८१-८२
१५. आचार्य कृपलानी : 'महात्मा गांधी का जीवन और चिंतन', पृ. ३५५
१६. इथिकल रिलिजन, पृ. ३६
१७. यरावदा, मंदिर, पृ. १
१८. 'हरिजन', २७-११-१९४९, पृ. ३४०
१९. गोपीनाथ : 'दि पॉलिटिकल फिलॉसफी ऑफ महात्मा गांधी', पृ. ५८
२०. टी.के.एन. यूनियान : 'गांधी एंड फ्री इंडिया', पृ. ४०
२१. 'संपूर्ण गांधी वाङ्मय' (खंड ८), पृ. ६०
२२. 'यंग इंडिया', २५ जून, १९२५
२३. 'हिंदी नवजीवन', २५ जून, १९२५
२४. 'हिंदी नवजीवन', १९ अक्तूबर, १९२९
२५. 'हिंदी नवजीवन', २० सितंबर, १९२८
२६. उपरोक्त, १७ जून, १९२६
२७. 'हिंदी नवजीवन', ४ अप्रैल, १९२९
२८. 'हरिजन सेवक', १९ अप्रैल, १९३८
२९. उपरोक्त, १४ अक्तूबर, १९३९
३०. 'हिंदी नवजीवन', १६ जून, १९२७
३१. उपरोक्त, ३१ अक्तूबर, १९२९
३२. 'हरिजन सेवक' ३१ अगस्त, १९४०
३३. उपरोक्त, २८ अप्रैल, १९४६
३४. यंग इंडिया ११-८-२०, पृ. ७७२
३५. पट्टाभि सीतारमैया : 'गांधी और गांधीवाद', भाग १, पृ. ३६-३७
३६. 'हरिजन सेवक', १८ मई, १९४७
३७. टी.के.एन. यूनियान : 'गांधी एंड फ्री इंडिया', पृ. ४५
३८. 'हरिजन सेवक', १८ अगस्त, १९४६
३९. रिचर्ड दी ग्रेग : 'ए डिसीप्लिन फॉरनन वायलेंस', पृ. ३
४०. 'यंग इंडिया', १९ मार्च, १९३९
४१. 'हिंदी नवजीवन', २० सितंबर, १९२८
४२. एक.सी. गूगंल : 'दि गांधियन वे टू वर्ल्ड पीस', पृ. ४७
४३. यू.एन. ढेवर : 'गांधी ए पॉलिटिकल आइडिलिस्ट', पृ. ८-१२
४४. कमलापति त्रिपाठी : 'बापू और मानवता', पृ. २३५

□

३

सत्याग्रह : सिद्धांत एवं व्यवहार

गांधीजी अनिवार्य रूप से नैतिकतावादी थे। उनकी नैतिकता केवल साध्य में ही नहीं साधन में भी थी। इसलिए वे जीवन के हर पहलू में नैतिकता को समग्र रूप से प्रतिष्ठित करना आवश्यक समझते थे। उनकी दृष्टि में राजनीतिक, सामाजिक, आर्थिक आदि सभी समस्याएँ नैतिक हैं और उनका समाधान भी नैतिक साधनों से ही किया जाना चाहिए। अपने इस विश्वास के कारण बुराई को दूर करने के लिए उन्होंने एक ऐसे यंत्र का आविष्कार किया, जिसे सत्याग्रह का नाम दिया गया। गांधीवाद का मूल तत्त्व सत्याग्रह है। सत्याग्रह, राजनीतिक सिद्धांत और व्यवहार को गांधीजी की सबसे बड़ी देन है। यह वह केंद्र है, जिसके चारों ओर उनकी अन्य धारणाएँ—राजनीति का नैतिककरण, साधनों तथा साध्य की पवित्रता एवं एकता, विश्व की नैतिक प्रकृति तथा अपने सिद्धांतों के लिए कुछ भी कष्ट उठाने, यहाँ तक कि मरने तक का संकल्प—घूमते हैं। बी. गुनाकी लिखते हैं, "Satyagraha was Gandhi's life-blood because it was that weapon on which he relied for most of the practical activities and it was that weapon that his followers understood in all remifications more than his philosophy."

सत्याग्रह दो शब्दों से मिलकर बना है—सत्य + आग्रह। सत्याग्रह का मूल अभिप्राय अहिंसा में अभेद निष्ठा रखनेवाले मनुष्य का सत्य के प्रति आग्रह है। अहिंसा के साथ-साथ सत्य के समाहित हो जाने पर एक नई स्थिति का जन्म होता है। सत्याग्रह में सबकुछ सत्य के लिए कहा जाता है, दूसरों को उससे तनिक भी कष्ट नहीं पहुँचे, यह

सत्याग्रह की उच्च महत्त्वाकांक्षा होती है। बड़ी-से-बड़ी हिंसक शक्ति को झुकाने की उसमें सामर्थ्य होती है। सत्याग्रह सत्य की निरापद खोज है। इसके लिए मनुष्य अंतिम क्षण तक प्रयास करके लड़ता और प्रयत्न करता रहता है। सत्याग्रह स्वयं ही कष्ट सहने की इच्छा का नाम है, इसलिए इसमें बैर-भावना का जन्म नहीं होता। गांधीजी के अनुसार, ''सत्याग्रह का अर्थ है विरोधी को पीड़ा देकर नहीं, बल्कि स्वयं कष्ट उठाकर सत्य की रक्षा करना।''[१] डॉ. पट्टाभि सीतारमैया ने सत्याग्रह को रचनात्मक परिप्रेक्ष्य में देखने का प्रयास किया है। उनके अनुसार, ''सत्याग्रह एक विधेयात्मक एवं अप्रतिहत शक्ति के रूप में कार्य करता है। इसका प्रभाव अनुभवसिद्ध है।''[२] इस नए मापदंड में सत्याग्रह का त्रिधयात्मक स्वरूप सत्य और अहिंसा के कारण है।

एक सत्याग्रही धोखा, छल, कपट के ऊपर आधारित पशुबल के स्थान पर प्रेम और सत्य का नैतिक शस्त्र प्रयोग करता है। वह घृणा को प्रेम से, असत्य को सत्य से और हिंसा को आत्मकष्ट द्वारा विजय करने का प्रयास करता है।

ज्योति प्र. सूद के शब्दों में, ''एक सत्याग्रही अपने विरोधी की कष्ट देने की शक्ति का मुकाबला अपनी कष्ट सहन की शक्ति से करता है, वह अत्याचारी से घृणा नहीं करता, किंतु वह उनकी आज्ञा का पालन करने और अन्याय को जारी रखने में उसकी सहायता करने से इनकार कर देता है।''[३] गांधीजी इसे आत्मबल भी कहते थे। इसका कारण यह है कि आत्मा के अस्तित्व और उनकी वास्तविकता में विश्वास सत्याग्रह के नैतिक शस्त्र के प्रयोग की पहली शर्त है। वह कहा करते थे कि सत्याग्रही की कभी पराजय नहीं होती, संघर्ष में यदि सत्याग्रही की मृत्यु भी हो जाए तो भी उसका अंत नहीं होता। विरोधी को सत्य को देखने की सामर्थ्य देने के लिए कभी-कभी मरना आवश्यक हो जाता है, अत्याचारी के अंत:करण को जाग्रत् करने की इतनी शक्ति और किसी चीज में नहीं है, जितनी कि एक सत्याग्रही को अपने उद्‌देश्य के लिए मरते हुए देखने में।

गांधीजी का कहना था कि सत्याग्रह का सिद्धांत कोई नवीन सिद्धांत नहीं, यह केवल गृह जीवन के नियमों का राजनीतिक क्षेत्र में आरोपण है। घर के झगड़ों को साधारणतया प्रेम और सहानुभूति के साथ सुलाया जाता है। पीड़ित सदस्य दूसरों के प्रति इतना प्रेम रखता है कि वह अपने से मतभेद रखनेवालों से बदला लिये और क्रुद्ध हुए बिना ही आघात सह लेता है। सत्य का नियम प्रेम का नियम है। बुराई के बदले में भलाई करने और घृणा को प्रेम से विजय करने का सिद्धांत जो कि सत्याग्रह का मूल तत्त्व है एक बहुत ही पुराना सिद्धांत है। गांधीजी इसे शाश्वत कहते थे। बुद्ध तथा ईसा मसीह ने इसका उपदेश दिया और इसके ऊपर आचरण किया। इसका उल्लेख टॉल्स्टॉय, रस्किन और डेविड थोरो सरीखे आधुनिक विचारकों के लेखों में मिलता है, जिनका

गांधी पर बड़ा प्रभाव पड़ा था। परंतु जबकि उन्होंने अहिंसात्मक विरोध का अनुमोदन व्यक्तियों और समूहों के लिए किया था, गांधीजी ने इसे सार्वजनिक क्षेत्रों में भी लागू किया। उन्होंने इसका प्रयोग राजनीतिक, सामाजिक तथा आर्थिक-समस्याओं के हल के लिए बहुत अधिक पैमाने पर किया। वह इसे सर्वव्यापक बनाना चाहते थे तथा समस्त मानव क्रियाओं पर उसे आरोपित करना चाहते थे।

इसी बात में उनकी मौलिकता थी। परंतु उनका आग्रह यह था कि इसका प्रयोग सार्वजनिक क्षेत्र में करने से पूर्व हमें अपने व्यक्तिगत जीवन में अपनाना चाहिए, किसी व्यक्ति के लिए व्यक्तिगत जीवन में अहिंसावादी हुए बिना सार्वजनिक विषयों में अहिंसावादी बनाना असंभव है। यदि कोई मनुष्य अपने व्यक्तिगत जीवन में अहिंसा का पालन नहीं कर सकता तो सरकार के साथ अपने आचरण में अहिंसा का पालन करना एक प्रकार की कायरता ही होगी या अधिक से अधिक वह विवशतापूर्ण सदाचार के समान होगा। गांधीजी कहते हैं कि ''अहिंसा की वर्णमाला का सर्वोत्तम पाठ गृह रूपी पाठशाला में पढ़ा जाता है, और मैं अपने अनुभव से कहता हूँ कि यदि हमें वहाँ सफलता प्राप्त हो जाती है तो निश्चित रूप से ही हमें हर कहीं सफलता प्राप्त होगी। एक अहिंसावादी व्यक्ति के लिए सारा संसार ही एक परिवार है।''[१४] गांधीजी सार्वजनिक सत्याग्रह को व्यक्तिगत घरेलू सत्याग्रह का ही एक विस्तृत रूप मानते थे। जो लोग अपने व्यक्तिगत और निजी जीवन में सत्याग्रह के सिद्धांत का पालन नहीं कर सकते, वे सार्वजनिक जीवन में इसका पालन करने में भी असमर्थ हैं।

सत्याग्रह एक दिन की साधना से कभी फलदायी नहीं होता। उसमें तो निरंतर कष्ट सहने की क्षमता का विकास होता है। सत्याग्रह सदैव शुद्ध आत्मा की भावना से संबद्ध होता है। विनय के साथ उसका संबंध और विवेक के साथ उसका गठबंधन होता है। उसमें बैर-भावना के लिए किंचित् मात्र भी स्थान नहीं होता। ''सत्याग्रही झूठी प्रतिष्ठा के फेर में नहीं रहता। अपनी विचार प्रणाली या योजना में गलती मालूम होने पर वह कितना आगे बढ़ गया हो, तो भी ठहर जाने में अथवा जो पीछे हटना सा जान पड़े जैसा आचरण करने और अपनी भूल कबूल करने में तथा जो हानि हो उसे सहन कर लेने या उसके लिए उचित प्रायश्चित स्वीकार करने में शरमाता नहीं, क्योंकि किसी भी दूसरे विचार या कारण को सत्याग्रही सत्य के सामने कम महत्त्व की वस्तु समझता है।''[१५] सत्याग्रही अपने विरोधी को किंचित् मात्र भी कष्ट नहीं पहुँचाता। सदैव कोमल तर्कों से विरोधी की बुद्धि को जीतने की चेष्टा करता है, स्वबलिदान या आत्मबलिदान से उसके हृदय पर अपना स्थायी प्रभाव बनाता है।

गांधीजी का विचार है कि एक अहिंसात्मक युद्ध में सत्याग्रही का विजय होना सर्वथा निश्चित है, क्योंकि ईश्वर उसके पक्ष में होता है, ब्रह्मांड की सूक्ष्म शक्तियाँ

उसकी सहायता करती हैं। सत्याग्रही अपने विरोधी के सम्मुख अपना आध्यात्मिक व्यक्तित्व स्थापित करता है और उसके हृदय में यह भावना जगा देता है कि अपने व्यक्तित्व को हानि पहुँचाए बिना उसे हानि नहीं पहुँच सके।

सत्याग्रह और निष्क्रिय प्रतिरोध

गांधीजी ने दक्षिण अफ्रीका सत्याग्रह (११ सितंबर, १९०६ से १२ जनवरी, १९१४ तक) में जिस सत्याग्रह की नींव रखी उसे निष्क्रिय प्रतिरोध की संज्ञा दी गई। निष्क्रिय प्रतिरोध में सत्याग्रह से भिन्न मान्यताएँ समाहित हैं। इसमें किसी वस्तु के विरुद्ध बल प्रयोग की भावना होती है। यह शब्द सत्याग्रह की भावना समाहित किए हुए भी एक दुर्बल की मनोभावना की अभिव्यक्ति माना गया। कहीं-कहीं उसमें हिंसा की भावना की झलक थी। निष्क्रिय प्रतिरोध संसार भर में दुर्बलों का शस्त्र बनकर रह गया। सत्याग्रह में यह अभीष्ट नहीं है। सत्य और अहिंसा, क्योंकि निष्क्रिय नहीं है इसलिए सत्याग्रह भी वृत्ति का नाम नहीं है। सत्याग्रह बलवान का शस्त्र है इसमें कहीं भी हिंसा को स्थान नहीं है, क्योंकि वह सदा सत्य पर बल देता है। सत्यासत्य का ध्यान किए बिना यदि सत्याग्रह प्रारंभ होता है तो यह सत्याग्रह नहीं दुराग्रह होगा। जब सत्याग्रही के मन में केवल अपनी ही विजय की कामना हो और दूसरे के अहित की इच्छा हो तो यह दुराग्रह ही कहला सकता है।

पोलक के अनुसार गांधीजी के लिए सत्याग्रह का अर्थ गतिशीलता तथा क्रियाशीलता है। यह सत्य की शक्ति है जो प्रवाहमान होनी चाहिए। सत्याग्रह तो वैयक्तिक रूप से कष्ट सहना है। इसमें भी अहिंसा की आत्मा विधेयात्मक प्रेम के साथ संबद्ध है।[६]

सत्याग्रह इस प्रकार से विशुद्ध अन्य शक्ति है। अज्ञानवश यदि किसी को कोई कष्ट देगा तो वह उसे प्रेम के भाव से जीते और जीतने की प्रक्रिया में उसे प्रेम तथा सत्य के आग्रह को सदैव ध्यान में रखना होगा। काका कालेलकर के अनुसार, "सत्य और अहिंसा की निष्ठा कायम रखकर हृदय से जो जवाब मिले, उसी पर अमल करना चाहिए। ऐसे ही धीरे-धीरे सत्याग्रह का शत्रु तैयार हो।"[७] सत्याग्रह का यह विचार गांधीजी के हाथों में आकर प्रेम का विधान बन गया। "सत्याग्रह एक प्रेम का विधान है, सभी के लिए प्रेम का मार्ग है। वह सभी परिस्थितियों और सभी रूपों में सिद्धांत रूप से हिंसा का पूर्ण परित्याग करना है।"[८]

यद्यपि दक्षिणी अफ्रीका में स्वयं गांधीजी ने निष्क्रिय प्रतिरोध शब्द का प्रयोग सत्याग्रह के अर्थ में किया था; लेकिन बाद में वे सत्याग्रह और निष्क्रिय प्रतिरोध में स्पष्ट भेद करने लगे। इन दोनों में मूलभूत अंतर निम्नलिखित है—

१. निष्क्रिय प्रतिरोध कामचलाऊ राजनीतिक शस्त्र है जबकि सत्याग्रह नैतिक

शस्त्र है, जिसका आधार है शारीरिक शक्ति की अपेक्षा आत्मशक्ति की श्रेष्ठता।

२. निष्क्रिय प्रतिरोध दुर्बल का शस्त्र है जबकि सत्याग्रह का प्रयोग वे वीर ही कर सकते हैं, जिनमें बिना मारे मरने का साहस है।
३. निष्क्रिय प्रतिरोध में उद्देश्य होता है, प्रतिपक्षी को इतना परेशान करना कि वह हार मान ले जबकि सत्याग्रह का उद्देश्य है प्रेम और धैर्यपूर्वक कष्ट सहन करके विरोधी का हृदय परिवर्तन करना और उसकी भूल सुधारना।
४. निष्क्रिय प्रतिरोधी के लिए प्रेम की गुंजाइश नहीं, जबकि सत्याग्रह में घृणा, दुर्भावना आदि के लिए कोई स्थान नहीं।

   इस प्रकार सत्याग्रह गत्यात्मक है, निष्क्रिय प्रतिरोध स्थिरात्मक है। निष्क्रिय प्रतिरोध निषेधात्मक रूप से कार्य करता है और उसका कष्ट सहन अनिच्छापूर्वक और निष्फल होता है जबकि सत्याग्रह विधायक रूप से कार्य करता है, प्रेम के कारण प्रसन्नता के कष्ट सहन करता है और कष्ट सहन को फलप्रद बनाता है।
५. निष्क्रिय प्रतिरोध में हिंसा से सामान्य रूप से दूर रहा जाता है, क्योंकि दुर्बल व्यक्ति हिंसा का प्रयोग नहीं कर सकता। फिर भी यह उचित अवसर पर हिंसात्मक उपायों के प्रयोग के विरुद्ध नहीं है। दूसरी ओर सत्याग्रह किसी भी रूप में अनुकूलतम् परिस्थिति में भी हिंसा के प्रयोग की आज्ञा नहीं देता।
६. निष्क्रिय प्रतिरोध में आंतरिक शुद्धता का अभाव है। सत्याग्रह की तरह वह साधनों की शुद्धता को आवश्यक नहीं मानता और प्रयोग करनेवाले व्यक्तियों के चरित्र की नैतिकता की उपेक्षा करता है। दूसरी ओर सत्याग्रह में उद्देश्य सिद्धि और सत्याग्रही के आंतरिक सुधार में घनिष्ठ संबंध है।
७. निष्क्रिय प्रतिरोध का प्रयोग सार्वभौम नहीं हो सकता। सत्याग्रह की तरह उसका प्रयोग अपने घनिष्ठ संबंधियों के विरुद्ध नहीं किया जा सकता। दुर्बलता और विनाश की भावना से प्रयुक्त निष्क्रिय प्रतिरोध नैतिक दुर्बलता को बढ़ाता है। दूसरी ओर सत्याग्रह सदैव आंतरिक शक्ति पर जोर देता है और वास्तव में उसका विकास करता है।
८. निष्क्रिय प्रतिरोध की अपेक्षा सत्याग्रह अन्याय और अत्याचार का अधिक प्रभावशाली और निश्चित विरोध है, लेकिन निष्क्रिय प्रतिरोध वास्तव में निष्क्रिय नहीं होता, क्योंकि प्रतिरोध सदैव सक्रिय होता है।

इस प्रकार निष्क्रिय प्रतिरोध और सत्याग्रह में उपर्युक्त अंतर है। आत्मबल संपन्न व्यक्ति बड़ी-से-बड़ी शक्ति से लोहा ले सकता है। वह अकेले ही तमाम भौतिक

शक्तियों को ललकार सकता है। परंतु गांधीजी के अनुसार सत्याग्रही में आत्मबल तभी आ सकता है जबकि उसने कुछ आवश्यक गुण धारणा किए हों। ये गुण निम्नलिखित हैं—सत्य, अहिंसा, ब्रह्मचर्य, नि:स्वाद, अस्तेय, अपरिग्रह, स्वदेशी, निर्भयता, विनम्रता, धैर्य और सुचारुता। इनमें से सत्य और अहिंसा का वर्णन पिछले अध्याय में किया जा चुका है। यहाँ हम सत्याग्रही के दूसरे गुणों पर आते हैं, जिनमें सर्वप्रथम ब्रह्मचर्य का उल्लेख किया जा रहा है।

ब्रह्मचर्य

सामान्यत: ब्रह्मचर्य का अर्थ होता यौन नियंत्रण। किंतु गांधीजी के अनुसार, ब्रह्मचर्य इतना संकीर्ण नहीं है, क्योंकि वे मानते थे कि ब्रह्मचर्य के अंतर्गत हर प्रकार के अपवित्र विचार शब्द और क्रियाएँ भी वर्जित हैं।[९] नियंत्रण का अर्थ केवल यौन नियंत्रण ही नहीं बल्कि सभी इंद्रियों का संयम है। चूँकि ब्रह्मचर्य का सामान्य अर्थ यौन नियंत्रण है, इसलिए इसके अंतर्गत विवाह वर्जित है, किंतु गांधीजी ऐसा नहीं मानते। उनके अनुसार विवाह वैसा ही एक पतन है जैसाकि मनुष्य जन्म ही एक पतन है।[१०]

गांधीजी जीवन की कठोर वास्तविकताओं से परिचित थे। इसलिए वे ऐसे किसी आदर्श का निर्माण करना नहीं चाहते थे जो व्यावहारिक रूप में संभव न हो। इसलिए गांधीजी ने इस प्रकार के आत्मनियंत्रण के लिए ऐसी प्रक्रिया बताई जो स्वाभाविक रूप से धीमी हो। वे आत्मनियंत्रण और उदात्तिकरण की जिस ऊँचाई पर लोगों को ले जाना चाहते थे, उसके लिए ऐसे किसी साधन अथवा माध्यम का उपयोग नहीं करना चाहते थे, जिससे लोगों को अपनी इच्छाओं को संपूर्णतया दमित करना पड़े, क्योंकि वे जानते थे कि दमित वासनाओं का भयानक विस्फोट होता है। किंतु इसका यह अर्थ नहीं है कि गांधीजी अपने आदर्श को छोटा बनाना चाहते थे। वे अपने आदर्श को उतना ही ऊँचा रखना चाहते थे। लेकिन वे उस तक पहुँचने के लिए एक स्वाभाविक लंबी प्रक्रिया आवश्यक मानते थे।

गांधीजी ब्रह्मचर्य के अंतर्गत विवाह को वर्जित नहीं मानते, किंतु विवाह के उद्‌देश्य पर अवश्य बल देते हैं। उनके अनुसार विवाह का एकमात्र उद्‌देश्य है संतानोत्पत्ति। वे मानते हैं कि इसका उद्‌देश्य कभी भी केवल शारीरिक वासना की पूर्ति नहीं होना चाहिए।

मनुष्य के व्यक्तित्व में निखार तथा उदात्तिकरण के लिए गांधीजी आत्म-नियंत्रण पर अधिक बल देते हैं। इस नियंत्रण के द्वारा वह अपनी सामान्य क्षमताओं को कई गुणा बढ़ा सकता है। गांधीजी मानते हैं कि इस आत्मनियंत्रण के अंतर्गत केवल शारीरिक भूख पर ही नियंत्रण अधिक नहीं है, बल्कि विचारों का नियंत्रण अधिक महत्त्वपूर्ण है।

उन्होंने कहा ''विचार नियंत्रण का अर्थ है कम-से-कम ऊर्जा द्वारा अधिक-से-अधिक कार्य संपादन।''[११]

निःस्वाद

ब्रह्मचर्य के पालन के लिए निःस्वाद आवश्यक है। भोजन हमें अपनी भूख मिटाने के लिए करना चाहिए न कि अपने स्वाद की संतुष्टि के लिए। स्वादिष्ट भोजन का त्याग अपने भौतिक रूप में मनुष्य के लिए उतना लाभदायक नहीं होगा। जब तक मनुष्य अपने विचारों से स्वाद के लिए ललक पर संयम नहीं पा लेता है।[१२]

अस्तेय

गांधीजी अस्तेय के अंतर्गत भी भौतिक वस्तुओं की चोरी अर्थात् केवल उस क्रिया को नहीं मानते। वह तो चोरी की स्थूल व्याख्या है। वे अस्तेय के अंतर्गत आवश्यकता से अधिक धन अथवा भौतिक पदार्थ संग्रह को भी दूर रखना चाहते हैं, अर्थात् यदि कोई व्यक्ति लोभी है और अपने स्वार्थ की पूर्ति के लिए अथवा विलासिता के लिए धन संग्रह अथवा भौतिक पदार्थों के संग्रह में जुटा रहता है तो वह चोरी करता है। मनुष्य अपना जीवन धारण करने के निमित्त जो बहुत ही आवश्यक हो उसे प्राप्त करता रहे, यही उचित है; किंतु इसके विपरीत यदि मनुष्य की प्रवृत्ति आवश्यकता से अधिक पाने की हो तो जो भी उसके पास आवश्यकता से अधिक है वह चोरी का है। इसमें भी मन की सफाई बहुत जरूरी है। हमें अपने जीवन के उदान्त पक्ष में इतना तल्लीन होना चाहिए कि संग्रह जैसी छोटी-मोटी प्रवृत्ति की ओर हमारा ध्यान ही नहीं जाना चाहिए।[१३]

अपरिग्रह

अपरिग्रह के अंतर्गत भौतिक पदार्थों का त्याग आता है। इस त्याग के अंतर्गत मनुष्य का शरीर भी आता है। मनुष्य को सभी आरामदायक चीजें छोड़ देनी चाहिए। यहाँ तक कि भोजन, कपड़ा और मकान जो कि मनुष्य के लिए अनिवार्य होते हैं, उन्हें भी छोड़ देना चाहिए। किंतु हमारी विवशता है कि हमें अपने शरीर के लिए कुछ तो करना ही पड़ता है। देह अपने आप में एक बहुत बड़ी बाधा है। यह हमारी विवशता है कि हम देह उतारकर जहाँ चाहें नहीं रख सकते है। इसलिए मनुष्य को चाहिए कि अपनी देह की चिंता ईश्वर पर छोड़ दे और उसे मानवता की सेवा में लगा दे।[१४]

स्वदेशी

स्वदेशी का गांधीजी के सत्याग्रह में महत्त्वपूर्ण स्थान है। स्वदेशी का अर्थ है ऐसी

वस्तुएँ जो देश में तैयार होती हैं। गांधीजी की यह मान्यता थी कि हम अचानक ही मानवता तक नहीं पहुँच सकते, उसके लिए हमें धीरे-धीरे बढ़ना होगा। हम मानवता की सेवा के लिए अपने पड़ोसियों का विनाश नहीं कर सकते। गांधी का मानना था कि जब तक हम अपने देश की समस्याओं को निकटता से नहीं जान लें तब तक हम विश्व की समस्याओं से भली-भाँति परिचित नहीं हो सकते। गांधीजी ने कहा था कि ''मैं भारत की उन्नति चाहता हूँ, जिससे संपूर्ण विश्व को लाभ हो सके। में दूसरे राष्ट्रों के खँडहर पर भारत का उदय कतई नहीं चाहता।''[१५] इसी आधार पर स्वदेशी की परिभाषा गांधीजी ने इस प्रकार दी, ''स्वदेशी की मोटी परिभाषा यह है कि हम विदेशी वस्तुओं के स्थान पर घर पर बनी वस्तुओं का इस्तेमाल करें जिससे इस प्रकार के उपयोग के फलस्वरूप हमारे गृह उद्योगों की आवश्यक सुरक्षा हो सके, विशेषतया ऐसे उद्योगों की जिनके बिना भारत निर्धन हो जाएगा।''[१६] इसी संदर्भ में गांधीजी ने खादी का महत्त्व प्रतिपादित किया। खादी इसी स्वदेशी सिद्धांत की उत्पत्ति है।[१७]

निर्भयता

जहाँ सत्य होता है वहाँ भय नहीं होता है और जहाँ भय होता है वहाँ सत्य नहीं होता। जहाँ भय होता है वहाँ कायरता होती है और जहाँ कायरता होती है वहाँ अहिंसा कभी नहीं ठहर सकती, क्योंकि कायरता और अहिंसा साथ-साथ नहीं चल सकती। गांधीजी के अनुसार कायरता संभवतया निकृष्टतम् हिंसा है, निश्चय ही रक्तपात तथा उस जैसी और किसी प्रकार की हिंसा से कहीं अधिक।[१८] इस प्रकार असत्य भय का प्रतीक है और उस भय की उपज कायरता हिंसा की प्रतीक है। इसलिए भय साधन और साध्य, अहिंसा और सत्य दोनों का विरोधी है।

निडर होने के लिए भय के कारणों को दूर करना होता है, गांधीजी भय का एक ही कारण मानते थे। उनके अनुसार अपने शरीर का मोह हमारे अंदर भय उत्पन्न करता है।[१९] इसलिए निडरता के लिए निर्लिप्तता आवश्यक है, जिसकी पुष्टि गीता में भी हुई। गांधीजी ने एक मसीहा के अंदाज में कहा था, ''वही राष्ट्र महान् हैं जो अपने शीश मृत्यु रूपी तकिए पर टिकाते हैं, जो मृत्यु को चुनौती देते हैं, वे भयमुक्त होते हैं।''[२०]

विनम्रता

विनम्रता सत्याग्रही का आभूषण है। गांधीजी ने कहा कि ''कोई सत्याग्रही कुछ भी नहीं है, यदि वह विनम्र नहीं है।''[२१] सत्याग्रही को अपनी स्वार्थपरता को संपूर्णतः मिटाकर त्याग की उदात्त परंपरा से विनम्रता के साथ गुजर जाना चाहिए कि उसका आत्मोत्सर्ग पूर्ण भी हो जाए और यश की भी स्पृहा तनिक भी न हो। यही विनम्रता है।

धैर्य

सत्याग्रही को किसी भी परिस्थिति और परिवेश में विचलित नहीं होना चाहिए। उसे चट्टान की भाँति दृढ़ बना रहना चाहिए।

सुचारता

सत्याग्रही किसी भी कार्य को न तो बड़ा समझे और न छोटा। वह किसी भी कार्य को न तो अधिक महत्त्व देगा और न कम। वह चरम कर्तव्य बोध से प्रेरित होकर प्रत्येक कार्य को संपूर्ण मनोयोग से सुचारु रूप से संपादित करेगा। सत्याग्रही के लिए यह भी आवश्यक होगा कि वह सुधार संबंधी समस्या की समुचित जानकारी रखेगा क्योंकि बहुधा सत्याग्रही के अज्ञान के फलस्वरूप उसे असफलता का मुँह देखना पड़ता है।[२२]

एक सत्याग्रही के लिए बताए गए उपर्युक्त गुणों के अतिरिक्त या उपर्युक्त प्रतिपादित सत्याग्रह आचार संहिता में कुछ और ही चर्चा हम गांधी साहित्य के गहन अध्ययन के फलस्वरूप निर्मित या बता सकते हैं। इनमें प्रमुख हैं—

(क) **समय पाबंदी**—गांधीजी ने इस संदर्भ में अंग्रेजों की सराहना की है।[२३] शुचिता, त्याग व आनंद तथा मौन—"यह सत्याग्रही के आध्यात्मिक अनुशासन का एक अंग है"[२४] मात्रा नहीं गुण—गांधीजी के अनुसार, "सर्वश्रेष्ठ ठोस कार्य अल्पसंख्यक हुजूम द्वारा हुआ है।"[२५] सच्ची जीत, अंतर्ध्वनि, सीमा, भूल स्वीकार—गांधीजी के अनुसार, "किसी भूल को अपनी भूल मानकर उसे अपने ऊपर थोप लेना कभी-कभी अच्छा होता है,"[२६] सत्य प्रयास, आस्था और कर्म, प्रशिक्षण, प्रार्थना आदि सत्याग्रही के आचार संहिताओं का उल्लेख किया जा सकता है।

सत्याग्रह के कुछ विशेष नियम हैं, जिनका प्रत्येक सत्याग्रही द्वारा पालन किया जाना अनिवार्य है। गांधीजी ने हिंदी नवजीवन तथा कुछ अन्य पत्र-पत्रिकाओं में इन नियमों का उल्लेख किया है जो इस प्रकार है—

(क) सत्याग्रही अपने विरोधियों या अधिकारियों के प्रति क्रोध प्रकट नहीं करेगा।

(ख) वह अपने विरोधियों या अधिकारियों का अपमान नहीं करेगा और न ऐसा करने के लिए कोई नारा लगाएगा।

(ग) वह अधिकारियों द्वारा दिए जानेवाले किसी आदेश, दंड आदि से भयभीत होकर उनके सामने अपना सिर नहीं झुकाएगा।

(घ) उसमें अपने विरोधियों या अधिकारियों के प्रति बदले की भावना नहीं होगी।

(ङ) उसमें अपने विरोधियों या अधिकारियों के क्रोध को सहने की क्षमता होनी चाहिए।

(च) यदि कोई अधिकारी उसे गिरफ्तार करने आएगा तो वह स्वयं गिरफ्तार हो जाएगा।

(छ) यदि कोई अधिकारी उसकी संपत्ति जब्त करने आएगा तो वह उसका विरोध नहीं करेगा।

(ज) यदि वह किसी की संपत्ति का संरक्षक है तो वह अपने जीवन को भी खतरे में डालकर अधिकारी को उस संपत्ति को जब्त नहीं करने देगा।

(झ) यदि सत्याग्रह के समय कोई व्यक्ति किसी अधिकारी पर आक्रमण करेगा तो वह अपने जीवन को भी खतरे में डालकर उसकी रक्षा करेगा।

पंद्रह सूत्री निर्माणकारी कार्यक्रम

निर्माणकारी कार्यक्रमों को गांधीजी सत्याग्रह का एक अभिन्न अंग मानते थे। उनके अनुसार, ''निर्माणकारी कार्यक्रमों को पूर्ण स्वराज्य का निर्माण कहना अधिक उपयुक्त होगा, जिसे सत्य एवं अहिंसक माध्यमों से क्रियान्वित किया जा सकता है।''[२७] गांधीजी का पंद्रह सूत्री निर्माणकारी कार्यक्रम इस प्रकार है—

१. खादी

खादी एक बहुउद्देशीय कार्यक्रम है। बेकारी की समस्या का इससे अच्छा हल दूसरा कोई नहीं हो सकता। चरखा स्वदेशी का, राष्ट्र की समृद्धि, स्वाधीनता, बंधुत्व और स्वालंबन का प्रतीक है।

२. ग्रामोद्योग

भारत गाँवों में बसा है, इसलिए गाँव की समृद्धि ही देश की समृद्धि है। गाँवों को आत्मनिर्भर बनाने के लिए कुटीर उद्योगों को प्रतिष्ठित करना, देश की समग्र अर्थव्यवस्था के लिए अनिवार्य है।

३. ग्राम स्वच्छता तथा स्वास्थ्य

सत्याग्रही अपने अवकाश के समय समस्या के समाधान के लिए उस ओर ध्यान देंगे। गाँव में जितना अभिशाप है, उससे कहीं बड़ा अभिशाप है—गंदगी; इसलिए गांधीजी गाँव की स्वच्छता और स्वास्थ्य की ओर विशेष ध्यान देना चाहते हैं।

४. बुनियादी शिक्षा

इसमें केवल ज्ञान वृद्धि ही नहीं बल्कि कला-कौशल और अभ्यास द्वारा शिक्षा का कार्यक्रम लागू किया जाता है।

५. प्रौढ़ शिक्षा

भारत से निरक्षरता के अभिशाप को दूर करने के लिए केवल बच्चों को ही शिक्षा देना काफी नहीं होगा। इसके अंतर्गत उनके लिए भी शिक्षा का प्रबंध होगा, जिनकी उम्र विद्याध्ययन की देहरी को पार चुकी है, क्योंकि इस शिक्षा के बिना राजनीतिक चेतना का विकास संभव नहीं है।

६. नारी उद्धार

सदियों की दासता, अंधविश्वास, कुरीतियाँ, रूढ़िवादिता ने भारत में नारी की गरिमा को समाप्त कर दिया है। समाज में नारी को उचित स्थान दिलाने के लिए नारी उद्धार कार्यक्रम के माध्यम से ऐसी व्यवस्था लागू करने का प्रस्ताव है, जिससे समाज के दोनों वर्ग पुरुष व नारी समान रूप से प्रगति कर सकें।

७. समग्र ग्राम सेवा

इसके अंतर्गत खादी, कुटीर उद्योग एवं स्वच्छता तो है ही, इसके साथ ही कृषि, पशुधन, सुधार, आर्थिक समानता आदि का कार्यक्रम भी लागू किया जाएगा।

८. एवं ९. राष्ट्र भाषा प्रचार एवं मातृभाषा प्रेम

हिंदी को राष्ट्रभाषा का स्थान दिलाने के लिए समुचित प्रचार का कार्यक्रम लागू किया जाना आवश्यक है। किंतु इसके साथ ही क्षेत्रीय भाषाओं के विकास पर भी समुचित ध्यान दिया जाना चाहिए।

१०. आर्थिक समानता

समाज के सभी वर्ग आर्थिक एवं सामाजिक रूप से समान हों। सफाई कर्मचारी, डॉक्टर, वकील, शिक्षक, बनिया, मजदूर, किसान आदि सभी वर्ग जो भी कार्य करते हैं, उसमें कोई भी ऊँच-नीच का भेद नहीं है और साथ ही इनमें से कोई छोटा-बड़ा भी नहीं है, इसलिए इनसे होनेवाली आमदनी भी समान होनी चाहिए।

११. सांप्रदायिक एकता

वर्ग वैमनस्य या जाति वैमनस्य न केवल अनैतिक है, बल्कि अप्राकृतिक भी है। धर्म और संप्रदाय के आधार पर हिंदुओं और मुसलमानों में फूट के बीज बोनेवाले राष्ट्रद्रोही हैं। इसलिए सत्याग्रही अपने प्राणों की बाजी लगाकर भी इन दोनों में एकता स्थापित करने का प्रयास करेगा।

१२. अछूतोद्धार

अछूत समस्या हिंदू समाज की न केवल निंदनीय बल्कि लज्जाजनक प्रथा है। यह हिंदू समाज के लिए कलंक है। मनुष्य-मनुष्य में ऊँच-नीच का भेदभाव

मिटाना, अछूतों का मंदिर में प्रवेश एवं एक कुएँ से पानी लेने का कार्यक्रम लागू किया जाना चाहिए।

१३. नशाबंदी

नशा, चाहे वह किसी प्रकार का क्यों न हो, मनुष्य को पशु बनाता है। इसलिए यह अप्राकृतिक है। इससे गरीब देश भारत में गरीबी और बढ़ती है, इसलिए नशाबंदी संपूर्णतया लागू की जानी चाहिए।

१४. आदिवासी सेवा

आदिवासी हमारे देश की प्रकृति की संतान हैं। इनकी संस्कृति हमारी मिट्टी की संस्कृति है। इसलिए उनकी संस्कृति प्रगतिशील ढंग से बनाए रखते हुए उनकी रूढ़िवादिता, अंधविश्वास, पिछड़ेपन आदि में सुधार लाना चाहिए।

१५. मजदूर-किसान एवं विद्यार्थी संगठन

गांधीजी अपने सत्याग्रहियों द्वारा समाज के इन तीनों वर्गों का ऐसा संगठन बनाना चाहते थे जो उनके अधिकारों की रक्षा करते हुए रहने की सुविधा प्रदान करेंगे।

गांधीजी की उपर्युक्त पंद्रह सूत्री निर्माण कार्यक्रम सत्याग्रही संहिता का एक अभिन्न अंग है। यह संहिता जहाँ एक ओर निरोधात्मक है वहाँ दूसरी ओर निर्देशात्मक भी है और साथ में निर्माणात्मक भी है। विरोध, निर्देश एवं निर्माण द्वारा ही सत्याग्रही सत्याग्रही बनता है।

सत्याग्रह शब्द अपने आप में संघर्ष का द्योतक है जो किसी अन्याय, शोषण आदि के विरुद्ध है और चूँकि वह एक संघर्ष है, इसलिए उसके लिए एक निश्चित कार्यक्रम निर्धारित होना चाहिए। यह निश्चित कार्यक्रम मान्यताओं तथा वैज्ञानिक पद्धतियों पर आधारित होना चाहिए। श्री रंगनाथ दिवाकर ने सत्याग्रह के पूर्व की स्थिति का विशुद्ध रूप से विवेचन किया है, जिससे सत्याग्रह की सार्थकता सिद्ध हो सके। इस विवेचन से यह भी स्पष्ट हो जाता है कि सत्याग्रह जल्दबाजी में नहीं किया जाता। इसीलिए दिवाकरजी ने गांधीजी द्वारा निर्धारित छह सूत्री जिज्ञासा का विवेचन किया है, जिनके सही उत्तर के बाद ही सत्याग्रह किया जा सकता है। यह छह सूत्री जिज्ञासा इस प्रकार है—

१. शिकायत सही होनी चाहिए।
२. विरोधी को भूल-सुधार का संपूर्ण अवसर प्रदान किया जाना चाहिए।
३. उसे ठीक करने के लिए सारे प्राथमिक उपाय कर लिये गए हों।
४. प्रतिरोध निश्चय ही अहिंसात्मक होना चाहिए, जिसके प्रमुख तत्त्व—आत्मपीड़न सत्य तथा ईश्वर में चरम आस्था होनी चाहिए।

५. पीड़ा नम्रतापूर्वक झेली जाए तथा हमेशा समझौते के लिए तैयार रहना चाहिए, किंतु समझौता करते समय अपने सिद्धांतों पर अडिग रहना चाहिए।
६. आत्मपीड़न बिना शिकायत के हँसमुख होकर तथा अपने विरोधी के प्रति हृदय में अच्छी भावनाएँ लेकर किया जाना चाहिए।[२८]

सत्याग्रह प्रारंभ होने के पहले जो तैयारी की जाएगी उसका भी एक निश्चित मापदंड होना चाहिए एवं निश्चित प्रक्रिया होनी चाहिए। ये मापदंड इस प्रकार हैं—(क) सत्याग्रही को सबसे पहले निष्पक्ष और निष्काम होकर, सावधानीपूर्वक, बिना किसी पूर्वाग्रह के शिकायत का अध्ययन करना चाहिए। (ख) सत्याग्रही को अनुशासित रहने के लिए सत्य, अहिंसा, ब्रह्मचर्य, निःस्वाद, अस्तेय, अपरिग्रह, स्वदेशी और निर्भयता इन आठ प्रतिज्ञाएँ जिन्हें गांधीजी ने बताया है, अपनाना चाहिए।[२९] (ग) केवल शिकायत या बुराई की जाँच करना ही सत्याग्रही का कर्म नहीं है। उसे अपनी जाँच में इस बात का भी पता लगाना चाहिए कि जिसने शिकायत की है वह व्यक्ति स्वयं इस शिकायत को दूर करने के लिए आतुर है या नहीं। इसलिए यदि कभी कोई व्यक्ति अपने प्रति किए गए अन्याय के विरुद्ध प्रतिरोध नहीं करना चाहता तो सत्याग्रही को चाहिए कि वह स्वयं उसकी ओर से प्रतिरोध करे। (घ) सत्याग्रही को चाहिए कि वह अन्यायी को पहले समझाए और उसे स्पष्ट बताए कि लोगों का शोषण करने का एवं उनके प्रति अन्याय करने का उत्तरदायित्व उसी पर है। वह अन्यायी के प्रति सदैव मीठी भाषा का प्रयोग करेगा। यह ठीक है कि कभी-कभी अन्यायी को समझाना कठिन होता है, चूँकि गांधीजी ने भी कहा है कि ''मैंने यह पाया है कि लोगों को तर्क द्वारा समझाना कभी-कभी कठिन हो जाता है, क्योंकि लोग शताब्दियों से पूर्वाग्रह पीड़ित रहते हैं और वे ऐसा समझते हैं कि धर्म ने उन्हें ऐसा करने की अनुमति दी है।[३०] परंतु सत्याग्रही को तन-मन से इस प्रकार के अन्यायी के साथ प्रार्थना-विवेदन आदि करना चाहिए। उसे केवल औपचारिकता निभाने के लिए प्रार्थना नहीं करनी चाहिए। गांधीजी ने कहा था, ''सत्याग्रही अपने हर कर्त्तव्य में कृत्रिमता से दूर रहकर, हर कार्य स्वाभाविक रूप से करता है एवं स्वतः प्रेरित होकर करता है।''[३१] (ङ) अन्यायी के समझाने-बुझाने के सारे प्रयासों में असफल हो जाने के बाद सत्याग्रही पहले जिस अन्याय के विरुद्ध मोरचा लेना चाहता है, उसका आवश्यक प्रचार आरंभ करता है। प्रचार में इस बात का भी ध्यान रखना चाहिए कि किसी प्रकार की ऐसी शब्दावली का प्रयोग नहीं होना चाहिए, जिसमें उदंडता एवं अतिशयोक्ति प्रकट होती हो। गांधीजी ने स्पष्ट शब्दों में कहा था, ''मेरी यह मान्यता है कि कोई भी संघर्ष मुख्यतः आतंरिक शक्ति पर आधारित है। यह बिना समाचार-पत्र की सहायता से नहीं चलाया जा सकता, क्योंकि समाचार-पत्र हमारे

संघर्ष का एक महत्त्वपूर्ण अस्त्र हैं।''[३२] गांधीजी ने पुनः कहा, ''यदि हमारे पास स्वयंसेवक लेखकों की संख्या यथेष्ठ हो तो हम उस हस्तलिखित समाचार-पत्र की असंख्य प्रतियाँ बना सकते हैं। मैं असहयोगियों द्वारा अपनी लेखनी पर ही निर्भर करने के बहुत से लाभ देखता हूँ।''[३३] (च) सत्याग्रही को सत्याग्रह आंदोलन छेड़ने के पहले शोषित वर्ग को अपने पक्ष में लेने का प्रयास करना चाहिए जिससे शोषक और शोषित के बीच एक समझौता हो सके। गांधी के अनुसार, ''एक सफल नागरिक प्रतिरोध के लिए यह आवश्यक है कि वातावरण पर पूरा नियंत्रण हो। कम-से-कम जनता के उन प्रतिनिधियों को तो निश्चय ही संपूर्ण ज्ञान होना चाहिए, जिससे वह इतने बड़े पैमाने पर होनेवाले आंदोलन को ठीक-ठाक प्रारंभ कर सकें, क्योंकि जो तीव्रतम उपचार होते हैं वे उतने ही खतरनाक होते हैं और उन्हें सँभालने में विशेषज्ञता प्राप्त होनी चाहिए।''[३४] (छ) सत्याग्रही निर्माण कार्यक्रम के माध्यम से ही अहिंसा की ज्योति को प्रज्वलित रख सकता है। अतः अहिंसात्मक संघर्ष में इसका भी पूरा ध्यान रखा जाना चाहिए। (ज) सत्याग्रही के मानसिक बल के लिए संकल्प बहुत आवश्यक है। संकल्प सबको जोड़ने की एक कड़ी है जो उन्हें एक महान् उद्देश्य के प्रति आबद्ध रखता है।[३५]

इसी प्रकार उपर्युक्त मापदंड की तरह ही कुछ और भी उद्देश्य हैं, जिनका संक्षिप्त उल्लेख इस प्रकार किया जा सकता है—गोपनीयता का अभाव, विरोधी का आदर, आत्मपीड़न, सत्याग्रही की सूचित, नेता का प्रशिक्षण, अंतरात्मा की आवाज, नेता की प्रतिष्ठा, आत्मविश्वास, सहिष्णुता, सावधानी। (मुख्यतः हरिजन और यंग इंडिया से) सबसे बड़ी बात जो गांधीजी सत्याग्रहियों के लिए अपरिहार्य समझते थे वह है उनका आत्मविश्लेषण। गांधीजी यह चाहते थे कि किसी भी अन्याय का प्रतिकार करने से पहले सत्याग्रही को आम-विश्लेषण के द्वारा अपनी भी दुर्बलताओं, भूलों एवं दोषों का पता लगाना चाहिए जिसके कारण अन्यायी को अन्याय करने का अवसर मिलता है और वे हमारे विरोधी बन जाते हैं। हर व्यक्ति स्वयं ही अपना मित्र और शत्रु है। ऐसा गीता ने भी कहा है—

''ऊदरे दात्मनत्मानंनात्मानमवसादयेत्।
आत्मेव हयात्मनो बंधुरात्मेवरिपुरत्मिनः॥''[३६]

गांधीजी ने समय-समय पर सत्याग्रह अस्त्रागार में नए-नए अस्त्र दिए, क्योंकि वे मानते थे कि सत्याग्रह की आत्मा तो वही रहती है केवल अस्त्र बदल जाता है। जिस अस्त्र का नया नामकरण हो जाता है और समय एवं वातावरण विशेष में वह अधिक कारगर हो जाता है। इसे इस प्रकार मानना चाहिए जैसे एक वृक्ष की कई शाखाएँ हैं, जड़ वही हैं, केवल शाखाएँ अलग-अलग हैं; किंतु अलग-अलग होते हुए भी एक साथ जुड़ी हैं, उनको जोड़ने का माध्यम होती है, अहिंसा।[३७]

गांधीजी द्वारा प्रयुक्त अहिंसा के अस्त्रों में असहयोग आंदोलन नामक अस्त्र प्रमुख है। इस असहयोग की पृष्ठभूमि में यही सिद्धांत कार्य करता है कि प्रत्येक शासन चाहे उसकी प्रकृति कुछ भी क्यों न हो, जन-सहयोग पर आधारित है। बहुत दिनों तक शक्ति के बल पर जबरन प्राप्त किए गए जन-सहयोग द्वारा कार्य नहीं हो सकता। इस प्रकार के जन-सहयोग का आधार भय होता है। इसलिए जैसे ही भय दूर होता है, क्रूरतम शासक का दमन निष्फल हो जाता है। गांधीजी ने कहा, "कठोरतम् निरंकुश शासक भी बिना शासितों के सहयोग के चल नहीं सकता, वैसा सहयोग प्रायः शक्ति द्वारा निरंकुश शासन प्राप्त कर लेता है, किंतु जैसे ही प्रजा भय को छोड़ देती है, उस निरंकुश शासक की सत्ता और शक्ति निरर्थक हो जाती है।"[३८]

जिस समय जनता डर की भावना को छोड़ देती है और बिना हिंसा के प्रेम सहित शासन के प्रति सहयोग के लिए दृढ़ हो जाती है तब शासकीय मशीनरी एकदम टूट जाती है। इस प्रकार के असहयोग में प्रतिरोध की भावना तो होती है, किंतु यह प्रतिरोध प्रतिशोधात्मक नहीं होता बल्कि सुधारात्मक होता है।

यह असहयोग हड़ताल, सामाजिक एवं आर्थिक बहिष्कार धरना आदि तरीके से किया जाता है।

१. हड़ताल

हड़ताल का अर्थ है अन्याय के विरुद्ध अपने प्रतीकात्मक प्रतिरोध को अस्थायी समय के लिए अपना निजी धंधा बंद कर प्रदर्शित करना। धंधा शब्द का अर्थ है प्रत्येक व्यक्ति का अपना निजी कार्य-नौकरी, व्यवसाय, उद्योग आदि। इसके अंतर्गत स्कूल और कॉलेज जाना भी सम्मिलित है अर्थात् दैनंदनीय कार्य को स्थगित करना। हड़ताल एक प्रतीक का कार्य करती है। इसमें सबका ध्यान एकदम आकर्षित किया जा सकता है। यदि हड़ताल बिलकुल संपूर्ण हो तो उससे सभी चौंक उठते हैं, क्योंकि जीवन एकदम ठहर जाता है। किंतु यह हड़ताल बार-बार नहीं करना चाहिए और न ही इसमें किसी प्रकार का दबाव डाला जाना चाहिए।

२. सामाजिक बहिष्कार

सामाजिक बहिष्कार एक बहुत ही कठिन अस्त्र है। इसकी बुराई और अच्छाई दोनों हैं। इसकी उपयोगिता को ध्यान में रखकर गांधीजी मानते हैं कि इसकी आवश्यकता सत्याग्रह आंदोलन में भी पड़ सकती है। इसे उग्र रूप में कभी प्रयोग में नहीं लाना चाहिए। गांधीजी के अनुसार—"सामाजिक बहिष्कार ऐसे व्यक्ति के लिए प्रायोगिक एवं प्रभावकारी हो सकता है जब वह इस

प्रकार के बहिष्कार को दंड न मानकर अनुशासनात्मक काररवाई के रूप में स्वीकार करें।[३९] गांधीजी की तो यह धारणा थी कि सामाजिक बहिष्कार का अहिंसात्मक स्वरूप ऐसा होगा जिसमें जो इस बहिष्कार को लागू करता है उसे उस समय दु:ख होगा जब इसके कारण जिन पर यह लागू किया गया है, असुविधा हो।''[४०]

३. आर्थिक बहिष्कार

आर्थिक बहिष्कार का मौलिक स्वरूप गांधीजी द्वारा विदेशी वस्तुओं के बहिष्कार का सिद्धांत है। गांधीजी के सिद्धांत को कांग्रेस ने अपनी सुविधा के लिए थोड़ा सीमित करते हुए ब्रिटिश वस्तुओं का बहिष्कार माना था। इस संबंध में कांग्रेस का प्रस्ताव इस प्रकार था—

''अहिंसक युद्ध में भी शोषक द्वारा उत्पादित वस्तु का बहिष्कार संपूर्णत: वैध है, क्योंकि यह दलित का कर्तव्य कभी नहीं रहा है कि वह अपने शोषक के साथ वाणिज्य संबंध बनाए रहे। इसलिए ब्रिटिश वस्तुओं का संपूर्ण बहिष्कार आंदोलन उग्रतापूर्व चलाया जाना चाहिए।''[४१]

गांधीजी ने इस प्रस्ताव के प्रति अपनी असहमति प्रकट नहीं की। इससे इसका यही अर्थ निकाला जा सकता है कि उन्होंने इसके लिए अपनी मौन स्वीकृति प्रदान कर दी। किंतु इसमें भी किसी प्रकार का दबाव अहिंसक नहीं माना जाएगा।

४. धरना

धरना शब्द को गांधीजी पसंद नहीं करते थे। उन्होंने कहा था, ''धरना एक पाशविकता है, क्योंकि वह अनुचित दबाव डालने का बड़ा ही भौंड़ा तरीका है। यह एक प्रकार की कायरता ही है, क्योंकि जो धरना देने बैठा है वह जानता है कि कोई भी उसके शरीर को रौंदता हुआ आगे नहीं बढ़ेगा। लेकिन वह जानता है कि जब वह किसी को अपने से ऊपर जाने से चुनौती देता है तब अपने सामनेवाले की स्थिति को बहुत ही अपमानजनक बना देता है।''[४२]

गांधीजी जिस धरने को स्वीकार करते हैं वह अहिंसक धरना है, जिसे पिकेटिंग कहा जाता है, क्योंकि साधारण धरना तो हिंसा से भी बुरा है। अहिंसक धरने के अंतर्गत किसी के रास्ते को दबाव डालकर रोकना नहीं है। अहिंसक धरना देनेवाले का यह कर्तव्य है कि वह जनमत को जगाए, उपयुक्त वातावरण निर्मित करे तथा सामनेवाले व्यक्ति को चेतावनी दे और उसे हृदय परिवर्तन के द्वारा वस्तुस्थिति को समझाए। इसी प्रकार का अहिंसक धरना आर्थिक बहिष्कार के लिए उपयोग किया जा सकता है।

५. नागरिक अवज्ञा

नागरिक अवज्ञा (सिविल डिस ऑविडीएंस) असहयोग की अंतिम स्थिति है। गांधीजी ने कहा था, ''एक थोड़े से विचार से हम इस निष्कर्ष पर पहुँच सकते हैं कि नागरिक अवज्ञा असहयोग का एक अंग है। आप किसी शासन के साथ प्रभावकारी सहयोग उसकी आज्ञाओं के पालन द्वारा करते हैं।''[४३]

कोई भी सत्याग्रही यदि राज्य के प्रति आज्ञाकारी रहता है तो उसका असहयोग निरर्थक हो जाता है। गांधीजी के ही शब्दों में ' मैंने अपने से कहा कोई भी नीरो या मुसोलिनी द्वारा शासित ऐसा राज्य नहीं होगा, जिसमें कुछ अच्छी बातें न हों, किंतु हमें तो समूची व्यवस्था को अस्वीकृत करना है। यदि हम इस व्यवस्था के प्रति असहयोग का निर्णय ले लें, क्योंकि उस व्यवस्था की अच्छी बातें उस मणिधर सर्प की पौराणिक कथा है, जिसकी दाढ़ें विष से भरी हुई थीं।''[४४]

गांधीजी ने नागरिक अवज्ञा को एक जटिल एवं कठिन अस्त्र माना या उनके अनुसार, ''अपनी प्रकृति के कारण असहयोग समझदारों के लिए खुला हुआ है और उसे जनता व्यवहार में ला सकती है। नागरिक अवज्ञा यह मानकर चलती है कि लोगों में बिना किसी डर या भय के स्वेच्छा से कानून-पालन की आदत होती है। इसलिए इसे अंतिम अस्त्र के रूप में ही व्यवहार किया जाना चाहिए। प्रारंभ में कुछ चुने हुए लोग ही इसमें भाग ले सकते हैं।''[४५]

गांधीजी ने इस आंदोलन के नागरिक शब्द पर बहुत अधिक बल दिया है, क्योंकि इसमें नागरिक शब्द का प्रयोग अहिंसक शब्द के स्थान पर हुआ है। इस शब्द की गरिमा को समझते हुए गांधीजी ने कहा है कि, ''नागरिक शब्द का अर्थ यह नहीं है कि कोई ऊपर से किसी विशेष अवसर के लिए चिकनी चुपड़ी बात कह सके बल्कि अंतस में भलाई प्रकट हो, जिसमें अपने विरोधी के प्रति अच्छी भावनाएँ हों।''[४६]

वैसे भारतीय राष्ट्रीय कांग्रेस ने नागरिक अवज्ञा संबंधी सभी पक्षों को एक ही परिभाषा में समेट लिया है।[४७] किंतु गांधीजी ने इसके विभिन्न पक्षों की विभिन्न परिभाषाएँ की हैं।[४८]

६. हिजरत

हिजरत का अर्थ है स्वैच्छिक देश-निकाला। सत्याग्रह के अंतर्गत इसका अर्थ है, दमन के स्थान को दमन के विरोध स्वरूप छोड़कर दूसरे स्थान पर चले जाना। इसका अर्थ तो यही होता है कि ये लोग अपना घर छोड़ दें, जिनपर

इतना अमानुषिक अत्याचार हो रहा है। वे विवश होकर या तो आत्म-समर्पण कर देंगे या फिर हिंसा पर अमादा हो जाएँगे। यह उसी समय किया जाना चाहिए जब लोग महसूस करें कि वे अपनी प्रतिष्ठा, मर्यादा और संवेदना बचाकर नहीं रख सकेंगे, वे अपने विरोधी के दमन के कारण बेहद निराश होकर कुंठित हो गए हैं, उनका शोषण उनकी संपूर्णता मिटाने के लिए किया जा रहा है।

यह सही है कि जो सच्चा सत्याग्रही है उसका आत्म-विश्वास कभी नहीं टूटेगा, क्योंकि वह जानता है कि उसका आत्मपीड़न और त्याग ही विरोधी के मन में अच्छे भाव जगाएगा और उसमें हृदय परिवर्तन लाएगा। ईसा ने सूली पर चढ़ाए जाते हुए भी न तो आत्मसमर्पण किया और न ही वे दमन के स्थल से दूर चले गए।

हिजरत क़ायरता नहीं है। मोहम्मद साहब मक्का से मदीना चले गए, श्री अरविंद घोष बंगाल से पांडिचेरी चले गए, यह उनके पलायन का नहीं बल्कि उनके हिजरत का उदाहरण है। लेकिन इतना तो कहा ही जा सकता है कि यह श्रेष्ठ सत्याग्रह नहीं है।

७. उपवास

उपवास सत्याग्रह का कठिनतम् अस्त्र है। यह किसी भी हालत में किसी पर दबाव डालने के लिए नहीं किया जाना चाहिए। दबाव के लिए उपवास सत्याग्रही उपवास नहीं बल्कि भूख-हड़ताल है। भूख-हड़ताल आत्म-अत्याचार है और उपवास आत्म-पीड़न है। त्याग की भावना से प्रेरित होकर आत्मशुद्धि के उद्‌देश्य से किया गया उपवास कभी भी किसी को न तो अपमानित करने की इच्छा से प्रेरित होता है और न दबाव डालने के लिए। उपवास सत्याग्रह है और भूख-हड़ताल दुराग्रह। उपवास संपूर्ण आत्मानुशासन को प्राप्त करने के उद्‌देश्य से की गई तपस्या है। गांधीजी ने कहा था, "मेरा यह दृढ़ विश्वास है कि जैसे-जैसे हमारा शरीर मिटता है वैसे-वैसे हमारी आत्मा उन्नत होती है।"[४९]

बहुतों ने इस अस्त्र की तीव्र आलोचना की है। जॉर्ज अरंडेल ने लिखा है— "इससे विरोधी के सामने केवल दो ही रास्ते रह जाते हैं या तो आत्म-समर्पण या उपवास करते हुए व्यक्ति की आत्महत्या।"[५०] रवींद्रनाथ ठाकुर के अनुसार, "उपवास ईश्वर की व्यवस्था में हस्तक्षेप है।"[५१]

इसलिए गांधीजी उपवास के प्रति बहुत सावधान थे और कई बार उन्होंने उपवास

करते हुए अपनी भूल स्वीकार की थी और अपना उपवास तोड़ा था।

उपर्युक्त अस्त्र गांधीजी के सत्याग्रह अस्त्रागार में अहिंसक अस्त्र हैं। इन्हें व्यवहार में लाने के लिए जो सावधानी होनी चाहिए उसे भुलाना नहीं चाहिए, गांधीजी ने इन सभी अस्त्रों का प्रयोग अपने जीवनकाल में सफलतापूर्वक किया।

गांधीजी के विभिन्न सत्याग्रहों का कालक्रम इस प्रकार है—

विदेश में

१. ११ सितंबर, १९०६ में जोहान्सबर्ग में प्रारंभिक परिणाम ३० जनवरी, १९०६ को गांधीजी सहित उनके कुछ साथियों को सजाएँ हुई।

२. १६ अगस्त, १९०८ में जोहान्सबर्ग में प्रारंभिक परिणाम—हड़तालियों पर गोली-बारी की गई।

३. १८ अगस्त, १९१३ में न्यूकैसिल्स वाक्सरस्ट की ओर कूच—परिणामस्वरूप गिरफ्तार हुए।

भारत में

१. १९५५ में वीरम गाँव (गुजरात) में सत्याग्रह की घोषणा (काठियावाड़) जानेवाले यात्रियों से चुंगी लिये जाने के संदर्भ में हुआ, बाद में चुंगी हटा ली गई।

२. अप्रैल १९१७—चंपारण में यूरोपीय निलहों के संदर्भ में, गांधीजी पर मुकदमा चला, पर सजा नहीं हुई।

३. मई, १९१७—बंबई में इंडियन इमिग्रेशन ऐक्ट के विरुद्ध।

४. २६ फरवरी, १९१८—अहमदाबाद के श्रमिकों के हड़तालों के संदर्भ में।

५. मार्च, १९१८—खेड़ा (गुजरात) में फसल चौपट हो जाने पर राजस्व को स्थगित कराने के लिए।

६. ६ अप्रैल, १९१९ रॉलेट ऐक्ट के संदर्भ में—हिंसक घटनाओं के कारण बीच में ही स्थगित।

७. १ अगस्त, १९२०—अहिंसात्मक असहयोग आंदोलन पंजाब और खिलाफत के संदर्भ में। चौरी-चौरा कांड के कारण स्थगित।

८. १९२४—वायकोम (त्रावनकोर) में गाँव के जनपथ पर अछूतों को न गुजरने देने के कारण।

९. अगस्त, १९२७—मद्रास में स्वतंत्रता संग्राम के सेनापति जनरल नील की मुर्ती हटाने के लिए।

१०. १२ फरवरी, १९२८—वारदोली (गुजरात) में भू-राजस्व बढ़ाए जाने के विरोध में।

११. १२ मार्च, १९३०—अखिल भारतीय सविनय अवज्ञा आंदोलन का प्रारंभ, पूर्ण स्वराज्य के लिए, इरविन समझौते के परिणामस्वरूप स्थगित।

१२. ३१ दिसंबर, १९३१ को पुनः नागरिक अवज्ञा आंदोलन का प्रारंभ—गोलमेज सम्मेलन से वापस आने पर।

१३. अक्तूबर, १९४०—वैयक्तिक सत्याग्रह आंदोलन का आरंभ—स्वतंत्रता के अधिकार के संदर्भ में।

१४. ८ अगस्त, १९४२ को भारत छोड़ो आंदोलन का प्रारंभ।

सत्याग्रह का प्रभाव

उपर्युक्त बातों से यह स्वतः सिद्ध हो जाता है कि राजनीतिक क्षेत्र में अन्याय के प्रतिकार के लिए सत्याग्रह एक प्रभावशाली सिद्धांत है और चूँकि इसका प्रयोग हर क्षेत्र में हो सकता है इसलिए जहाँ बुराई हो, अन्याय हो, अत्याचार हो, दमन हो, शोषण हो, सत्याग्रह सभी क्षेत्रों में निश्चित ही प्रभावशाली रहेगा। इसकी प्रभावशीलता से कोई भी इनकार नहीं कर सकता, केवल इसके प्रयोग में सावधानी बरतना आवश्यक है। गांधीजी ने कहा, "ऐसा साफ-सुथरा, ऐसा अहानिकारक और फिर भी इतना प्रभावशाली अस्त्र और कोई नहीं हो सकता जैसा असहयोग है। यदि इसका प्रयोग विवेकपूर्ण ढंग से किया गया तो इसका प्रतिफल कभी बुरा नहीं हो सकता और इसकी तीव्रता इसको प्रयोग करनेवाले लोगों की न्याय क्षमता पर आधारित है।"[५२]

वे मानते थे कि सत्याग्रह ही ऐसा अस्त्र है जिससे बुराई और अन्याय का प्रतिरोध संभव है। गांधीजी ने कहा, वह सत्याग्रह ही था, जिसने दक्षिण अफ्रीकी में प्रभाव उत्पन्न किया और ऐसा प्रभाव उत्पन्न किया कि जनरल स्मट्स में हृदय परिवर्तन हो गया। सन् १९०६ में वह भारतीय आकांक्षाओं का तीव्रतम विरोधी था। १९१४ में उसे इस बात का घमंड हुआ कि उसने कानून की पुस्तक से उस अपमानजनक कानून को हटाकर न्याय प्रतिष्ठित किया, जिस कानून के बारे में १९०९ में लॉर्ड मोर्ले ने यह कहा था कि वह कानून दो बार ट्रन्सवाल विधानसभा द्वारा पारित किया जा चुका है। उसे समाप्त करने की बात दक्षिण अफ्रीका कभी सहन नहीं करेगा।[५३]

अहिंसात्मक संघर्ष का सबसे बड़ा लाभ यह है कि यह विरोधी को एक विचित्र द्विविधा में डाल देता है। यदि अहिंसात्मक आंदोलन को लाठी-गोली और हत्या द्वारा दबाने का प्रयास किया जाता है तो अन्यायी तटस्थ राष्ट्रों की सहानुभूति खो देता है। इसके विपरीत यह सहानुभूति सहज ही पीड़ित और दलित व्यक्तियों के पक्ष में जाकर

उसे सबल करती है। दूसरी ओर यदि अहिंसात्मक आंदोलन नहीं दबाया जाता है तो फिर आंदोलन दिनोदिन शक्तिशाली होता जाता है। दक्षिण अफ्रीका एवं भारत में सत्याग्रह के कई प्रयोगों में गांधीजी को यह अच्छी तरह देखने को मिला।[५४]

सत्याग्रह न केवल अन्याय और बुराई के प्रतिकार का अस्त्र है बल्कि एक जीवन पद्धति भी है। इसलिए एक जीवन-पद्धति के रूप में भी उसके प्रभाव को आँका जा सकता है। एक सत्याग्रही का जीवन एक ऐसी कभी न समाप्त होनेवाली प्रक्रिया है जिसका एकमात्र उद्‌देश्य है, दूसरे की भलाई।

रहस्यवादियों द्वारा आत्मा के एकीकरण की अनुभूति की जो व्याख्या की गई है वह व्याख्या दार्शनिकों ने भी स्वीकार की है। वैज्ञानिक भी इस बात को स्वीकार करते हैं कि मौखिक जगत् में इसी प्रकार के एकीकरण का व्यापार चलता रहता है। ऊपरी सतह पर जो भौतिक अलगाव प्रकट होता है उसी के अंतर्गत एक अंतरधारा भौतिक एकीकरण की भी चलती है। इसलिए अलगाव की जगह एकीकरण का रास्ता, संघर्ष की जगह सौजन्य का रास्ता, घृणा की जगह प्रेम का रास्ता संपूर्णता की ओर ले जाता है और यही सत्याग्रह का रास्ता है। इस प्रकार रहस्यवादी दार्शनिक, वैज्ञानिक और भौतिक धरातल पर सत्याग्रह सर्वश्रेष्ठ जीवन-पद्धति है।

अपने सामाजिक जीवन में भी सत्याग्रह की वही महत्त्वपूर्ण भूमिका है जो व्यक्तिगत जीवन में है। सामाजिक कुरीतियों के निराकरण में सत्याग्रह सर्वाधिक प्रभावशाली अस्त्र है। इन कुरीतियों को दूर करने में जब सत्याग्रह का प्रयोग किया जाता है तब किसी को हानि पहुँचाए बिना सत्याग्रह कारगर सिद्ध होता है। केवल भारत के लिए ही नहीं विश्व में भी कोई ऐसा देश नहीं है, जिसमें कुरीतियाँ न हों। यह देश की प्रगति को रोकती है। गांधीजी ने समाज को बदलने के लिए जिस सत्याग्रह की अनुशंसा की है उसका स्वरूप गांधीजी की प्रसिद्ध निर्माणात्मक कार्यक्रम में निहित है। इस निर्माणात्मक कार्यक्रम द्वारा गांधीजी ने उस आदर्श को प्रतिष्ठित किया है, जिसके द्वारा समाज को बदला जा सकता है, इस प्रकार के सत्याग्रह के प्रभाव के रूप में हम नए समाज को जन्म लेते देख सकते हैं। इस नए समाज में कुरीतियों और सामाजिक बीमारियाँ नहीं होंगी गांधीजी ने कहा था, ''यह एक ऐसी शक्ति है जो मौन रूप से कार्य करती है और जिसकी गति धीमी दिखाई पड़ती है। किंतु वास्तव में विश्व में कोई ऐसी शक्ति नहीं है जो इतनी प्रत्यक्ष हो और जिसकी गति इतनी तीव्र हो। किंतु कभी-कभी पाशविक शक्ति द्वारा प्राप्त की गई सफलता शीघ्रता से प्राप्त की गई दिखाई पड़ती है।''[५५]

इसका एकमात्र कारण यही है कि सत्याग्रह किसी भी तरह साध्य में विश्वास नहीं करता। सत्याग्रह का ध्यान साधन पर केंद्रित होता है। गांधीजी के अनुसार, ''सत्याग्रही अपने सुधारों को दंड की पद्धति द्वारा लागू नहीं करता है। इसलिए उसको लागू करने

की प्रक्रिया में कभी भी संतोष नहीं होना चाहिए, क्योंकि इससे स्वत: पर लगाया गया अनुशासन अवरुद्ध हो जाएगा। यह रास्ता लंबा मालूम पड़ सकता है और कभी न समाप्त होनेवाला भी मालूम पड़ सकता है। थोड़ी सौदेबाजी, थोड़ी अनैतिकता और थोड़ा दबाव शीघ्र फलदायक मालूम पड़ सकता है, किंतु सत्याग्रह ही वास्तव में और आगे चलकर सबसे उपयुक्त रास्ता है।''[१५६]

गांधीजी का मत था कि विदेशी आक्रमण और युद्ध के विरुद्ध भी सत्याग्रह के अस्त्र का प्रयोग किया जाना चाहिए। युद्ध से हम अपनी समस्याओं का समाधान नहीं कर सकते। मानव संबंधों में पाशविक शक्ति भाग्य-नियंता नहीं हो सकती। विश्व में स्थायी शांति और न्याय के लिए किसी और साधन की आवश्यकता है और वह साधन अहिंसक प्रतिरोध ही है। सत्याग्रह न केवल युद्ध के समान प्रबल प्रभावशाली साधन है बल्कि इससे निश्चय ही श्रेष्ठ है, युद्ध में भौतिक शक्ति का प्रयोग किया जाता है, जिसकी अंतिम परिणति चरम विनाश है। दूसरी ओर सत्याग्रह में नैतिक शक्ति का प्रयोग किया जाता है, जिसमें विनाश कभी नहीं होता। यह दूसरों को पीड़ा पहुँचाता है जबकि सत्याग्रह आत्मपीड़न द्वारा अभिव्यक्त होता है। युद्ध शक्ति को न्याय मानता है जबकि सत्याग्रह विवेक के लिए आग्रह करता है। युद्ध से क्रोध, घृणा और प्रतिशोध को जन्म मिलता है जबकि सत्याग्रह से प्रेम, करुणा और भातृत्व का उदय होता है। युद्ध अपने पीछे कड़वाहट और भावी युद्धों के बीज छोड़ जाता है जबकि सत्याग्रह ऐसा कुछ भी नहीं करता और उसके बाद स्थायी शांति व्याप्त होती है।

अंतत: उल्लेखनीय है कि सत्याग्रह में संख्या का महत्त्व नहीं होता और सफलता बहुमत के कारण नहीं बल्कि अल्मत के कारण होती है, भौतिक दृष्टि से बलवान् व्यक्तियों के कारण नहीं बल्कि नैतिक दृष्टि से शक्तिशाली व्यक्तियों के कारण होती है। सत्याग्रह के मार्ग में आत्मा की आवाज़ सर्वोच्च होती है और यदि किसी भी सरकार के आदेश और कानून आत्मा की आवाज का हनन करनेवाले होते हैं तो आत्मबल से उसका प्रतिरोध करना होता है, चाहे उसमें बहुमत का समर्थन मिले या न मिले। भारतीय राष्ट्रीय आंदोलन के इतिहास में अनेक बार ऐसा हुआ कि गांधीजी ने अकेले ही किसी कानून या व्यवस्था का विरोध करने की घोषणा की, क्योंकि उनकी मान्यता थी कि बुराई के साथ असहयोग तो एक पवित्र कर्तव्य है।

सत्याग्रह के गुणों को इकट्ठा करते हुए गांधीजी ने कहा था कि ''यह एक बहुधारी तलवार है जिसे किसी भी प्रकार प्रयोग किया जा सकता है। यह उसे भी संरक्षण देती है जो इसका प्रयोग करता है और उसे भी जिसके विरुद्ध प्रयोग किया जाता है। बिना एक बूँद खून गिराए यह बहुत दूर तक साथ देनेवाले प्रतिफल करती है। इसमें कभी जंग नहीं पड़ता और न इसे कोई चुरा सकता है।'' भारत में अंग्रेजों के विरुद्ध

गांधी ने अहिंसा और सत्याग्रह का सफल प्रयोग किया। उन्होंने अबीसिनिया के निवासियों, चेकों, पोलों तथा आक्रमण से पीड़ित अन्य पक्षों को परामर्श दिया कि वे आक्रमणकारियों के विरुद्ध अहिंसात्मक प्रतिरोध की नीति अपनाएँ चीनियों से उन्होंने कहा, "यदि चीनी लोग उनकी विचारधारा की अहिंसा को अपनाते तो जापान के विनाशकारी नवीनतम् यंत्रों का कोई भी उपयोग नहीं रहता।" चीनी जापान से कहो, "अपने समस्त यंत्रों को ले जाओ, हम आधी जनसंख्या प्रस्तुत करते हैं, परंतु शेष २० करोड़ तुम्हारे सामने घुटने नहीं टेकेंगे। यदि चीनी ऐसा करते तो जापान चीन का दास हो जाता।"[५७]

गांधीजी की दृढ़ मान्यता थी कि अहिंसात्मक प्रतिरोध अपनी मानसिक शक्तियों के प्रयोग से आक्रमणकारी पर निरंतर एक ऐसा आक्रमण करता रहता है, जिसमें अंतिम विजय उसकी ही होती है।"

गांधीजी तो यहाँ तक कहते हैं कि "मेरी मान्यता है कि सत्याग्रह का प्रभाव और उसका सौंदर्य इतना महान् है और उसका सिद्धांत इतना सरल है कि बच्चे को भी सिखाया जा सकता है।"[५८]

कुल मिलाकर गांधीजी के सत्याग्रह सिद्धांत से बहुत फायदे हैं। स्वतंत्रता, समानता और भ्रातृत्व के मूल्यों को न केवल संरक्षण मिलता है और उनकी वृद्धि होती है बल्कि सत्याग्रह के द्वारा ही उनकी अधिक-से-अधिक सुरक्षा और वृद्धि संभव है। यह कठोर सत्य है कि दुनिया का कोई भी अन्याय बिना पीड़ित की सहायता से कायम रह ही नहीं सकता है। इसलिए सत्याग्रह द्वारा झेले गए कष्ट से अन्यायी का हृदय परिवर्तन होना ही है या उसके पूर्व असहयोग से अन्यायी ज्यादा देर तक टिक ही नहीं सकेगा। अतः सत्याग्रह मूल मंत्र है, प्यार का मंत्र है, अहिंसा का मंत्र है। यही उचित भी है, क्योंकि हिंसा का सबसे बड़ा दोष है कि जिस आदमी को हिंसा द्वारा सफलता प्राप्त होती है वह स्वयं अपने दोषों को नहीं देख पाता है। अल्बर्ट आइंस्टाइन के शब्दों में—Revolution without the use of violence was the method by which Gandhi brought about the liberation of India. It is my belief that the problem of bringing peace to the world on a supernational basis will be solved only by employing Gandhi's method on a large scale." मार्टिन लूथर किंग के अनुसार—Non-violent resistence is not a method for cowards.... this method is passive physically but strongly active spiritually.... It never seeks to defeat or humiliate the opponent, but to win his friendship and understanding."[५९]

संदर्भ

१. 'यंग इंडिया', १४ जनवरी, १९२०
२. डॉ. पट्टाभि सितारमैया, 'गांधी और गांधीवाद', पृ. ७
३. ज्योति प्र. सूद, 'प्रमुख राजनीतिक विचारक', पृ. ३५
४. ज्योति प्र. सूद, पूर्वोक्ति, पृ. ३७
५. किशोरीलाल मशरूवाला, 'गांधी विचार दोहन', पृ. ५५
६. एच.एस.एल. पोलक (लेख) 'सत्याग्रह एंड हर्ट्स ऑरिजिन इन साउथ अफ्रीका', (पत्रिका) दि विश्व भारती का., २ अक्तूबर, १९४९ पृ. ११६
७. काका कालेलकर, 'सत्याग्रह विचार और युद्धनीति', पृ. ५६
८. रंगनाथ दिवाकर, 'सत्याग्रह और विश्वशांति', पृ. १६
९. यरवदा मंदिर, पृ. २३
१०. 'स्पीचेज एंड राइटिंग्स ऑफ एम.के. गांधी', मद्रास, १९२२, पृ. ८२९
११. हरिजन, १०-६-१९३९
१२. एम.के. गांधी, 'एक्सपेरिमेंट्स विथ ट्रूथ', भाग १, पृ. ४८८
१३. यरवदा मंदिर, पृ. ३०-३५
१४. बौद्ध धर्म में अपरिग्रह का उपदेश
१५. 'यंग इंडिया', भाग २, पृ. ६६४
१६. 'यंग इंडिया', भागर, पृ. ७९७
१७. वही पृ. १८-६-३१
१८. 'यंग इंडिया', भाग ३, पृ. ९७६
१९. यरवदा मंदिर, पृ. ४५
२०. गांधी, 'हिंद स्वराज्य', पृ. ७३
२१. 'यंग इंडिया' २९-९-२०, पृ. ३०६
२२. हरिजन २४-४-३७-, पृ. ८४
२३. हरिजन, २४-९-३८, पृ. २६६
२४. यरवदा मंदिर, पृ. ३८
२५. साबरमती १९२८, पृ. ३९४
२६. 'स्पीचेज एंड राइटिंग्स ऑफ महात्मा गांधी', पृ. ३२६
२७. गांधी, कन्सट्रक्ट्यू प्रोग्राम (अहमदाबाद १९४०, पृ. १)
२८. आर.आर. दिवाकर, 'सत्याग्रह', पृ. ८५-८६
२९. इनकी व्याख्या पहले हो चुकी है।
३०. 'हरिजन', १९-३-२५, पृ. ९५
३१. 'हरिजन', २५-३-३९, पृ. ६४
३२. 'साबरमती' १९२८, पृ. २०१
३३. 'यंग इंडिया', ९-३-२१, पृ ७३
३४. 'यंग इंडिया', ४-८-२१, पृ. २४४

३५. विभिन्न अवसरों पर लिये गए कुछ संकल्प—(अ) खेड़ा सत्याग्रह : कृषक संकल्प, (आ) असहयोग आंदोलन संकल्प, (इ) खुदाई खिदमतगारों का संकल्प।
३६. 'गीता', ६/४ डॉ. धीरेंद्र मोहन दत्त द्वारा महात्मा गांधी का दर्शन, पृ. १० में उद्धृत
३७. 'यंग इंडिया' २६-१२-२४
३८. 'यंग इंडिया', भाग १, पृ. २०५
३९. 'यंग इंडिया', भाग १, पृ. ३००
४०. उपर्युक्त
४१. 'यंग इंडिया', पृ. २९८
४२. सीतारमैया, 'दि हिस्ट्री ऑफ दी कांग्रेस' (इलाहाबाद १९३०), पृ. ८९०
४३. 'यंग इंडिया', २-९-२१, पृ. ३३
४४. 'यंग इंडिया', २७-३-३०
४५. 'यंग इंडिया', भाग १, पृ. २२३
४६. एम.के. गांधी, 'माइ एक्सपेरिमेंट्स विद ट्रुथ', पृ. ४३५
४७. एम.के गांधी, 'माइ एक्सपेरिमेंट्स विद ट्रूथ', पृ. ४१६
४८. 'यंग इंडिया', भाग १, पृ. १०१९
४९. उपरोक्त ९-२-२२
५०. 'यंग इंडिया', २३-१०-२४, पृ. ३५४
५१. तंदुलकर, 'महात्मा', भाग ३, पृ. १५३
५२. गांधीजी को टैगोर का पत्र—'हरिजन' ७-७-३३ में मुद्रित।
५३. 'यंग इंडिया', ३०-६-२०
५४. पूर्वोक्ति १२-५-२०
५५. डॉ. धीरेंद्र मोहन दत्त, 'महात्मा गांधी का दर्शन', पृ. १०३
५६. 'यंग इंडिया', ४-६-२५
५७. 'यंग इंडिया', १८-९-२४
५८. डॉ. अमरेश्वर अवस्थी एवं डॉ. रामकुमार अवस्थी, 'आधुनिक भारतीय सामाजिक एवं राजनीतिक चिंतन', पृ. ४४०
५९. सोमनाथ धर, 'रिलेवेंस ऑफ महात्मा गांधी टूडे, इंडिया ऐंड फॉरेन रिव्यू', भाग १२, नं. २३, पृ. ६, ३० सितंबर, १९८४

□

४

राज्य एवं लोकतंत्र

मनुष्य एक सामाजिक प्राणी है। राजनीति उसके जीवन का एक अनिवार्य अंग है। वह अपने को राजनीति से अलग नहीं कर सकता, क्योंकि वह राज्य रूपी राजनीतिक संस्था का सदस्य है। व्यक्ति कितना ही चाहे, परंतु अपने को संपूर्णत: राज्य से पृथक् नहीं कर सकता है, इसलिए व्यक्ति और राज्य के बीच संबंध को लेकर राजनीतिक चिंतक सदियों से परेशान हैं।

गांधी के राज्य संबंधी विचारों को प्रस्तुत करने के पहले में भारतीय विचारकों द्वारा अपने-अपने ग्रंथों में विभिन्न स्थानों पर राज्य के संबंध में जो विचार दिए गए हैं, उनके आधार पर राज्य की प्रकृति के संबंध में कुछ सामान्य विशेषताओं का उल्लेख कर रहा हूँ—

१. राज्य साध्य नहीं वरन् साधन

भारतीय विचारकों के अनुसार राज्य स्वमेव एक लक्ष्य नहीं वरन् समाज की उन्नति का एक साधन मात्र था जिसका कार्य था कि समाज की भौतिक एवं आध्यात्मिक उन्नति में सभी प्रकार से सहायक हो। भारतीय विचारक राज्य की अनिवार्यता और उपयोगिता को स्वीकार करते हुए भी उसे समाज व्यवस्था के ऊपर नहीं, वरन् समाज व्यवस्था के अधीन और उसके अंतर्गत ही स्थान प्रदान करते हैं और उससे समाज व्यवस्था के नियमों को मानकर चलने का आग्रह करते हैं।

२. लोक-कल्याणकारी राज्य

भारतीय विचारकों द्वारा चित्रित राज्य को आज के अर्थों में पूर्ण रूप से तो

नहीं, लेकिन सामान्यतया लोक-कल्याणकारी राज्य कहा जा सकता है। राज्य को सामाजिक जीवन में हस्तक्षेप करने का अधिकार था, लेकिन उतनी ही सीमा तक जहाँ तक कि समाज की व्यवस्था को सुचारु बनाने और समाज के सर्वांगीण विकास के लिए आवश्यक हो। व्यक्तियों तथा उनके समूहों को भी आवश्यक स्वतंत्रताएँ सौंपी गई थीं।

३. राज्य पितृवत् और मातृवत्

भारतीय विचारकों के अनुसार, राज्य पितृवत् और मातृवत् था। उसका कर्तव्य था कि वह प्रजाजन की रक्षा तथा उसकी सुविधा की पूरी चिंता करे।

४. न्यायपूर्ण राज्य

राज्य न्यायपूर्ण था और उससे इस बात का आग्रह किया गया था कि वह दुष्ट का दमन तथा सज्जन व्यक्तियों का संरक्षण करे। राज्य को कर वसूल करने व न्याय प्रदान करने में निष्पक्ष एवं न्यायपूर्ण आचरण करने का निर्देश किया गया है। राज्य और राजा को यह भी निर्देश दिया गया है कि वह मर्यादा में रहे और किसी पर अत्याचार न करे।

५. राज्य शक्तिपूर्ण या दंडधारी

प्राचीन राजदर्शन में राज्य को बार-बार शक्तिपूर्ण और दंडधारी कहा गया है, लेकिन इसके साथ ही यह जोर दिया गया है कि बाहरी शक्ति या अपने ही नागरिकों के विरुद्ध शक्ति प्रयोग अंतिम अवस्था के रूप में ही किया जाना चाहिए और शक्ति प्रयोग में न तो अनावश्यक कठोरता बरतनी चाहिए और न ही अनावश्यक नरमी।

६. राज्य धर्मपूर्ण

प्राचीन राजदर्शन में राज्य को धर्मपूर्ण माना गया है अर्थात् वह व्यक्तियों को सन्मार्ग पर बनाए रखने और कुमार्ग से दूर रखने का कार्य करेगा। प्राचीन राजदर्शन में राज्य का लक्ष्य धर्म और मोक्ष की प्राप्ति बताया गया है। लेकिन धर्मपूर्ण राज्य का अर्थ समुचित अर्थ में धार्मिक राज्य या ब्राह्मण राज्य नहीं है। ब्राह्मण वर्ग को यदि कोई विशेष सम्मान प्राप्त था, तो वह उसके गुणों के कारण था, जाति के कारण नहीं।

७. राज्य प्रभुता-संपन्न, लेकिन समुदायों के अस्तित्व को मान्यता

प्राचीन भारतीय दार्शनिक सामाजिक ढाँचे के अंतर्गत न केवल राज्य वरन् समाज नियामकों द्वारा समाज व्यवस्था के अंतर्गत और समाज हित के लिए निर्मित समुदायों के अस्तित्व को भी स्वीकार करते हैं। यह भी स्पष्ट कर दिया गया था कि राज्य इन समुदायों के अधिकार और कर्तव्यों में मनमाने

तरीके से कोई परिवर्तन नहीं कर सकता। किंतु इन संस्थाओं का स्थान राज्य के समान नहीं था और राज्य को इन संस्थाओं पर आवश्यक नियंत्रण रखने का अधिकार था, जिससे ये संस्थाएँ धर्म विरुद्ध आचरण न कर सकें। राज्य के साथ-साथ अन्य समुदायों के अस्तित्व को स्वीकार करने और राज्य के अन्य समुदायों के साथ संबंध के विषय में भारतीय राजनीतिक चिंतकों की जो धारणा थी, वह उनकी दूरदर्शिता का ही परिचय देती है।

८. भारतीय विचारकों के अनुसार राज्य में अन्य राज्यों पर विजय प्राप्त करने और उनके क्षेत्र पर अधिकार करने की प्रवृत्ति होना नितांत स्वाभाविक है, लेकिन उन्होंने यह स्पष्ट कर दिया था कि विजय प्राप्त करने के लिए युद्ध को अंतिम साधन के रूप में ही अपनाया जाना चाहिए।

९. **कानून का राज्य**

भारतीय विचारकों ने एक निरंकुश राज्य का नहीं वरन् कानून के राज्य का प्रतिपादन किया था। उन्होंने राज्य में सदैव कानून की ही सर्वोपरिता का प्रतिपादन किया था और वे इस आदर्श को उस चरम सीमा तक ले गए जिस सीमा तक आज के जनतांत्रिक राज्यों में भी उसे नहीं अपनाया जा सका है। भारतीय विचारकों ने राज्य को कानून से इतना अधिक बाँध दिया था कि राज्य न केवल राज्य व्यवस्था वरन् समाज व्यवस्था के नियमों से भी बँधा हुआ था और राजा सहित राज्य के सर्वोच्च अधिकारी इन नियमों का पालन करने के लिए बाध्य थे।

यह तो हुआ राज्य की प्रकृति के संबंध में प्राचीन भारतीय चिंतकों का विचार। अब हम पाश्चात्य विचारकों द्वारा दिए गए राज्य की प्रकृति और उनके लक्ष्यों का संक्षिप्त वर्णन कर रहे हैं। अरस्तु के अनुसार, ''राज्य एक नैतिक संस्था है तथा यह मानव जीवन की उन्नत्ति के लिए सर्वथा प्रयत्नशील है।'' अरस्तु राज्य को कृत्रिम न मानकर समुदायों के समुदाय की संज्ञा देते हैं तथा कहते हैं कि इसके माध्यम से ही व्यक्ति अपने सर्वोच्च लक्ष्य की प्राप्ति कर सकता है। हिगल, कांट, ग्रीन जैसे आदर्शवादी विचारक भी नैतिकता के आधार पर ही राज्य के अस्तित्व की बात करते हैं। परंतु मार्क्स और उनके अनुयायियों के अनुसार, ''राज्य एक वर्ग संगठन ही नहीं वरन् वर्ग शोषण का साधन भी है, जिसके माध्यम से पूँजीपति वर्ग सर्वहारा वर्ग का शोषण तथा उसके मुक्ति-प्रयासों का दमन करता है।'' हॉब्स, लॉक तथा रूसो के अनुसार, ''राज्य सामाजिक समझौते का परिणाम है तथा उससे बँधे होने के कारण व्यक्ति राजाज्ञा का पालन करने के लिए बाध्य है।'' हॉब्स ने तो निरंकुश राज्य की अपनी अवधारणा दी है, 'जिसका

राजा सभी तरह की मर्यादाओं तथा सीमाओं से ऊपर है।' बोदाँ, फिगिन्न भी, राज्य की निरंकुश संप्रभुत्ता का समर्थन करते हैं। बहुलवादी ने जिसमें लास्की, कोल, लिन्डसे आदि आते हैं। राज्य की संत्रभुता की धारणा का खंडन किया। लास्की के मत में राज्य विभिन्न समुदायों का समुदाय है। जिस प्रकार व्यक्ति समाज के अन्य समुदायों के प्रति उतनी ही भक्ति रखता है जितनी उसकी अंतर्चेतना उसे ऐसा करने की आज्ञा देती है उसी प्रकार व्यक्ति भी राजाज्ञा का पालन उसी अनुपात में करता है—जहाँ तक वह व्यक्ति के हितों की पूर्ति करता है या फिर जहाँ तक व्यक्ति की अंतर्चेतना उसे आदेश देती है। क्रेव का मानना है कि राज्य संप्रभु नहीं है, कानून उससे ऊपर है तथा राज्य का आधार जन समुदाय का अधिकार तथा न्याय का बोध है। फिर जहाँ व्यक्तिवादी राज्य को व्यक्तिगत स्वतंत्रता में बाधक समझ उसे व्यक्ति के क्षेत्र में न्यूनतम हस्तक्षेप करने के पक्षपाती हैं वहाँ अराजकतावादी विचारक बाकुनिन प्रोर्धा प्रिंस क्रांप्टोकिन आदि इसे व्यक्ति के हित में सर्वथा बाधक मानकर समूल नष्ट कर देना चाहते हैं। आधुनिक समष्टिवादी, राज्य तथा लोकतांत्रिक समाजवादी के मत में राज्य तत्वतः एक तटस्थ संस्था है तथा जो भी वर्ग इस पर अधिकार कर लेता है, उनके हितों की रक्षा इसके द्वारा संभव है। वे मार्क्स की इस धारणा कि 'राज्य एक वर्ग संगठन है', नहीं मानते तथा यह भी स्वीकार करते हैं कि वर्तमान में जो इसका स्वरूप है उसमें परिवर्तन के बाद ही यह मानव हित का साधन बन सकता है। कहने का तात्पर्य यह है कि इनके मतानुसार राज्य साधन है और व्यक्ति साध्य। पं. नेहरू इस मत के प्रबल समर्थकों में से एक हैं।

अब हम महात्मा गांधी के राज्य संबंधी मान्यताओं पर आते हैं। गांधीजी को दक्षिणी अफ्रीका के प्रवास काल में जिन कठिनाइयों का सामना करना पड़ा उनके आधार पर राज्य के संबंध में उनके विचार आलोचनात्मक होते गए। भारत में उन्होंने राज्य की प्रवृत्ति और दृष्टिकोण में किसी प्रकार का अंतर नहीं पाया। अहिंसाप्रिय नागरिकों पर बर्बर प्रहार करने से राज्य के विषय में उनकी धारणा में और अधिक परिवर्तन हो गए। उन्हें अब राज्य की उपायोगिता अथवा उपदेयता में किसी प्रकार का भी संदेह नहीं रह गया था।

टॉल्स्टॉय की भाँति महात्मा गांधी एक दार्शनिक अराजकतावादी थे, इसलिए वे राज्य का खंडन करते हैं। गांधीजी के अनुसार, राज्य का आधार हिंसा है। उनका विश्वास था कि राज्य का जन्म ही हिंसा द्वारा हुआ है, वह हिंसा का संगठित रूप है। हम यह कह सकते हैं कि राज्य का आधार हिंसा इसलिए है, क्योंकि अंततोगत्वा वह अपनी इच्छा व्यक्तियों पर अपने पुलिस, न्यायालयों तथा सेना की शक्ति द्वारा सौंपता है। फिर गांधीजी राज्य का विरोध इसलिए करते हैं, क्योंकि इसकी बाध्यकारी शक्ति व्यक्ति की स्वतंत्रता और व्यक्तित्व के लिए घातक है। अपने आध्यात्मिक विकास के

लिए व्यक्ति को पूर्ण स्वतंत्रता की आवश्यकता है जो कि राज्य दंड द्वारा सीमित कर दी जाती है। गांधीजी मॉडर्न रिब्यू में लिखते हैं, ''व्यक्ति ही सर्वोपरि है। मैं तो राज्य शक्ति में वृद्धि को सबसे अधिक भय की दृष्टि से देखता हूँ, क्योंकि यद्यपि वह शोषण को कम करके भलाई करते हुए दिखाई पड़ता है, तथापि व्यक्तित्व का विनाश करके, जो कि समस्त प्रगति का मूल है, वह मानव जाति को सबसे बड़ी क्षति पहुँचाता है। राज्य हिंसा का संगठित रूप है, व्यक्ति की एक आत्मा होती है, परंतु राज्य एक आत्माहीन मशीन है, उसे हिंसा से कभी अलग नहीं किया जा सकता, जिसके कारण उसका जन्म हुआ है।''[१]

जहाँ तक कि गांधीजी राज्य का तिरस्कार व्यक्ति की स्वतंत्रता के नाम पर करते हैं, इनकी स्थिति प्राय: वैसी ही है जैसी कि प्रोधाँ, बाकुनिन तथा क्रॉप्टोकिन सरीखे पश्चिमी अराजकतावादियों की, परंतु यद्यपि गांधीजी पूँजीवाद के विरोधी हैं, वह राज्य का विरोध इसलिए नहीं करते कि उसका पूँजीवाद से घनिष्ठ संबंध है। उनके राज्य का विरोधी होने के कारण मूल रूप से नैतिक है, ऐतिहासिक या आर्थिक नहीं। उनके लिए सबसे अधिक मूल्य व्यक्ति का है, जो चीज भी उसके विकास में बाधक हो उसे नष्ट कर देना चाहिए।

बाकुलिन, क्रॉप्टोकिन तथा अन्य अराजकतावादियों की तरह ही गांधीजी राज्य को व्यर्थ समझते हैं और इसका खंडन करते हैं, परंतु यहाँ भी दोनों में मूलभूत अंतर है। गांधीजी द्वारा राज्य को ऐसा समझने में जहाँ इनकी नैतिक युक्ति प्रधान है वहाँ क्रॉप्टोकिन के मतानुसार राज्य इसलिए अनावश्यक है, क्योंकि आज राज्य जो काम करता है उनमें से एक भी ऐसा नहीं है जिसे ऐच्छिक समुदाय न कर सकते हों। दूसरी ओर गांधीजी का कहना है कि राज्य का प्रथम कार्य सामाजिक आचरण को अनुशासित करना है। गांधीजी 'यंग इंडिया' में लिखते हैं कि, ''मेरे लिए राजनीतिक सत्ता एक साध्य नहीं है, बल्कि मनुष्य के जीवन के प्रत्येक क्षेत्र में अपनी उन्नति करने का एक साधन है। राजनीतिक सत्ता का अर्थ है राष्ट्र के प्रतिनिधियों द्वारा राष्ट्रीय जीवन को नियमित करने की शक्ति। यदि राष्ट्रीय जीवन इतना पूर्ण हो जाता है कि वह आत्मानुशासित बन सके तो किसी प्रतिनिधित्व की कोई आवश्यकता नहीं। वह एक अनमय अराजकता की स्थिति होगी। ऐसी अवस्था में प्रत्येक व्यक्ति स्वयं अपना शासक है। वह अपने ऊपर इस प्रकार शासन करता है, जिससे कि वह अपने पड़ोसी के लिए एक बाधा न बने। इसलिए एक आदर्श व्यवस्था में कोई राजनीतिक सत्ता नहीं होगी, क्योंकि उसमें कोई राज्य नहीं होगा।''[२]

इस प्रकार हम देखते हैं कि सैद्धांतिक रूप में राज्य के प्रति गांधी के मन में भयंकर क्षोभ है फिर भी गांधीजी ने राज्य को एक आवश्यक बुराई के रूप में स्वीकार करते हुए भी राज्य के प्रभाव और शक्ति को अधिक-से-अधिक कम करने का परामर्श

दिया है, जिससे राज्य सत्ता के होते हुए भी व्यक्ति वास्तविक रूप में स्वतंत्रता प्राप्त कर सके। इस संबंध में गांधीजी द्वारा तीन महत्त्वपूर्ण सुझाव दिए गए हैं, जो इस प्रकार हैं—

१. सत्ता का विकेंद्रीकरण

गांधीजी केंद्रीयकरण को गलत मानते थे। उनकी मान्यता के अनुसार बिना शक्ति केंद्रीकरण को वैध ठहराया नहीं जा सकता। केंद्रीयकरण से गांधीजी को खतरा इसलिए है कि उससे सारी शक्ति कुछ लोगों के हाथ में केंद्रित हो जाएगी और उसका दुरुपयोग होगा ही। लेकिन सबसे बड़ा नुकसान यह होगा कि केंद्रीयकरण द्वारा व्यक्तिगत उद्यम संपूर्णतः समाप्त हो जाएँगे, क्योंकि गांधीजी मानते हैं कि हर प्रगति के मूल में वैयक्तिकता ही होती है। बिना उद्यम और स्वतंत्रता के नैतिक मूल्यों की उपलब्धि कभी नहीं हो सकती।

अपने विकेंदित समाज व्यवस्था के आदर्श की स्थापना के लिए गांधीजी स्वायत्ततापूर्ण ग्राम समुदाय को मानते हैं। गांधीजी के अनुसार, "अहिंसा पर आधारित समाज ऐसे गाँवों के समुदाय द्वारा ही बन सकता है जिनमें स्वैच्छिक सहयोग ही शांतिपूर्ण एवं सम्मानजनक अस्तित्व प्रदान करता है।"[३]

२. राज्य का कार्य क्षेत्र न्यूनतम्

राज्य सत्ता की बुराइयों को दूर करने के लिए उनका दूसरा सुझाव यह है कि राज्य का कार्यक्षेत्र न्यूनतम् होना चाहिए इसके द्वारा व्यक्ति के जीवन में कम-से-कम हस्तक्षेप करना चाहिए। गांधीजी हेनरी डी. थोरो के इस विचार से सहमत थे कि, "वह सरकार अच्छी है जो कम-से-कम शासन करे।"[४]

विदेशी हमले, आंतरिक व्यवस्था एवं शांति बनाए रखने के लिए आज राज्य को निश्चित रूप से सैनिक और सैनिक साज-सज्जा की जरूरत है। लेकिन अगर हम अपना सारा दायित्व राज्य पर छोड़कर चुपचाप निष्क्रिय होकर बैठे रहें तो राज्य पर इस प्रकार पूर्णरूपेण आश्रित रहने के कारण ही स्वेच्छाचारिता और तानाशाही का विकास होते जाता है। व्यक्ति को स्वयं को अनुशासित करने के लिए सदैव पुरुषार्थवान् रहकर परस्पर सहयोग करना चाहिए ताकि धीरे-धीरे वे स्वयं इतने अनुशासित हो जाएँ कि बिना किसी बाह्य दबाव के स्वेच्छापूर्वक अपना कर्तव्य-पालन करते रहें। इस प्रकार राज्य भी एक मंगलकारी संस्था का रूप धारण कर लेगा और फिर उसको भी कम-से-कम बल प्रयोग की आवश्यकता होगी। 'यंग इंडिया' में गांधीजी ने लिखा है कि "यह स्थिति एक प्रकार की स्वस्थ और प्रबुद्ध अराजकता है। इसमें प्रत्येक व्यक्ति अपना शासक होता है। वह स्वयं इस प्रकार व्यवहार करता है कि कभी भी अपने पड़ोसियों के लिए बाधक नहीं बनता।"[५]

३. राज्य के प्रभुत्व सिद्धांत का खंडन

गांधीजी व्यक्ति और राज्य में व्यक्ति को साध्य और राज्य को साधन मानते थे। इस कारण इनको द्वारा राज्य के प्रभुत्व सिद्धांत का खंडन किया गया। वे हिगल या अन्य सर्वाधिकारवादियों की इस बात को स्वीकार करने के लिए तैयार नहीं थे कि व्यक्ति राज्य की प्रत्येक आज्ञा माने। उनका कहना था कि राज्य जनता की भक्ति का हकदार तभी हो सकता है जबकि जनता के कल्याण का कार्य करे और उनकी शक्ति पर आधारित हो। गांधीजी कहते हैं कि राज्य भक्ति का कोई अपरिवर्तनशील सिद्धांत नहीं है वह तो एक पारस्परिक आदान-प्रदान है। इसलिए राज्य जैसे ही अपने कर्तव्य से विमुख हो जाता है, जनता पर अन्याय और अत्याचार करने लगता है और ऐसे कानूनों का निर्माण करता है जो व्यक्ति के अंत:करण के विरुद्ध हो तो वह जनता की भक्ति प्राप्त करने का अधिकार खो देता है। ऐसी स्थिति में जनता का न केवल अधिकार वरन् कर्तव्य हो जाता है कि उसके द्वारा राज्य सत्ता का विरोध किया जाए।

सतत सावधान रहना ही स्वतंत्रता की कीमत है। राजनीतिक चेतना की धार हमेशा तेज रखनी होगी। हमें इसका उचित रूप से ध्यान रखना होगा कि राज्य और सरकार को सही रास्ते पर रखने के लिए हमें कब और किस क्षेत्र में उससे सहयोग और असहयोग करना चाहिए। महादेव देसाई ने 'गांधीजी इन सीलोन (के.)' में गांधीजी को यह कहते हुए उद्धृत किया है कि "स्वराज्य हमारी अपनी अंदरूनी ताकत और कठिन-से-कठिन संघर्षों से सामना करने की हमारी क्षमता पर निर्भर करता है। जिस स्वराज्य की प्राप्ति एवं उसके संरक्षण के लिए हम निरंतर बलिदान करने को उद्यत नहीं रहेंगे, वह स्वराज्य भी बेकार है।"[६]

गांधी का आदर्श समाज

रामराज्य

गांधीजी द्वारा राज्य की दमनकारी सत्ता से भय खाकर इसका उन्मूलन करने, इसकी शक्ति को सीमित करने तथा इसके दमनकारी षड्यंत्रों के खिलाफ व्यक्ति की स्वतंत्रता पर बल देने की एक स्वाभाविक और शुद्ध परिणाम के रूप में उनके द्वारा कल्पित एक आदर्श अहिंसात्मक समाज की रूपरेखा सामने आया जिसे उन्होंने 'राम राज्य' कहकर संबोधित किया।

'राम राज्य' शब्द का प्रयोग कुछ भ्रामक हो सकता है, क्योंकि इसका शाब्दिक अर्थ है 'रामचंद्रजी का राज्य।' वस्तुत: राजा रामचंद्र के समय और आज की स्थिति में

अवस्था और काल का एक लंबा भेद होने के कारण रामराज्य आज की स्थिति में व्यावहारिक नहीं हो सकता। गांधीजी भी इस बात से परिचित थे। उनके द्वारा 'राम राज्य' शब्द का प्रयोग भावनावश आलंकारिक अर्थ में किया गया है, शाब्दिक अर्थ में नहीं। असल में वे आदर्श राज्य व्यवस्था के लिए तीन शर्तें रखते हैं—

(क) जिसमें जनता का सर्वांगीण विकास हो।

(ख) जहाँ शासन अहिंसा और प्रेम पर चलता हो।

(ग) जहाँ एक वर्ग या देश दूसरे वर्ग या देश का शोषण नहीं करता हो।

गांधीजी परमुखापेक्षी नागरिकों के लिए स्वराज्य को अर्थहीन मानते हैं, इसलिए उनके आदर्श 'राम राज्य' में किंचित् मात्र भी आश्रित रहने की प्रवृत्ति विकसित होनी संभव नहीं। ऐसे आदर्श 'राम राज्य' में तो वह नियंत्रण से मुक्त होने की अधिक-से-अधिक चेष्टा करता है। नियंत्रण से मुक्त होने की लालसा का विकास तभी हो सकेगा जबकि समाज का प्रत्येक व्यक्ति राज्य को अपना समझेगा। यह इच्छा तभी जाग्रत् हो सकती है जबकि समाज के उच्च आदर्शों की स्थापना हो जाए। 'राम राज्य' में एक ओर अथाह संपत्ति और दूसरी ओर करुणाजनक फ़ाकेकशी नहीं हो सकती, उसमें कोई भूखा मरनेवाला नहीं हो सकता।[७]

महात्मा गांधी द्वारा चित्रित 'अहिंसात्मक समाज' या 'आदर्श राज्य' की प्रमुख विशेषताएँ इस प्रकार हैं—

> गांधीजी का आदर्श तो आत्मानुभूति है। इसलिए राज्य का होना या न होना इस बात पर निर्भर करता है कि उसके द्वारा उनके आदर्श की पूर्ति कहाँ तक होती है। इस संबंध में गांधीजी अधिकार एवं कर्तव्यों की चर्चा करते हुए मानते हैं कि व्यक्ति के लिए अधिकार आवश्यक है। गांधीजी के अनुसार, "अपने कर्तव्यों को पूरा करने का अधिकार ही एकमात्र अधिकार है, जिसके लिए मनुष्य का जीवन धारण और भरण होता है। इसी के अंतर्गत मनुष्य के सभी न्यायिक अधिकार निहित हैं।"[८]

१. अधिकार

गांधीजी मानते थे कि अधिकार राज्य द्वारा प्रदत्त नहीं होते बल्कि वह अधिकारों को वास्तविकता प्रदान करता है। यद्यपि गांधीजी एक आदर्श समाज में राज्य को अधिकारों के संरक्षण के लिए आवश्यक मानते हैं किंतु साथ ही यह भी मानते हैं कि मनुष्य की अपूर्णता के कारण उसमें जो दुर्बलता है उसको ध्यान में रखते हुए अधिकारों को राज्य का संरक्षण मिलना चाहिए। इसका यही

अर्थ निकलता है कि कानून भी राज्य के लिए अनिवार्य है तो क्या इसका अर्थ यह होगा कि कानून किसी नैतिक आवश्यकता की पूर्ति करते हैं ? क्या कानून और नैतिकता दोनों साथ-साथ चल सकते हैं ? नैतिकता तो मनुष्य के अंदर से उपजती है फिर भला इसे मनुष्य पर कानून के माध्यम से कैसे लादा जा सकता है ? वास्तव में कानून और नैतिकता के संबंध को हम इन शब्दों में स्पष्ट करेंगे कि कानून ऐसे बाहरी परिवेश का निर्माण करता है, जिसके अंतर्गत ही नैतिक आदर्शों की पूर्ति संभव है। कानून व्यक्ति को नैतिक नहीं बना सकता, किंतु यह निश्चिय ही नैतिकता को संभव बना सकता है। गांधीजी के अनुसार, ''शराब पीना एक दुर्गुण नहीं बल्कि रोग है। इसलिए एक रोगी को बचाने के लिए उस रोगी के विरुद्ध कार्य करना होगा।''[९]

इसलिए यदि राज्य नशाबंदी लागू करता है तो वह नैतिकता को लाद नहीं रहा है बल्कि मनुष्य की प्रगति में जो रुकावटें हैं उन्हें दूर कर रहा है।

२. लोकतंत्र

गांधीजी के अनुसार प्रत्येक व्यक्ति अपने आप में ही साध्य है, साधन कदापि नहीं, इसलिए संस्थाओं का मूल्य उसी समय तक है जब तक वे व्यक्ति के व्यक्तित्व को मान्यता प्रदान करते हैं। इसलिए गांधीजी अपनी आस्था लोकतंत्र में व्यक्त करते हैं। लेकिन गांधीजी का प्रजातंत्र नैतिक प्रजातंत्र है, जिसके अंतर्गत अहिंसा न कि शक्ति मनुष्य के सामाजिक संबंधों को नियत करती है। किंतु गांधीजी इस प्रकार के शासन तंत्र की कोई विशेष रूपरेखा नहीं प्रस्तुत करते हैं। वे कहते हैं—

''मैंने जान-बूझकर ऐसे शासन तंत्र की प्रकृति के संबंध में अपने निश्चित विचार व्यक्त नहीं किए हैं जो कि एक अहिंसक समाज व्यवस्था पर आधारित हैं, क्योंकि जब हमारा समाज अहिंसा के निश्चित नियमों पर साकार बनाया जाएगा तो यह भी निश्चित है कि जो राज्य का स्वरूप होगा वह आज के स्वरूप से निश्चिय ही भिन्न होगा। लेकिन मैं ऐसा पहले से बताने में असमर्थ हूँ कि अहिंसा पर आधारित शासनतंत्र कैसा होगा।''[१०]

वास्तव में गांधीजी की इस प्रकार की धारणा उनकी इस मान्यता पर आधारित है कि यदि हम सही रास्ते पर कदम रख देते हैं तो मंजिल हमें मिल ही जाएगी और उसकी रूपरेखा अपने आप सामने आ जाएगी। यदि एक बार हम ठीक-ठीक साधन तय कर लें और उसपर अमल करना शुरू कर दें तो साध्य तो प्राप्त होगा ही। पहले से ही साध्य की रूपरेखा तैयार करने की ऐसी कोई आवश्यकता नहीं है।

३. कानून

यह तय है कि जिस आदर्श राज्य की कल्पना गांधीजी ने की उसका आधार अहिंसा होगा। गांधीजी यह भी मानते थे कि राज्य कानून द्वारा नैतिकता को चरितार्थ नहीं कर सकता, बल्कि राज्य केवल ऐसा वातावरण उत्पन्न कर सकता है, जिसमें नैतिकता संभव हो सके। नैतिक जीवन के लिए एक प्राथमिक आवश्यकता है व्यक्तिगत स्वतंत्रता और ऊद्यम की। इसलिए राज्य का स्वरूप ऐसा होना चाहिए कि जो इन व्यक्तिगत गुणों का विकास कर सके। कानून की आवश्यकता केवल इसलिए होती है कि मनुष्य अपूर्ण है। जैसे–जैसे मनुष्य अहिंसा के गुणों को आत्मसात् करता जाएगा वैसे–वैसे राज्य की आवश्यकता कम होती चली जाएगी। इसलिए राज्य की आदर्श व्यवस्था वही होगी जिसके अंतर्गत राज्य के दबाव का स्थान व्यक्तिगत ऊद्यम और स्वैच्छिक संस्थाएँ ले लेंगी। इसका अर्थ यही होगा कि राज्य संपूर्णत: नकार दिया जाएगा, क्योंकि एक संपूर्णत: अहिंसक राज्य, राज्य रह ही नहीं जाता है। उसे हम एक, अहिंसक राज्य विहीन समाज की संज्ञा दे सकते हैं। उसे हम एक उदात्त अराजकता की स्थिति कह सकते हैं। इस प्रकार के राज्य में व्यक्ति स्वयं अपना शासक होता है। वह अपने ऊपर इस प्रकार शासन करता है कि पड़ोसी के जीवन में किसी प्रकार की बाधा प्रस्तुत नहीं करता। इसलिए आदर्श राज्य के अंतर्गत किसी राजनीतिक शक्ति का अभाव होगा, क्योंकि राज्य अपने वर्तमान अर्थों में रहेगा ही नहीं। स्वायत्ततापूर्ण ग्राम समुदाय—अपने विकेंद्रित समाज व्यवस्था के आदर्श की स्थापना के लिए गांधीजी स्वायत्ततापूर्ण ग्राम समुदाय को मानते हैं। गांधीजी के अनुसार, ''अहिंसा पर आधारित समाज ऐसे गाँवों के समुदाय द्वारा ही बन सकता है, जिनमें स्वैच्छिक सहयोग ही शांतिपूर्ण एवं सम्मानजनक अस्तित्व प्रदान करता है।''[२१]

गांधीजी के अनुसार, अहिंसा पर आधारित सभ्यता भारत के ग्राम रूपी गणराज्यों द्वारा संभव है। अपनी इस मान्यता को स्वदेशी के माध्यम से समझाते हुए गांधीजी ने कहा, ''स्वदेशी की मान्यता का पालन करते हुए मैं छोटी स्वनिर्मित संस्थाओं को, जैसे—ग्राम पंचायत को मान्यता प्रदान करता हूँ। भारत वास्तव में गणतांत्रिक देश है और यही कारण है कि हर प्रकार के आघात के बावजूद हमारा देश जीवित रहा है। राजा, जमींदार, शासकगण चाहे वे देशी हों या विदेशी, कर वसूली के अलावा किसी प्रकार के जन–जीवन को नहीं छू सके। लोगों ने जो कुछ राजा का है वह राजा को दिया। बाकी उन्होंने वैसा ही किया, जैसा चाहते थे। विशाल जाति संगठन न केवल

समुदायगत, धार्मिक मान्यताओं से निर्मित थे, बल्कि वे राजनीतिक आवश्यकताओं की भी पूर्ति करते थे। प्रत्येक गाँव अपनी व्यवस्था स्वयं करता था। अपनी जाति-प्रथा तथा इसके माध्यम से ही शासन की शक्तियों एवं क्रूरताओं को सहा।''[१२]

अपने आत्मनिर्भर स्वायत्ततापूर्ण ग्राम समुदाय की व्याख्या करते हुए गांधीजी ने एक ऐसा चित्र प्रस्तुत किया, जिसमें उनकी विकेंद्रीकरण संबंधी मान्यताएँ साधारणत: स्पष्ट हो जाती हैं। उन्होंने कहा, ''प्रत्येक गाँव गणराज्य या पंचायत होगा जिसके पास सारी शक्तियाँ होंगी। इसलिए प्रत्येक गाँव आत्मनिर्भर होगा, अपनी समस्याओं को स्वयं सुलझाने के योग्य होगा, यहाँ तक कि बाहरी सुरक्षा के लिए सक्षम भी होगा। वह इस तरह से तैयार किया जाएगा कि स्वयं को अपनी सुरक्षा के लिए अपने ही पैरों पर खड़ा होना पड़ेगा, चाहे उसे मिट ही क्यों न जाना पड़े। इसलिए अंततोगत्वा व्यक्ति ही इकाई होगा। इसका यह अर्थ नहीं होगा कि पड़ोसियों की या बाहरी दुनिया की स्वेच्छा से की गई सहायता भी ग्रहण नहीं की जाएगी। ऐसा समाज निश्चय ही उच्च सांस्कृतिक समाज है, जिसमें प्रत्येक स्त्री व पुरुष जानता है या जानती है कि उसे क्या चाहिए। उससे भी अधिक यह जानते हैं कि उन्हें वह चीज कभी प्राप्त नहीं करनी चाहिए जिसे दूसरा व्यक्ति उतना ही काम करके प्राप्त नहीं कर सकता। इस प्रकार की व्यवस्था में जिसमें अगणित गाँव होंगे जीवन एक पिरामिड की भाँति नहीं होगा, जिसमें ऊपरी हिस्सा निचले पर आधारित होता है, बल्कि वह एक सामुदायिक चक्र की भाँति होगा जिसका केंद्र व्यक्ति होगा जो कि गाँव के लिए अपने को मिटा सके और प्रत्येक गाँव कई गाँवों के घेरे के लिए अपने को मिटा सके और दूसरे के लिए मिटाने का क्रम उस समय तक चले जब तक कि वे सारे चक्र एकाकार होकर सारे व्यक्तियों का एक निश्चित जीवन बन जाए। इसके अंतर्गत जो सबसे बड़ा चक्र होगा वह अपने आंतरिक चक्र को मिटाएगा नहीं बल्कि वह सबको शक्ति प्रदान करेगा और उन सबसे शक्ति प्राप्त भी करेगा।''[१३]

उपर्युक्त चित्र से यह बात स्पष्ट हो जाती है कि शक्ति शासन की इकाई होगा तथा गाँव अपने आप में आत्मनिर्भर होंगे। लेकिन एक गाँव दूसरे गाँव के साथ आंतरिक बंधन के साथ जुड़ा हुआ होगा और वह आंतरिक बंधन होगा स्वेच्छा से एक-दूसरे की सहायता करना। इस प्रकार स्वैच्छिक आधार पर बना हुआ गाँव का संघ स्वभाव से केंद्रीकरण पर विश्वास नहीं रखेगा और एक संघ होने के नाते इकाइयों पर दबाव भी नहीं डालेगा। उसका सारा व्यापार नैतिकता पर आधारित होगा। उसमें न कोई पुलिस होगी और न सेना और न न्यायालय ही होंगे।

एक आदर्शवादी की तरह गांधीजी मानते हैं कि ऐसी आदर्श व्यवस्था संभव नहीं है। वे कहते हैं कि कोई भी शासन संपूर्णत: अहिंसक नहीं हो सकता, क्योंकि उसके

अंतर्गत सभी लोग आ जाते हैं, लेकिन फिर भी वे मानते हैं कि उस समाज को अधिक-से-अधिक अहिंसक बनाने में कार्य किया जा सकता है। इसलिए इन दोनों बातों को बनाए रखने के लिए अर्थात् जीवन की व्यावहारिक कठिनाइयों और अहिंसा के सिद्धांतों, दोनों के सह-अस्तित्व के लिए जिस प्रकार की व्यवस्था संभव होगी उसके अंतर्गत पुलिस व सेना को पूर्णतः भंग नहीं किया जा सकेगा।

गांधीजी की चिंतनधारा की सबसे बड़ी विशेषता यह है कि वे जिद्दी नहीं थे। वे जिस बात को सोचते हैं उसे विचारों की कोठरी में बंद नहीं करते। उन्हें खुली हवा में रखते हैं, जिससे उन विचारों में ठहराव नहीं आ पाता। वे गतिशील होते हैं। स्वराज्य से गांधीजी अपनी राज्य संबंधी मान्यताओं को स्पष्ट कर देते हैं।

स्वराज्य

गांधीजी के अनुसार स्वराज्य एक प्राचीन शब्द है। उनके अनुसार, "स्वराज्य शब्द एक पवित्र शब्द है—एक स्वनियंत्रण। इस स्वतंत्रता का अर्थ अनियंत्रित स्वतंत्रता कदापि नहीं है।"[१४]

स्वराज्य की परिभाषा से यह बात स्पष्ट हो जाती है कि महात्मा गांधी व्यक्तिगत नैतिकता की बातों को राज्य पर आरोपित करते हैं। इस स्वराज्य शब्द का विकास व्यक्ति के नैतिक मूल्य के विकास के साथ होता रहेगा, जब तक वह स्थिति नहीं आ जाती जबकि एक उदात्त अराजकता अपने चरमोत्कर्ष की स्थिति में पहुँचे। गांधीजी मानते हैं कि स्वराज्य शब्द इतना व्यापक है कि इसकी सही-सही परिभाषा असंभव है। दरअसल गांधी की मान्यताओं का 'राम राज्य' यही है। गांधीजी कहते हैं, "निश्चय ही स्वराज्य शब्द सर्वव्यापक है। इसके अंतर्गत संपूर्ण स्वतंत्रता के साथ-साथ और भी बातें आ जाती हैं, इसको अर्थ और परिभाषा के सीमित घेरे में बाँधना इसके दृष्टिकोण को संकीर्ण बनाना है और जो कुछ आज असीम है उसे सीमित कर देना होगा। स्वराज्य के अंतर्गत जो कुछ भी आता है उसका विकास उसी तरह होने दो जिस प्रकार राष्ट्रीय चेतना और आकांक्षाओं का होता है। आज हम उपनिवेश की स्थिति से ही प्रसन्न हो सकते हैं। भावी पीढ़ी शायद उससे संतुष्ट न हो। वह शायद कुछ और चाहे। स्वराज्य के साथ कोई निश्चित परिभाषा को न जोड़कर यह कहा जा सकता है कि इसके अंतर्गत वे बातें आती हैं जो कि सर्वश्रेष्ठ धारणाओं से भी अधिक श्रेयस्कर है। उपनिवेश की स्थिति में भी स्वराज्य शब्द का अर्थ है, हम अपनी इच्छानुसार स्वतंत्रता की घोषणा कर सकें। जब तक हममें वह क्षमता पैदा नहीं होती तब तक स्वराज्य निरर्थक है। यहाँ इस शब्द का न्यूनतम अर्थ है तथा यह स्वतंत्र व्यक्तियों की हिस्सेदारी है।"[१५]

इस प्रकार हम देखते हैं कि स्वराज्य शब्द स्वतंत्रता शब्द से कहीं अधिक व्यापक

है, किंतु स्वशासन इसकी प्राथमिक आवश्यकता है। इस स्वशासन के महत्त्व को स्पष्ट करते हुए महात्मा गांधी कहते हैं कि ''व्यक्तिगत रूप से मैं अंग्रेजी जुए से स्वतंत्रता की कामना करता हूँ। मैं इसके लिए कोई भी कीमत चुकाने को तैयार हूँ। मैं इसके बदले में घोर अराजकता करने को प्रस्तुत हूँ, क्योंकि यह अंग्रेजी शांति कब्र की शांति है। यह निश्चिय ही एक समूचे जनसमुदाय की जीवन मृत्यु से श्रेयस्कर होगा। इस सुंदर धरती को इस शैतानी शासन ने भौतिक और नैतिक दृष्टिकोणों से प्रायः समाप्त कर दिया है।''[१६]

जिस तरह से हर देश खाने-पीने के लिए, हवा में श्वास लेने के लिए स्वतंत्र है उसी तरह से हर देश अपने आंतरिक मामलों को समझने और सँभालने के लिए भी स्वतंत्र है। इसलिए जातीयता या धार्मिकता के आधार पर भेदभाव करना, किसी एक जाति का दूसरी जाति पर तथा किसी एक धर्म का दूसरे धर्म पर शासन लादना व किसी वर्ग का दूसरे वर्ग पर शासन लादना कभी भी न्यायसंगत नहीं हो सकता। जातीय अहंकार, राष्ट्रीय अहंकार, धार्मिक अहंकार, वर्ण अहंकार, कितना खोखला है उसे गांधीजी ने स्पष्ट शब्दों में चित्रित किया है। इसलिए उनकी राजनीतिक मान्यताओं के अंतर्गत साम्राज्यवाद, उपनिवेशवाद, जाति भेद, रंग भेद आदि नीतियों के लिए कोई स्थान नहीं है। वे हर प्रकार की तानाशाही के विरुद्ध थे—चाहे वह देशी हो या विदेशी। उनका स्वशासन केवल शासनतंत्र के घेरे में ही बँधा हुआ नहीं है। यह ठीक है कि जिस स्वशासन द्वारा गांधीजी शासन चाहते हैं वह चरम आदर्शवाद है। लेकिन उस आदर्शवादिता की उच्चता को स्वीकार करते हुए वे उस आदर्श को भी स्वीकार करते हैं, जिसके अंतर्गत प्रतिनिधि प्रजातंत्र भी आ जाता है।

प्रतिनिधि प्रजातंत्र की धारणा स्वराज्य की धारणा के विरुद्ध तो नहीं है, लेकिन इस प्रतिनिधि प्रजातंत्र को केवल एक संस्था के रूप में ही गांधीजी स्वीकार नहीं करते थे। वे तो उस सब में नैतिकता भर देना चाहते हैं, जो शासन से संबंधित हो। इसलिए गांधीजी संसदात्मक शासन को केवल एक संक्रमण कालीन स्थिति में ही स्वीकार करने को तैयार हैं। गांधीजी ने कहा है कि, ''मेरा स्वराज्य केवल कुछ समय के लिए ही आधुनिक अर्थ में प्रस्तुत संसदात्मक शासन के रूप में स्वीकार करता है।''[१७]

गांधीजी ब्रिटिश राजनीतिक जीवन के तीव्र आलोचक रहे थे। उन्होंने ब्रिटिश संसद् की तुलना एक बाँझ महिला अथवा वेश्या से की थी, क्योंकि वे मानते थे कि संसद् ने अपनी तरफ से आज तक कोई अच्छा काम नहीं किया और जो भी किया है वह बाहरी दबाव से प्रभावित होकर किया है। इसलिए वह एक बाँझ जैसी है और यह एक वेश्या जैसी इसलिए है कि वह मंत्रियों द्वारा संगठित है जो समय-समय पर बदलते रहते हैं। नाजीवाद फासीवाद का ही एक स्वरूप है। वह तो साम्राज्यवाद की नाजी और

फासिस्ट प्रवृत्तियों को छिपाने का एक जामा मात्र है। गांधीजी के आदर्शों की संसद् तो बिना बाहरी दबाव के अच्छे से अच्छा कार्य करेगी, क्योंकि उसमें अच्छे से अच्छे लोग चुनकर जाएँगे।

हिंदी स्वराज्य गांधीजी की संसद् विरोधी मान्यताओं से भरा पड़ा है। वे संसदात्मक प्रजातंत्र की इस बात से दुःखी हैं कि वह मनुष्य के नैतिक उत्थान के लिए कुछ नहीं करता है, केवल लच्छेदार बातों का जाल बुनता है, जिसके भ्रम में लोग पड़े रहते हैं। गांधीजी पार्टी के उस अनुशासन को अस्वीकार करते हुए उसे अनैतिक बताते हैं। संसदात्मक ढाँचे में अखबारों की भी गांधीजी ने तीव्र निंदा की है। उन्होंने उसे ऐसा माध्यम बतलाया है जो लोगों को गुमराह करता है।

यद्यपि महात्मा गांधी संसदात्मक व्यवस्था के तीव्र आलोचक हैं, फिर भी उन्होंने प्रतिनिधि प्रजातंत्र की दोषों से मुक्त करने के बाद स्वीकार किया है। जे.एस. मिल भी एक ऐसे विचारक हैं जो प्रतिनिधि प्रजातंत्र को स्वीकार तो करते हैं, लेकिन उसमें बहुत से दोष पाते हैं, जिन्हें वे संशोधित करना चाहते हैं।

प्रतिनिधि प्रजातंत्र

गांधीजी प्रतिनिधि प्रजातंत्र के दोषों को दूर करने के सुझाव देते हुए कुछ ठोस बातें रखते हैं। उनके अनुसार चुनाव का वही अधिकारी हो सकता है जो स्वार्थहीन एवं समाज सेवा की भावना से प्रेरित होकर, चुनाव लड़ना चाहता है। गांधीजी संसद् के सदस्यों को वेतन देने के भी विरुद्ध हैं और मानते हैं कि वे स्वयं अपना जीविकोपार्जन अपने-अपने पसीने की कमाई से करते रहेंगे। इन लोगों को किसी भी हालत में राष्ट्रीय आय की तुलना में अधिक नहीं मिलना चाहिए।

''यदि व्यक्ति अपने साधारण जीवन में २५ रुपया प्रतिमाह से संतुष्ट रहता है तो उसे एक मंत्री बन जाने पर या शासन में और कोई पद मिल जाने पर २५० रुपया पाने का कोई अधिकार नहीं है।''[१८]

मताधिकार

मताधिकार के संबंध में भी गांधीजी यह मानते हैं कि वयस्क मताधिकार को व्यापक बनाना चाहिए। गांधीजी के अनुसार मताधिकार के लिए योग्यता न तो संपत्ति पर आधारित होनी चाहिए और न सामाजिक स्थिति पर वरन् श्रम पर आधारित होनी चाहिए; क्योंकि संपत्ति और शैक्षणिक मान्यताएँ गलत साबित हो चुकी हैं। शारीरिक श्रम ही एक ऐसी चीज है जो हर एक को ऐसे अवसर प्रदान करती है कि वह शासन तंत्र और राज्य के कल्याण में हिस्सा ले सके।[१९]

श्रम संबंधी मताधिकार का सिद्धांत गांधीजी के रोटी के लिए श्रम से संबंधित है जो कि व्यक्ति को आत्मनिर्भर एवं संतुष्ट बनाता है। इस रोटी के लिए श्रम सिद्धांत के प्रतिपादन से लाभ यह होगा कि कोई भी धूर्त राजनीतिज्ञों के चंगुल में नहीं फँसेगा और उन लोगों को क्षमता भी प्रदान करेगा, जिससे सत्ता का दुरुपयोग नहीं हो सकेगा और राज्य में ऐसे लोग नहीं पनप सकेंगे जो अपना जीवन शोषण, स्वार्थ और सत्ताखोरी में निहित रखते हैं और न ऐसे लोग भी बढ़ सकेंगे जो निरीह तथा डरपोक बनकर और शोषित बने रहकर गलत आशाओं के अंध पालन में लगे रहते हैं।

मताधिकार के अंतर्गत गांधीजी उम्र को भी महत्त्व देते हैं। उनकी मान्यता है कि प्रत्येक ऐसे वयस्क को मताधिकार होना चाहिए जो २१ वर्ष से ऊपर हो, यहाँ तक कि १८ वर्ष से वयस्क को भी यह अधिकार प्राप्त हो सकता है। वे अपने जैसे बूढ़े आदमी को इस अधिकार से अलग रखना चाहते हैं। इसी प्रकार १८ साल के नीचे के लोगों को भी वे मताधिकार प्रदान नहीं करना चाहते।[२०]

इस प्रकार गांधीजी ने मताधिकार के लिए उम्र १८ साल से ५० साल के बीच निर्धारित की है। उनकी मान्यता थी कि ऐसे ही लोग अपने शारीरिक श्रम से देश की सेवा कर सकते हैं। ५० साल के ऊपर के लोग केवल नैतिक प्रभाव ही रख सकते हैं। उनके पास मताधिकार की राजनीतिक शक्ति नहीं होनी चाहिए।

बहुमत एवं अल्पमत

यों तो संसदात्मक प्रजातंत्र में निर्णय बहुमत द्वारा लिये जाते हैं, लेकिन गांधीजी को इस प्रकार का बहुमतवाला निर्णय स्वीकार नहीं था, क्योंकि उनका प्रजातंत्र साधारण प्रजातंत्र नहीं था। उनका प्रजातंत्र तो आध्यात्मिक प्रजातंत्र था। इस प्रकार के प्रजातंत्र में उनकी मान्यता थी कि साधारणतः सामान्य मामलों में निर्णय बहुमत द्वारा लिये जाएँगे। लेकिन इसे सैद्धांतिक रूप में स्वीकार नहीं किया जाएगा; क्योंकि किसी एक विशेष धार्मिक या सांस्कृतिक समुदाय के लिए लिया गया निर्णय संपूर्णतः उसी समुदाय पर छोड़ा जाएगा और केवल सीमित मामलों में ही नहीं बल्कि अत्यधिक महत्त्व के प्रश्नों—अल्पमत की नकारात्मक स्थिति—पर भी संपूर्णतः विचार किया जाएगा और बहुमत केवल इसलिए उसे नकार नहीं सकेगा कि उनके पास अधिक मत है। गांधीजी के अनुसार, ''बहुमत का निर्णय सीमित रूप से प्रयोग किया जा सकता है, जैसे कि मामले की मूलभूत बातों को छोड़कर उसमें विस्तार दिए जाने का कार्य बहुमत पर छोड़ा जा सकता है, लेकिन बहुमत चाहे किसी प्रकार का निर्णय क्यों न करे उसके लिए दास-भाव नहीं होना चाहिए। प्रजातंत्र में लोग भेड़ों की तरह कार्य नहीं कर सकते। प्रजातंत्र के अंतर्गत विचारों तथा कार्यों की पूर्ण स्वतंत्रता होनी चाहिए। मेरा यह विश्वास है कि

अल्मत को बहुमत के अलग कार्य करने का पूर्ण अधिकार है।''[२१]

गांधीजी का कहना था कि, ''किसी भी विचारधारा को सही निर्णय क्षमता का एकाधिकार नहीं है। हम सब गलती कर सकते हैं और हमें निर्णयों का संशोधन करना चाहिए। इसलिए हमें कम-से-कम अपने विरोधियों के विचारों को समझना चाहिए और यदि उनको हम स्वीकार नहीं कर सकते तो हमें उनका उतना आदर करना चाहिए जितना हम अपने विचारों की आशा दूसरों से करते हैं। यह स्वस्थ लोक-जीवन का एक महत्त्वपूर्ण मानदंड है।[२२] इसी सिलसिले में उन्होंने आगे कहा कि ''बहुमत का यह अर्थ कदापि नहीं है कि हम किसी एक विचार को, यदि वह ही मालूम पड़ता है, दबाएँ।'' यदि किसी एक व्यक्ति का विचार सही मालूम पड़ता है तो वह निश्चित रूप से अधिक वजनदार माना जाना चाहिए। सच्चे प्रजातंत्र के लिए मेरी यह मान्यता है।[२३]

धर्म निरपेक्ष राज्य

गांधीजी का अहिंसक राज्य एक धर्म निरपेक्ष राज्य होगा। गांधीजी राज्य के लिए किसी धर्म में विश्वास नहीं करते भले ही सारे राष्ट्र समुदाय का एक ही धर्म क्यों न हो। प्रत्येक व्यक्ति को अपने धर्म का स्वतंत्रतापूर्वक पालन करने का पूर्णतः अधिकार है। गांधीजी ने कहा था, ''यदि मैं तानाशाह होता तो धर्म और राज्य एक-दूसरे से अलग होते। मैं अपने धर्म के नाम पर प्रतिज्ञाएँ लेता हूँ। मैं उसके लिए अपने प्राण तक दे सकता हूँ। लेकिन वह मेरा एक निजी मामला है। राज्य का उससे कोई संबंध नहीं है वह सबका अपना निजी मामला है।''[२४]

गांधीजी यह भी मानते हैं कि धार्मिक शिक्षा राज्य का विषय नहीं होना चाहिए। महात्मा गांधी राज्य को एक साधन मानते थे, साध्य नहीं। वे मानते थे कि राज्य का उद्देश्य सबका अधिकतम हित करना है। लेकिन गांधीजी यह भी मानते थे कि राज्य शब्द ही हिंसा से जुड़ा हुआ है। इसलिए अहिंसक राज्य के कार्य कम-से-कम होना चाहिए ताकि धीरे-धीरे एक ऐसा समय आ जाए कि उसकी आवश्यकता ही समाप्त हो जाए।

अपराध और दंड

हम पढ़-लिख चुके हैं कि राज्य के कार्य कम-से-कम हों या सीमित हों और लोग आत्मनिर्भर बनें। लेकिन गांधीजी लोगों की कमजोरियों से भी अवगत हैं, इसलिए वे राज्य को ऐसे कार्य सौंपना चाहते हैं जो केवल राज्य ही कर सकता है। इस दृष्टि से गांधीजी ने अपराध एवं दंड पर विचार व्यक्त किए हैं। अपराधी सामाजिक गलतियों के परिणामस्वरूप, रोग के समान उत्पन्न होते हैं। इसलिए अपराध का विचार होना चाहिए।

अपराधों के योग्य दंड संहिता होनी चाहिए। लेकिन वह किस प्रकार की हो, इस संबंध में कोई एक निश्चित सिद्धांत प्रतिपादित कर देना ठीक नहीं मालूम पड़ता। गांधीजी कहते हैं, "मैं बहुत सोचने-समझने के बाद भी दंड व्यवस्था के दंडात्मक नियंत्रण को संपूर्णतः समाप्त नहीं कर सकता। दंड भी अहिंसक होना चाहिए, यदि संहिता शब्द को दंडों के साथ जोड़ा जा सके।"[२५]

एक अहिंसक राज्य में अपराधी को बदले की भावना से दंड नहीं देना चाहिए और न दूसरों को डराने-धमकाने के लिए दंड देना चाहिए। उसका एक ही उद्देश्य होना चाहिए यानी सुधार। गांधीजी मृत्युदंड को गलत मानते हैं, क्योंकि कभी-कभी किसी अपराधी के संबंध में भूल हो सकती है। कोई छोटी भूल हो तो उसे सुधारा जा सकता है। लेकिन यदि किसी व्यक्ति को मार डाला जाए तो उसकी उस दंड की क्षतिपूर्ति किसी प्रकार से नहीं हो सकती है।[२६] इसलिए गांधीजी कहते हैं कि, "अहिंसा के सिद्धांतों द्वारा अनुशासित राज्य में खूनी को जेल भेजा जाना चाहिए, जहाँ उसे सुधारा जा सके।"[२७]

जेल

जेल व्यवस्था के संबंध में गांधीजी की अपनी राय है। वे जेलों को समाप्त तो नहीं करना चाहते पर जेलों को अहिंसक बनाना चाहते हैं। वे चाहते हैं कि जेलों को सुधारात्मक संस्थाओं में परिणत कर देना चाहिए, जिसमें लोगों को नए-नए काम सिखाए जा सकें और लोग जेलों में रहते हुए ऐसे कार्यों का प्रशिक्षण प्राप्त कर सकें जिससे वे बाहर आत्मनिर्भर बन सकें। गांधीजी ने जेलों के सुधार के लिए एक योजना बनाई। उन्होंने कहा, "ऐसे उद्योग, जिनमें लाभ नहीं हो रहा हो उन्हें बंद कर देना चाहिए। सभी जेलों को हाथ-करघा संस्थाओं के रूप में परिणत कर देना चाहिए और जहाँ संभव हो सके वहाँ कपास की उपज अच्छे कपड़े बनाने के लिए प्रारंभ कर देनी चाहिए। कैदियों को विकृत माना जाना चाहिए और उन्हें अपराधी के रूप में नहीं देखा जाना चाहिए। जेल कर्मचारियों को कैदियों पर अत्याचार करना छोड़ देना चाहिए। उनके स्थान पर उन्हें मित्र और प्रशिक्षणदाता बन जाना चाहिए।

एक शर्त यह होनी चाहिए कि कैदी जो खादी बनाएँ उसे राज्य कम कीमत पर खरीदे और यदि अधिक मात्रा में बने तो जन-साधारण को उससे थोड़ी अधिक कीमत पर खरीद लेना चाहिए।"[२८]

पुलिस

गांधीजी मानते हैं कि उनके अहिंसक राज्य में भी पुलिस की आवश्यकता होगी,

लेकिन वे पुलिस व्यवस्था में मूल परिवर्तन चाहेंगे। वे कहते हैं कि, ''मेरी मान्यता के अनुसार पुलिस आज की पुलिस से बिलकुल अलग होगी। इसमें वे ही लोग होंगे जो अहिंसा में आस्था रखते हैं। वे जनता के सेवक होंगे न कि मालिक। जनता भी उन्हें हर संभव सहायता प्रदान करेगी और परस्पर सहयोग के द्वारा वे कम होती जा रही अशांति की वारदातों से शक्ति स्थापित करेंगे। पुलिस के पास किसी तरह का अस्त्र तो होगा, लेकिन वह बहुत ही कम किसी अत्यधिक असाधारण स्थिति में ही प्रयोग किया जा सकेगा। वास्तव में पुलिसवाले सुधारक होंगे। उनका पुलिस कार्य मुख्यत: डाकुओं और गुंडों के लिए होगा।''[२९]

गांधीजी की पुलिस शारीरिक शक्ति का प्रयोग कम-से-कम करेगी सिवाय ऐसे अवसरों को छोड़कर जहाँ अनिवार्य हो, जैसे कोई पागल खून करने पर अमादा होकर दौड़ रहा है। अपराध को रोकने के लिए अश्रु गैस का प्रयोग भी गांधीजी अवांछनीय मानते हैं। लेकिन इस प्रकार अश्रु गैस का प्रयोग बहुत ही असाधारण स्थिति में ही किया जाएगा।

सेना

सेना के संबंध में भी गांधीजी की राय उनकी पुलिस-राय से मिलती-जुलती है। गांधीजी कहते हैं कि एक अहिंसक सेना शांति और अशांति दोनों समयों में शस्त्र सेना जैसा कार्य नहीं करेगी। वह दंगों को असंभव बनाने के लिए निर्माणात्मक कार्यों में लगी रहेगी।[३०]

वैसे गांधीजी सैनिक व्यवस्था के विरुद्ध थे, लेकिन साथ-ही-साथ वह यह भी मानते हैं कि सैनिक व्यवस्था को आकस्मिक रूप से पूर्णत: हटाना ठीक नहीं होगा। वे कहते हैं, ''मैं स्वीकार करता हूँ कि पुलिस और सेना का एकाएक हटाया जाना एक भयंकर स्थिति उत्पन्न कर सकता है, यदि हमने अपने को चारों ओर डाकुओं से बचाने का सामर्थ्य अपने में पैदा न किया।''[३१]

न्याय

न्याय व्यवस्था के संबंध में भी गांधीजी की अपनी निजी मान्यता है। वे चाहते हैं कि न्याय व्यवस्था राज्य संपूर्णत: अपने पास न रखकर उसे पंचायतों को भी सौंप दे। वे वकीलों और न्यायाधीशों के विरुद्ध भी अपनी राय जाहिर करते हैं, ''न्याय व्यवस्था हमें अनैतिकता सिखाती है। वकील झगड़ों को निपटाने के स्थान पर बढ़ावा देते हैं और उनका हित भी उनको बढ़ाने में ही है।''[३२]

न्यायालयों के संबंध में गांधीजी की धारणा यह थी कि वे जन-कल्याण के लिए

नहीं होते हैं वे इस बात को मानने के लिए तैयार नहीं हैं कि दो लोगों के झगड़े में तीसरा न्याय कर सकता है। वे कहते हैं, ''तीसरे का निर्णय हमेशा सही नहीं होता। दोनों ही दल जानते हैं कि कौन सही है। हम अपनी सरलता और अज्ञानता के कारण यह कल्पना कर बैठते हैं कि एक अजनबी हमसे पैसा लेकर हमें न्याय देगा।''[३३]

न्याय व्यवस्था में सुधार लाने के लिए वे कहते हैं कि ''न्याय व्यवस्था को सस्ता बनाना चाहिए। दीवानी मुकदमों में दोनों पक्षों को अधिकतर मामलों को न्यायाधिकरण के लिए छोड़ देना चाहिए। भ्रष्टाचार के मामलों को पंचायतों के लिए छोड़ देना चाहिए तथा बीचवाले न्यायालयों की बहुलता को समाप्त कर देना चाहिए। केस लॉ को समाप्त कर देना चाहिए और सामान्य प्रक्रिया को सरल कर देना चाहिए।''[३४]

महात्मा गांधी चाहते हैं कि वकीलों को न्याय की सहायता के लिए मजदूरों जितना भत्ता लेकर कार्य करना चाहिए। यों तो गांधीजी मानते हैं कि वकीलों को अपने जीविकोपार्जन के लिए कुछ शारीरिक श्रम भी करना चाहिए, जिससे रोटी के लिए श्रम सिद्धांत लागू हो सके और यदि यह संभव न हो सके तो सभी भंगियों, डॉक्टरों, वकीलों, शिक्षकों, व्यापारियों तथा अन्य लोगों को एक ईमानदारी के दिन के कार्य के लिए समान भत्ता मिलना चाहिए।[३५]

अस्पृश्यता का अंत

गांधीजी अस्पृश्यता को भारतीय समाज के लिए कलंक मानते थे और उनके आदर्श समाज में अस्पृश्यता के लिए कोई स्थान नहीं था।

गोबध निषेध

गांधीजी भारत जैसे राज्य में धार्मिक तथा आर्थिक दोनों ही दृष्टि से गाय की रक्षा को बहुत अधिक आवश्यक मानते थे। इसलिए उनके द्वारा अपने आदर्श समाज में गो-हत्या का निषेध किया गया है।

राष्ट्रीयता एवं अंतरराष्ट्रीयता

यह एक पूर्णरूपेण स्पष्ट तथ्य है कि गांधीजी ने अपने चिंतन में राष्ट्रवाद का बीजारोपण किया। उनके सपनों में, कल्पना में और व्यवहार में भारत ही केंद्रित था। ''भारत मेरे लिए दुनिया का सबसे प्यारा देश है, इसलिए कि मैंने इसमें उत्कृष्ट अच्छाई का दर्शन किया है। भारत की हर चीज मुझे आकर्षित करती है। सर्वोच्च आकांक्षाएँ रखनेवाले किसी व्यक्ति को अपने विकास के लिए जो कुछ चाहिए, वह सब उसे भारत में मिल सकता है। भारत अपने मूल स्वरूप में कर्मभूमि है, भोग भूमि नहीं है।''[३६]

हम जानते हैं कि आधुनिक युग इतना गतिशील हो गया है कि देश की घटनाओं का प्रभाव दूसरे देश पर अवश्य ही पड़ता है। सभी देश एक-दूसरे के इतने अधिक निकट आ गए हैं कि वर्तमान युग को विचारकों ने अंतरराष्ट्रीयता का युग कहा है। विज्ञान ने यदि स्थलीय अंतर कम किया है तो विचारकों ने संसार को बौद्धिक और वैचारिक दृष्टि से निकट लाने की प्रक्रिया को सहज किया है।

अतः यहाँ यह स्वाभाविक हो जाता है कि गांधीजी बाहरी रूप से एक कट्टर राष्ट्रवादी लगते हैं फिर भी उनमें अंतरराष्ट्रीयता की भावना कितनी थी।

भारत के गौरवपूर्ण ऐतिहासिक संदर्भों, नैतिक एवं सांस्कृतिक उपलब्धियों से गांधीजी का जीवन सदैव अनुप्रेरित रहा। इस प्रेरणा ने उन्हें उत्साहित भी किया और आत्मशक्ति भी प्रदान की। गांधीजी इसी आधार पर कहते थे कि भारत ने आत्मशक्ति के लिए सहज भाव से जितने प्रयत्न किए हैं, उसका दुनिया में कोई दूसरा उदाहरण कठिनाई से ही मिल सकता है। स्वदेश के लिए उनमें विशेष प्रेम था। उन्होंने इस राष्ट्र के अभ्युत्थान के लिए एक जागरूक नागरिक के समान महत्त्वपूर्ण भूमिका संपन्न की।

भारत के लिए महात्मा गांधी के हृदय में एक विशेष श्रद्धा रही। उस श्रद्धा के आधार को अभिव्यक्ति देते हुए गांधीजी ने कहा है, ''मैं भारत से उसी तरह बँधा हुआ हूँ जिस तरह कोई बालक अपनी माँ की छाती से चिपटा रहता है, क्योंकि मैं महसूस करता हूँ कि वह मुझे मेरा आवश्यक आध्यात्मिक पोषण देता है।''[३७] इस पृष्ठभूमि में भारत की स्वतंत्रता के लिए उनका प्रयत्न करना एक नागरिक, एक देशभक्त, एक नेता और पथ-प्रदर्शक के नाते आवश्यक ही नहीं था वरन् यह मानवीय आत्मा की पुकार का आग्रह भी था।

महात्मा गांधी भारत के व्यापक क्षेत्र में राजनीति को लेकर आए देश के राष्ट्रीय आंदोलन में एक अभूतपूर्व सेनानी के रूप में उनकी भूमिका रही, अतः भारतीय जनता के अधिकांशतः उन्हें राजनीतिक नेता और देशभक्त राष्ट्रवादी के रूप में ही अधिक जाना-माना। निःसंदेह गांधीजी राष्ट्रवादी थे, लेकिन जो राष्ट्रवाद आज दुनिया के लिए घातक हो रहा है और जिसने संसार की शांति के लिए भारी खतरा उत्पन्न कर दिया है, उस राष्ट्रवाद के गांधीजी कभी समर्थक नहीं थे। गांधीजी राजनीतिज्ञ की अपेक्षा नैतिक अधिक थे और इसलिए उनका राष्ट्रवाद नैतिक साम्राज्य, जीवन की सहिष्णुता तथा आध्यात्मिक सिद्धांतों पर आधारित था। उनका राष्ट्रवाद वस्तुतः उनके विश्व मानव प्रेम का एक अंग था।

गांधीजी ने राष्ट्रवाद को बहुत ही शुद्ध रूप में हमारे सामने रखा। उन्होंने कहा— मेरा लक्ष्य विश्व मैत्री है। हम विश्व-बंधुत्व के लिए जीना और मरना चाहते हैं एक अन्य स्थान पर गांधीजी ने कहा था कि ''मानवता के लिए मरने की आकांक्षा के पूर्व

भारत को जीना सीखना होगा।'' इस वाक्य के भीतर गांधीजी के भारत प्रेम का भावी रूप झलकता है। गांधीजी विश्व को पंगु और पीड़ित भारत का दान करना नहीं चाहते थे, उसकी सेवा के लिए साहसी, पौरुषमय तथा आत्म-विश्वासी भारत की भेंट करना चाहते थे।[३८] उनका कहना था कि यूरोप के चरणों पर लोटता हुआ भारत मानवता को क्या आदेश दे सकता है ? प्रबुद्ध और स्वतंत्र भारत के पास निश्चय ही पीड़ित और कराहते हुए विश्व को देने के लिए शांति और सद्इच्छा का एक संदेश होगा। ऐसा था, गांधी का राष्ट्रवाद जिसमें देशप्रेम के साथ ही विश्व सेवा का भाव मुखरित है।

गांधीजी ने जीवनभर भारत की स्वतंत्रता के लिए अथक परिश्रम किया। राष्ट्रभाषा, राष्ट्रीय शिक्षा और राष्ट्रीय एकता पर बल दिया और यह सबकुछ इसलिए किया, क्योंकि उनके शब्दों में, ''मैं अपने देश की स्वतंत्रता इस कारण चाहता हूँ कि अन्य राष्ट्र मेरे राष्ट्र से कुछ सीख सकें। मेरी राष्ट्रीयता उप-अंतरराष्ट्रीयता है।''[३९] उन्होंने एक बार कहा था कि, ''यदि आवश्यकता पड़े तो सारे देश मर जाए, ताकि मानवता जीवित रह सके।''[४०] स्पष्ट है कि गांधीजी की दृष्टि में एक विशुद्ध देशभक्त राष्ट्रीयता तथा अंतरराष्ट्रीयता का विरोधी नहीं है, बल्कि उसके विकास में सहायक है, क्योंकि एक व्यक्ति के राष्ट्रवादी हुए बिना अंतरराष्ट्रीवादी होना असंभव है। राष्ट्रवाद कोई बुराई नहीं है, बुराई तो संकीर्णता, स्वार्थ और एकाकीपन की भावनाएँ हैं, जिनसे आज के राष्ट्र ग्रस्त दिखाई देते हैं। गांधीजी को राष्ट्रीय जीवन की गंदगी से नफरत थी। वे चाहते थे कि राष्ट्रीय जीवन में जो बुराइयाँ भर गई हैं, उन्हें निकाल फेंका जाए। वे भारतीय राष्ट्र में अहिंसक शक्ति, सजीव सक्रिय शक्ति उत्पन्न करना चाहते थे। उनके राष्ट्रवाद में अहंकार का, दूसरी जातियों के सिर पर चढ़कर जबरदस्ती बैठने का अपने राष्ट्रीय स्वार्थ के लिए दुर्बल देशों का यथेच्छा उपभोग करने का भाव ही नहीं था।[४१]

इस प्रकार रामनाथ सुमन ने लिखा है कि ''गांधीजी के राष्ट्रवाद से एक ओर भारत के पीड़ित एवं दीन-दुःखियों के उद्गार का भाव था तो दूसरी ओर भारत को विश्वभ्रातृत्व तथा विश्व सेवा का एक प्रबल समर्थक बनाने का।''

गांधीजी आदर्श मानव के विकास के लिए इस प्रकार के स्वावलंबी ग्रामीण प्रजातंत्रों की स्थापना के बड़े ही कायल थे। दूसरी ओर वे यह भी चाहते थे कि इन गाँवों में परस्पर आर्थिक और सांस्कृतिक सहयोग भी हो। असल में उनको विश्वास था कि जब व्यक्ति इस प्रकार के अनुकूल ग्रामीण वातावरण में रहकर सामाजिक और नैतिकता की भावना सीख लेगा तो उसमें सहज ही संपूर्ण मानवता के प्रति प्रेम उत्पन्न हो जाएगा। फिर उसको राष्ट्रीय और भौगोलिक सीमाएँ भी नहीं बाँध सकेंगी। कोई भी संस्कृति एक-दूसरे से बिलकुल पृथक् रहकर नहीं जी सकती। इसलिए सांस्कृतिक विकास के लिए भी गांधीजी सांस्कृतिक संबंध चाहते थे। 'यंग इंडिया' में गांधीजी ने

लिखा है कि ''पश्चिम से जो एक अच्छी चीज अवश्य ग्रहण करनी चाहिए वह है जन-स्वास्थ्य का विज्ञान। मेरी देशभक्ति संकुचित नहीं है और इसमें किसी दूसरे के लिए किसी प्रकार का वैर-भाव नहीं है। इसलिए यद्यपि में पाश्चात्य भौतिकवाद से बराबर संशकित रहता हूँ, फिर भी पश्चिमी सभ्यता में जो अच्छाइयाँ हैं, उनका मैं सदैव स्वागत करता हूँ।''[१४२]

अंग्रेजी शासन से कठोर

संघर्ष करते हुए और कारावास दंड आदि की यातनाएँ सहते हुए भी गांधीजी सेवा और त्याग के द्वारा संपूर्ण मानवता के साथ अपना तादात्म स्थापित कर विश्व के क्रमिक आध्यात्मिक उन्नयन का स्वप्न देखते रहे, इसलिए उन्होंने 'यंग इंडिया' में स्पष्ट लिखा है कि, ''मैं भारत को स्वतंत्र एवं शक्तिशाली इसलिए देखना चाहता हूँ कि यह विश्व कल्याण के लिए नि:स्वार्थ त्याग करने को उद्यत रहे जिस प्रकार स्वतंत्र व्यक्ति परिवार के हित के लिए अपना व्यक्तिगत हित बलिदान करता है, उसी प्रकार परिवार जनपद के लिए, जनपद संपूर्ण जिले के लिए, जिला संपूर्ण प्रांत के लिए, प्रांत संपूर्ण देश के लिए और देश संपूर्ण विश्व के लिए अपना बलिदान करे।''[१४३]

स्पष्ट है कि मानव प्रेम ने ही गांधीजी को राष्ट्र प्रेम और विश्व प्रेम सिखलाया, इसलिए उन्होंने भारत की स्वतंत्रता के लिए कभी भी किसी जाति, या वर्ग के प्रति घृणा नहीं रखी। सबों के लिए सत्य, प्रेम और करुणा का ही पाठ बताया। 'यंग इंडिया' में उन्होंने ऐसा लिखा है कि, ''पूर्ण स्वराज्य की मेरी कल्पना का यह अर्थ नहीं है कि हमारा देश सबसे अलग रहकर स्वतंत्रता का उपभोग करे। बल्कि विश्व के राष्ट्रमंडल में उसका एक-दूसरे से स्वस्थ्य एवं सम्मानपूर्वक सहयोग रहे। हमारी स्वतंत्रता किसी दूसरे राष्ट्र के लिए कोई खतरा नहीं बनेगी, जिस प्रकार हम अपना शोषण नहीं होने देंगे, ठीक उसी प्रकार हम किसी दूसरे का शोषण भी नहीं करेंगे। अत: हम अपने स्वराज्य के द्वारा संपूर्ण विश्व की सेवा करेंगे।''[१४४]

महात्मा गांधी विश्व सरकार की स्थापना की बात भी सोचते थे। वे समझते थे कि आधुनिक युग की आवश्यकताएँ इतनी अधिक और विविध हो गई हैं कि कोई भी राष्ट्र उन्हें अकेले सुलझा नहीं सकता। अत: जरूरत इस बात की है कि एक विश्व संघ की स्थापना हो जिसकी एक सरकार हो और जो अवयवी राष्ट्रों के प्रतिनिधियों से मिलकर बनी हो।

इसके साथ ही अंतरराष्ट्रीय संबंधों का संचालन वे पूर्णतया अहिंसात्मक पद्धति से चाहते थे। उन्होंने राष्ट्र संघ को भी वही शक्ति अपनाने की सलाह दी जो वे खुद ब्रिटिश सरकार से अजमा रहे थे। अंतरराष्ट्रीय शांति दलों का भी गांधीजी ने स्वागत

किया था और अंतरराष्ट्रीय शांति के लिए यह भी आवश्यक समझते थे कि किसी भी राष्ट्र का दूसरे राष्ट्र के ऊपर किसी प्रकार का प्रभुत्व नहीं होना चाहिए और सचमुच गांधीजी की यह बात कितनी सही है कि जब हम नव-उपनिवेशवाद की बुराइयों को देखते हैं तो अच्छी तरह समझ पाते हैं। अंतरराष्ट्रीय सदभावना के लिए गांधीजी ने भारत को एक कार्यक्रम दिया था जो कि प्रत्यक्ष रूप से एक विश्व योजना ही है।

1. Freedom for every nation to work out its own desting, to discover its personal and national truth in its own way.
2. The granting of freedom for everyone also to do the same thing. Not to take anything from anyone else, not even to want it. To be satisfied with a lion cloth of home, spun, if that is all you can afford for the moment.
3. To settle disputes not by blood and gun but economic and ethical weapons, with the power of directed public opinion.
4. To be willing to sacrifice not only your property but yourself for these ideals.

अतः आज गांधीवादी रास्ते पर चलकर ही अर्थात् राष्ट्रों की आपसी प्रतिद्वंद्विता को मिटाकर ही दुनिया में अमन-चैन कायम किया जा सकता है।

युद्ध

''युद्ध तो किसी समस्या का क्षणिक हल ही ढूँढ़ता है'', ऐसा गांधीजी कहा करते थे। तीसरे विश्वयुद्ध के कगार पर खड़ी दुनिया को जिसमें मानवता कभी भी काल का ग्रास बन सकती है, सचमुच युद्ध को रोकने की गांधीवादी पद्धति सीखने की निहायत जरूरत है। गांधी के अनुसार युद्ध और आक्रमण को रोकने के लिए अहिंसा का तीन तरह से प्रयोग होना चाहिए। एक तो आक्रमण से पहले, दूसरा आक्रमण के दौरान और तीसरा आक्रमण के बाद की स्थिति में। पहली स्थिति में दुश्मन के प्रति सद्भाव, मैत्री, निःस्वार्थ सेवा और समझौतावादी दृष्टिकोण अपनाना चाहिए, दूसरी स्थिति में अहिंसा, दुश्मन के साथ असहयोग और अंतिम व्यक्ति तक विरोध की तकनीक अपनानी चाहिए और आक्रमण के बाद हर किसी तरीके को अपनाना चाहिए। वे यह भी चाहते थे कि कोई भी अहिंसक राष्ट्र को अपनी भूमि से आक्रमणकारी राष्ट्र की सेना को गुजरने नहीं देना चाहिए और न ही उन्हें किसी प्रकार की आपूर्ति की मदद देनी चाहिए। वे तो कहते थे कि हिंसा और कायरता में उन्हें हिंसा पसंद है, अर्थात् आक्रमण के बाद की स्थिति में राष्ट्रीय हित के खातिर हर संभव तरीके को अपनाने की सलाह गांधीजी की है।

संयुक्त राष्ट्र संघ

संयुक्त राष्ट्र संघ सफल हो सके इसके लिए गांधीजी के विचारों में काफी व्यापक ऊँचे भाव देखने को मिलते हैं। उनका सोचना था कि अंतरराष्ट्रीय तनाव राष्ट्रों की अंदरूनी तनाव का ही विस्तार मात्र होता है। अतः वे सभी राष्ट्र की अंदरूनी जिंदगी को सँवारकर ही संयुक्त राष्ट्र संघ जैसी विश्व संस्थाओं को सफल बनाना चाहते थे। उन्होंने इसके लिए ग्रामीण समुदाय की भावना को फैलाने की कोशिश की। उनका विश्वास था कि ग्रामीण वातावरण में रहकर मनुष्य सामाजिकता और नैतिकता की भावना सीख लेगा तो उसमें सहज ही संपूर्ण मानवता के प्रति प्रेम उत्पन्न हो जाएगा। फिर उसको राष्ट्रीय और भौगोलिक सीमाएँ भी नहीं बाँध सकेंगी। राष्ट्र के संबंध में उनका यह कहना था कि सत्य और अहिंसा का मूल मंत्र जब तक राष्ट्रों की बिरादरी नहीं स्वीकारेगी तब तक संयुक्त राष्ट्र संघ सफल नहीं हो पाएगा।

निःशस्त्रीकरण

अभी इस तनावपूर्ण और भयग्रस्त विश्व में जबकि दोनों महाशक्तियों के बीच निःशस्त्रीकरण की हर वार्त्ता विफल हो रही है और शस्त्रीकरण की होड़ लगी हुई है, वैसी स्थिति में निःशस्त्रीकरण के लिए गांधीजी के विचार हास्यास्पद लग सकते हैं लेकिन सच्चाई तो यह है कि यही एकमात्र रास्ता है भले ही दुनिया, इसकी उपयोगिता देर से माने। गांधीजी लिखते हैं, "Some national will have to dare to disarm herself and take large risks. The level of non-violence in that nation will naturally have risen so high as to command universal respect. Her judgement will be unerring her decision will be firm, her capacity for heroic self sacrifice will want to live as much for other nation as for herself."

विशप फिशर को लिखे अपने एक पत्र में भी उन्होंने कहा था, "Peace and disarmament are not a matter of reciprocity. When real peace and disarmament come, they will be initiated by a strong national like America irrespective of the consent and co-operation of other nations."[45]

अतः निःशस्त्रीकरण के प्रति उनके विचार के मूल में यह धारणा अंतर्निहित है कि त्याग की भावना बड़ी ही शक्तिशाली भावना है और सैनिक शक्ति से अधिक बलवान् प्यार की शक्ति होती है।

संदर्भ

१. गांधी, 'मॉडर्न रिव्यू', अक्तूबर, पृ. ४९३
२. 'यंग इंडिया', २ जुलाई, १९३१
३. 'हरिजन', १३-११-१९४०, पृ. ४११
४. हेनरी डी थोरो, 'सलेक्टेड राइटिंग्स ऑन नेचर ऐंड लिबर्टी', पृ. १०
५. 'यंग इंडिया', २-६-१९३५
६. महादेव देसाई, 'गांधीजी इन सीलोन ले.', मद्रास १९२८, पृ. ३५
७. किशोरीलाल मशरूवाला, गांधी विचार दोहन, पृ. ६४
८. 'हरिजन', २१-५-१९३९
९. गांधी, 'इंडिया ऑफ माय ड्रीम', पृ. ७३
१०. 'हरिजन', १९-२-१९३९
११. 'हरिजन', १३-१-१९४०, पृ. ४११
१२. स्पीच, पृ. २७६
१३. 'हरिजन', २८-७-१९४६, पृ. २३९
१४. 'यंग इंडिया', १९-३-१९३१
१५. 'यंग इंडिया', भाग ३, पृ. २५-२६
१६. 'यंग इंडिया', भाग ३, पृ. २५-२६
१७. 'यंग इंडिया', भाग १, पृ. ८७३
१८. 'हरिजन', ३-९-१९३८
१९. 'यंग इंडिया', भाग २, पृ. ४३५-३६
२०. 'हरिजन', २-३-१९४७, पृ. ४५
२१. 'यंग इंडिया', भाग १, पृ. ८६४-६५
२२. 'यंग इंडिया', भाग २, पृ. २२७
२३. 'गांधीजी स्टेटमेंट ऑन दी ब्रेक डाउन ऑफ गांधी जिन्नाह टॉक' २८-९-१९४४
२४. 'हरिजन', २२-९-४६, पृ. ३२१
२५. 'हरिजन', २३-१०-१९३७, पृ. ३०८
२६. 'यंग इंडिया', भाग २, पृ. ८२६
२७. 'हरिजन', २७-४-१९४०, पृ. १०१
२८. 'हरिजन', १७-७-१९३७, पृ. १८०
२९. 'हरिजन', १-१-१९४०, पृ. २६५
३०. 'हरिजन', २६-३-३८
३१. 'यंग इंडिया', भाग १, पृ. ६४२
३२. 'हिंद स्वराज्य', पृ. ४२
३३. 'हिंद स्वराज्य', पृ. ४३
३४. 'यंग इंडिया', भाग २, पृ. ४३६
३५. 'हरिजन', २३-३-१९४७, पृ. ७८

३६. गांधी, 'मेरे सपनों का भारत', पृ. १
३७. यंग इंडिया, फरवरी, १९२६, पृ. २१
३८. रामनाथ सुमन, गांधीवाद की रूपरेखा, पृ. ४५-४६
३९. डॉ. अमरेश्वर अवस्थी एवं डॉ. रामकुमार अवस्थी, प्रमुख राजनीतिक एवं सामाजिक चिंतन, पृ. ४५०
४०. उपर्युक्त
४१. रामनाथ सुमन, पूर्वोवत्, पृ. ४८
४२. यंग इंडिया, २६-१२-२४
४३. यंग इंडिया, १७-९-२५
४४. यंग इंडिया, २६-३-३१
४५. बिशप फिशर, दैट स्ट्रैंज ट्लि ब्राउन मैन गांधी, पृ. २२२

□

५

सामाजिक विचार

समाज-सुधार

अस्पृश्यता और गांधीजी

राष्ट्र जीवन के नव-निर्माण के लिए समाज-सुधार के क्षेत्र में गांधीजी की देन महत्त्वपूर्ण रही है। इस दिशा में उनका काम इतना व्यापक रहा कि समाज-सुधार का कोई भी पहलू उनसे अछूता नहीं बचा। जो रचनात्मक कार्यक्रम उन्होंने प्रस्तुत किया उसके बारे में यह कहा जा सकता है कि वह समाज-सुधार का ही था। जब गांधीजी ने कांग्रेस को १९३५ के विधान के अंतर्गत प्रांतों में पदग्रहण की सलाह दी तब कांग्रेसी मंत्रियों से उन्होंने यही कहा था कि रचनात्मक कार्यक्रम को अधिक-से-अधिक प्रयोग में लाने का वे अपनी शक्ति भर पूरा प्रयत्न करें। जो राजनीतिज्ञ यह नहीं मानते थे कि सत्य और अहिंसा के मार्ग से राष्ट्रीय स्वतंत्रता प्राप्त की जा सकती है वे तो गांधीजी को मात्र ऐसा समाज-सुधारक ही मानते थे कि जिसका काम तो अच्छा है पर राजनीति का कोई व्यावहारिक ज्ञान उसे नहीं है। स्वराज्य दल के लोग भी, जो मानते थे कि विधान सभाओं में जाकर भी असहयोग किया जा सकता है, चौरी-चौरा कांड के कारण सत्याग्रह स्थगित होने और १९३० में उसके फिर से शुरू किए जाने के बीच के समय यह समझते थे कि गांधीजी ने राजनीति में दिलचस्पी लेना बंद कर दिया है और बस समाज-सुधार के पीछे ही पड़े हैं। और तो और खादी पहननेवाले समाजवादी भी बहुत हद तक गांधीजी को मात्र समाज सुधारक ही मानते रहे।

गांधीजी की कल्पना के अनुसार रचनात्मक कार्यक्रम हमारी स्वतंत्रता की लड़ाई का एक अपरिहार्य भाग था। वह यह नहीं मानते थे कि हमारी गुलामी के लिए अकेले ब्रिटेन की साम्राज्य-लिप्सा ही जिम्मेदार थी। उसकी जिम्मेदारी तो, उसके अनुसार मुख्य रूप से राष्ट्र धर्म के प्रति हमारी उपेक्षा पर ही थी। अत: हमारे राष्ट्रीय चरित्र को ठीक करने के लिए रचनात्मक कार्यक्रम बनाया गया था, जिससे कि राष्ट्र समुन्नत और बलवान् हो। ऐसा समुन्नत भारत ही, उनके खयाल में, स्वतंत्रता प्राप्त कर सकता था।

आज संसार वैज्ञानिक युग में सीमा रेखा पर पहुँच चुका है। समाज में समरूपता सी आ गई है। लेकिन भारतीय समाज व्यवस्था का सह-विश्लेषण करने पर समाज में व्याप्त दुर्गंध के विषय में भी जातिगत कठोरता के साथ कलंक रूप में अस्पृश्यता समझौता कर बैठी है। यद्यपि वर्तमान युग में यह कलंक काफी धुल गया है, लेकिन उसका सर्वथा अंत नहीं हो पाया है। अज्ञात इतिहास की इस पापमयी धरोहर ने भारतीय हिंदू समाज के पतन के लिए मार्ग प्रशस्त किया। गांधीजी सामाजिक जीवन में समानता के सही स्वरूप के दर्शन करना चाहते थे, उनकी धार्मिक विषय में सर्वधर्म समभाव की प्रवृत्ति ने, उन्हें धार्मिक समानता के वास्तविक स्वरूप को प्रस्तुत करने की प्रेरणा दी। किंतु भारतीय समाज में धार्मिक आधार पर इतना वैषम्य देखने को नहीं मिलता जितना वैषम्य अस्पृश्यता के आधार पर देखने को मिलता है। गांधीजी ने समाज में व्याप्त इस दुर्गंध की जितनी गहरी अनुभूति की, उतने ही सशक्त होकर उन्होंने उसको मिटाने के लिए प्रयत्न किए।

अस्पृश्यता की समस्या को जब गांधीजी ने अपने हाथ में लिया और उसके खिलाफ लड़ाई शुरू की तब खुद अस्पृश्यों से अपने मानवीय अधिकारों के लिए उसमें शामिल होने के लिए उन्होंने नहीं कहा जे.बी. कृपलानी लिखते हैं कि, "अस्पृश्यों की उस समय जो हालत थी उसमें सच पूछो तो वे इस काबिल थे भी नहीं कि उस लड़ाई में शामिल हो सकते। फिर अपनी हीन दशा को वे तो विधाता का विधान ही मानते थे। अस्पृश्यता-निवारण के समय तथा कथित उच्च वर्ण के माने जाने वाले हम कुछ लोग अकसर उनकी टूटी-फूटी झोंपड़ियों में उनके पास जाया करते थे। उस समय प्यास लगने पर हम उनसे पानी माँगते तो वे यह कहकर इनकार कर देते थे कि ऐसा करके हम आपका धर्म बिगाड़ना नहीं चाहते। ऐसा करना वे अधर्म समझते थे और ऐसा अधर्म करके पाप के भागी नहीं बनना चाहते थे।"[१] इसलिए गांधीजी ने अस्पृश्यता निवारणार्थ आवश्यक, सभी तरह के बलिदान के लिए सवर्ण हिंदुओं का आह्वान किया। ऐसा आह्वान करते हुए उन्होंने यही कहा कि ऐसा करके हम, हमारे पूर्वजों ने सदियों से अस्पृश्यों के साथ जो भारी अन्याय किया है उसका देर से ही सही पर, कुछ तो प्रायश्चित्त कर ही सकेंगे। सवर्ण हिंदुओं ने उनके उस आह्वान को गंभीरता से लिया और

अस्पृश्यता निवारण में उनका योगदान भी कम नहीं रहा।

अस्पृश्यता के बारे में गांधीजी ने कहा है, "अस्पृश्यता निवारण सवर्ण हिंदुओं के लिए ऐसा प्रायश्चित है जो हिंदू धर्म की ओर अपनी शुद्धि के लिए उन्हें करना ही चाहिए। अस्पृश्यों की नहीं बल्कि तथाकथित उच्च वर्णवालों की शुद्धि जरूरी है।

ऐसा कोई दोष नहीं दो अस्पृश्यों की ही विशेषता है। यहाँ तक कि मैला-कुचैलापन और गंदगी भी नहीं। यह तो उच्च वर्ग के समझे जानेवाले हम लोगों की संकीर्णता ही है जो हम अपने दोषों को तो अनदेखा करते हैं और जिन दलित भाइयों के साथ हम अन्याय करते आए हैं और अब भी कर रहे हैं उनके दोषों को तिल का ताड़ बनाकर पेश करते हैं। राष्ट्रों की तरह धर्म भी आज तराजू में तुल रहे हैं। ईश्वर के अनुग्रह और साक्षात्कार पर किसी जाति या राष्ट्र का एकाधिकार नहीं है। उन सभी को समान रूप से इनकी उपलब्धि होती है जो उनके लिए सच्चाई से प्रयत्न करते हैं। जो धर्म या राष्ट्र अन्याय, असत्य और हिंसा पर आधारित होंगे उनका पृथ्वी से विलुप्त हो जाना अवश्यंभावी है।"[२]

अस्पृश्य माने और कहे जानेवाले लोग पूर्णरूपेण हिंदू वर्ण व्यवस्था के ही अंग हैं, गांधीजी ने इस विचार के आधार पर ही अस्पृश्यता को भारतीय समाज के लिए कलंक की संज्ञा दी। "जन्म के कारण मानी गई इस अस्पृश्यता में अहिंसा, धर्म और सर्व भूतात्मभाव का निषेध हो जाता है।… इसने धर्म के बहाने लाखों-करोड़ों की हालत गुलामों जैसी कर डाली है।"[३] इतने बड़े देश में यह पतित समझे जानेवाली जातियाँ गुलामों की गुलाम बनी दिखती है। "अछूतों के साथ जो पापाचार हम लोग कर रहे हैं क्या उसके लिए हमें उचित दंड नहीं मिल रहा है? क्या हम लोगों ने जैसा बोया है वैसा नहीं काट रहे हैं? क्या हमने अपने बंधुओं पर डायर और ओडायर या अत्याचार नहीं किया है? किस तरह हम लोगों ने परिवार आदि जाति को अपने से अलग कर रखा है, उसी तरह ब्रिटिश उपनिवेशों में हमलोग बहिष्कृत हैं।"[४]

गांधीजी जीवन भर इस कड़वाहट को मिटाने के लिए कटिबद्ध रहे। इस कटु वेदना की अनुभूति का साक्षात्कार करने के लिए वह स्वयं इस जाति में पैदा होने की इच्छा रखते थे। "यदि मेरा पुनर्जन्म हो तो मुझे अछूत के घर में पैदा होना चाहिए। जिससे मैं उनकी परेशानियों का और दुःखों का भागीदार हो सकूँ। जो उनपर थोपे गए हैं, जिससे मैं ऐसी स्थिति में अपने आपको और अधिक मुक्ति दिला सकूँ।"[५] गांधीजी के लिए अस्पृश्यता रहते हुए स्वराज्य का कोई महत्त्व नहीं है। "यदि हम भारत की आजादी के पाँचवें हिस्से को स्थायी गुलामी की हालत में रखना चाहते हैं और उन्हें जान-बूझकर राष्ट्रीय संस्कृति के फलों से वंचित रखना चाहते हैं तो स्वराज्य एक अर्थहीन शब्दमात्र होगा।"[६]

गांधीजी ने अस्पृश्यता के निवारण के लिए रचनात्मक कार्य किए। गांधीजी यह मानते थे कि हिंदुओं के मंदिर प्रवेश पर से एक बार अगर रोक हट जाए और अस्पृश्य समझे जानेवाले लोग मंदिरों में जाने लगें तो उसके साथ ही इस भ्रम का अंत हो जाएगा कि इस कुप्रथा को धार्मिक मान्यता प्राप्त है और इसके साथ जुड़ा कलंक भी फिर मिट जाएगा। गांधीजी ने इस संबंध में कहा था, ''मंदिर प्रवेश एक ऐसा आध्यात्मिक कार्य है जो अस्पृश्यों के लिए आजादी का संदेश होगा। उन्हें विश्वास हो जाएगा कि भगवान् के सामने वे बहिष्कृत नहीं हैं।''[७]

गांधीजी ने सर्वप्रथम हरिजनों के मंदिर प्रवेश को मान्यता देने की प्रथा चलाई—''मेरा दृढ़ विश्वास है कि अंत्यज भाइयों को विष्णु भगवान् की मूर्ति बाजार में निकालने का और विमान में बैठने का पूरा अधिकार है, जितना अन्य जातियों को है।''[८]

हरिजनों के मंदिर प्रवेश संबंधी अपने विचारों के कारण ही गांधीजी ने निश्चय किया था कि जिस मंदिर में हरिजनों का प्रवेश वर्जित होगा, उसमें वे नहीं जाएँगे। कृपलानीजी लिखते हैं कि, ''अपने धर्म पालन के लिए उन्हें मंदिरों में जाने की कोई जरूरत भी नहीं थी। शिष्टाचारवश ही वह कई बार मंदिर में जाते थे। लेकिन इसमें भी ऐसे मंदिर में वह नहीं जाते थे, जिसमें हरिजनों के जाने की छूट न हो।''[९]

अस्पृश्यता निवारणार्थ सर्वप्रथम आवश्यकता इस बात की है कि इस समुदाय के प्रत्येक व्यक्ति के सांस्कृतिक विकास के लिए अधिक-से-अधिक प्रयत्न किया जाता। ''साधारण मंदिरों, आम मदरसों और कुओं का उपयोग करने की स्वतंत्रता के साथ ही साथ अछूतों के लिए खासतौर पर नमूनेदार मंदिर और मदरसे बनाए जाने चाहिए। इन स्थानों का उपयोग अछूत तो पहले करेंगे ही, लेकिन सर्वसाधारण भी इनसे लाभ उठा सकेंगे।''[१०] इस प्रकार हम यह अनुभव करते हैं कि मंदिर प्रवेश की प्रारंभिक बात यदि ग्राह्य को जाए तो एक बड़ी कठिनाई को मार्ग मिल सकता है। डॉ. अंबेदकर ने मंदिर प्रवेश की मान्यता को अधिक महत्त्व नहीं दिया। किंतु गांधीजी के लिए यह एक प्रारंभिक, लेकिन निश्चयात्मक दिशा को ले जानेवाला रास्ता है। ''मैं डॉ. अंबेदकर के समान मंदिर को सहज भाव से ही ग्रहण नहीं करता। मेरी राय में यह एक रूढ़िवादी हिंदू के लिए एक निश्चयात्मक परीक्षा है।''[११]

अस्पृश्यता निवारण के कार्य में लगे रहने पर गांधीजी ने 'हरिजन' शब्द की रचना की। गांधीजी ने समस्या के सजीव निराकरण के लिए 'हरिजन सेवक समाज' की स्थापना की। इसके माध्यम से उन्हें सतत जागरूक रहनेवाले कार्यकर्ताओं से इस समस्या के निराकरण में पर्याप्त योगदान मिला। हरिजन वर्ग पर ग्रामों में मजदूरी छुड़वाने संबंधी प्रयत्न किए जाते थे तो उसके लिए गांधीजी का स्पष्ट आग्रह रहा है कि हरिजनों को स्वयं भी स्वतंत्र व्यवसायों को अपनाने में हिचकिचाहट नहीं दिखानी चाहिए।

सन् १९३२ में हिंदू समाज में रहते हुए ही हरिजनों की कठिनाइयाँ दूर हो सकें, इसके लिए उन्होंने अपने जीवन तक को खतरे में डाल दिया था। ब्रिटिश प्रधामंत्री रेम्जे मैकडोनाल्ड ने उनके लिए पृथक् निर्वाचन का निर्णय घोषित किया था, जिसका उन्होंने विरोध कर ऐसा कदम उठाया।

दिल्ली में जब आते तो गांधीजी भंगी बस्ती में ही रहने का आग्रह करते थे। भारत और विलायत के बड़े-बड़े आदमियों को उनसे मिलने के लिए यहीं जाना पड़ता था। यही नहीं, बल्कि कांग्रेस कार्यसमिति की अत्यधिक महत्त्वपूर्ण बैठकें भी यहीं होती थीं।

हरिजनों के आर्थिक जीवन को सुधारने के लिए गांधीजी ने घूम-घूमकर हरिजन कोष एकत्रित किया। गांधीजी ने अपने दौरे में अस्पृश्यता निवारण के लिए लगभग ८ लाख रुपया एकत्र किया।[१२]

गांधीजी के इन सब प्रयत्नों के परिणामस्वरूप ही स्वतंत्रता के बाद अस्पृश्यता का कानून द्वारा अंत कर दिया गया है। अस्पृश्यता का व्यवहार एक दंडनीय अपराध हो गया है। मंदिरों, स्कूलों, होटलों, छात्रावासों जैसी सभी सार्वजनिक संस्थाओं को कानून द्वारा हरिजनों के लिए खोल दिया गया है, यानी अब इनमें उनके प्रवेश पर कोई रुकावट नहीं रही है। सभी प्रांतीय सरकारें अपने राज्य के हरिजनों की दशा सुधारने के लिए प्रयत्नशील हैं। शिक्षा में सुविधा देकर तथा सरकारी सेवाओं में उनके लिए स्थान सुरक्षित रखकर सभी सरकारों ने अपने दायित्व को संपन्न किया है। केंद्र की सरकार भी इस दिशा में जागरूक और प्रयत्नशील है। विधानसभाओं और संसद् में भी उनके स्थान सुरक्षित रखे गए हैं। आज आवश्यकता इस बात की है कि इन शासकीय प्रयत्नों की अपेक्षा हमारे हृदय में स्वयं हरिजनों के प्रति उदार स्नेह की भावना जाग्रत् होनी चाहिए तभी गांधीजी के स्वप्न साकार हो सकेंगे।

इतने पर भी यदा-कदा गाँवों से सवर्ण हिंदुओं द्वारा हरिजनों के साथ दुर्व्यवहार की घटनाओं के समाचार आते ही रहते हैं, यह सचमुच खेद की बात है। लेकिन जब-जब ऐसी घटनाएँ प्रकाश में आती हैं, सुसंस्कृत व्यक्तियों और खासकर विधानसभाइयों द्वारा उन पर चिंता व्यक्त कर ऐसे कृत्यों को निंदा करते हुए अपराध करने वालों के खिलाफ कड़ी कारवाई करने पर जोर दिया जाता है। साथ ही हरिजनों को सुरक्षा प्रदान करने में असफल रहनेवाले अधिकारियों के विरुद्ध कारवाई करने की भी उन्होंने समय-समय पर माँग की है। फिर भी कानून की ऐसी अवहेलना के लिए शासन पर सामाजिक कुप्रथाओं संबंधी कानूनों के अमल में शिथिलता का यदि दोषारोपण किया जाता है तो उनसे अनुचित नहीं कहा जा सकता। यह सच है कि बहुत पुरानी कुप्रथाओं का कानून द्वारा अंत कर दिया जाए तो भी लोक-व्यवहार में उनका अंत होने में लंबा

समय लगता ही है फिर भी जैसा कि कृपलानीजी लिखते हैं कि "इसका कारण भी बहुत कुछ सामाजिक कुप्रथाओं संबंधी कानूनों के अमल में न लाने में शासन की शिथिलता ही है।"[१३]

गांधीजी के आंदोलन को स्वतंत्रता के बाद बनी लोकतंत्रीय सरकार का पूर्ण समर्थन प्राप्त है। अत: सरकार यदि सावधान और कानून पर पूरे अमल के लिए सचेष्ट रहे और साथ ही सरकारी यंत्र को जनमत का समर्थन प्राप्त हो तो इन कुप्रथाओं की समूल नष्ट की आशा करना कोई बड़ी बात नहीं है।

गांधी और धार्मिक व्यवस्थाएँ

संसार विभिन्न धर्मों का एक अमित भंडार है। सामान्य रूप से जब प्रचलित धर्मों को समुदाय की संज्ञा देकर विचार होने लगता है तब अन्य धर्मों के प्रति अनेक प्रकार की शंकाएँ जन्म लेने लगती है। कभी-कभी यह शंकाएँ घृणा में परिणत होकर हमें विवेकहीन बना देती हैं। हम परस्पर एक-दूसरे के बहुत दूर खड़े हो जाते हैं। (जैसाकि अभी पंजाब में प्रमुख रूप से हो रहा है) गांधीजी ने हिंदू धर्म को अधिक उदार मानने के कारण अपनाया और जीवनपर्यंत श्रेष्ठ हिंदू बनकर उसका पालन किया, लेकिन उनकी धार्मिक मनोभावनाएँ किसी धर्म विशेष के प्रति अनादरपूर्ण नहीं थीं। गांधीजी ने किसी भी प्रचलित धर्म में सत्य का सर्वथा अभाव नहीं देखा और न ही किसी को संपूर्ण सत्य का प्रतीक माना।

गांधी का धर्म मानवता की सेवा करनेवाला धर्म है, इसमें यह आस्था बहुत गहरी है कि पूरी मानवता एक कुटुंब है। "यहाँ केवल एक ईश्वर है तथा समस्त मानव जाति उसकी संतान है। उसका कोई प्रिय नहीं, उसकी वर्षा पाप और पुण्य दोनों पर होती है।"[१४]

इस तत्त्व के साथ ही उनके प्रगतिशील धर्म का मापदंड यह भी है कि अपने पड़ोसी से उतना ही प्रेम मनुष्य को करना चाहिए जितना वह स्वयं से करता है। गांधीजी का धर्म इस तरह स्वधर्म की प्रेरणा देता है। "गांधीजी के लिए धर्म के वास्तविक दृष्टिकोण का अर्थ है साहस एवं स्वेच्छापूर्वक उन कर्तव्यों को संपन्न करना जो स्वाभाविक रूप से मनुष्य के मार्ग में आएँ।"[१५] ऐसी सात्विक मनोवृत्ति को ग्रहण करके मनुष्य लिप्साओं में डूबने से बच जाता है, पदों के लोभ का मोह उसे कोई आकर्षण नहीं देता, मनोवृत्ति से हम ईश्वर के अतिरिक्त किसी के दास नहीं होते यह वास्तविक आनंद का मार्ग प्रस्तुत करता है।

गांधीजी ने सत्य के आचरण को ही धर्म माना है। "सत्य के अनुकूल आचरण करना ही मैं अपना धर्म मानता हूँ।"[१६] धर्म से गांधीजी का अभिप्राय औपचारिक या

परंपरागत धर्म से नहीं था। धर्म में वह सभी धर्मों का सार देखते थे। प्राचीन मौर्य सम्राट् अशोक की तरह। धर्म की व्याख्यात करते हुए उन्होंने कहा है कि, "वह हिंदू धर्म नहीं है जिसे मैं अन्य धर्मों में सर्वोच्च मान्यता देता हूँ, लेकिन मेरा वह धर्म है जो हिंदुत्व को अति श्रेष्ठ बनाता है, जो मनुष्य की प्रकृति को परिवर्तित करता है, जो मनुष्य को सत्य से बाँध देता है और जो उसे परिष्कृत करता है।"[१७] गांधीजी के लिए धर्म का मूल स्त्रोत सदाचार था। वह सदाचारहीन मनुष्य को धार्मिक नहीं मानते थे। गांधीजी ने सभी धर्मों की अच्छाइयों को लिया और उन्हें जीवन में उतारा। "दूसरे धर्म के शब्दों की आलोचना करना या उनके दोष बताना मेरा काम नहीं हैं। अलबत्ता, यह मेरा विशेष अधिकार है और होना चाहिए कि उनमें जो सच्चाइयाँ हो उनकी मैं घोषणा करूँ और उनपर अमल करूँ।"[१८]

गांधीजी ने ऐसे किसी भी धर्म के परंपरागत मान्य सिद्धांतों के साथ समझौता नहीं किया जिस पर अंधविश्वासों की काली छाया पड़ रही हो। उन्होंने धर्म के नाम पर मंदिरों में की जानेवाली पशु बलि प्रथा को तिरस्कृत किया, क्योंकि उनकी मान्यता के अनुसार कोई भी धर्म हिंसा की स्वीकृति नहीं देता। गांधीजी के अनुसार सच्चा धर्म वही है जो पवित्रता प्रदान करता है। आई. सुंदरम् के अनुसार, "ऐसा धर्म नैतिकता से आंतरिक रूप में संबद्ध है, जिस प्रकार बीज से पानी धर्म के लिए नैतिकता अनिवार्य है।" इसलिए गांधीजी के धर्म में मानव जाति के सेवा के विचार मुख्य रूप से समाहित थे। मूल रूप से गांधीजी के धर्म में प्रेम, सत्य और विवेक की स्वीकारोक्ति है तथा स्वार्थपरता, बुरी इच्छा, अज्ञानता, अविवेक, एवं ऐसे सभी अन्य संवेग जैसे—घृणा, क्रोध, लोभ, लालसा आदि से मुक्ति।[१९]

गांधीजी का धर्म अत्यंत व्यावहारिक धर्म था। उनके लिए पवित्रता और मानव सेवा अभिन्न थे। डॉ. राधाकृष्णन के अनुसार, "वह दुनिया के दुःख के प्रति अति संवेदनशील थे और चाहते थे कि हर आँख का आँसू पोंछ सकें।"[२०]

गांधीजी के अनुसार, संसार में कोई भी धर्म ऐसा नहीं है जो मानव के मध्य किसी प्रकार के अंतर उत्पन्न करता हो। किंतु फिर भी सभी धर्मों में एकता का विकास नहीं हो पाता। "सभी धर्मों का मूल तत्त्व एक है केवल उसकी अनुभूति के तरीके भिन्न हैं।"[२१] केवल इसी अनुभूति की भिन्नता के लिए संघर्ष किए जाते हैं जो किसी भी तरह उचित नहीं दिखता। हिंदूधर्म इसलाम तथा ईसाई धर्म आदि सभी जब मनुष्य को सहनशीलता की शिक्षा देते हैं तब ऐसा कोई भी तत्त्व नहीं होना चाहिए जो मूलभूत धार्मिक एकता की भावना को ठेस पहुँचाए, किंतु फिर भी गंभीर विवाद उठते हैं। इसका मुख्य कारण धर्म के मर्म को नहीं समझते, अंधविश्वास की तंग गलियों में घूमने लगते हैं। अपने धर्म को मात्र श्रेष्ठ समझते हैं तथा दूसरे धर्म के प्रति आदर करना तो दूर

रहा उसे हेय समझकर उसका तिरस्कार करते हैं। ऐसा करने से मन में प्रेम के स्थान पर घृणा, सत्य के स्थान पर असत्य सहयोग के स्थान पर संघर्ष और निर्भयता के स्थान पर भय समाहित हो जाता है। इन दुर्विचारों के आ जाने का अर्थ है स्वयं धर्म से हट जाना, इससे न केवल दूसरे के धर्म को हानि पहुँचती है बल्कि अपने धर्म को गहरी ठेस पहुँचती है। धार्मिक एकता का स्वरूप ही भंग नहीं होता बल्कि धार्मिक विभेद और संघर्ष के अध्याय प्रारंभ हो जाते हैं।

गांधीजी विवशता से, स्वार्थ से, अथवा अविवेकपूर्ण स्थिति के कारण धर्म परिवर्तन के विरुद्ध थे—"मैं धर्म परिवर्तन की आधुनिक पद्धति के विरुद्ध हूँ।"[२२]

गांधीजी के लिए धर्म वही है जो मनुष्य को आत्मशुद्धि और पवित्रता प्रदान करे। आत्मशुद्धि और पवित्रता को अंगीकार कर मनुष्य अपने स्थूल शरीर पर नियंत्रण कर सकता है। नम्रता अहंकार के साथ कभी समझौता नहीं करती। वह शुद्ध होकर जीवन के सर्वांग को परिष्कृत करती है।

गांधीजी की इच्छा थी कि मानव को धर्म की रूढ़िगत सीमाओं से ऊपर उठकर सोचना और देखना चाहिए। पूजा स्थल किसी भी धर्म के हों वह पवित्र हैं।

"मंदिर, मसजिद या गिरिजाघर ईश्वर के इन भिन्न-भिन्न निवास स्थानों में अंतर नहीं करता। मनुष्य की श्रद्धा ने उनका निर्माण किया है और उसने उन्हें जो माना है, वही वे हैं।"[२३] हम देवालय में जाकर मूर्ति की पूजा करें अथवा बिना मूर्ति के सजदा करें इसमें कुछ अंतर नहीं होता, क्योंकि सबका लक्ष्य एकाग्रचित होकर ईश्वर की अनुभूति करना है। गांधीजी ने धर्म की आत्मा के रूप में मन को एकाग्रचित और पवित्र रखने के लिए प्रार्थना को स्वीकार किया। "मैं मानता हूँ कि प्रार्थना धर्म का प्राण और सार है, इसीलिए प्रार्थना मनुष्य के जीवन का धर्म होनी चाहिए।...जैसे प्रार्थना जैसे धर्म का सबसे धार्मिक अंग है वैसे ही मानव जीवन का भी है। प्रार्थना या तो याचना रूप होती है या व्यापक अर्थ में वह ईश्वर से भीतरी लौ लगाना है।"[२४]

धार्मिक एकता का व्यवहार गांधीजी के आश्रम में मुखर था। वहाँ सभी धर्मावलंबी रहते थे। मानवता की सेवा तथा आश्रम धर्म की मार्यादाओं का निर्वाह सहज भाव से करते थे। उनमें परस्पर न अपने धर्म को परम श्रेष्ठ मानने की इच्छा थी और न दूसरे के धर्म को हेय समझने की प्रवृत्ति थी। इस कारण से आश्रम में धर्म के प्रति जाग्रत् समभाव वृत्ति का प्रभाव संपूर्ण भारत पर पड़ा। यद्यपि यह प्रभाव इतना गहरा नहीं था कि उसका स्थायी प्रभाव बना रह सके। इसका कारण यही था कि परस्पर सद्भाव वृति जागृत करने के स्थान पर राजनीतिक आकांशाओं के कारण लोग घृणा का प्रसार करते रहे। गांधीजी जिस रूप में धर्म को समभाव दृष्टि से ग्रहण करते हैं उसी को ग्रहण करने की प्रेरणा सहयोगियों को भी देते हैं। उनकी प्रेरणा का स्रोत पाकर ही उनके सहकर्मियों का

जीवन शुद्ध और पवित्र बना। वर्तमान भारत की धर्मनिरपेक्ष पृष्ठभूमि धार्मिक एकता की जननी है।

गांधीजी के अनुसार धार्मिक मान्यताओं की पूर्णता इस तथ्य में निहित है कि संपूर्ण समाज इसकी अनुभूति करे। एकता का व्यावहारिक आदर्श लेकर गांधीजी ने जिस प्रकार अस्पृश्यता के कलंक को मिटाने के लिए धर्म को शुद्धता प्रदान की, उसी प्रकार गांधीजी बड़े संप्रदायों के बीच एकता चाहते थे। भारत में प्रधानतः दो धर्मानुयायी रहते हैं—(१) हिंदू धर्म के अनुयायी, (२) इसलाम धर्म के अनुयायी। इन दोनों धर्मों की अपनी-अपनी मान्यताओं के कारण दोनों ही धर्म रूढ़ियों को ग्रहण करते चले आ रहे हैं। यद्यपि सांप्रदायिक एकता की इच्छा रखनेवाले इस महान् संत के सामने ही देश विभाजित हुआ, किंतु विभाजन के बाद भी भारत में रह रहे मुसलमान सद्भावना के प्रसार को पाकर हिंदुओं के सामीप्य का सुख भोग सकें, गांधीजी की यह जीवनपर्यंत इच्छा रही।

हिंदू तथा इसलाम धर्म के अनुयायियों में कटुता का कारण सी.एफ एंड्रूज के अनुसार इस प्रकार है, "हिंदू मूर्ति पूजक हैं तो मुसलमान मूर्ति पूजन को पाप समझते हैं। यह मूर्ति-पूजन के प्रत्येक रूप को तिरस्कृत करते हैं।''' इसलाम कुछ धार्मिक उत्सवों में पशु-बलि को धार्मिक अनुग्रह के रूप में ग्रहण करता है। यह पशु बार-बार गाय थी।''' रूढ़िवादी हिंदू मुसलमानों के हाथ से भोजन लेना पाप अनुभव करते हैं।"[२५]

अंग्रेजों की फूट डालो और शासन करो की नीति ने सांप्रदायिकता के जहर को तीव्रता प्रदान की।

गांधीजी के लिए हिंदू-मुसलिम एकता की समस्या अस्पृश्यता निवारण की समस्या से कम महत्त्वपूर्ण नहीं थी। यह बात उन्होंने बार-बार कही कि इस समस्या का हमने कोई संतोषजनक समाधान नहीं किया तो भारत में खून की नदियाँ बहेंगी। वह यह भी मानते थे कि भारत की आजादी के लिए हिंदू-मुसलिम एकता बहुत जरूरी है। गांधीजी का ध्येय तो परम सत्य का साक्षात् दर्शन करना था। इसके लिए वह कहते थे कि 'प्राणिमात्र के प्रति आत्मवत् प्रेम की परम आवश्यकता है।'[२६] कृपलानी, जाति, राष्ट्रीयता, वर्ण, धर्म अथवा लिंग के भेदरहित यह प्रेम ही गांधीजी की विश्वव्यापी सहिष्णुता का आधार था। गीता में भगवान कृष्ण ने भी कहा है—

"ये यथा मां प्रपदंते तांस्तथेव भजाभ्यहम्।
मम वर्त्मानुवर्तन्ते मनुष्यः पार्थ सर्वशः॥"

महात्मा गांधी ने दक्षिण अफ्रीका से लेकर भारत में सांप्रदायिक एकता के लिए मरते दम तक प्रयास किया। उन्होंने यह साफ कह दिया था कि पाकिस्तान का निर्माण

उनकी कब्र पर होगा। परंतु विवशता ने उन्हें मौन रखा और पाकिस्तान का निर्माण हुआ। उनकी मृत्यु एकता के लिए एक वरदान है। उनकी मृत्यु पर विभिन्न संप्रदाय के लोगों के कारुणिक रुदन उनके द्वारा सांप्रदायिक एकता के लिए किए गए प्रयत्नों को नष्ट कर देते हैं। रॉबर्ट स्टीमसन ने लिखा है कि, "मैं उन आठ मजदूरों को याद रखूँगा जिन्होंने यमुना के निकट सामान्य हरे मैदान में चिता तैयार करने में सहायता की थी। इन मजदूरों ने चिता पर चंदन की लकड़ियाँ रखते हुए मुझे बताया कि वे महात्माजी से प्रेम करते थे, क्योंकि वह मुसलमानों के सच्चे दोस्त थे।"[२७]

दो संप्रदायों के मध्य एकता की आकांक्षा को उन्होंने केवल हृदय में ही धारण नहीं किया अपितु उसकी सफलता के लिए अथक प्रयास किए। "अपने जीवन के अंतिम महीनों में सांप्रदायिक कटुता मिटाने के लिए तथा सामान्य हित के लिए उन्होंने अपने शांतिपूर्ण प्रभाव का प्रयोग किया और उसमें वह सफल हुए।"[२८] उन्होंने भारत में सांप्रदायिक एकता स्थापित करने के लिए बड़ा प्रयत्न किया, "आशा है उनका देहावसान भारत और पाकिस्तान की जनता को उस आदर्श की पूर्ति के लिए अपने को उत्सर्ग करने की प्रेरणा देगा जिसके लिए वे जीवित रहे तथा जिसके लिए प्रकट रूप से वह मरे।"[२९]

गांधीजी ने एकता की जो कल्पना की थी उसको साकार रूप देने से पहले ही देश का विभाजन हो गया। उनके सांप्रदायिक एकता के आदर्शों को पूर्ण करने के लिए धर्म के उच्च आदर्शों को अंगीकार करना और धर्म के प्रति समभाव वृत्ति को जन्म देना अब भी आवश्यक है। ऐसे कार्यों से पृथक् रहना आवश्यक है, जो दूसरे संप्रदाय के लोगों को ठेस पहुँचाते हों। भय के स्थान पर निर्भय होने की दीक्षा लेकर अविश्वास और संदेह को विश्वास और सहयोग की भाषा सीखनी आवश्यक है। उनके व्यक्तिगत जीवन से मुखरित सांप्रदायिक एकता की भावना संपूर्ण विश्व के कल्याण की प्रेरक शक्ति है। भारत ने धर्मनिरपेक्षता का व्रत लिया है। शासन के सर्वोच्च पदों पर विभिन्न संप्रदाय के लोगों को बैठने का अवसर सहज रूप में उपलब्ध है, किंतु समाज में अभी भी सांप्रदायिक संघर्ष की स्थिति विद्यमान है और आ जाती है, आज हमें इसी स्थिति से बचना है।

गांधी और स्त्रियाँ

अहिंसा में अपने विश्वास के कारण गांधीजी जीवन के राजनीतिक, आर्थिक अथवा सामाजिक किसी भी क्षेत्र में असमानता के विरोधी थे। वह मानते थे कि अहिंसा से ही अंततोगत्वा शोषण का जन्म होता है जो उनके विचार से सही है। फिर वह यह भी मानते थे कि सभी काम समान रूप से महत्त्वपूर्ण हैं। उनके आश्रम में शारीरिक या

बौद्धिक काम में लगे सभी को एक ही दृष्टि से देखा जाता था और प्रत्येक को उसकी जरूरत के मुताबिक सुविधाएँ प्रदान की जाती थीं। स्त्री और पुरुष के बीच भी गांधीजी कोई भेद नहीं करते थे। पति-पत्नी दोनों गांधीजी के साहित्य में एक-दूसरे के पूरक हैं। गांधीजी के अनुसार, ''हमारे साहित्य में तो स्त्री के लिए अर्द्धांगिनी और सहधर्मिणी शब्द का प्रयोग किया गया है। पति-पत्नी को देवी कहकर संबोधन करता है, जिसमें प्राचीन काल की तरह पत्नी के प्रति हीनता की कोई भावना नहीं मालूम पड़ती।''[३०]

गांधीजी बाल-विवाह की हानिकारक प्रथा के विरुद्ध थे। ऐसे विवाहों को वह विवाह ही नहीं मानते थे, क्योंकि उनका तो मेल ही गलत था। इसीलिए बाल-विधवा को वह वस्तुत: विधवा नहीं अविवाहिता कुमारी ही मानते थे और कहते थे कि उसको ऐसा मानकर ही व्यवहार करना चाहिए। गांधीजी के अनुसार, ''धर्म के नाम पर गोरक्षा के लिए तो हम शोर मचाते हैं, परंतु बाल-विधवा रूपी मानव गाय की रक्षा करने से इनकार करते हैं। धर्म में जोर-जबरदस्ती का तो हम विरोध करते हैं, परंतु धर्म के नाम पर अपने देश की तीन लाख से अधिक ऐसी बाल-विधवाओं के ऊपर हमने वैधन्य का बोझ लाद रखा है जो बेचारी विवाह संस्कार का अभिप्राय तक नहीं समझ सकती। बालिकाओं पर वैधव्य —— तो पाशविक अपराध है, जिसका दंड हम हिंदू प्रतिदिन बुरी तरह भुगत ही रहे हैं। हमारी अंतरात्मा यदि सचमुच जाग्रत् हो तो वैधव्य की तो बात ही क्या, पंद्रह वर्ष की आयु से पहले किसी कन्या का विवाह हम करें ही नहीं और तीन लाख बालिकाओं के बारे में स्पष्ट घोषणा कर दें कि वस्तुत: तो इनका विवाह हुआ ही नहीं, क्योंकि ऐसे वैधव्य का कोई भी शब्द समर्थन नहीं करता।''[३१]

विधवा विवाह पर लगे सभी धार्मिक और सामाजिक प्रतिबंधों के वह खिलाफ थे। अलबत्ता प्रौढ़ और उनमें भी खासकर बाल-बच्चेवाली विधवाओं के बारे में वह यह पसंद करते थे कि पुनर्विवाह करने की बजाय विवाह के समय की गई अपनी प्रतिज्ञा पर दृढ़ रहते हुए अपने पहले पति के प्रति ही वे वफादार रहें तो ज्यादा अच्छे हों। परंतु उनके अनुसार यह बात पुरुषों पर भी इसी तरह लागू होनी चाहिए। लेकिन यदि कोई विधवा अकेली रह ही न सके अथवा अकेली रहना न चाहे तो उसे पुनर्विवाह करने का पूरा अधिकार है और समाज को ऐसे विवाह को हीन दृष्टि से नहीं देखना चाहिए।

गांधीजी परदे की प्रथा के विरुद्ध थे। इसकी वजह से स्त्रियाँ न केवल मुक्त रूप से घूम-फिर नहीं सकती बल्कि उनकी प्रगति और समाजोपयोगी काम करने की उनकी शक्ति में भी रुकावट पड़ती है। इसलिए गांधीजी जब भी सुदूर गाँव-देहात का दौरा करते तो हिंदू-मुसलमान दोनों ही वर्गों की स्त्रियों से मिलना बेहद पसंद करते थे। गाँधीजी का दृढ़ विश्वास था कि स्त्रियों को हीन समझने, उनपर विश्वास न करने का

कटु फल हम चख रहे हैं। उनके अनुसार, "स्त्रियों के साथ जैसा व्यवहार करते हैं वही फिर सहस्त्र गुणा होकर हमें ही भुगतना पड़ता है। हमारे अंदर जो निर्बलता, संकीर्णता और मजबूरी आज दिखाई पड़ती है उसकी जिम्मेदारी काफी अंश तक इसी पर है। अत: हमें प्रबल प्रयत्न करके परदे की कुप्रथा का तो अंत कर ही देना चाहिए।"[३२]

गांधी चाहते थे कि पुरुषों के साथ-साथ स्त्रियाँ भी देश की स्वतंत्रता के अहिंसक सत्याग्रह-संग्राम में भाग लें और जो रचनात्मक कार्यक्रम इस आंदोलन का अभिन्न अंग है, उसको कार्यान्वित करने में अग्रिम हों। इसलिए घर की स्त्रियों से मिलना उनके लिए आवश्यक ही था। उन्होंने तो जो भी प्रवृत्ति शुरू की, उसमें स्त्रियों को बराबर शामिल किया। और तो और विकट परिस्थितियों का सामना करने के लिए स्त्रियों को भेजने में भी उन्होंने कोई संकोच नहीं किया। गांधीजी को इस बात का पूरा विश्वास था कि वे अपनी और अपने सतीत्व की रक्षा करने में पूरी तरह समर्थ हैं और जरूरत पड़ने पर इसके लिए वे अपने प्राण तक दे सकती हैं। स्त्रियाँ अपने को अबला समझे यह उन्हें बिलकुल पसंद नहीं था।

गांधीजी दहेज प्रथा के विरोधी थे। सचमुच यह ऐसी प्रथा है जो मध्यम और गरीब वर्ग के लिए तो हौवे की तरह है। इसी की वजह से पुत्र के जन्म पर जहाँ खुशी मनाई जाती है वहाँ कन्या के जन्म पर मातम जैसा शोक छा जाता है। भले ही उसे प्रकट न किया जाए और वह अव्यक्त ही क्यों न रहे।

ब्याह-शादी में अंधाधुंध खर्च करने के भी गांधीजी विरुद्ध थे। विधि को वह सरल बनाना चाहते थे। ऐसे अवसरों पर भोज या दावतों के वह पक्ष में नहीं थे। उनके आश्रम में अनेक विवाह हुए। उनमें केवल आश्रम की प्रार्थना होती थी और नवदंपती को आशीर्वाद के साथ गांधीजी उपदेश देते थे। इन विवाहों को देखकर कई धनिकों ने भी इस उदाहरण का अनुसरण किया। जमना लाल बजाज की पुत्री का विवाह इसका उदाहरण है।

गांधीजी ने भारत की स्त्रियों को सत्याग्रह संग्राम में भाग लेने के लिए आमंत्रित किया था। ऐसा उन्होंने सिर्फ इसलिए नहीं किया कि वह उन्हें पुरुषों के समान मानते थे, बल्कि इसका कारण यह भी था कि सत्याग्रह जैसे संग्राम में अपार धीरज और मूक कष्ट सहन की शक्ति आवश्यक होती है और ये ऐसे गुण हैं जो पुरुषों से स्त्रियों में ही ज्यादा होते हैं। अहिंसक सत्याग्रह संग्राम में धनिकों ने भी अपनी स्त्रियों को भाग लेने के लिए भेजा चूँकि उन्हें पूरा विश्वास था कि गांधीजी के मार्गदर्शन में चलनेवाले अहिंसात्मक संग्राम में उनकी स्त्रियों की इज्जत पूरी तरह सुरक्षित है।

सामान्य रूप में भी गांधीजी यही मानते थे कि अपने व्यवहार में स्त्रियाँ पुरुषों से कहीं ज्यादा ऊँचे मानदंड रखती हैं। इसीलिए वह स्त्रियों से पुरुषों का अनुकरण करने

की बजाय पुरुषों से ही स्त्रियों का अनुकरण करने को कहते थे। साथ ही मानते थे कि समानता प्राप्त करने के लिए स्त्रियाँ पुरुषों के दोषों को अपना हक समझें यह आवश्यक नहीं। आचरण के मामले में तो वह नीचे जाने की बजाय ऊँचे उठना ही पसंद करते थे।

स्त्री का सौंदर्य उसके चरित्रबल और शील में है, ऐसा गांधीजी मानते थे। वह पुरुष का खिलौना बने, वह यह नहीं चाहते थे। इसीलिए कीमती कपड़ों, गहनों और सौंदर्य प्रसाधनों से उनकी सजधज के वह खिलाफ थे। स्त्रियों के समक्ष बोलते हुए एक अवसर पर उन्होंने कहा था, ''स्त्रियों को पुरुषों के भोग-विलास की वस्तु मानना छोड़ देना चाहिए। इसका उपाय पुरुषों की बजाय स्त्रियों के ही हाथ में अधिक है। अगर उन्हें पुरुषों के साथ समानता के आधार पर साझेदारी करनी है, तो उन्हें पुरुषों के लिए, यहाँ तक कि अपने पति को रिझाने के लिए भी, श्रृंगार करने से इनकार करना चाहिए।''[३३]

आधुनिक काल में स्त्रियों के उद्धार का जितना काम गांधीजी ने किया उतना अन्य किसी ने नहीं किया। अहिंसा पर आधारभूत स्वतंत्रता की लड़ाई में उनके भाग लेने के कारण उन्हें नागरिक के रूप में अपने कर्तव्यपालन का अवसर प्राप्त हुआ। फिर अधिकार चूँकि कर्तव्यपालन के फलस्वरूप ही प्राप्त हैं, इसलिए स्वतंत्रता के बाद भारत की स्त्रियों को राष्ट्रीय जीवन के प्रत्येक क्षेत्र में पुरुषों के समान ही सब सुविधाएँ उपलब्ध हो गई हैं। यह स्मरणीय है कि इस विषय में पुरुषों की ओर से कभी कोई विरोध नहीं हुआ। इसलिए यूरोप तथा अन्य देशों की स्त्रियों की तरह भारत की स्त्रियों को अपने अधिकारों की प्राप्ति के लिए अलग से कोई लड़ाई की जरूरत नहीं पड़ी।

शैक्षणिक व्यवस्थाएँ

गांधीजी देश के सामान्य एवं राजनीतिक अभ्युत्थान के लिए शिक्षा का नवसंस्कार अनिवार्य मानते थे। इसीलिए उन्होंने अपने कार्यकर्त्ताओं के साथ देश के कई भागों में शिक्षा के क्षेत्र में अनेक प्रयोग किए। इसे हम बुनियादी शिक्षा के नाम से जानते हैं।

आज इसका विहार तथा कई अन्य राज्यों में व्यापक रूप से प्रचार है। गांधीजी ने अपने आश्रम में शिक्षक का भी काम किया और आश्रम के बच्चों को पढ़ने-लिखने के अलावा सूत कातने तथा धर्मोध्योग आदि का भी शिक्षण दिया। किंतु उनके विचार मूल रूप से व्यावहारिक अनुभवों पर आधारित थे। उनके अनुसार शिक्षा का सही उद्देश्य व्यक्ति के शारीरिक, मानसिक और नैतिक सभी गुणों की अभिव्यक्ति है। प्रत्येक व्यक्ति अपनी योग्यताओं और क्षमताओं को लेकर जन्म लेता है। सचमुच शिक्षा के द्वारा उनका सुंदर से सुंदर विकास हो जाता सकता है। व्यक्ति का सर्वांगीण विकास तभी संभव है जब शिक्षा में धन के साथ कर्म और विचार के साथ आचार का समन्वय हो। शिक्षा की सबसे बुनियादी जबावदेही माँ-बाप पर रहती है जो सूक्ष्म रूप से, किंतु अत्यंत गंभीर

रूप से बालक के विचार, भावना, और आचरण को प्रभावित करते हैं। माँ-बाप का प्रभाव तो बालक पर वस्तुतः उसी समय से पड़ने लगता है जिस समय से वह माँ के पेट में रहता है। किंतु जब तक माँ-बाप स्वयं अपना आदर्श ऊँचा नहीं रखेंगे तब तक बच्चे पर उसका प्रभाव नहीं पड़ सकता।

विद्यार्थी जीवन में ब्रह्मचर्य व्रत पालन करने के प्राचीन भारतीय आदर्श के गांधीजी बहुत बड़े समर्थक थे। इससे २५ वर्षों तक आत्मसंयम की शिक्षा मिलती है। ब्रह्मचर्य और आत्मसंयम स्वाध्याय के लिए तो आवश्यक है, साथ-साथ यह नौजवानों को गार्हस्थ्य जीवन के योग्य भी बनाता है।

बालक को प्रारंभिक शिक्षा सबसे सुंदर रूप में मौखिक रूप से ही दी जा सकती है। मौखिक रूप से जो शिक्षा दी जाती है वह पुस्तकीय ज्ञान से दस गुणा अधिक लाभप्रद होती है और इसमें समय भी बहुत कम लगता है।

डिवी की तरह गांधीजी कार्य के द्वारा शिक्षण पर बहुत अधिक जोर देते हैं। 'हरिजन' में वे लिखते हैं, ''मस्तिष्क की सच्ची शिक्षा के लिए भी शारीरिक अवयवों का सचमुच उपयोग आवश्यक है। शारीरिक शक्ति एवं कर्मेंद्रियों के बुद्धिपूर्वक उपयोग से सुंदर से सुंदर और शीघ्र से शीघ्र मानसिक विकास संभव हो सकता है।''[१]

बुनियादी शिक्षा का आधार यही है। इस पद्धति के अनुसार किसी प्रकार के हस्तकौशल या कारीगरी के माध्यम से ही शिक्षा दी जाती है। इसमें सभी साहित्यिक एवं वैज्ञानिक शिक्षण किसी-न-किसी कारीगरी पर केंद्रीत रहता है इसे शिक्षण की दृष्टि से संभव पद्धति कह सकते हैं।

किसी हस्तकर्म के साथ शिक्षण को जोड़ देने से विद्यार्थी शरीर से समर्थ, बुद्धि से सजग और आत्मविश्वास से परिपूर्ण होता है। फिर हस्तकर्म से विद्यार्थी कुछ आय उपार्जन भी करता है, जिससे शिक्षा शुल्क में भी आंशिक स्वावलंबन हो पाता है। इसमें शिक्षा के ऊँपर होनेवाले खर्च का बोझ सरकार पर थोड़ा कम होगा, जिससे शिक्षा का अधिक-से-अधिक विस्तार भी संभव हो सकेगा। अपने व्यक्तिगत अनुभव के आधार पर गांधीजी ने 'हरिजन' में लिखा है, ''मैं यह मानता हूँ कि शिक्षा की इस पद्धति से व्यक्ति का सबसे अधिक मानसिक एवं नैतिक विकास हो सकता है। उद्योग भी आज की तरह यांत्रिक ढंग से नहीं बल्कि वैज्ञानिक ढंग से सिखाए जाएँगे ताकि बालक प्रत्येक प्रक्रिया के मूल की जानकारी प्राप्त कर सके।'' गांधीजी ने शिक्षा की इस पद्धति की खोज विशेषकर गाँवों को दृष्टि में रखकर किया था। वे चाहते थे कि गाँव-समाज के लड़के कोई-न-कोई जीविकोपयोगी उद्योग को अधिक कुशलतापूर्वक सीख जाएँ। इस प्रकार गाँवों का पुनरुद्धार हो सकेगा और गाँवों से शहरों की ओर प्रवासन-प्रवृत्ति भी रुक जाएगी। इसलिए वे फिर 'हरिजन' में लिखते हैं कि, ''बालकों को किसी-न-

किसी जीविका के लिए अवश्य ही प्रशिक्षित करना चाहिए। उसी को ध्यान में रखकर उसके शरीर, मस्तिष्क, हृदय आदि की शक्तियों का भी विकास करना चाहिए। इस प्रकार वह अपने व्यवसाय में दक्षता प्राप्त कर लेगा।''[३४]

गांधीजी ने इस शिक्षा के माध्यम से ही एक शांतिपूर्ण सामाजिक क्रांति की योजना बनाई। इसका हमारे जीवन पर गंभीर प्रभाव हुआ। वैज्ञानिक और प्रभावकारी ढंग से कुटीर उद्योगों की स्थापना से उद्योगवाद की भी बुराइयाँ मिट जाएँगी। ''फिर न तो मालिकों-मजदूरों के बीच भयानक वर्ग संघर्ष होगा और न ही संपूर्ण भारत में स्थापित करने के लिए वृहत् उद्योगों में लगनेवाली विशालकाय पूँजी की ही जरूरत होगी। विदेशों से मिलनेवाली मशीनों और कुशल कारीगरों के लिए उनपर निर्भर नहीं रहना होगा।''[३५]

बुनियादी शिक्षा पद्धति अभी भी भारत में प्रयोगावस्था में है। कृषि और कुछ बुनियादी गृह उद्योगों के आधार पर गाँवों को स्वावलंबी बनाने का गांधीजी का स्वप्न अभी भी अधूरा है। वह ठीक है कि सरकारों के पास अभी भी वृहत् उद्योगों के साथ-साथ प्रभावकारी लघु उद्योगों को सुंदर ढंग से समन्वय करने की योजना है; किंतु लगता है कि गत विश्वयुद्ध के बाद औद्योगिकीकरण हर देश को प्रभावित कर रहा है। गांधीजी की योजना से लाभ अर्जित करने के लिए न तो अभी अवसर हैं और न तब तक मिलनेवाला है जब तक औद्योगिकीकरण हमारे सामने कोई भीषण संकट न उपस्थित कर दे।

गांधीजी बालकों में रस और सौंदर्य बोध के विकास तथा कला, संगीत और शारीरिक अभ्यास के प्रशिक्षण पर बहुत जोर देते थे। उनका तो कहना था कि ''सच्ची कला आत्माभिव्यक्ति है। संगीत सुर और ताल पर निर्भर है और इसका प्रभाव सचमुच बिजली जैसा होता है। यह तुरंत शांति प्रदान करता है।'' प्रशिक्षण में भी एक प्रकार के सुर और ताल की ही व्यवस्था रहती है। इस कारण हमें कोई थकान नहीं होती और हम आनंदपूर्वक अभ्यास करते जाते हैं। बच्चों के समग्र विकास के लिए इन सब बातों की ओर हमें ध्यान देना चाहिए।[३६]

गांधीजी उस तथाकथित उच्च शिक्षा के हिमायती नहीं थे, जिसमें केवल बौद्धिक शिक्षण किया जाता है और जिसे व्यक्ति और समाज की सच्ची आकांक्षाओं से कोई संबंध नहीं रहे। इसलिए उन्होंने हरिजन में लिखा, ''मैं जब शिक्षा में क्रांतिकारी परिवर्तन लाकर उसे राष्ट्रीय आकांक्षाओं और आवश्यकताओं के साथ जोड़ दूँगा।''[३७] किंतु उन्होंने साथ-साथ यह भी कहा, ''मैं उच्च शिक्षा का दुश्मन नहीं हूँ। मेरी योजना में तो अधिक-से-अधिक और सुंदर-से-सुंदर पुस्तकालय, प्रयोगशालाएँ और शोध संस्थान रहेंगे। उनसे जो ज्ञान मिलेगा वह जनता की संपत्ति होगा और जनता को उसका लाभ

मिलेगा।''[३८] कार्लटन वाशवर्न ने गांधीजी की शिक्षा विषयक एक चर्चा को उद्धृत किया है, जिसमें गांधीजी ने कहा है, ''शारीरिक शक्तियों के विकास के साथ-साथ चरित्र निर्माण, साहस, सद्गुण और महान् आदर्शों के लिए अपने को मिटा देने की तैयारी ही शिक्षा का उद्देश्य था। साक्षरता और पुस्तकीय ज्ञान तो शिक्षा के इस महान् उद्देश्य की प्राप्ति के लिए एक साधनमात्र था।''[३९] किंतु केवल पुस्तकीय ज्ञान से तो चरित्र निर्माण संभव नहीं है। नैतिक शिक्षण तो माँ-बाप तथा शिक्षकों के सदाचरण से ही मिलता है। इसलिए इन लोगों को अपने दैनिक जीवन में प्रत्येक क्षण अपने आचरण संबंधी छोटी से छोटी बातों की ओर ध्यान देना जरूरी है।

गांधीजी इस पक्ष में कभी नहीं थे कि राजकीय विद्यालयों में किसी संप्रदाय और धर्म विशेष का शिक्षण दिया जाए, क्योंकि इसमें कई प्रकार की कठिनाइयाँ उठेंगी। किंतु जैसाकि उन्होंने हरिजन में लिखा है, ''इसका यह कतई अर्थ नहीं होता है कि उन स्कूलों में नैतिक शिक्षण भी नहीं दिया जाए। आधारभूत नैतिकता की बातें तो सभी धर्मों में समान रूप से विद्यमान हैं।''[४०]

असल में गांधीजी राष्ट्रीय शिक्षा का विकास करना चाहते थे, जिससे राष्ट्रीय संस्कृति के अंदर जो सुंदर-से-सुंदर तत्त्व हैं, उनके प्रति तथा राष्ट्रीय संभावनाओं के प्रति बच्चों में प्रेम और विश्वास पैदा हो सके। इसके बिना कोई भी व्यक्ति या राष्ट्र उठ नहीं सकता, किंतु इसके साथ ही शिक्षा का उद्देश्य भी यह होना चाहिए कि व्यक्ति और राष्ट्र अपनी संभावनाओं और शक्तियों का इस प्रकार विकास करें कि संपूर्ण मानव की एकता एवं अंतरराष्ट्रीय सद्भाव पैदा हो सके। 'यंग इंडिया' में उन्होंने स्पष्ट लिखा है कि ''कोई भी संस्कृति बिलकुल पृथक् रहकर जी नहीं सकती। इसलिए मैं नहीं चाहता कि हमारे सभी ओर के दरवाजे तथा खिड़कियाँ खुली रहें ताकि सभी जगहों की संस्कृतियों की सुगंध हमारे घर में भी निर्बाध रूप से आ सके। किंतु यह भी सही है कि मैं अपना आधार भी छोड़ना नहीं चाहता।''[४१] जिस व्यक्ति और राष्ट्र का अपना कोई सांस्कृतिक आधार नहीं है वह न तो दूसरे का अच्छी तरह से लाभ ही उठा सकता है और न ही दूसरे को लाभ पहुँचा सकता है।

सभी समकालीन भारतीय चिंतकों की तरह गांधीजी भी सांस्कृतिक संगम में विश्वास करते थे। उन्हें सचमुच भारत की सामाजिक संस्कृति पर गर्व था। इसीलिए वे गर्व से कहा करते थे, ''हमारी प्राचीन संस्कृति में हमारे पूर्वजों ने सुंदर-से-सुंदर जातीय समन्वय किया। आज हमारी वर्तमान पीढ़ी पर उसी का प्रभाव है।[४२] अपनी ही प्रेरणा से राष्ट्रीय महाविद्यालय के रूप में शुरू किए गए गुजरात विद्यापीठ के आदर्शों पर प्रकाश डालते हुए उन्होंने कहा था, ''विद्यापीठ केवल प्राचीन संस्कृति का अंधानुकरण नहीं करेगा इसका उद्देश्य प्राचीन परंपराओं और नवीन अनुभूतियों का समन्वय कर एक नई

संस्कृति का निर्माण करना होगा। इसलिए यह विभिन्न भारतीय संस्कृतियों का समन्वय करेगा, जिन्होंने भारतीय जन-जीवन को प्रभावित किया है और स्वयं उनसे प्रभावित भी हुए हैं।"[१४३]

गांधीजी के संपूर्ण शिक्षा सिद्धांत का मूलाधार यही है कि सत्य और करुणा के माध्यम से व्यक्ति और मानव समाज की सच्ची प्रगति संभव है। प्रत्येक व्यक्ति शरीर, मन और हृदय से सुशिक्षित होकर जीवन के प्रत्येक क्षेत्र में सत्य और करुणा की साधना करे ताकि वह समाज और मानवता का अधिकाधिक सुख भोग सके तथा आनंद की दिशा में प्रगति कर सके। उन्होंने कभी इस प्रकार का एकांगी चिंतन किया ही नहीं कि जो सब पुरानी या भारतीय चीजें हैं, अच्छी हैं या जो सब नई चीजें हैं, बेकार हैं। उन्होंने प्राचीन और अर्वाचीन, प्राची और प्रतीची सभी क्षेत्रों में आग्रहरहित होकर सत्य के संधान के निमित्त अध्ययन, शोध एवं प्रयोग की आवश्यकता पर बल दिया। उनके लिए नैतिकता के नियम केवल सिद्धांत मात्र नहीं थे। इसलिए चाहे समाज-साधन हो या प्रशासनिक कार्य संचालन अथवा अंतरराष्ट्रीय संबंध, हर क्षेत्र में उन्होंने नैतिकता के नियमों के पालन और प्रयोग की आवश्यकता बताई। उनका संपूर्ण जीवन इन आदर्शों के प्रयोग में ही बीता।

मद्य निषेध

गांधीजी स्वस्थ, सहकारी और नैतिक जीवन के पक्षपाती थे। इसके लिए वह आवश्यकताएँ कम करके जीवन में सादगी लाने का प्रतिपादन करते थे। इसी दृष्टि से वह चाहते थे कि भारत मादक पदार्थों के सेवन से मुक्त रहे, फिर वे चाहे पीने की नशीली चीजों के रूप में हो या दवाइयों के रूप में ही क्यों न हों। नशीली दवाइयों का सेवन तो चिकित्सा के अलावा सर्वत्र वर्जित ही है, पर मद्यपान या शराब जैसी पीने की नशीली चीजों के बारे में ऐसा नहीं है। अनेक देशों में तो खासकर पश्चिम के देशों में मद्यपान का आम रिवाज है। यह जरूर है कि वहाँ भी सुधारकों ने इस रिवाज को बुरा कहकर उसकी निंदा ही की है। फिर भी सामान्य मान्यता वहाँ यही है कि सीमित रूप में मद्यपान हानिकर नहीं है। परंतु यह केवल निषेधात्मक अनुमति ही है। यह एक वास्तविकता है कि मद्यपान ऐसी चीज है जिसकी आदत पड़ जाए या जब पीने लगा तो पीने की मात्रा को सीमित रखना मुश्किल होता है बल्कि ज्यादा पी जाने का खतरा हमेशा बना रहता है। गरीब लोगों में बुरी आदत के प्रतिरोध यानी उससे बचने की क्षमता कम-से-कम होती है, जिससे उनके लिए तो यह खतरा और भी ज्यादा ही होता है। फिर मद्यपान की आदत इतनी खर्चीली होती है कि वे उससे बरबाद हुए बगैर नहीं रहते। वे जो कुछ कमाते हैं वह सब आमतौर पर मद्यपान पर बरबाद कर देते हैं, जबकि

कुटुंब का जीवन स्तर ऊँचा करने तथा बच्चों के हित में उसका कहीं लाभप्रद उपयोग हो सकता है। मजदूरों के बारे में अकसर यह देखा गया है कि वेतन या मजदूरी मिलते ही वे, बजाय घर आने के, सीधे शराब की दुकान पर पहुँचते हैं। इसका नतीजा यह होता है कि घरवालों को बराबर गरीबी की जिंदगी बितानी पड़ती है और वे कर्ज में जकड़े रहते हैं। इस प्रकार उनके अपराध का दंड उनके निरपराध घरवालों को भोगना पड़ता है। शराब पीनेवाले अधिकांश लोगों को खासकर गाँवों के बारे में तो देखा गया है कि मद्यपान से, पशु से मनुष्य का अंतर प्रकट करनेवाली उनकी बुद्धि भी भ्रष्ट हो जाती है। साथ ही इससे मनुष्य की नैतिक संवेदनशीलता भी नष्ट होती है। गांधीजी का कहना था, ''मजदूर वर्ग से अपने संपर्क के कारण, शराबी मजदूरों के घर-परिवार की बरबादी कैसे होती है यह मैं जानता हूँ। यह भी मैं जानता हूँ कि शराब उनकी पहुँच से दूर हो, यानी उनके कार्यस्थल के पास ही उसकी सुविधा न कर रखी हो, तो वे उसे छूएँगे भी नहीं। इस बात के कुछ प्रमाण सामने आने भी लगे हैं कि स्वयं शराब पीनेवाले ही प्राय: मद्यनिषेध की माँग करते हैं।''[१४४]

पूरी संपत्ति समाज द्वारा ही उपार्जित है, अपनी इस मान्यता के कारण गांधीजी मानते थे कि मालदारों को भी भोग-विलास का जीवन बिताने का कोई हक नहीं है। फिर भारत जैसे गरीब देश में तो यह बात खास तौर पर लागू होती है, जहाँ कि लाखों व्यक्तियों को भर-पेट खाने को भी नहीं मिलता। इसके अलावा गांधीजी मानते थे कि समाज के श्रेष्ठ माने जानेवाले व्यक्ति जैसा आचरण करते हैं उसी का सामान्यजन अनुसरण करते हैं। इसलिए मालदार और शिक्षित व्यक्तियों का समाज के प्रति यह दायित्व है कि वे अपना अच्छा प्रस्तुत करने की दृष्टि से मद्यपान न करें।

नागरिकों के निजी जीवन में हस्तक्षेप करने का किसी भी सरकार को कोई अधिकार नहीं है, इस दलील को गांधीजी नहीं मानते थे। उनके अनुसार, व्यक्ति के अधिकार और स्वातंत्र्य का औचित्य तभी तक है जब तक कि लोक कल्याण में वे बाधक न हों। फिर लोकतांत्रिक भारत में तो वैयक्तिक अधिकार के ऐसे दावे का कोई औचित्य किसी भी हालत में है ही नहीं। स्थानीय जनता पर ही यदि निर्णय छोड़ दिया जाए तो उसका बड़ा भाग अपने क्षेत्र में शराब की दुकान खुलना पसंद नहीं करेगा, यह नि:संदेह है। गांधीजी का कहना था, ''जो लोग व्यक्ति स्वतंत्र की दलील पेश कर मद्यपान का समर्थन करते हैं उन्हें भारत की हालत का कुछ पता नहीं है। अपनी विषय वासना की तृप्ति के लिए जैसे कोई राज्य से वैश्यागमन की व्यवस्था करने की माँग नहीं कर सकता वैसे ही मद्यपान की सुविधा के लिए माँग करने का भी किसी को अधिकार नहीं है।''[१४५]

गांधीजी कहा करते थे कि ''भारत में मद्यनिषेध पर अमल करना जितना आसान

है उतना और दुनिया में कहीं नहीं, क्योंकि हमारे यहाँ मद्यपान कम ही लोग करते हैं। शराब पीना हमारे देश में सामान्यत: प्रतिष्ठा की बात नहीं मानी जाती। और मैं तो मानता हूँ कि हमारे देश में करोड़ों ऐसे व्यक्ति मिलेंगे जिन्हें शराब पीना तो दूर यह तक पता नहीं कि वह होती क्या है।"[१४६]

इस बारे में गांधीजी नि:संदेह अपने भारत को अच्छी तरह जानते थे। यह एक तथ्य है कि उच्च वर्ग के लोग सामान्यत: शराब नहीं पीते। पश्चिम की तरह यहाँ ऐसा आम रिवाज भी नहीं है कि हर एक अपने घर में शराब रखे ही या जब कोई मेहमान आए तो शराब पेश कर उसका आतिथ्य करें। सामाजिक समारोहों तथा पार्टियों में मद्यपान मुश्किल से ही होता है। स्त्रियाँ तो हमारे यहाँ आमतौर पर शराब पीती ही नहीं। मुसलमानों, जैनों तथा वैष्णवों के लिए मद्यपान उनके धर्मों द्वारा निषिद्ध है। आजकल कुछ नए-नए ही मालदार बने झूठी संस्कारितावाले व्यक्ति पश्चिमी फैशन की नकल के चक्कर में जरूर शराब पीने लगे हैं। लेकिन वे भी क्लब या रेस्त्राँ में जाकर ही पीते हैं। गरीब लोग ही ऐसे हैं जो देशी शराब की दुकानों पर जाकर पीते हैं, इसलिए अगर कोई ऐसा देश है जहाँ कानून द्वारा मद्यनिषेध करने में कामयाबी हासिल की जा सकती है तो वह नि:संदेह भारत ही हो सकता है।

कुछ राज्य सरकारें मद्यनिषेध लागू करने के बाद उससे पीछे क्यों हटी उसके उत्तर में कृपलानीजी लिखते हैं कि, "प्रशासन के नित्य प्रति बढ़ते जानेवाले खर्चों के लिए आय बढ़ाने का सबसे सहज उपाय उन्हें शराब का व्यापार ही मालूम पड़ता है।"[१४७] भारत में तो आज दीया-सलाई से लेकर मोटरकार तक सभी चीजों पर कर लगा हुआ है। अत: शराब की बिक्री से होनेवाली कमाई का मोह छोड़ दें तो राज्य सरकारों की आय में कोई खास कमी नहीं होगी। गांधीजी का कहना था, "आमदनी की कमी तो आभासमात्र है। मनुष्य को अद्योपात की हालत में पहुँचानेवाले इस कर को हटा लिया जाए तो शराब पीनेवाला करदाता कहीं ज्यादा कमाई करके उसे अच्छे कामों में खर्च कर सकता है। इस तरह राष्ट्र को भारी नैतिक लाभ ही नहीं होगा बल्कि काफी आर्थिक लाभ भी हुए बिना नहीं रहेगा।"[१४८]

कांग्रेसी सरकारों की मद्यनिषेध के प्रति उदासीनता को देख, सन् १९३८ में ही उनकी आलोचना करते हुए गांधीजी ने ऐसा कहा था कि "इतने पर भी हम देखते है कि मंत्री लोग पक्के बनिए की तरह मद्यनिषेध के कार्यक्रम बना रहे हैं, मद्यनिषेध से सरकार की आय में होनेवाली वृद्धि पर ही बस उनका ध्यान रहता है। उनकी इस वृत्ति को देखकर मुझे आश्चर्य होता है और सोचता हूँ कि सभी शराबी और अफीमची अचानक शराब और अफीम की लत से मुक्त हो जाएँ तो वे क्या करेंगे। उनका जबाव शायद यही हो कि तब तो कुछ-न-कुछ करना ही पड़ेगा। मैं कहता हूँ कि तब अपने

आप ही ऐसा क्यों नहीं करते ? निःसंदेह प्रशंसा तो इसी में है कि जो बात ठीक हो उसे बाध्य होकर करने के बजाय अपने आप ही कर लिया जाए। बिहार में जब भूकंप आया तो राहत कार्य में राज्य की वार्षिक आय से ज्यादा खर्च करने पर भी वहाँ की सरकार का काम ठप्प नहीं पड़ गया था फिर भारत के विभिन्न प्रांतों में जब जहाँ बाढ़ या अकाल से भारी बरबादी होती है और सरकार की आमदनी बहुत घट जाती है तब वहाँ की सरकारें क्या करती हैं ? मेरा तो यह दृढ़ मत है कि कांग्रेसी सरकारें जब आमदनी की खातिर मद्यनिषेध लागू करने में विलंब करती हैं तो वे इसके लिए अपनी शपथ के अक्षरों का नहीं तो उसकी भावना का तो उल्लंघन करती ही हैं।''[१४९]

मद्यनिषेध के लिए लोकमत तैयार करना बहुत ही आवश्यक है, इसके लिए केवल कानून और पुलिस पर ही निर्भर नहीं रहा जा सकता। गांधीजी के पास कोई राजकीय सत्ता न होते हुए भी उन्होंने मद्यनिषेध के पक्ष में लोकमत तैयार किया। लोकमत के संबंध में गांधीजी ने कहा है, ''अपना ध्येय यदि हमें अहिंसक प्रयत्न द्वारा सिद्ध करना है तो अफीम, शराब आदि मादक पदार्थों के व्यसन में ग्रस्त अपने करोड़ों बहन-भाइयों का भविष्य इस भावी सरकार की मेहरबानी पर लटकता नहीं छोड़ सकते।''

''इस बुराई को दूर करने के प्रयत्न में डॉक्टर लोग सबसे अधिक प्रभावकारी योगदान कर सकते हैं। शराबियों और अफीमचियों को शराब और अफीम की लत से बचाने के उन्हें कोई-न-कोई उपाय ढूँढ़ ही निकालने चाहिए।'' सुधार का यह काम ऐसा है जिसे आगे बढ़ाने का काम स्त्रियाँ और विद्यार्थी खासतौर पर अच्छी तरह कर सकते हैं। प्रेमपूर्वक किए गए छोटे-मोटे सेवा कार्यों के द्वारा वे व्यसनियों के हृदय पर ऐसा अधिकार कर सकते हैं कि वे इस बुरी लत को छोड़ देने की उनकी बात अनुसनी कर ही नहीं सकेंगे।

''कांग्रेस कमेटियाँ भी इस काम में मदद कर सकती हैं। उन्हें चाहिए कि वे ऐसे विश्रांतिगृह खोलें जिनमें हारे-थके मजदूर अपने थके शरीर को आराम दे सकें। सस्ता और स्वास्थ्यप्रद जलपान उन्हें मिल सके और साथ ही उपयुक्त खेलकूद की भी वहाँ व्यवस्था हो। यह सब काम आकर्षक और ऊँचा उठानेवाला है। अहिंसा से स्वराज्य-प्राप्ति की बात एक नई चीज है। इसके लिए पुराने मूल्यों की जगह नए मूल्यों की स्थापना करनी होगी। हिंसा का मार्ग अपनाने में ऐसे सुधारों की शायद कोई गुंजाइश न हो। जो लोग अहिंसा के मार्ग में श्रद्धा रखते हैं वे भी स्वराज्य-प्राप्ति की अधीरता के कारण अथवा अपने अज्ञानवश यह मान सकते हैं कि इन सब बातों की सावधानी तो दासता से मुक्ति के बाद देखी जाएगी और ऐसा मानकर तब तक के लिए इनपर प्रयत्न स्थगित रख सकते हैं। परंतु ऐसे लोग इस बात को भूल जाते हैं कि स्थायी मुक्ति तो अंदर से यानी आत्मशुद्धि द्वारा ही प्राप्त होती है। अतः रचनात्मक कार्य करनेवाले

मद्यनिषेध के पक्ष में लोकमत तैयार करके और कुछ नहीं तो मद्यनिषेध के कानून की सफलता के लिए रास्ता तो साफ कर ही सकते हैं।"[५०]

संदर्भ

१. जीवतराम भगवानदास कृपलानी, महात्मा गांधी जीवन और चिंतन, पृ. ४१३
२. जे.बी. कृपलानी, पूर्वोक्ति, पृ. ४१४
३. किशोरी लाल मशरूवाला, गांधी विचार दोहन, पृ. ४४
४. हिंदी नवजीवन, १९ जनवरी, १९२०
५. यंग इंडिया, ४ मई, १९२०
६. यंग इंडिया, २५ मई, १९२१
७. जे.बी. कृपलानी, महात्मा गांधी जीवन और चिंतन, पृ. ४१६
८. हिंदी नवजीवन, ४ नवंबर १९२६
९. जे.बी. कृपलानी, पूर्वोक्ति, पृ. ४१६
१०. हिंदी नवजीवन, २८ नवंबर, १९२६
११. गांधी भाई सोल अगोनी, पृ. १४
१२. पट्टाभि सीतारमैया, कांग्रेस का इतिहास, भाग १, पृ. ४३७-४६
१३. जे.बी. कृपलानी, पूर्वोक्ति, पृ. ४१८
१४. रेलपरिचार्ड केथन (लेख) 'महात्मा गांधीज खिलुशनरी रिलीजन' (पत्रिका) 'दि विश्व भारती क्वार्टर्ली', २ अक्तूबर, १९४९, पृ. ८५
१५. डॉ. वी.पी. वर्मा, दि पोलिटिकल फिलॉसफी ऑफ महात्मा गांधी ऐंड सर्वोदय, पृ. ६६
१६. हरिजन सेवक, ३ अगस्त, १९३४
१७. यंग इंडिया, मई १९२०
१८. हरिजन, १३ मार्च, १९३७
१९. धीरेंद्र मोहन दत्त, 'दि फिलॉसफी ऑफ महात्मा गांधी', पृ. ४२
२०. संपादित 'गांधी व्यक्तित्व विचार और अभाव' भूमिका से, पृ. २
२१. चंद्र शंकर शुक्ल, 'कनवरसेशन ऑफ गांधीजी', पृ. ३०
२२. यंग इंडिया, १७ दिसंबर, १९३५
२३. हरिजन, १८ मार्च, १९३३
२४. यंग इंडिया, २३ जनवरी, १९३०
२५. सी.एफ. एंड्रूज, महात्मा गांधीज आइडियाज, पृ. ५३-५४
२६. जे.बी. कृपलानी, पूर्वोक्ति, पृ. ४१९
२७. रॉबर्ट स्टीमसन बिसनर, पृ. २०७
२८. प्रधानमंत्री एटली को श्रद्धांजली, हिंदुस्तान १ फरवरी, १९४८
२९. अमेरिकी राजदूत डॉ. ग्रेडी की श्रद्धांजली, पूर्वोक्त
३०. जे.बी. कृपलानी, पूर्वोक्त, पृ. ४२४-२५

३१. जे.बी. कृपलानी, वही, पृ. ४२६
३२. जे.बी. कृपलानी, वही, पृ. ४२७
३३. जे.बी. कृपलानी, पूर्वोक्त, पृ. ४३०
३४. हरिजन, १८-९-३७
३५. हरिजन, ९-१०-१९३७
३६. हरिजन, ३१-१२-१९३८
३७. हरिजन, ९-७-१९३८
३८. उपरोक्त
३९. कार्लटन वाशवर्न, 'रीमेकर्स ऑफ मैनकाइंड', पृ. १०४-०५
४०. हरिजन, १६-३-१९४७
४१. यंग इंडिया, १-७-१९२१
४२. हरिजन, ९-५-३६
४३. यंग इंडिया, १७-११-२०
४४. जे.बी. कृपलानी, 'महात्मा गांधी जीवन और चिंतन', पृ. ४३२
४५. जे.बी. कृपलानी, पूर्ववत्, पृ. ४३२-३३
४६. जे.बी. कृपलानी, पूर्वोक्त, पृ. ४३२-४३३
४७. जे.बी. कृपलानी, पूर्वोक्त, पृ. ४३४
४८. जे.बी. कृपलानी, पूर्वोक्त, पृ. ४३४
४९. जे.बी. कृपलानी, पूर्वोक्त, पृ. ४३५
५०. जे.बी. कृपलानी, पूर्वोक्त, पृ. ४३५-३६

६

आर्थिक विचार एवं सर्वोदय

मशीनों के प्रति दृष्टिकोण

आधुनिक आर्थिक विचारधारा पश्चिम की देन है। वहाँ हुई औद्योगिक क्रांति के बाद १८वीं सदी के उत्तरार्द्ध में इसकी रूपरेखा बनी। गांधीजी के आर्थिक विचारों को अगर हम ठीक से समझना चाहें तो पश्चिम की इस आर्थिक विचारधारा से उत्पन्न धारणाओं से मुक्त रहकर ही ऐसा किया जा सकता है।

गांधीजी के अर्थशास्त्र का अध्ययन उनके नैतिक सिद्धांतों और आदर्शों की दृष्टि से तथा उस समय भारत में जो स्थिति विद्यमान थी और आज भी है उसको ध्यान में रखकर ही किया जा सकता है, फिर गांधीजी जिस भाषा का प्रयोग करते थे उसको समझने की भी कोशिश की जानी चाहिए, क्योंकि विशेषज्ञ लोग जिस भाषा का प्रयोग करते हैं वैसी भाषा वह नहीं है। वह तो जनसामान्य की भाषा है।

महात्मा गांधी जीवन को अलग-अलग नहीं बल्कि अखंड मानते थे। मानव जीवन के सभी पहलुओं पर एक ही तरह के नैतिक नियम लागू किए जाएँ तभी उन्हें एकत्व प्रदान किया जा सकता है, वही नियम मनुष्य की सभी प्रवृत्तियों पर भी लागू किए जाने चाहिए। ऐसा न किया जाए तो परिणाम यह होगा कि व्यक्ति व समाज के अंदर दुरंगापन आ जाएगा। सभी सत्य एक ही परम कारण से फलित होते हों ऐसा भी नहीं कहा जा सकता। 'गीता' के अनुसार ऐसा विचार किसी प्रश्न के प्रति तामसिक या भ्रमपूर्ण दृष्टि ही पैदा कर सकता है। इसके अलावा जीवन के किसी भी क्षेत्र के सत्य को अन्य क्षेत्रों के सत्य से पृथक् मानकर विचार किया जाए तो उससे असहिष्णुता एवं मांधता ही पैदा होगी। गांधीजी के अनुसार, ''इनसान की कमाई का उद्देश्य केवल

भौतिक सुख पाना नहीं है, बल्कि अपना नैतिक या रूहानी विकास करना है।''[१] गांधीजी ने अर्थशास्त्र के क्षेत्र में भी मानवीय आदर्शों और मानव कल्याण हेतु सत्य और अहिंसा का प्रतिपादन किया, ''अर्थशास्त्र पर लिखी जानेवाली पुस्तकों में जो आम कायदे कानून बनाए जाते हैं, वे किन्हीं उसूलों के मातहत होते हैं। लेकिन गांधीजी के अर्थ विचार में ऐसा भी नहीं होता। जीवन के दो सिद्धांत हैं, जिनके मातहत आर्थिक, सामाजिक, राजनीतिक और दूसरे सभी ध्यानार्थ रहा करते हैं, वे हैं सत्य और अहिंसा। इन दो कसौटियों पर मानो चीज खरी नहीं उतरी उसे गांधीवादी नहीं कहा जा सकता।''[२]

गांधीजी के इन आदर्शों के परिवेश में अर्थशास्त्र भी नीति धर्म रूप ही बन गया। ''अर्थशास्त्र सामाजिक न्याय तथा नैतिक आदर्शों की पूर्ति के लिए खड़ा है।''[३] अर्थशास्त्र के नियम जीवन के उच्च नियमों के अनुकूल होने आवश्यक हैं। जब कभी उच्च और निम्न नियमों में विशृंखलता आ जाए तभी विप्लव या अराजकता पैदा हो जाती है, गांधीजी ने अर्थ के क्षेत्र में सेवा नीति एवं सीमित आवश्यकताओं पर आधारित अहिंसामूलक आर्थिक विचारों को प्रस्तुत किया, जिसमें समानता का लक्ष्य एवं श्रम निष्ठा प्रधान थी।

मनुष्य की आर्थिक प्रवृत्ति का संबंध तो भौतिक वस्तुओं के उत्पादन, उनके विनिमय, वितरण और उपयोग से है। ये ऐसी प्रवृत्तियाँ हैं जो न केवल मनुष्य के अस्तित्व के लिए बल्कि उसके सुख और उसकी प्रगति के लिए भी आवश्यक हैं। मनुष्य समाज में रहता है, जिससे इन प्रवृत्तियों द्वारा संबंध भी एक अलग-अलग पड़े व्यक्ति तक ही सीमित न रहकर पूरे समाज के साथ स्थिर होते हैं। हम गंभीरतापूर्वक विचार करते हैं तो मालूम पड़ता ही है कि वस्तुतः सभी संपत्ति सारे समाज के सम्मिलित प्रयास का ही फल होती है। गांधीजी ऐसा ही मानते थे। रॉबिंसन क्रूसो की तरह किसी अलग-थलग पड़े टापू में पहुँचा हुआ कोई व्यक्ति अकेले ही संपत्ति पैदा नहीं कर सकता, फिर वह पूँजीपति हो या मजदूर। इसीलिए गांधीजी मानते थे कि समस्त समाज द्वारा पैदा की हुई संपत्ति का उन सभी में समान रूप से वितरण होना चाहिए जिनका उसके उपार्जन में किसी-न-किसी रूप में कोई योगदान रहा हो। गांधीजी का कहना था कि, ''मेरे हिसाब से तो भारत ही नहीं बल्कि सारे संसार की आर्थिक रचना ऐसी होनी चाहिए कि जिससे किसी को भी अन्न, वस्त्र का अभाव न हो।'' दूसरे शब्दों में हम कृपलानीजी को गांधीजी के आर्थिक दृष्टिकोण को मान्यता देने के संबंध में यह कहते हुए उद्धृत कर सकते हैं कि, ''हर एक को ऐसा कोई काम उपलब्ध होना ही चाहिए जिसके द्वारा वह अपना निर्वाह कर सके। यह स्थिति तभी सारे संसार में लाई जा सकती है जबकि जीवन की प्राथमिक आवश्यकताओंवाली वस्तुओं के उत्पादन का नियंत्रण स्वयं लोगों के ही पास रहे। जिस तरह हवा और पानी पर सबका समान अधिकार है,

उसी तरह अन्न व वस्त्र जैसी जीवन की प्राथमिक आवश्यकताओं के बारे में भी होना चाहिए। इनका एकाधिकार किसी एक देश, जाति या व्यापारी वर्ग के हाथ रहे तो वह न्याय नहीं अन्याय ही होगा। इस सीधे-सादे सिद्धांत की उपेक्षा के कारण ही न केवल हमारे अभागे देश में बल्कि दुनिया के अन्य भागों में भी आज चारों तरफ भुखमरी और दरिद्रता दिखाई पड़ती है।''[४]

मशीनों के प्रति दृष्टिकोण

आधुनिक युग में यंत्रों का प्रयोग इस सीमा तक पहुँच गया है कि हम इस युग को यांत्रिक युग या मशीनों का युग कहने लगे हैं। मशीनों ने जहाँ वर्तमान विश्व को उद्योगवाद दिया है वहाँ वह समाज में फैली हुई विषमताओं को अधिकाधिक वृद्धि के दायित्व से भी अपने को विमुख नहीं कर सकती। मशीनों का आविष्कार इस उद्देश्य से हुआ था कि मनुष्य में यह सरलता सहज ही में विकृति का रूप धारण कर चारों ओर फैल गई। एक वर्ग यंत्रस्वामियों का हो गया और दूसरा वर्ग असहाय होकर जीने वाले लोगों का। मार्क्स के शब्दों में पहला वर्ग बुर्जुआ और दूसरा सर्वहारा में बदल गया गांधीजी के शब्दों में, ''आज जो जनता में उन यंत्रों का एक पागलपन सा सवार हो रहा है, उससे श्रम की बचत तो होती है, पर उनके कारण लाखों व्यक्तियों की रोटी छिन रही है और वे राह के भिखारी बनकर भूखे घूम रहे हैं।''[५] इस धन के लालच ने मनुष्य को अपने जाल में इस तरह जकड़ लिया है कि सत्य-अहिंसा का गांधीवादी आदर्श उसके जीवन में कहीं भी दिखाई नहीं देता। ''कारखाने की खूबी यह है कि उसे इस बात से कोई सरोकार नहीं रहता कि लोग हिंदुस्तान में या दुनिया में कहीं भी भूखे मर रहे हैं। उसका तो बस एक ही मकसद होता है, वह है दाम ऊँचे बने रहें। इनसानियत का कोई खयाल जरा भी नहीं किया जाता है।''[६]

मानवीय मूल्यों का तिरस्कार

मशीनों के आकर्षण के कारण ही मानव सभ्यता अपने विकास से पिछड़ गई है और यह पिछड़ापन हम आर्थिक क्षेत्र में ही नहीं देखते बल्कि नैतिक क्षेत्र में भी देखते हैं। गांधीजी के अनुसार, ''यूरोप को उजाड़ना शुरू कर दिया है और अब उनकी हवा हिंदुस्तान में पहुँच गई है। बंबई की मिल में काम करनेवाले मजदूर पूरे गुलाम बन गए हैं। वहाँ काम करनेवाले स्त्रियों की दशा देखकर तो हर आदमी का कलेजा काँप उठेगा। जब मिलों की बाढ़ नहीं आई थी तब यह स्त्रियाँ भूखों नहीं मरती थीं।''[७]

गांधीजी ने मशीनीकरण का इसलिए विरोध किया कि वह मानवीय मूल्यों का तिरस्कार कर शोषण को बढ़ावा देती है। उनका मशीनों के प्रति विरोध दो भिन्न कारणों

पर आधारित था—प्रथम, मशीन द्वारा प्रस्तुत पूँजीवादी शोषण का पापमय विकास तथा दूसरा, औद्योगिक सभ्यता की अपनी स्वयं की बुराइयाँ। यह दूसरी इन दो में से मुख्य बुराई है। प्रथम बुराई तो केवल कार्यात्मक व्यक्तिकृत का परिणाम है जबकि बाद की बुराई सावयव है।''[८]

केंद्रीयकरण की प्रवृत्ति

यंत्रों के अत्यधिक प्रयोग किए जाने के कारण उत्पादन प्रणाली भी प्रभावित होती है और उस प्रभाव में वह इतनी अधिक संकुचित हो जाती है जो मानव समाज के लिए अच्छी स्थिति नहीं है। केंद्रीयकरण की प्रवृत्ति चाहे राजकीय हो अथवा व्यक्तिगत, दोनों ही पद्धतियाँ विकारग्रस्त हैं। गांधीजी इस शोषण युक्त केंद्रीयकृत आर्थिक व्यवस्था के स्थान पर जिस अर्थव्यवस्था को देना चाहते हैं उसका स्वरूप शोषणमुक्त विकेंद्रित अर्थव्यवस्था है। इससे पूँजीवाद के साथ ही साथ समाजवाद के दुष्प्रभावों से सहज ही में बच सकते हैं।

मशीनों का नियमन हो

वास्तविकता यह नहीं है कि गांधीजी समाज के चक्र को पीछे धकेलना चाहते थे। गांधीजी के विचारों का सही पक्ष यह है कि वे हर प्रकार की मशीनों के विरुद्ध नहीं थे और न ही वे सब प्रकार के मशीनीकरण को त्याज्य मानते थे। वास्तव में वे मशीनों का नियमन करना चाहते थे। गांधीजी ने अपने विचारों को स्पष्ट करते हुए कहा था कि, ''मेरा विरोध मशीनीकरण के विरुद्ध नहीं है, लेकिन उस उन्माद के लिए है, जिसमें मशीन केंद्रित है। उन्माद यह है कि यह उसे श्रम बचाई मशीनरी कहते हैं। मैं समाज और श्रम को बचाना चाहता हूँ, लेकिन ऐसा मैं मानव जाति के एक समूह के लिए नहीं चाहता बल्कि सभी के लिए चाहता हूँ, लेकिन यह केंद्रीयकरण कुछ हाथों में नहीं बल्कि सभी के हाथों में चाहता हूँ।''[९]

मशीनों का प्रयोग कुछ व्यक्तियों के सुरक्षा हेतु नहीं वरन् जनसमुदाय के हित में होना आवश्यक है। ''मेरा विरोध मशीनों को समाप्त करने के लिए नहीं है। मैं तो उस पर सीमाएँ थोपना चाहता हूँ।''[१०] गांधीजी मशीनों को समाप्त करने के लिए न व्यग्र थे और न उत्सुक। गांधीजी ऐसी हर मशीन का स्वागत करने को उत्सुक थे, जिसके माध्यम से झोंपड़ियों में आवास करनेवाले करोड़ों लोगों के श्रम में बचत हो तथा उनके हित की पूर्ति हो। ''वह उन मशीनों के विरोधी नहीं जो कि मजदूरी कमानेवाले के समक्ष बेरोजगारी खड़ी न करती हो और जिसे शक्ति द्वारा न चलाया जाकर हाथ तथा पैर से चलाया जाए।''[११] मशीनीकरण किसी भी रूप में बुरा नहीं है, जब मशीनें श्रम

और समय की बचत करती हैं तो अच्छी लगती हैं। जबकि आवश्यकता या साधनों के अनुपात में मनुष्य कम हों, लेकिन यदि मनुष्य बहुत हों तो ऐसे में श्रम और समय की बात कहकर कार्य को चलाने का अर्थ है बेरोजगारी को प्रोत्साहन देना ऐसी स्थिति में गांधीजी मशीनीकरण का विरोध करते थे।

गांधीजी को ऐसा प्रत्येक आविष्कार अच्छा लगता है जो जनहित के लिए किया जाए। वह सिंगर मशीन के आविष्कार को ऐसे ही अच्छे आविष्कारों की श्रेणी में रखते थे, क्योंकि वह मूलतः मानव समाज के हित में है। साइकिल का निर्माण तथा चीर–फाड़ यंत्रों के निर्माण की कठिनाई को देखते हुए गांधीजी अपनी समाजवादी प्रवृत्ति के अनुकूल उनका राजकीय नियंत्रण चाहते थे। ''दिशा–निदेशक सिद्धांत सदैव यही रहेगा कि अधिक कीमती व जटिल मशीनों अथवा प्रक्रिया, समुदाय की आत्म–निर्भरता को समाप्त न करे तथा मनुष्यों की मानसिक पहुँच एवं क्षेत्र में ही हों। उसके साथ–साथ मशीनें उनकी व्यक्तिगत तथा सामूहिक दृष्टि से क्रय की सामर्थ्य की सीमा में ही होनी चाहिए।''[१२]

कम–व्ययवाली मशीनों को व्यक्तिगत आधार पर क्रय किया और चलाया जा सकता है, इसलिए वह छोटी भी होनी चाहिए। ''बहुसंख्यक मशीनें छोटी होनी चाहिए, कम व्यय प्रधान हों, जो व्यक्तिगत अथवा पारिवारिक प्रयोग के लिए हों तथा जिसे सब प्राप्त कर सकें।''[१३]

गांधीवादी दर्शन के प्रमुख चिंतक श्री मंत्रारायण ने मशीनों के संबंध में गांधीजी की भावनाओं को इस रूप में प्रस्तुत करते हुए कहा कि, ''अकसर यह समझा जाता है कि गांधीजी मशीनों के बिलकुल विरुद्ध थे। यह एक बड़ी गलतफहमी है, जिसे दूर करना चाहिए। बापू ने बहुत बार समझाया था कि वे यंत्रों के विरुद्ध नहीं हैं, किंतु यंत्रों के दीवानेपन के खिलाफ हैं।''[१४] इस पूरे संदर्भ में गांधीजी ने यंत्रों का विरोध और स्वदेशी का आग्रह जिस रूप में किया उसमें भारत के विपन्नता को दूर करने का स्पष्ट संकल्प दिखाई देता है। गांधीजी ने अपने विचार को सजीव करने के लिए स्वदेशी का मंत्र समाज को दिया। कोई भी देश अपने अस्तित्व को तभी बचा सकता है जबकि वह मूल रूप से इस स्वदेशी भावना को अंगीकार कर ले। ''भारत अथवा अन्य कोई भी देश दूसरों के लिए तब तक नहीं जी सकता जब तक कि स्वयं के लिए जीने योग्य न हो जाए तथा अपनी आवश्यकता की सब वस्तु का उत्पादन अपनी ही सीमाओं में न करे। तब उसे पागलपन अथवा विकृत प्रतियोगिता के भँवर में घुसने की आवश्यकता नहीं। यह घृणा एवं बंधु हत्या तथा अन्य बहुत से पापों को जन्म देती है।''[१५]

स्वदेशी केवल भावना ही नहीं बल्कि एक वास्तविकता है, जिसको जीवन के सभी क्षेत्रों में निष्पादित किया जा सकता है। प्रो. बिशनस्वरूप शर्मा के अनुसार, ''गांधीजी

के लिए स्वदेशी का नियम जीवन के सभी क्षेत्रों हेतु—धार्मिक, राजनीतिक, सामाजिक तथा आर्थिक व्यवहार के प्रयुक्त होने हेतु हैं। साहित्यिक दृष्टि से स्वदेशी का अर्थ व्यक्ति का अपना देश है।''[१६] गांधीजी के लिए स्वदेशी का अर्थ आर्थिक क्षेत्र में उन्हीं वस्तुओं का प्रयोग करना है, जिनका निर्माण आपका पड़ोसी करता है और ऐसे ही उद्योगों को प्रोत्साहन देना जो कि देश की सीमा में हों। ''स्वदेशी एक चेतना है जो कि मनुष्य को अपने निकटतम पड़ोसी की सेवा करने को प्रेरित करता है। इस प्रकार वह पड़ोसी बदले में अपने पड़ोसी की सेवा सहायता करता है।''[१७]

स्वदेशी मान्यता को भावना रूप में स्वीकार करने का कारण मुख्य रूप से यह है कि गांधीजी देश को आत्मनिर्भर देखना चाहते थे। ''गांधीजी ने ग्रामों की तथा संपूर्ण देश की आत्मनिर्भरता में आस्था रखी। वे अंतरराष्ट्रीय व्यापार के खिलाफ नहीं थे। ऐसी भी वस्तुएँ थीं जिनका भारत में उत्पादन नहीं हो सकता। ऐसी वस्तुओं के लिए अंतरराष्ट्रीय व्यापार आवश्यक हो जाता है। फिर भी स्वदेशी का तत्त्व विचार यह है कि एक देश को स्वतंत्र बनाना तथा विदेशी बाजारों की खोज को रोकना।''[१८] स्वदेशी धर्म को स्वीकार करने में जहाँ एक ओर दूसरों के प्रति घृणा को समाप्त करना वांछनीय है वहाँ दूसरी ओर अपने निकटतम पड़ोसी की अधिक सेवा, सहायता करना भी है।

स्वदेशी भावना के अंतर्गत अन्याय बहुत सी चीजों में प्रमुख रूप से गांधी के लिए खादी और चरखा रहे। वर्तमान उद्योग प्रधान सभ्यता का यदि मूल्यांकन किया जाए तो हमें चरखा आर्थिक दृष्टि से अधिक लाभदायक शायद न दिखाई दे, क्योंकि जितना श्रम इसमें लगता है उसके अनुपात में प्राप्त उत्पादन का अंश कम होता है, किंतु चरखा इस दृष्टि से ही नहीं लिया जाता। प्रतीक रूप में यह एक व्यक्ति की निजी वस्त्र संबंधी आवश्यकताएँ पूर्ण करने के लिए पर्याप्त है और इससे अधिक दूसरा महत्त्व यह भी है कि असंख्यक भूखे पेटों को जीविका भी यह देता है। स्वदेशी भावना के यही दो आधार गांधीजी को इस विचार के प्रचार-प्रसार के लिए प्रेरित करते रहे।

खादी और चरखे को सर्वाधिक महत्त्व देने का अर्थ यह नहीं कि गांधीजी ने अन्य उद्योगों के प्रति अरुचि रखी या उन्हें अनुपयुक्त माना। स्थानीय परिस्थितियों के अनुकूल जो भी सहायक या स्वतंत्र उद्योग चलाया जा सके उसे चलाना वह उपयुक्त अनुभव करते थे। गन्ने का गुड़ या शक्कर बनाना, तिलहन का तेल उद्योग, चमड़ा उद्योग, मधुमक्खी उद्योग, कागज उद्योग, चटाई उद्योग, धान से चावल निकालने का उद्योग तथा रस्सी बनाने का उद्योग आदि ऐसे बहुत से लघु उद्योग हैं, जिनके माध्यम से भारतीय अर्थव्यवस्था को पुनः सुसंपन्न किया जा सकता है एवं स्वदेशी मान्यताओं को सही रूप में प्रस्तुत एवं स्वीकार किया जा सकता है।

गांधीजी जिस अर्थव्यवस्था की विवेचना करते हैं अथवा अर्थ रचना को स्वीकार

करते हैं उसमें विशाल उद्योगों के लिए जिनका मूलाधार यंत्रवाद है, कोई स्थान विशेष नहीं है। यद्यपि उन्होंने अपनी स्थिति को स्पष्ट करते हुए स्वतः ही कहा था, ''सामान्य बुद्धिवाले व्यक्ति की हैसियत से मैं जानता हूँ कि मनुष्य उद्योग के बिना जिंदा नहीं रह सकता। इसलिए मैं औद्योगिकीकरण के खिलाफ नहीं हो सकता। लेकिन यंत्रोद्योग के बारे में एक बड़ी चिंता है। यंत्र से उत्पादन बड़ी तेजी से होता है और उसके साथ इस प्रकार की अर्थव्यवस्था आ जाती जिसको मैं समझ नहीं सकता। ऐसी चीज को स्वीकार नहीं कर सकता जिसके बुरे परिणामों को मैं उससे होनेवाले लाभ की अपेक्षा ज्यादा पाता हूँ। मैं चाहता हूँ कि हमारे देश के करोड़ों मेजवान लोग स्वस्थ्य एवं सुखी रहें और नैतिक रूप से उनका विकास हो। इस उद्‌देश्य की पूर्ति के लिए हमें अभी तक विशाल यंत्रों (उद्योगों) की आवश्यकता नहीं है। हमारे यहाँ भी अभी ज्यादा हाथ बेकार हैं। हमें उद्योग चाहिए, तो इसके लिए हमें उद्यमी बनना होगा। पहले हम स्वावलंबी बनें तो हमें दूसरों के नेतृत्व की उतनी आवश्यकता नहीं रहेगी। जब और जैसे हमें आवश्यकता होगी, हम विशाल यंत्रों पर आधारित उद्योगों को अपना लेंगे।''[१९]

गांधीजी का विशाल उद्योगों के प्रति अरुचि का भाव मूल रूप से उसकी प्रवृत्तिगामी शक्तियों के कारण पैदा हुआ था। वह यह मानते थे कि दुनिया के वर्तमान संकट के लिए बड़े पैमाने पर माल उत्पन्न करने का पागलपन जिम्मेदार है। उनकी धारणा थी कि यदि विशाल उद्योग मानव-समाज की आवश्यकता पूरी कर सकते हैं तो भी उसका यह परिणाम होगा कि उत्पादन कुछ विशिष्ट क्षेत्रों में केंद्रित हो जाएगा और इसलिए वितरण की योजना के लिए हमें द्राविड़ी प्राणायाम करना पड़ेगा। ''बड़े पैमाने के उत्पादन में उपभोक्ता की सच्ची जरूरतों का ध्यान नहीं रखा जाता। अगर बड़े पैमाने का उत्पादन अपने आप में एक हितकारी वस्तु हो तो उसे'' अनंत गुणा बढ़ जाना चाहिए। लेकिन यह बताया जा सकता है कि बड़े पैमाने का उत्पादन अपने साथ अपनी मर्यादाएँ लेकर चलता है। अगर दुनिया के समस्त देश बड़े पैमाने की उत्पादन पद्धति को अपना लें तो उनके माल के लिए बड़े बाजार नहीं मिलेंगे। उस स्थिति में बड़े पैमाने के उत्पादन को रुकना ही होगा।[२०]

इन विशाल उद्योगों पर खड़ी यांत्रिक सभ्यता ने मानवीय मूल्यों की अपेक्षा करने के साथ-साथ बेकारी बढ़ाने में जितना कार्य किया है उसके कारण गांधीजी ने उनके स्थान पर लघु उद्योगों को अपनाने पर अधिकाधिक बल दिया, क्योंकि विशाल उद्योग जिस प्रतिस्पर्धा की भावना पर खड़े होते हैं, लघु उद्योग उनसे बचे होते हैं। बड़े पैमाने पर औद्योगिकीकरण का अनिवार्य परिणाम यह होगा कि ज्यों-ज्यों प्रतिस्पर्धा और बाजार की समस्याएँ खड़ी होंगी त्यों-त्यों गाँवों का प्रकट या अप्रकट शोषण होगा। इसलिए हमें अपनी शक्ति इसी प्रयत्न पर केंद्रित करनी चाहिए कि गाँव स्वयं पूर्ण बनें और

वस्तुओं का निर्माण, उत्पादन अपने उपयोग के लिए करें। यदि उत्पादन की यह पद्धति स्वीकार कर ली जाए तो फिर गाँववाले ऐसे आधुनिक यंत्रों और औजारों का जिन्हें वे बना सकते हों और जिनका उपयोग वे आर्थिक दृष्टि से कर सकते हों, उपयोग खुशी से करें। उसपर आपत्ति नहीं की जा सकती। अलबत्ता उनका उपयोग दूसरों का शोषण करने के लिए नहीं होना चाहिए।[२१]

अपनी गौरवपूर्ण पृष्ठभूमि को पुनः प्राप्त करने के लिए गांधीजी भारत को स्वावलंबी आदर्शों वाले लघु उद्योगों एवं ग्रामोद्योगों को अपनाने पर जोर देते हैं, ''हिंदुस्तान के सात लाख गाँवों में फैले हुए ग्रामवासी रूपी करोड़ों जीवित यंत्रों के विरुद्ध जड़ यंत्रों को प्रतिद्वंद्विता में नहीं लाना चाहिए। यंत्रों का सदुपयोग तो यह कहा जाए कि उससे मनुष्य के प्रयत्न को सहारा मिले और उसे वह आसान बना दे। यंत्रों के मौजूदा उपयोग का झुकाव तो उस ओर ही बढ़ता जा रहा है कि कुछ इने-गिने लोगों के हाथ में खूब संपत्ति पहुँचाई जाए और जितने करोड़ों स्त्री-पुरुषों के मुँह से रोटी छीन ली जाती है, उन बेचारों की जरा भी परवाह न की जाए।''[२२] किंतु हम भारत में उन करोड़ों लोगों के जीवन की उपेक्षा नहीं कर सकते जो मूलरूप से गाँवों में रहते हैं।

गांधीजी का लघु उद्योगों को अपनाने का आग्रह बेकारी की समस्या के मिटाने के संदर्भ में महत्त्वपूर्ण भूमिका प्रस्तुत करता है। यदि देश के करोड़ों लोगों को व्यवसाय सुलभ नहीं कराए जाते तो देश से गरीबी, भूख, विषमता और अज्ञानता की आग बुझ नहीं सकेगी। विशाल उद्योगों की अपेक्षा इन्हें प्रोत्साहन देने का दूसरा कारण यह है कि अधिकांश नागरिकों के अतिरिक्त समय का सही सदुपयोग हो सकता है। ग्रामों के संदर्भ में यह प्रश्न और भी अधिक महत्त्वपूर्ण बन जाता है, यही कारण है कि गांधीजी ग्रामोद्योगों को विकसित देखना चाहते हैं, ''हमारे यहाँ सवाल यह नहीं है कि हमारे गाँवों में जो लाखों-करोड़ों आदमी पड़े हैं उन्हें परिश्रम की चक्की से निकालकर छुट्टी दिलाई जाए, बल्कि यह है कि उन्हें साल में जो कुछ महीनों का समय यों ही बैठे-बैठे आलस्य में बिताना पड़ता है, उसका उपयोग कैसे किया जाए।''[२३]

गांधीजी की दृष्टि में स्वराज्य की पूर्णता के स्वप्न तब तक पूरे नहीं हो सकते जब तक ग्राम स्वावलंबन की प्रक्रिया में पूर्णरूपेण दक्ष न हों। इन उद्योगों से स्वावलंबन की प्रक्रिया में तेजी आती है। गांधीजी देश की निर्धनता, बेकारी अपंगता तथा परमुखापेक्षी प्रकृति को संपन्नता तथा सुख की अनुभूति में बदलना चाहते हैं। इन उद्योगों से न केवल नगरों का बल्कि ग्रामों का भी सहज रूप से विकास होगा। विचित्र नारायण शर्मा के अनुसार, ''बढ़ती हुए बेकारी, बेचैनी और परेशानी पहले सिर्फ बुद्धि का विषय थी, आज वह प्रत्यक्ष अनुभव का विषय बन गई है। इसलिए आज यह स्वीकार करना पड़ेगा कि लोगों के पास दूसरे उद्योग-धंधे भी होने चाहिए। जहाँ हम नैराश्य से निकलकर स्वावलंबन

की दीक्षा देते हैं वहाँ से हमारा देश के जीवन से अनुराग अभिव्यक्त हो जाता है।''[२४]

लघु उद्योगों एवं ग्रामोद्योगों के माध्यम से हम न केवल अपने आर्थिक पुनर्निर्माण के लिए जागरूक होंगे बल्कि अपने देश के प्राचीन गौरव को भी पुनः अर्जित कर सकते हैं। जिस प्रकार प्राचीन समय में इन उद्योगों से बनी हुई वस्तुओं का प्रयोग कर भारतवासी गौरवान्वित अनुभव करते थे। उसी प्रकार आज भी यदि इन ग्रामोद्योगों के प्रति अपनी उदासीनता के भावों को बदल दिया जाए तो ऐसा कोई कारण नहीं है कि उन्हें पहले की तरह गौरव प्राप्त न हो। सभी के मनोभावों में इन लघु उद्योगों एवं ग्रामोद्योगों की सहायता करने का दृष्टिकोण का आधार स्वदेशी भावना ही है। इन उद्योगों से माल तैयार करनेवाली जनता को यदि यह विश्वास हो जाए कि उनके द्वारा तैयार किया गया माल जनता क्रय कर लेगी तो वह स्वेच्छा से उन उद्योगों के प्रोत्साहन में रत हो जाए। अगर हम अपने फर्ज की अपेक्षा करेंगे तो अपने ही सर्वनाश को न्यौता देंगे। यह फर्ज कोई बड़ा कठिन नहीं है। यह बिलकुल ही सीधा-सादा है। आज हमें राष्ट्र के पुनर्निर्माण की दिशा में उसी संदर्भ में सोचना आवश्यक है।

आर्थिक विकेंद्रीकरण की आवश्यकता एवं ट्रस्टीशिप

विशाल उद्योगों पर आधारित अर्थव्यवस्था का स्वरूप इस प्रकार का हो गया है कि उससे उत्पादन प्रणाली विशेष रूप से प्रभावित हुई। उत्पादन प्रणाली पर मुख्य रूप से यह प्रभाव हुआ है कि वह अधिकाधिक संकुचित हो गई है, उसमें अत्यधिक केंद्रीयकरण की प्रवृत्ति आ गई है। केंद्रीयकरण की प्रवृत्ति मानव समाज के लिए अच्छी नहीं है। केंद्रीयकरण की प्रवृत्ति से किसी भी समाज का हित नहीं हो सकता फिर भले ही इसका स्वरूप राजकीय प्रभुत्व से संबंध हो अथवा व्यक्तिगत। दोनों की पद्धतियाँ विकारग्रस्त हैं। इस कारण गांधीजी को वर्तमान उद्योगों की व्यवस्था एवं केंद्रीयकरण की प्रवृत्ति दोनों ही स्वीकार नहीं हैं।

गांधीजी प्रत्येक व्यक्ति को आत्मिक, नैतिक और भौतिक दृष्टि से सुखी देखना चाहते थे, इसके लिए वह केंद्रीयकरण के स्थान पर विकेंद्रीयकरण का समर्थन करते हैं। ''हमारा ध्येय लोगों को सुखी बनाना और साथ-साथ उनकी संपूर्ण बौद्धिक एवं नैतिक उन्नति सिद्ध करना है। वह विकेंद्रीकरण से ही हो सकता है। केंद्रीयकरण की पद्धति का अहिंसक समाज-रचना के साथ मेल नहीं बैठता है।''[२५] यदि भारत के ही विषय में इस संदर्भ में विचार किया जाए तब केंद्रीकरण को कई दृष्टियों से उचित नहीं माना जा सकता। गांधीजी को केंद्रीयकरण में जहाँ एक तरफ शोषण की भावना अनुभव हुई वहाँ उसके साथ-साथ केंद्रीयकरण में उन्हें अनिवार्य हिंसा का भी भाव मिला। उनके अपने शब्दों में, ''यदि भारत का अपना विकास अहिंसा की दिशा में करना है, तो उसे बहुत

सी चीजों का विकेंद्रीयकरण करना पड़ेगा। केंद्रीयकरण किया जाए तो फिर उसे कायम रखने के लिए और उसकी रक्षा करने के लिए हिंसा बल अनिवार्य है। जिनमें चोरी करने या लूटने के लिए कुछ है ही नहीं, ऐसे सादे घरों की रक्षा करने के लिए पुलिस की जरूरत नहीं होती, लेकिन धनवानों के महलों के लिए अवश्य बलवान् पहरेदार चाहिए, जो डाकुओं से उनकी रक्षा करें। यही बात बड़े-बड़े कारखानों की है। गाँवों को मुख्य मानकर जिस भारत का निर्माण होगा, उसे शहर प्रधान भारत की अपेक्षा-शहर प्रधान जल, स्थल और वायु सेना से सुसज्जित होगा तो भी विदेशी आक्रमण का कम खतरा होगा।''[२६]

समाज में व्याप्त असमानता के संदर्भों का आधार भी गांधीजी इस केंद्रीयकरण की प्रकृति को मानते थे। यही कारण है कि जिस रूप में भी उन्हें उद्योगों की वास्तविकता को स्वीकार करना पड़ा, वह उसका स्वामित्व भी व्यक्तिगत हाथों से लेकर राज्य के हाथों को सौंपना ही श्रेयस्कर समझते हैं। ''मैं यह मानता हूँ कि कुछ प्रमुख उद्योग आवश्यक हैं। इन प्रमुख उद्योगों को गिनाए बिना ही मैं कह देता हूँ कि जहाँ कहीं भी लोगों को काफी बड़ी संख्या में मिलकर काम करना पड़ता है, वहाँ मैं राज्य की मालिकी की हिमायत करूँगा। उनकी कुशल और अकुशल मेहनत से जो कुछ उत्पन्न होगा। उसकी मालिकी राज्य के द्वारा उनकी ही होगी। लेकिन मैं तो इस राज्य के अहिंसा पर आधारित होने की कल्पना कर सकता हूँ, इसलिए मैं अमीरों से उनकी संपत्ति बलपूर्वक नहीं छीनूँगा बल्कि आंतरिक उद्योगों पर राज्य की मालिकी कायम करने की प्रक्रिया में उनका सहयोग मागूँगा।''[२७] इस प्रकार विकेंद्रीकरण के अभाव में गांधीजी का अहिंसा पर आधारित समाज संभव नहीं हो सकता।

ट्रस्टीशिप का समाजवादी आधार

गांधीजी के लिए आर्थिक विषमताओं का कारण सामाजिक भेद-भाव रहा है। इस सामाजिक संगठन में धन एक तरफ तो कुछ लोगों के पास केंद्रित हो गया है, जबकि दूसरी तरफ ऐसे भी दु:खी और विफल लोग हैं जिन्हें एक समय भी भोजन नहीं मिल पाता। धनी लोग यदि भौतिक सुखों को भोगने में संलग्न हैं तो निर्धन क्षुधा से पीड़ित हैं। इस विषमता को समाप्त करने के लिए गांधीजी ने ट्रस्टीशिप का सिद्धांत प्रयुक्त किया।

ट्रस्टीशिप का नैतिक आधार

संरक्षकता 'स्व' का सिद्धांत है। इसका अर्थ यह है कि पूँजीपति को अपनी कमाई गई पूँजी का उपयोग अकेले ही नहीं करना है। वह पूँजी उसकी पूँजी नहीं है,

वह तो समाज की धरोहर है। वह उस धरोहर का केवल पहरेदार या संरक्षक है। जिस प्रकार परिवार में संपत्ति का संरक्षक परिवार का प्रमुख होता है उसी प्रकार समाज भी एक बड़ा परिवार है। इस समाज की संपूर्ण संपत्ति किसी की व्यक्तिगत संपत्ति नहीं होती, इस संरक्षकता के सिद्धांत के मूल में गांधीजी का अहिंसा या समाजवाद ही मुखरित होता है। गांधी के शब्दों में "माना विरासत या उद्योग व्यवसाय के द्वारा मुझे प्रचुर संपत्ति मिल गई। तब मुझे यह जानना चाहिए कि यह सब संपत्ति मेरी नहीं है, मेरा तो उसपर इतना ही अधिकार है कि जिस तरह दूसरे लाखों आदमी अपना गुजर करते हैं, उसी तरह मैं भी इज्जत के साथ अपना गुजारा कर सकूँ। मेरी शेष संपत्ति पर राष्ट्र का अधिकार है और उसी के हितार्थ उसका उपयोग होना चाहिए।"[२८]

आधार-अपरिग्रह वृत्ति

संरक्षकता का सिद्धांत गांधीजी के अनुसार अपरिग्रह सिद्धांत की देन है। अपरिग्रह वृति में हम भविष्य के लिए अपनी सुरक्षा की दृष्टि से कुछ-न-कुछ जोड़कर रखते हैं भले ही उसकी तत्कालिक आवश्यकता हो या न हो। जिस वस्तु की वर्तमान में आवश्यकता नहीं है उसका संग्रह करना अनुपयुक्त है। इसकी जब आवश्यकता नहीं तो क्यों जोड़ा जाए। जोड़ने का अर्थ दूसरों को उसके उपयोग से वंचित करना है। इस प्रकार हम दूसरों को अभाव में जीने के लिए मजबूर करते हैं। इस प्रकार परिग्रहवृति से किया गया कार्य चोरी ही है। गांधीजी ने तो त्याग में भोग का सुख लिया और उस सहानुभूति का अमृत दूसरों को दिया। "अपनी संपत्ति का त्याग करके तू उसे भोग। इसको जरा विस्तार से समझाकर कहूँ तो यह कहूँगा कि तू करोड़ों खुशी से कमा, लेकिन समझ ले कि तेरा धन सिर्फ तेरा नहीं, सारी दुनिया का है, इसलिए जितनी मेरी जरूरतें हों, उतनी पूँजी करने के बाद जो बचे उसका उपयोग तू समाज के लिए कर।"[२९] यह तो गांधीजी भी स्वीकार करते हैं कि परिग्रहवृत्ति का मूल नाश तो एक अप्राकृतिक नियम है, इसलिए वह इसी प्राकृतिक सदाचार के संबंध में परिग्रहवृत्ति के अनुसार संरक्षकता सिद्धांत पर जोर देते हैं। उन्हें इस प्रकार के चिंतन में अहिंसा के सही विचार की अभिव्यक्ति का आधार मिलता है।

संरक्षकता का सिद्धांत संचय की मनोवृत्ति को ही बदलने का दर्शन है। इसके लिए वह हृदय परिवर्तन में अधिक आस्था रखते हैं। "मैं जमींदारों और पूँजीपतियों को बदलने की आशा रखता हूँ, इसलिए मेरे लिए वर्ग संघर्ष जैसी कोई चीज आवश्यक नहीं लगती। यह अहिंसा का एक अनिवार्य अंग है कि इसमें प्रतिरोध की कम-से-कम व्यवस्था है।"[३०] इस संरक्षकता सिद्धांत में पूँजीपति अपने को मानसिक रूप से संतुष्ट इसलिए रख सकता है कि वह पूँजी संग्रहकर्ता के रूप में उसका भावात्मक अधिकारी

है। जब उस संपत्ति का वह स्वयं को वास्तविक अधिकारी नहीं समझेगा तो स्वाभाविक है कि समाज उसके प्रति उदार, आदरपूर्ण तथा सहयोगी बना रहेगा।

गांधीजी ने स्वेच्छा मात्र को ही संरक्षकता सिद्धांत का मूल आधार नहीं माना। वह अन्य राजनीतिक क्रियाओं के लिए जिस प्रकार नियमों की आवश्यकता अनुभव करते हैं उसी प्रकार संरक्षकता को भी वैधानिकता का आवरण देना चाहते हैं—"मैंने ऐसा नहीं कहा कि आगे जाकर वैधानिक अंकुश नहीं होगा। आरीकट कानून से उनका भी कमीशन वेतन बँधेगा। सिर्फ इतना ही है कि मैं उनका हनन नहीं करना चाहता। उनकी शक्ति का उपयोग कर लेना चाहता हूँ।" धनवान् के स्वामित्व को स्वीकार न करना ही क्या पर्याप्त वैधानिकता है? क्या इसके लिए विस्तृत कानूनों की आवश्यकता नहीं होगी? गांधीजी नैतिकता में आस्था रखने के कारण यह अनुभव करते हैं, "अगर आमतौर पर लोग इस सत्य को अपने जीवन में उतार लें तो वह कानूनसम्मत बन जाएगा और संरक्षकता एक कानूनसम्मत संस्था हो जाएगी।"[३१] वैधानिक दृष्टि से भी संपत्ति-धारकों के लिए यदि कानून भी बनेंगे तो उन्हें उनपर ऊपर से थोपा नहीं जाएगा। अपितु वह कानून नीचे से उदय होंगे। इस प्रकार गांधीजी का संरक्षकता का सिद्धांत स्वतंत्र इच्छाओं से संगठित लोगों के पारस्परिक समझौते से उदय हुआ है। वह प्रत्येक व्यक्ति से यह कहना चाहते हैं कि संपत्ति का वास्तविक मालिक पूँजीपति नहीं ईश्वर है। गांधीजी इस कारण मूल रूप से लाभ कमानेवाली वृत्ति के समूल नाश के पक्ष में हैं।

उत्तराधिकारी का प्रश्न

गांधीजी संपत्ति की हस्तांतरण प्रणाली में बिलकुल आस्था नहीं रखते। "धनवानों के लड़कों के बारे में भी मुझे यही कहना है कि मेरा आदर्श तो यह है कि धनवान् लोग अपनी संतान के लिए धन के रूप में कुछ न छोड़ें। हाँ, उनको अच्छी शिक्षा दें, रोजगार के लिए तैयार करें और स्वावलंबी बनाएँ।"[३२] फिर भी गांधीजी ने अपनी मनोवृत्ति के अनुसार उत्तराधिकार के अधिकार को विभाजित किया है। संरक्षक को अपना उत्तराधिकारी चुनने का अधिकार दिया है, किंतु उसपर राज्य की मान्यता का अंकुश लगा दिया है, जिससे कहीं भी कोई भूल न रह जाए।

संपत्ति के अधिकारी को गांधीजी इस सिद्धांत के अंतर्गत लघु अंश देने की बात स्वीकार करते हैं, यह अंश ८५ प्रतिशत नहीं बल्कि २५ प्रतिशत ही हो सकता है। गांधीजी इस सिद्धांत पर अधिक बल देने के लिए लोकमत की शक्ति को जागरूक रहने की प्रेरणा देते हैं। जनता इतनी जागरूक हो जाए कि वह पूँजीपति से अहिंसात्मक निवेदन करे कि वह संपत्ति का संरक्षक ही बने स्वामी नहीं, तब यह संभव नहीं है कि पूँजीपति जनता के आग्रह को अस्वीकार कर दें।

ट्रस्टीशिप का फॉर्मूला

१. ट्रस्टीशिप ऐसा साधन प्रदान करती है, जिससे समाज की पूँजीवादी व्यवस्था समतावादी व्यवस्था में बदल जाती है। इसमें पूँजीपति की तो गुंजाइश नहीं है, मगर यह वर्तमान पूँजीपति वर्ग को अपना सुधार करने का मौका देती है। इसके सुधार का आधार यह विश्वास है कि मानव स्वभाव ऐसा नहीं है जिसमें कभी सुधार ही न हो सके।

२. यह संपत्ति के व्यक्तिगत स्वामित्व का कोई अधिकार स्वीकार नहीं करती। केवल समाज स्वयं अपनी भलाई के लिए किसी हद तक इसकी स्वीकृति दे सकता है।

३. इसमें धन के स्वामित्व तथा उपयोग के कानूनी नियमन की रोक नहीं है।

४. इस प्रकार राज्य द्वारा नियंत्रित संरक्षकता में कोई व्यक्ति अपनी स्वार्थसिद्धि के लिए या समाज के हित के विरुद्ध संपत्ति का अधिकार रखने या उसका उपयोग करने के लिए स्वतंत्र नहीं होगा।

५. जिस प्रकार उचित न्यूनतम जीवन वेतन स्थिर करने की बात कही गई है ठीक उसी प्रकार यह भी तय कर दिया जाना चाहिए कि वास्तव में किसी व्यक्ति की ज्यादा-से-ज्यादा, कितनी आमदनी हो? न्यूनतम तथा अधिकतम आमदनियों के बीच का अंतर उचित न्यायपूर्ण तथा समय-समय पर इस प्रकार बदलता रहना चाहिए कि उसकी प्रवृत्ति इस प्रकार अंतर को मिटाने की तरफ हो।

६. गांधीवादी अर्थव्यवस्था के उत्पादन का स्वरूप समाज की आवश्यकता से ही निश्चित होगा न कि वैयक्तिक सनक या लालच से।

इस प्रकार गांधीजी ने आर्थिक समानता की अपनी प्रणाली प्रस्तुत की। उन्होंने अपने इस सिद्धांत के द्वारा समाजवाद की मूल भावना को स्वीकार कर लिया। उनका समाजवाद नैतिक समाजवाद था, जो स्थायी हो सकता है।

महात्मा गांधी के सर्वोदय संबंधी विचार

गांधीजी ने सन् १९२५ में ही भारत वर्ष के विषय में लिखा था, ''मैं भारत को स्वतंत्र और बलवान् बना हुआ देखना चाहता हूँ, क्योंकि मैं चाहता हूँ कि वह दुनिया के भले के लिए स्वेच्छापूर्वक अपनी आहुति दे सकें। भारत की स्वतंत्रता और युद्ध के बारे में दुनिया की दृष्टि में जड़-मूल से क्रांति हो जाएगी।''[३३] गांधीजी ने भारत को स्वतंत्र तो देख लिया, किंतु बलवान् देखने से पूर्व ही वह अमानुषिक हत्या के शिकार हो गए और स्वतंत्र भारत को आदर्श भारत बनाने से पहले ही ३० जनवरी, १९४८ को

वह दैहिक रूप में सबसे विदा हो गए। उनकी आदर्श कल्पना को साकार करने का दायित्व संपूर्ण भारत पर आ पड़ा। गांधीजी ने भारत का दिशा-निर्धारण तो अपने जीवनकाल में ही कर दिया था। गांधीजी की आकांक्षा के अनुसार, "भारत का भविष्य उस रक्तरंजित मार्ग पर नहीं है जिसपर चलते-चलते पश्चिम अब खुद थक चुका है। उसका भविष्य तो सरल धार्मिक जीवन द्वारा प्राप्त शांति के अहिंसक रास्ते पर चलने में ही है।"[३४]

भारत के माध्यम से वह विश्व की अधिकाधिक सेवा करना चाहते थे, लेकिन वह भारत के अस्तित्व का आधार 'सर्वजन हिताय' के दर्शन में निहित मानते थे। इसलिए उन्होंने कहा था, "मैं ऐसे भारत के लिए कोशिश करूँगा, जिसमें गरीब से गरीब लोग भी यह महसूस करेंगे कि वह उनका देश है—जिसके निर्माण में उनकी आवाज का महत्त्व है। मैं ऐसे भारत के लिए कोशिश करूँगा जिसमें उच्च और निम्न वर्गों का भेद नहीं होगा और जिसमें विविध संप्रदायों में पूरा मेल-जोल होगा। ऐसे भारत में अस्पृश्यता, मद्यपान और दूसरी नशीली चीजों के अभिशाप के लिए कोई स्थान नहीं हो सकता। उसमें स्त्रियों को वही अधिकार होंगे जो पुरुषों को। चूँकि शेष सारी दुनिया के साथ हमारा संबंध शांति का होगा, यानि न तो हम किसी का शोषण करेंगे और न किसी के द्वारा अपना शोषण होने देंगे।"[३५]

सर्वोदय सिद्धांत गांधी दर्शन की स्वाभाविक परिणति है। अहिंसा और सत्याग्रह का सर्वव्यापी संस्मरण निश्चय ही एक नए समाज को जन्म देगा और वह समाज वर्तमान समाज से सर्वथा भिन्न होगा। उस नए समाज में वे बातें नहीं होंगी जो मनुष्य को छोटा बनाती हों। प्रारंभ से ही गांधीजी वर्तमान स्थिति से असंतुष्ट थे, किंतु उनका असंतोष किसी विस्फोट को कभी जन्म नहीं दे सकता था। उनका असंतोष न तो निराशाजनक ही हो सकता था और न ही कुंठाग्रस्त। गांधीजी के मन में पीड़ा थी। यह पीड़ा उन्हें कष्ट नहीं देती थी बल्कि उन्हें और सोचने पर मजबूर करती थी। वे हमेशा सोचा करते थे कि कुछ ऐसा हो जाए—कोई अचंभा हो जाए, कोई करिश्मा हो जाए कि एकबारगी सारी बातें बदल जाएँ। अँधेरे में आँखें फाड़-फाड़कर गांधीजी देखा करते थे कि कहीं से आशा की कोई किरण फूट निकले।

ऐसी स्थिति में जबकि गांधीजी मन ही मन एक परिवर्तन का ताना-बाना बुन रहे थे सन् १९०४ में रस्किन की लिखी हुई एक पुस्तक उनके हाथ लगी—'अनटू दिस लास्ट' इस पुस्तक ने उन्हें झकझोर दिया। उन्होंने यह प्रतिज्ञा की कि वे अपने जीवन में उस पुस्तक के आदर्शों को अपनाएँगे।

बाद में गांधीजी ने इस पुस्तक का गुजराती में अनुवाद किया और उसका नाम रखा 'सर्वोदय'। 'अनटू दिस लास्ट' का सही हिंदी रूपांतर अंत्योदय होना चाहिए था,

किंतु गांधीजी ने उसे सर्वोदय कहा। यह शीर्षक ही स्पष्ट कर देता है कि गांधीजी की विचारधारा किस दिशा में दौड़ रही थी। जैनेंद्र कुमार ने ठीक ही लिखा है कि "गांधीजी ने सर्वोदय में बदलकर रस्किन की आशा को अधिक व्यापक बना दिया तब वह संज्ञा प्रवृत्तिसूचक मात्र न रहकर अधिक भाववाचक एवं सांकेतिक हो गई।"[३६]

भावार्थ में सर्वोदय शब्द बहुत व्यापक है। यह एक नया जीवनदर्शन है। एक नई जीवनपद्धति है। एक नई समाज रचना है। दादा धर्मधिकारी ने कहा है कि "सर्वोदय से तात्पर्य है सबका उदय, सबका उत्कर्ष, सबका विकास। सर्वोदय शब्द भले ही नया हो, किंतु उसका अर्थ सबका जीवन साथ-साथ संपन्न हो इतना ही है। जीवन का अर्थ है विकास, अभ्युदय या उन्नति। सबका सह विकास हो इसलिए सर्वोदय। परंतु प्राचीन समय में अभ्युदय शब्द का प्रयोग ऐतिहासिक वैभव के अर्थ तक ही सीमित था। इसलिए गांधीजी ने केवल उदय शब्द का प्रयोग किया—एक साथ समान रूप से सबका उदय हो, यही सर्वोदय का उद्‌देश्य है।"[३७]

सर्वोदय के इस भावार्थ के अंतर्गत एक सहज व्यापकता है, जिसमें किसी प्रकार का कोई भेद-भाव नहीं है, न दलगत राजनीति है, न ही शोषण। इसी उद्‌देश्य को स्पष्ट करते हुए भारतन कुमारप्पा ने लिखा है, "सर्वोदय से आशय है सबका भला। इस आधार पर सभी व्यक्ति प्रेम से बँधे होंगे, जिनमें कोई भेदभाव नहीं होगा। राजा तथा किसान, हिंदू एवं मुसलमान, छूत एवं अछूत, गोरे तथा काले, अपराधी एवं संत सभी बराबर होंगे। कोई भी दल अथवा व्यक्ति किसी भी दल अथवा व्यक्ति का दमन अथवा शोषण नहीं करेगा। सर्वोदय समाज में सभी सदस्य समान होंगे, प्रत्येक को उसके परिश्रम का उचित प्रतिफल मिलेगा। सबल व्यक्ति समाज के निर्बल व्यक्तियों की रक्षा तथा उनकी संरक्षकता का कार्य करेंगे। इस प्रकार सभी व्यक्ति सबका भला करने में सहायक होंगे।"

गांधीजी की यह मान्यता थी कि सर्वोदय एक साध्य मंजिल है, जिसपर पहुँचना है। मंजिल तक पहुँचने के लिए रास्ता कठिन हो सकता है। रास्ते में पहाड़ भी आ सकते हैं और खाई-खंदक भी आ सकते हैं। किंतु ये बाधाएँ हमें मंजिल तक जाने में रोक नहीं सकती। यहाँ यह उल्लेखनीय है कि गांधीजी जिसे साध्य मानते थे वही गांधीजी का साधन भी होता था। इसलिए उनका सर्वोदय दर्शन साहस और साधन दोनों है। आज एक का भला हो, कल कुछ का भला हो, परसों बहुमत का भला हो और बाद में सबका भला हो इस पद्धति को गांधीजी कभी स्वीकार नहीं कर सकते। वे प्रारंभ से ही सबका ध्यान रखते हुए ही आगे बढ़ना चाहते थे। यहाँ कुछ का तो प्रश्न ही नहीं उठता। वे तो बहुमत की भलाई के लिए ही कुछ की हानि भी सहन नहीं कर सकते थे। इसी संदर्भ में श्रीमन्नारायणजी ने लिखा है, "गांधीजी अंत में सर्वोदय अर्थात् बिना

किसी भेदभाव के सभी के विकास की कामना करते थे। वे अधिक-से-अधिक के भला के सिद्धांत पर विश्वास नहीं करते थे, क्योंकि इस सिद्धांत पर विश्वास नहीं करते थे, क्योंकि इस सिद्धांत के अंतर्गत बहुसंख्यक जनता के हित के लिए अल्पसंख्यकों के हितों की उपेक्षा की जाती है। दूसरे शब्दों में गांधीजी उपयोगिता के सिद्धांत को एक निर्जीव सिद्धांत मानते थे, जिसने मानवता का हित नहीं किया। उनके अनुसार केवल एकमात्र प्रतिष्ठित मानवीय सिद्धांत है कि सबका अधिक से अधिक भला हो।''[३८]

इसमें कोई दो राय नहीं है कि सर्वोदय शब्द शब्दकोश की एक बहुत बड़ी खोज है। इस शब्द की महिमा के संबंध में गांधीजी के अनन्य शिष्य विनोबा भावे ने लिखा है कि ''सर्वोदय की बुनियाद है सत्यनिष्ठा। परंतु इसके साथ ही यह अपने आप में एक क्रांतिकारी शब्द है। गांधीजी के निर्वाण के बाद सर्वोदय समाज की कल्पना लोगों में फैल गई है, परंतु प्रश्न यह उठता है कि यह सर्वोदय समाज है क्या एवं इसका संगठन किस प्रकार होगा। परंतु यह किसी प्रकार का संगठन नहीं है, यह तो एक महान् क्रांतिकारी शब्द है। महान् शब्दों में जो शब्द भरा रहता है वह किसी संगठन में नहीं होता। शब्द तारक होते हैं तथा मारक भी। शब्दों से उत्थान भी होता है और पतन भी। ऐसे ही एक महान् शब्द का उपयोग सर्वोदय में किया गया है। यह शब्द कहता है कि हमें चंद लोगों की उदय नहीं करना है, वरन् सबके उदय से ही समाधान होगा। छोटे-बड़े, दुर्बल, सबल, जड़, बुद्धिमान सबका उदय होगा तभी हम चैन लेंगे। ऐसा विशाल भाव यह शब्द हमें दे रहा है।[३९] बिनोबा ने सर्वोदय शब्द की जो महिमा प्रस्तुत की है, उससे सर्वोदय का भाव अपने-आप स्पष्ट हो जाता है। विनोबा ने सर्वोदय की व्याख्या करते हुए उसके आदर्श एवं उसकी नीति का प्रतिपादन किया है। इस प्रकार सर्वोदय का आदर्श है अद्वैत एवं उसकी नीति है समन्वय। यह मानवकृत विषमता का निराकरण करना चाहता है एवं प्राकृतिक विषमता को घटाना चाहता है। तभी सबका जीवन संपन्न होगा। सबका उदय होगा। सर्वोदय धर्म है, एक बड़ा तीर्थ है, जिसमें तरण भी है और ताल भी। इसमें मनुष्य खुद भी तैर सकता है एवं दूसरों को तैरने की भी व्यवस्था कर सकता है। सर्वोदय धर्म कोई नया धर्म नहीं है वरन् यह सब धर्मों का समन्वय है, जिसमें दुनिया के सभी कार्यों की अच्छाइयाँ निहित हैं। यह एक जीवन विचार है एवं सदा उपयोग में आनेवाला है, क्योंकि उसका आधार आत्मा की एकता है। आत्मेक्य का यह सिद्धांत भारत के ऋषियों ने मानव को अपने अनुभव से समझाया है। यह इस भूमि का, भारत का बुनियादी विचार है। इसे ब्रह्म विद्या और वेदांत भी कहते हैं। इसी बुनियादी विचार पर सर्वोदय की इमारत खड़ी है।[४०]

सर्वोदय के आदर्श

नैतिक आदर्श

सर्वोदय के नैतिक आदर्श प्रचलित समाज की भौतिक मान्यताओं से सर्वथा भिन्न हैं। यही कारण है कि आज हमारे जीवन से प्रेम, सहयोग, सद्भाव, सत्य और अहिंसा के सभी नैतिक मापदंड लुप्त होते जा रहे हैं। यह मानव जाति के सौभाग्य का नहीं वरन् दुर्भाग्य का चिह्न है। बिना नैतिक आदर्शों की पूर्ति के न तो समाज व्यवस्थित दिखाई दे सकता है और न लोकतंत्रीय जीवन ही संपन्न हो सकता है। ''लोकतंत्र के लिए सिपाही, साहूकार और संत तीनों की सत्ता प्रतिकूल है। इसलिए नागरिक की नैतिक सत्ता ही स्थापित होनी चाहिए। पारलौकिक अथवा भौतिक शक्ति के बल पर कोई काम हो जाए तो उसमें लोकतंत्र की शक्ति नहीं निखरती। लोकतंत्र तो नागरिक की नैतिक शक्ति से ही पनप सकता है। आज भारत का नागरिक अत्यंत हताश और आंतकित है। वह अपने को खोया-खोया-सा पाता है, इसलिए आज समय का तकाजा है कि नागरिकों की शक्ति का आह्वान किया जाए।''

सर्वोदय में इस हताश, निराश और ध्वस्त-त्रस्त सभ्यता के लिए उपचार उपलब्ध हैं। इसका प्रारंभ विनोबाजी अंत:करण की शुद्धि से करते हैं, क्योंकि सर्वोदय प्रत्येक व्यक्ति के नैतिक जागरण की अनुभूति में ही पनपता है। सत्य, अहिंसा, प्रेम, ब्रह्मचर्य, अभय, अस्तेय, अपरिग्रह, संयम आत्म-त्याग, शरीर श्रम, स्वदेशी, स्वधर्म समभाव आदि गुण सर्वोदय की परिकल्पना के आंतरिक आधार हैं। भौतिक सुखों में वृद्धि करना न सर्वोदय समाज का लक्ष्य है और न आकांक्षा। वह तो जीवन को सादगी का यंत्र देता है। सर्वोदय समाज सबके भले का, विश्व में मैत्री का 'वसुधैव कुटुंबकम्' का जब मंतव्य अभियक्त करता है तब उसके पास प्रेम, सत्य और अहिंसा की शिक्षा देने के अतिरिक्त और कुछ नहीं रह जाता है। 'सभी मेरे और मैं सबका' इस विचार में अपरिग्रह सत्य, अहिंसा, दया, धर्म आदि सभी नैतिक गुणों का समावेश हो जाता है।

आर्थिक आदर्श

सर्वोदय का अर्थशास्त्र ऐसे आर्थिक मूल्यों को स्वीकार नहीं करता जिसमें मूल्यों के लिए कोई स्थान नहीं। सर्वोदय अर्थशास्त्र में मानव तत्त्व की किंचित्मात्र भी उपेक्षा नहीं की गई है। इस कारण सर्वोदय के लिए मनुष्य ही संपत्ति है, सोना-चाँदी नहीं। ''सस्ते से सस्ते खरीदकर महँगे से महँगे बेचने के नियम के समान लज्जाजनक बात मनुष्य के लिए दूसरी नहीं है।''[४१] सर्वोदय अर्थशास्त्र सभी को सेवा की दीक्षा देता है, लूटने की नहीं। सर्वोदय का उद्देश्य इससे पूरा नहीं होता। वह तो स्वामित्व विसर्जन

को अपनी व्यवस्था का अपरिहार्य तत्त्व मानता है।

स्वामित्व विसर्जन के स्वरूप को प्राप्त करने के लिए सर्वोदय अर्थ-दर्शन गांधीजी के संरक्षकता सिद्धांत को स्वीकार करता है। इस मूल भावना को अंगीकृत करने से पूर्व विनोबाजी इसमें कुछ परिवर्तन के इच्छुक हैं। वह स्वामित्व के मोह को तिलांजलि देना चाहते हैं। यदि ऐसा करने में हिचक रहेगी तो समाज में अनाचार और हिंसा का राज्य ही रहेगा। विनोबाजी के अनुसार, "हमें निश्चय करना चाहिए कि ट्रस्टीशिप के सिद्धांत का अमल करने की हम पूरी कोशिश करेंगे तथा अधिक संपत्ति न रखेंगे। इतनी संपत्ति वैध और इतनी अवैध, ऐसी कोई लकीर थोड़े ही खींच सकते हैं। ऐसा कहकर यह बात टाल देंगे, तो आगे आनेवाला खतरा अटल है।"[४२] भूमि को शोषण का मुख्य यंत्र मानने के कारण उन्होंने सबसे पहले भू-स्वामित्व की भावना को समाप्त करने का संकल्प किया। अप्पा साहब पटवर्धन के शब्दों में, "भूमि का स्वामित्व दूसरों पर प्रभुता चलाने और उनका शोषण करने का साध्य और सबसे जबरदस्त साधन बना। उसमें से फिर शोषण के और भी प्रकार निकले। उनमें साहूकारी, ब्याजखोरी प्रमुख है।"[४३] इन दोनों का निराकरण तथा संरक्षकता सिद्धांत की समस्त मर्यादाओं को स्वीकार करने के लिए हमें कुटुंबगत आर्थिक व्यवस्था को समाज पर भी आरोपित करना होगा।

सर्वोदय समाज की आर्थिक दृष्टि में उत्पादन समाज की आवश्यकता के अनुरूप होगा, लाभ से प्रेरित नहीं होगा। विपुलता के लिए संयोजन की आकांक्षा का सार परावलंबन से मुक्ति ही है। सर्वोदय दर्शन इस दृष्टि से प्रत्येक ग्राम को स्वावलंबी बनाने की आकांक्षा रखता है। गांधीजी के बताए 'समग्र ग्राम सेवा' आदर्श को सर्वोदय की विचारधारा का लक्ष्य कहा जा सकता है। नगर जीवन की संपन्नता किसी भी देश और विशेष रूप से भारत के लिए कोई वरदान नहीं है। "हमें सरलता व सिधाई की प्रतीक ग्राम-सभ्यता की ओर मुड़ना चाहिए और छोटे-छोटे ग्राम को इस प्रकार आत्मभारित करना चाहिए। उनमें प्रति व्यक्ति काम की दृष्टि से स्वावलंबी और विचार की दृष्टि से स्वतंत्र हो।"[१] स्वालंबन का अर्थ यह नहीं होगा कि जीवन की ऐसी आवश्यकताएँ जो ग्राम में पूर्ण न की जा सकें उनकी पूर्ति बाहर से नहीं होगी। स्वावलंबन का लक्ष्य तो यह है कि अन्न और वस्त्र जैसी आवश्यकताएँ ग्राम में ही पूर्ण होंगी।

ग्राम स्वावलंबन के लिए हमें ग्रामोद्योग की ओर अपने समस्त प्रयासों को केंद्रित करना आवश्यक है। सर्वोदय छोटे-छोटे ग्राम्य उद्योग के विकास का ध्येय सम्मुख रखता है। ऐसा करने से ग्राम स्वावलंबन की भावना पूर्ण होती है। उत्पादन की यह विकेंद्रीत व्यवस्था केंद्रित व्यवस्था की अपेक्षा कहीं अधिक लाभदायक है। सबसे पहली बात उत्पादन के अनुसार साधन मुट्‌ठी भर आदमियों के अधिकार में न होंगे, जिससे समाज एकाधिकार, पूँजीवाद और सर्वसत्तावाद से बच जाएगा। दूसरे काम करने के

औजार कारीगरों के अपने अधिकार में होंगे। इससे मालिक मजदूर का भेद मिट जाएगा। कोई किसी को काम देता है, यह कल्पना ही मिट जाएगी।[४४] इस समाज व्यवस्था की दिशा को बदलने के लिए आवश्यक यह है कि विक्रेंद्रित व्यवस्था को अपनाया जाए। नारायण देसाई के शब्दों में, ''ग्रामोद्योग इस बोझ को भी हलका कर सकते हैं। यदि उन्हें केंद्रित उद्योगों की प्रतिस्पर्धा से बचा लिया जाए तो वे भारत की बेकारी के निवारण में मदद कर सकते हैं।''[४५]

राजनीतिक आदर्श

सर्वोदय ऐसे राज्यादर्श को स्वीकार नहीं करता, जिसमें सत्ता की सर्वोच्चता हो तथा शक्ति का उद्‌गम नागरिक शक्ति न होकर राज्य के आदेश और दंड हों। वर्तमान युग की राज्य व्यवस्था पुलिस और सेना के बल पर कानूनी शासन स्थापित करने के लिए प्रयत्नशील रहती है। यही इसकी विफलता का सबसे बड़ा प्रमाण है। सर्वोदय के अनुसार राज्य की वास्तविक आकांक्षा उसके विलीनीकरण में निहित है। ''राज्य संस्था का उद्‌देश्य यही है कि एक दिन ऐसा आए, जिस दिन लोगों को राज्य शासन की आवश्यकता ही नहीं रहे। शासन किसलिए है ? लोगों को शासनातीत बनाने के लिए।''[४६] सर्वोदय उस व्यवस्था को सर्वश्रेष्ठ मानता है जिसमें राज्य की बाध्यकारी शक्ति का सदैव के लिए विलीनीकरण हो जाए। वह व्यवस्था आत्मानुशासन और संयम की सर्वोच्च अवस्था से ही प्राप्त होगी। भय की स्थिति बने रहने तक राज्य की आवश्यकता होती है। यदि मनुष्यों के मन में भय के स्थान पर पारस्परिक विश्वास की भावना उत्पन्न हो जाए तो किसी को भी राज्य संस्था की आवश्यकता न हो। सर्वोदय दर्शन राज्य के विभिन्नीकरण की अराजकतावादी मान्यताओं को अपने में समाहित किए हुए है। जयप्रकाश नारायण के अनुसार, ''राज्य की बढ़ती हुई शक्ति के मध्य किसी प्रकार की सफलता को प्राप्त करना कठिन है।''[४७] राज्य का धीरे-धीरे शक्ति को ग्रहण करते चल जाना न उचित है और न उपयोगी ही।

जीवन के इस आदर्श की प्राप्ति और पूर्ति के लिए मनुष्य प्रयत्न कर सकता है, किंतु राज्य विहीनता की अवस्था संभवत: उसे प्राप्त न हो। तब हमें कम-से-कम बाध्यकारी शक्ति के अनुसार कार्य करनेवाले राज्य को ही स्वीकार करना चाहिए। गांधीजी ने भी यह स्वीकार किया है—

उसी प्रकार सर्वोदय विचारक भी राज्य को न्यूनतम दायित्व ही सौंपते हैं। ''इस अवस्था में सरकार पूर्णत: विलुप्त नहीं होगी, लेकिन रेल के डिब्बे में लगी जंजीर की तरह ही होगी और जिस समय उसकी आवश्यकता होगी तभी उसका प्रयोग होगा।''[४८]

सर्वोदय के राजनीति में लोकनीति प्रवाहित है। ''राजनीति में शासन मुख्य है,

लोकनीति में स्वतंत्रता मुख्य है। राजनीति में नियंत्रण मुख्य है, लोकनीति में संयम मुख्य है। राजनीति में सत्ता की स्पर्धा यानी अधिकरणों की स्पर्धा मुख्य है तो लोकनीति में कर्तव्यों का आचरण मुख्य है।''[४९]

समाजवाद और पूँजीवाद का सहारा लेकर लोकतंत्र कभी पनप नहीं सकता। ''आर्थिक दृष्टि से निरंकुश सत्ता या तानाशाही लाकर राजनीति में प्रजातंत्र स्थापित नहीं कर सकते।''[५०] वर्तमान लोकतंत्र सर्वोदय की दृष्टि में लोकसत्ता अथवा लोकनीति की उपेक्षा पर खड़े हुए हैं। वह किसी भी प्रकार जनहित संपन्न नहीं कर सकते। दादा धर्माधिकारी के अनुसार, ''आज की लोकशाही में दोष यह है कि उसमें बहुमत के अनुसार चलना पड़ता है और साधारण नागरिक में भी लोकहित की प्रेरणा बहुत मंद होती है, और यदि यह थोड़ा बहुत खुशहाल हो गया तब तो बिलकुल ही नहीं होती।''[५१] आज के लोकतंत्र सैनिकों तथा पुलिस की छाया में पल रहे हैं, अतः उनमें अहिंसा की भावना विलुप्त सी हो गई है। डॉ. विश्वनाथ टंडन के अनुसार, ''यह स्वीकार करते हुए भी कि यह शासितों की इच्छानुसार चलते हैं फिर भी यह अपने अस्तित्व के लिए सेना तथा शस्त्रों की छाया में रहती है।''[५२] श्री जयप्रकाश नारायण, ''वर्तमान लोकतंत्र को व्यावहारिक रूप में कुछ लोगों द्वारा चलाया हुआ शासन ही मानते हैं। इसलिए उन्हें संदेह है कि स्वतंत्र बुद्धि और इच्छा का कोई भी व्यक्ति इसमें संतुष्ट भी हो सकेगा।''[५३]

लोकतंत्र विषयक आलोचनाओं के बाद भी सर्वोदय विचारकों की दृष्टि में लोकतंत्र में सुधार की संभावनाएँ हैं। सर्वोदय जिस लोकतंत्र को अभिव्यक्त करता है, उसे 'ग्राम स्वराज्य' के रूप में स्वीकार करता है। उसकी दृष्टि में सत्ता के केंद्रीयकरण से हटकर विकेंद्रीकरण पर स्थिर है। ग्राम स्वराज्य के लोकतंत्रीय आधार में लोकशाही का नैतिक मूल्यांकन सहज हो जाता है। ऐसी लोकशाही सच्चे अर्थों में नागरिकों को निर्भीक एवं विवेकसंपन्न बना सकती है। दादा धर्माधिकारी की दृष्टि में, ''लोकशाही का सांस्कृतिक मूल्य यह माना जाएगा कि कोई भी नागरिक एक-दूसरे से न डरे। सभी नागरिक एक-दूसरे का विश्वास करें। नागरिकों के बीच का भय तथा अविश्वास दोनों का निराकरण हो।''[५४]

ग्राम स्वराज्य में ग्राम इकाई के रूप में अभिव्यक्त है। इसमें प्रत्येक ग्राम के लिए एक ग्राम सभा होगी। ग्राम सभा एक प्रकार से गाँव की सरकार है, जिसके अधिकार क्षेत्र में गाँव का पूरा विकास और व्यवस्था है। विकास के लिए वह भूमि सेना संगठित करती है तथा व्यवस्था के लिए शांति सेना। ऐसी ग्राम सभा की इकाइयों को लेकर प्रखंड सभा, उसके प्रतिनिधियों से जिला सभा, जिला सभाओं से राज्य सभा, राज्य सभाओं में राष्ट्र सभा की कल्पना है। इस संगठन के आधार पर दो मुख्य बातें सम्मुख आती हैं—(अ) विकेंद्रीकरण की ओर सर्वोदयी लोकतंत्र का झुकाव, (ब) प्रतिद्वंद्विता

के स्थान पर सहयोग की प्रकृति। इन भावनाओं से अविभूत ग्राम स्वराज्य स्वयं अपने में पूर्णता लिये है। ऊपर के स्तर पर बैठी राष्ट्र सभा को केवल समन्वय और निर्देशन का कार्य करना है, न कि किसी पर बोझ बनाती है और न किसी को उसपर अपने उत्तरदायित्व सौंपने का प्रयास करना है।

सर्वोदय विचार की पृष्ठभूमि ग्राम स्वराज्य के आदर्श में विरोधाभाषों को स्वीकार नहीं करती। इसलिए वह ग्राम स्वराज्य से लेकर संपूर्ण देश के जीवन को शुद्ध करने के लिए दो अनिवार्य व्यवस्थाओं को स्वीकार करती है—(अ) दलरहित लोकतंत्र, (ब) अप्रत्यक्ष निर्वाचन।

दलरहित लोकतंत्र

दलीय पद्धति में कठोर अनुशासनात्मक व्यवस्था से दलीय प्रतिनिधियों को भी स्वतंत्र विचाराभिव्यक्ति के लिए कोई अवसर नहीं रह जाता। जयप्रकाश नारायण के अनुसार, "धन संगठन और प्रचार के साधनों के बल पर विभिन्न दल कैसे अपने को जनता के ऊपर लाद देते हैं, कैसे जनतंत्र यथार्थ में दलीय तंत्र बन जाता है, कैसे दलीय तंत्र अपने क्रम से स्थानीय चुनाव समितियों और निहित स्वार्थों से गुटों का राज्य बन जाता है। किस प्रकार जनतंत्र केवल मतदान में सिमट और सिकुड़कर रह जाता है, किस प्रकार मत देने का यह अधिकार उन शक्तिशाली दलों के द्वारा अपना उम्मीदवार खड़ा करने के कारण बुरी तरह सीमित हो जाता है, क्योंकि काम चलाने के लिए मतदाताओं को केवल उन्हीं में से किसी को चुनना पड़ता है।"[५५] मतदान के अवसर पर आयोजित हिंसा के कार्यक्रम इसी दलीय और स्वार्थमयी निर्वाचन पद्धति के परिणामस्वरूप होते हैं।

पद तथा शक्ति प्राप्त करने के लिए हिंसा तथा धन के अनियंत्रित प्रयोग ने वर्तमान प्रजातंत्र को एक ढकोसला बना दिया है।[५६] दलीय पद्धति के कारण नागरिक समाज में उपक्रम की भावना विलुप्त ही हो गई। दलीय पद्धति के लाभों को प्रजातंत्र में इस प्रकार अतिरंजित करके प्रस्तुत किया जाता है कि उनकी अनिवार्यता के बिना कोई भी प्रजातंत्र टिका दिखाई नहीं देता। राजनीतिक दल प्रतिज्ञाओं की झपेट में भोले-भाले नागरिकों को लेने के लिए सिद्धांतहीनता की चरम सीमा को छूने लगते हैं। राजनीतिक प्रतिज्ञाएँ करते हैं जिन्हें वह और उनका दल कभी भी पूरा नहीं कर पाता।

अप्रत्यक्ष निर्वाचन

सर्वोदय विचारकों की दृष्टि में दल-रहित राजनीति सच्ची लोकनीति को प्रेरित कर सकती है। सर्वोदय दलों के आधार पर निर्वाचनों की इस व्यवस्था को ही बदलने

पर बल देता है। वर्तमान प्रजातंत्र में होनेवाले निर्वाचनों के स्वरूप को ही बदलना आवश्यक है। दलीय पद्धति की अनिवार्यता हमें आधुनिक निर्वाचनों के कारण ही अनुभूति होती है। इसे बदलना होगा। डॉ. विश्वनाथ टंडन के अनुसार, ''प्रत्यक्ष निर्वाचन की यह व्यवस्था पर्याप्त दोषपूर्ण है। यह इतनी अधिक खर्चीली है कि निहित स्वार्थ तथा ट्रेड यूनियन जैसे बड़े-बड़े संगठन पार्टी की नीतियों पर अनावश्यक रूप से प्रभाव डालते हैं। स्वतंत्र, निर्दलीय, निर्धन व्यक्ति अपनी सफलता के लिए इस व्यवस्था में कोई अवसर नहीं रखता।''[५७] सर्वोदय विचारक ग्राम स्तर पर सर्व सम्मत दृष्टिकोण लेकर प्रत्यक्ष निर्वाचन की स्थिति स्वीकार करते हैं, किंतु उसके बाद राष्ट्रीय सभा तक वह अप्रत्यक्ष निर्वाचनों के ही समर्थक हैं।

सामाजिक आदर्श

सर्वोदय के सामाजिक आदर्श को सात्विक अनुभूतियों से ही अनुप्रेरित होना है। इसलिए ऐसे समाज में सत्य, अहिंसा, प्रेम, अभय, अस्तेय, अपरिग्रह, ब्रह्मचर्य, संयम, आत्मत्याग आदि को मान्यता प्राप्त है। इसका सहज अर्थ यह है कि सामाजिक जीवन का आधार सदाचार है। दादा धर्माधिकारी के अनुसार, ''जो व्यक्ति तुम्हारे लिए काँटे बोता है, उसके लिए तुम फूल बोओ। प्रश्न हो सकता है कि ऐसा क्यों करें? इसलिए कि जो बोओगे वही काटोगे। ताको फूल के फूल हैं, वाको हैं तिरसूल।''[५८] यह आदर्श वास्तव में सामाजिक जीवन का गतिशील तत्त्व है, नए समाज की रचना में सीधे प्रेरित है। अत: हमारे साधनों में सात्विकता, विचारों में सात्विक ग्रहणशीलता तथा व्यवहार में लोकहित की कामना निहित होनी आवश्यक है।

सर्वोदय का सामाजिक आदर्श शोषण-विहीन तथा वर्गविहीन समाज की रचना करना है। भारतीय समाज में शोषण वृत्ति के आधार है। भूमि स्वामित्व ने इस शोषण को विराट् रूप में ग्रहण किया है। ''भूमि का स्वामित्व शोषण का आद्य और मुख्य साधन है। ईश्वर निर्मित भूमि जो खुली पड़ी थी, उसे मनुष्य ने छेंका, हथियाया, दूसरों को उस भूमि पर पैर रखने की मनाही की।''[५९] भूमि स्वामित्व ने साहूकारी व्यवस्था के अध्ययन से शोषण को अधिक गतिशील बना दिया। मानवता का अधिक अवमूल्यन रोकने के लिए आर्थिक शोषण की प्रवृत्ति को समाप्त करना आवश्यक है। ग्रामदान आंदोलन की मुख्य दृष्टि इसी प्रश्न पर केंद्रित है।

सर्वोदय समाज समानता और स्वतंत्रता के मूल विचार को ग्रहण करता है। समाज निर्माण में सभी जाति का गौरवपूर्ण स्थान है। सर्वोदय के लिए उसे शारीरिक क्षमताओं के अभाव में हीनभावना स्वीकार्य नहीं है। ''नागरिकता के क्षेत्र में हम स्त्री-पुरुष भेद का निराकरण करना चाहते हैं।''[६०] स्त्री को स्वयं भी इस समाज से अपने

अधिकारों को प्राप्त करने के लिए प्रयत्नशील होना चाहिए। इसके लिए उसे प्रयत्नशील होना होगा तथा पुरुष पर आश्रित रहने की प्रवृत्ति को समाप्त करना होगा। "जब तक स्त्री-पुरुष रक्षित है, तब तक वह सुरक्षित भी नहीं है। उसे स्वरक्षित बनना चाहिए।"[६१] शारीरिक विभेद किसी प्रकार से स्त्री-पुरुष के कार्य क्षेत्रों में तो अंतर ला सकते हैं। किंतु वह विषमता पैदा करनेवाले बनें, यह किसी को भी स्वीकार नहीं होना चाहिए।

वर्तमान शिक्षा अस्वीकार्य

सर्वोदय विचारक भी गांधीजी की तरह यह अनुभव करते हैं कि आधुनिक शिक्षा में वह शक्ति नहीं है जो व्यक्तित्व को विकसित कर सके। विभेदमूलक समाज की रचना का दायित्व संपूर्ण रूप में वर्तमान शिक्षा-प्रणाली पर है विनोबाजी के अनुसार, "अब तो शिक्षा में परिवर्तन किए बिना देश का विकास संभव नहीं है।"[६२] अस्पृश्यता निवारण का आदर्श और सांप्रदायिक सद्भाव जाग्रत् करने का आदर्श तब तक प्राप्त नहीं हो सकता जब तक ठीक शिक्षा श्रमसाध्य और व्यावहारिक न हो। जिस तरह नए राज्य में पुराना झंडा नहीं चलता, उसी तरह पुराने राज्य की शिक्षा पद्धति भी नहीं चल सकती। झंडा बदलना जितना आवश्यक है, शिक्षा पद्धति बदलना उससे कम आवश्यक नहीं।[६३] इस टूटी हुई परंपरा को जोड़ने की कड़ी के रूप में नई शिक्षा के साधक आर्य नायकमजी ने बहुत प्रयास किया। नई शिक्षा की उन सभी मान्यताओं को सर्वोदय अंगीकृत करता है जिन्हें श्रम की साधना का पुरस्कार मिला है।

सर्वोदय आदर्शों की प्राप्ति के प्रयास

सर्वोदय के सैद्धांतिक विवेचन के आधार पर यह सहज रूप से कहा जा सकता है कि यह एक समन्वयात्मक तत्त्वज्ञान है। इसका लक्ष्य शोषणविहीन, वर्गविहीन, शासनमुक्त, अहिंसामूलक तथा ग्रामोद्योग प्रधान ग्राम स्वराज्य की स्थापना करना है। महात्मा गांधी ने सर्वोदय सिद्धांत की मात्र रचना की थी। आचार्य विनोबा भावे ने अपने सहयोगियों के साथ इस सिद्धांत की साकार व्याख्या की और एक विचार को आंदोलन का रूप दिया। बुद्धिदान, श्रमदान, संपत्तिदान, जीवनदान मनुष्य में सात्विक वृतियों को जाग्रत् करने के मापदंड हैं। विनोबाजी ने उसे हृदय में धारण कर भूदान-ग्रामदान के माध्यम से समाज को प्रस्तुत किया।

भूदान आंदोलन

ग्राम स्वराज्य की आकांक्षा से अनुप्रेरित होकर विनोबाजी ने भूदान के कार्य को गतिशील बनाया। भूदान का विचार आंदोलन का स्वरूप धारण कर गया। गरीब और

अमीर से अच्छी उपजाऊ और कम उपजाऊ दोनों प्रकार की भूमि प्राप्त हुई। भूदान के आरंभ में भूमिहीनों के लिए भूमि प्राप्त करने की जिज्ञासा रही। बाद में भूपति से छठे हिस्से की माँग की गई। इसके बाद यह क्रम इस प्रकार बढ़ने लगा कि भूमिवान् अपने लिए छठा हिस्सा रखकर बाकी समाज को अर्पण कर दे। श्रीमन्नारायण अग्रवाल के अनुसार, ''विनोबा का भूदान आंदोलन सद्भाव और सहानुभूतिपूर्वक अपने मुआवजे के बगैर जमीनें दिलाने के लिए वातावरण बनाने का महत्त्वपूर्ण कार्य कर रहा है।''[६४]

कृषि प्रधान देश में भूमि वितरण की असमानता ने आर्थिक विषमता के बीज बोए। भूदान अर्थशास्त्रीय आधार पर विषमता को कम करता है। नैतिक आधार पर एक होने और नेक होने की कल्पना को साकार करता है। ज्ञानचंद के शब्दों में, ''प्रारंभ से ही भूदान आंदोलन एक नए समाज रचना की स्थापना में संलग्न है तथा वह केवल भूमिहीनों के मध्य भूमि के पुनर्वितरण का ही साधन नहीं है। भूमि का एकत्रीकरण तथा विवरण यह स्पष्ट रूप से जाना गया था तथा इस पर प्रभाव डाला गया था कि सामाजिक क्रांति की विचारधारा में निहित पहला चरण केवल पहला चरण है।''[६५] इस चरण में ही सामाजिक क्रांति के विचार संग्रहीत हैं। आर.के. पाटिल के अनुसार, ''विनोबा ने साहस बटोरा तथा भूदान को गले लगाया। इस प्रकार भूदान इस समय भारत में सामाजिक क्रांति का आधार बन गया है।''[६६]

ग्रामदान आंदोलन

इसका मूल अर्थ है व्यक्तिगत स्वामित्व का विसर्जन करके गाँव की कुल जमीन सारे गाँव की हो जाए। मई १९५८ में मंगरोठ गाँव ने इस त्याग को संपन्न किया। अब विनोबाजी को भूस्वामित्व के विसर्जन का सही मार्ग मिल गया। यद्यपि ग्रामदान का सही स्वरूप सक्रीय आंदोलन के रूप में सन् १९५५ में प्रारंभ हुआ। वर्ग-भावना की समाप्ति का आधार ही भूदान से अनप्रेरित ग्रामदान आंदोलन है। ''भूदान का अर्थ है भूमिहीनों में भूमि का वितरण जबकि ग्रामदान का अर्थ होता है जमीन का ग्रामीकरण, जमीन पर व्यक्तिगत मालिकी के स्थान पर ग्राम संस्था की मालिकी। यह प्रमाणित हो गया कि भूदान में संपूर्ण भूक्रांति के बीज निहित हैं।''[६७]

''ग्रामदान और कुछ नहीं, 'एक होइए, इतना ही है।'[६८] समाज में व्याप्त वैमनस्य को दूर करने के लिए तथा सहजीवन की उत्पत्ति के लिए यही आवश्यक है कि यह परायापन किसी तरह दूर हो। ''हमें इसमें यह भी देखना होता है कि सहायता देनेवाला और लेनेवाला आपस में बेगानापन, परायापन अनुभव न करने लगे। यदि ऐसा अनुभव होने लगा। तो समाज में हम लाचारी का प्रचार करते हैं और फिर जैसे गुलाम और मालिक में मैत्री नहीं हो सकती, वैसी लाचारी और उपकारकर्ता में भी मैत्री होना कठिन

है।''[६९] ग्रामदान हमें इस प्रकार दीन-हीन होने से बचाता है। सद्‌भावपूर्ण मैत्री की स्थापना करता है।

''ग्रामदान ही एकमात्र ऐसा उत्तम उपाय है, जिसके जरिए शांतिमय क्रांति हो सकती है। ग्रामदान वह रामबाण दबा है जिसके जरिए शांतिमय क्रांति आसान हो सकती है।''[७०] उसमें गाँवों का और उनके साथ देश का आर्थिक पुनरुत्थान भी होता है, देश की रक्षा भी होती है, लोकशाही का समुचित ढंग से विकास भी होता है। भूमि, अन्न, वस्त्र आदि दैनिक जीवन की सारी समस्याओं का हल उसमें पूरी तरह से समाया हुआ। ग्रामदान जहाँ भूमि के स्वामित्व का जहाँ ग्रामीकरण करता है, वहाँ हृदय और मन को भी शुद्ध बनाता है। जयप्रकाश नारायण के शब्दों में ग्रामदान में गांधीजी के ट्रस्टीशिप के विचार का प्रयोग निहित है।[७१] इसमें संपत्ति समाज की थाती होती है। सामूहिक जीवन में स्नेह का विस्तार होता है।

लोकतंत्र तथा पंचायत राज्य व्यवस्था की सफलता के लिए ग्रामदान का महत्त्व इसलिए सर्वाधिक है, क्योंकि इसमें समस्याओं के निराकरण की क्षमता है। ''पंचायत राज्य की सफलता की दृष्टि से भी मैं देखता हूँ कि जब तक ग्रामदान का विचार नहीं फैलेगा और यह चुनावबाजी चलेगी तब तक पंचायत राज्य सफल नहीं होगा।''[७२]

इस प्रकार इस नई व्यवस्था में ग्राम को इकाई माना गया है और गाँव के समस्त बालिग निवासी बिना चुनाव के 'ग्राम सभा' बनाएँगे। सर्वसम्मत आधार पर ही ग्राम सभा अपनी कार्यकारिणी बनाएगी। बहुमत का, ग्रामदानी ग्राम सभा में कोई स्थान नहीं है। वह तो सर्वानुमोदित, सर्वसम्मत आधार पर कार्य करेगी। तभी तो ग्रामदान से स्वतंत्रता, समाजवाद, और लोकतंत्र के बीजों को रोपा जा सकता है। ''ग्रामदान के बिना ग्राम स्वराज्य की कल्पना असंभव है। ग्रामदान के बिना न हिंदुस्तान टिकेगा और न जनशक्ति पैदा होगी।''[७३]

ग्रामदान के इस आंदोलन में सच्चे रामराज्य की कल्पना को साकार करने की इच्छा निहित है। चारु चंद्र भंडारी के अनुसार, ''ग्रामदान में आर्थिक नैतिक, राजनीतिक और सामाजिक लाभ निहित है।''[७४] इस समस्त ग्रामदान की प्रक्रिया में हम सहज भाव से इन गुणों की अनुभूति कर सके हैं। गाँव का विकास होगा, गाँव परिवार बनेगा, चोरी-डकैती आदि बुरे आचरण नहीं होंगे। ''मैं और मेरा का भाव विलुप्त हो जाएगा, राजनीति के स्थान पर लोकसत्ता की जाग्रति होगी तथा स्वामित्व विसर्जन से समानता की भावना पैदा होगी। इसलिए सांप्रदायिक सद्‌भाव और अस्पृश्यता निवारण के कार्य स्वतः ही हो जाएँगे। ''अतः सब दृष्टियों से ग्रामदान का काम आज का युगधर्म है। जनमानस से हृदय की आकांक्षा है। इसलिए मुश्किल दिखाई देनेवाला यह काम सहज हो भी रहा है।''[७५] हृदय परिवर्तन की अहिंसक प्रक्रिया का सफल उदाहरण चंबल की

डाकू समस्या है। उसी मार्ग पर चलकर अवसर का लाभ समाजहित और देशहित में करना चाहते तो अच्छा ही रहता। किंतु कानूनों से बँधी देश की सरकार ने उन्हें किसी भी प्रकार की छूट नहीं दी। परिणामस्वरूप आगे का क्रम बंद नहीं हो गया। सुलभ ग्रामदान, खादी और शांति सेना संगठन के विविध कार्यक्रम की छाया में सर्वोदय आंदोलन गतिशील है।

आज देश में सामूहिक पुरुषार्थ की आवश्यकता है। पदागत राजनीति के स्थान पर लोकनीति की स्थापना आवश्यक है। विकेंद्रित उत्पादन पद्धति और विकेंद्रित शासन सत्ता ही भारत के सुखमय भविष्य के लिए आवश्यक है। सर्वोदय उन्हीं दिशाओं की ओर ले जाने को उत्सुक है, जो वरेण्य हैं। सर्वोदय में समत्व, समर्पण, निष्ठा और श्रम साधना है। सर्वोदय दर्शन राज्य की दीक्षा नहीं देता, इस कारण यह किसी भी रूप में अव्यवहारिक नहीं हो सकता। यह तो सच्चे अर्थों में भारतीय आदर्शों की परंपराओं की पुनः स्थापना करने में रत है। पश्चिमी सभ्यता का भौतिकवादी प्रहार जितने वेग से आ रहा है, आज उतने ही वेग से इस आंदोलन के प्रति जिज्ञासाएँ बढ़ रही हैं। यह इसकी व्यावहारिकता और सफलता का ही सूचक है। किसी भी आंदोलन को जन-आंदोलन बनाने के लिए संस्थागत और निष्ठावान् कार्यकर्ताओं की आवश्यकता होती है। यदि इस आंदोलन में इस कमी और कठिनाई को दूर कर लिया जाए तो यह आंदोलन अपना निश्चित प्रभाव समाज पर छोड़ सकता है और नई समाज व्यवस्था की स्थापना बिलकुल ही संभव हो सकती है।

सर्वोदय समाजवाद और साम्यवाद

सर्वोदय में जिस शत-प्रतिशत कल्याण की भावना को अभिव्यक्त किया गया है, कुछ लोगों की दृष्टि में वह भावना तो समाजवाद और साम्यवाद में निहित है। श्रम की निष्ठा बढ़ानेवाले यह दोनों ही विचार साधनों की पवित्रता के आग्रह को स्वीकार नहीं करते। यही कारण है कि दोनों ही विचार सर्वोदय की मूल दृष्टि से भिन्न हो जाते हैं। वर्गहीन तथा शोषण विहीन समाज की रचना में दोनों ही प्रकार के विचारकों की रुचि है, किंतु उस लक्ष्य सामीप्यता का प्रभाव इन दोनों को समीप नहीं ला रहा है, क्योंकि पगडंडी पर चलने के लिए दोनों के साधन अलग-अलग हैं।

जीवन का वास्तविक सुख भोग में नहीं त्याग में है, इसलिए सर्वोदय के भावी समाज संयोजन की व्यवस्था भी प्रचलित पूँजीवादी और समाजवादी अथवा साम्यवादी संयोजन व्यवस्था से भिन्न ही है। पूँजीवाद में समर्थ को जीवित रहने के अधिकार की मान्यता को अंगीकृत करने के कारण 'उत्पादन के लिए नियोजन' की व्यवस्था रहती है, इसमें औद्योगिकीरण और केंद्रीयकरण की प्रवृत्ति ही मुखरित होगी। समाजवादी संयोजन

में जिओ और जीने दो के आदर्श को लेकर उपयोग के संयोग की बात कही गई है। किंतु यह तथ्य सर्वथा ग्राह्य है कि समाजवाद भी अत्यधिक केंद्रीयकरण की ओर प्रवृत्त है। ''पश्चिम में समाजवाद का अर्थ है अत्यधिक केंद्रीय उद्योग। इनपर स्वामित्व राष्ट्र का होता है।''[७६]

समाज को आज हमें 'जिओ और जीने दो' के आदर्श से आगे चलने के लिए तत्पर और उत्सुक रहना आवश्यक है। सर्वोदय संयोजन 'दूसरों को जिलाने के लिए जिओ' के आदर्श को अंगीकृत करता है। सर्वोदय समाज की मूल और मौलिक इच्छा विकेंद्रीयकरण में निहित है। जो आर्थिक और राजनीतिक दोनों ही क्षेत्रों मैं समान रूप से प्रतिस्थापित होती है। इसका लक्ष्य शासनमुक्त और शोषणमुक्त समाज रचना है। संयोजन की प्रक्रिया में कुछ गिने-चुने अधिकारियों का हाथ न होकर जनता का हाथ होगा तथा योजना की पूर्ति हेतु इकाइयों द्वारा आरोपित प्रत्यक्ष श्रमदान, संपत्तिदान, स्वेच्छापूर्वक दिए गए चंदों, बचत के माध्यमों तथा अन्य देशों से प्राप्त यंत्रोपकरण, बिना शर्त प्राप्त पूँजी आदि से होगी।

संदर्भ

१. जे.सी. कुमारप्पा, 'गांधी अर्थ विचार', पृ. ९४
२. उपरोक्त, पृ. १
३. हरिजन, ९-१०-१९२४
४. कृपलानी, महात्मा गांधी जीवन और चिंतन, पृ. ३९४-९५
५. यंग इंडिया, ९-१०-१९३७
६. जे.सं. कुमारप्पा, पूर्वोवत्, पृ. ३०
७. गांधी हिंद स्वराज्य, पृ. १०७
८. एम.एल. दांतेवाला, 'गांधीज्म रीकंसीर्डड', पृ. २१
९. यंग इंडिया, ३ नवंबर, १९२४
१०. यंग इंडिया, पूर्वोक्त्
११. वी.पी. वर्मा, 'दि पोलिटिकल फिलॉसफी ऑफ महात्मा गांधी एंड सर्वोदय', पृ. २२८
१२. प्यारे लाल, टू न्यू होरिजिन्स, पृ. ४३
१३. वी. रिचर्ड ग्रेग, 'ए फिलॉसफी ऑफ इंडियन इकोनॉमिक डेवलपमेंट', पृ. १०४
१४. गांधी, 'मेरे सपनों का भारत', भूमिका से, पृ. ७
१५. गांधी, 'इकोनॉमिक एंड इंडस्ट्रियल लाइफ एंड रिलेशन', भाग १, पृ. १२-१३
१६. विशन स्वरूप शर्मा, 'गांधी एज ए पोलिटिकल थिंकर', पृ. १४
१७. हरिजन, २३ मार्च, १९४७
१८. सुंदरम, आई. गांधियन थॉट, पृ. १७
१९. गांधी, 'मेरे सपनों का भारत', पृ. १९-२०

२०. गांधी, पूर्वोक्त, पृ. २१
२१. हरिजन, २९-७-१९३७
२२. हरिजन सेवक, २०-९-१९३५
२३. हरिजन सेवक, २३-११-१९३४
२४. विचित्र नारायण शर्मा, (लेख) 'खादी तथा ग्रामोद्योगों का महत्त्व' (पत्रिका) उत्तर प्रदेश पंचायत राज्य-२, अक्तूबर, १९५३, पृ. १२
२५. हरिजन सेवक, १८-१०-१९५२
२६. हरिजन, ३०-१२-१९३९
२७. हरिजन, १-९-१९४७
२८. हरिजन सेवक, ३-६-१९३९
२९. हरिजन सेवक, १-२-१९४२
३०. हरिजन, ५-१२-१९३६
३१. हरिजन, २३-२-१९४७
३२. हरिजन सेवक, ९-३-१९४२
३३. यंग इंडिया, १७-९-१९२५
३४. हिंदी नवजीवन, ७-१०-१९२६
३५. यंग इंडिया, ११-८-१९२०
३६. जैनेंद्र कुमार, सर्वोदय अर्थशास्त्र, पृ. ५८
३७. भारतन कुमारप्पा, सर्वोदय : नवजीवन, पृ. ३
३८. भारतन कुमारप्पा, सर्वोदय : नवजीवन, पृ. ३
३९. विनोबा, 'सर्वोदय विचार और समाजशास्त्र', पृ. ५७
४०. विनोबा, 'भूदान गंगा', पृ. १७४
४१. गांधी, सर्वोदय, पृ. २९-३०
४२. अप्पा साहब पटवर्धन, 'शोषण मुक्ति और नवसमाज', पृ. १५
४३. राजऋषि शुक्ल, (लेख) 'सर्वोदय आदर्श और व्यवहार' (पत्रिका) उत्तर प्रदेश पंचायती राज्य, पृ. ८०, २-१०-१९५४
४४. मैत्री, सर्वोदय संयोजन, पृ. १०८
४५. नारायण देसाई, सर्वोदय विचार, पृ. ९३
४६. दादा धर्माधिकारी, सर्वोदय दर्शन, पृ. १८९
४७. जयप्रकाश नारायण, 'ए पिक्चर ऑफ सर्वोदय सोशल ऑर्डर', पृ. ४३
४८. धीरेंद्र मजूमदार, 'दंडनिरपेक्ष समाज रचना', पृ. २१
४९. दादा धर्माधिकारी पूर्वोक्त, पृ. ३९५
५०. जी.का. कुमारप्पा, 'स्थायी समाज व्यवस्था', पृ. १७०-७१
५१. दादा धर्माधिकारी, 'सर्वोदय दर्शन', पृ. ३९१
५२. विश्वनाथ टंडन, 'दि सोशल एंड पॉलिटिकल फिलॉसफी ऑफ सर्वोदय आफ्टर गांधी', पृ. १२६

५३. जयप्रकाश नारायण, 'एप्लाई फॉर रिकॉन्सट्रक्सन ऑफ इंडियन पोलिटी', पृ. ३
५४. दादा धर्माधिकारी, पूर्वोक्त, पृ. ३९४
५५. जयप्रकाश नारायण, 'समाजवाद से सर्वोदय की ओर', पृ. ४६
५६. विश्वनाथ वर्मा, दि पॉलिटिकल फिलॉसफी ऑफ महात्मा गांधी ऐंड सर्वोदय, पृ. २८९
५७. विश्वनाथ टंडन, पूर्वोक्त, पृ. १३८
५८. दादा धर्माधिकारी, पूर्वोक्त, पृ. ४००
५९. अप्पा साहब पटवर्धन, पूर्वोक्त, पृ. ८
६०. दादा धर्माधिकारी, पूर्वोक्त, पृ. २४४
६१. उपरोक्त, पृ. २५३
६२. विनोबा, (लेख) 'गांधीजी : एक सत्य प्रधान मानव', (पत्र) भूदान यज्ञ : २१-१०-१९६६
६३. विनोबा, (लेख) 'स्वतंत्र भारत में भी पुरानी शिक्षा पद्धति जारी', (पत्र) भूदान यज्ञ : २०-८-१९६५
६४. श्रीमन्नारायण अग्रवाल, 'गांधीवादी संयोजन के सिद्धांत', पृ. २६६
६५. ज्ञानचंद, (लेख) 'भूदान एंड शोसल रिवॉलुशन' (पत्रिका) गांधी मार्ग, जनवरी १९५८, पृ. ४५
६६. आर.के. पाटिल, (लेख) 'शोसल रिवॉलुशन थ्रू भूदान' (पत्रिका) गांधी मार्ग, जनवरी १९५८, पृ. ६६
६७. जयप्रकाश नारायण, पूर्वोक्त, पृ. ६३
६८. विनोबा, (लेख) 'एक होइए', 'बस इसी का नाम है ग्रामदान', (पत्र) भूदान यज्ञ, १३-१०-१९६५
६९. आयुत देशपांडेय, (लेख), 'ग्रामदान : स्नेहेन राजजीवनम्', (पत्र) भूदान यज्ञ, १९-५-१९६७
७०. कृष्ण दत्त भट्ट, (संपादकीय), 'ग्रामदान से अहिंसक क्रांति', (पत्र) भूदान यज्ञ, १७-२-१९६७
७१. जयप्रकाश नारायण, (लेख), 'ग्रामदान में गांधीजी के दृष्टिशिप विचार का प्रयोग', (पत्र) भूदान यज्ञ, २७-१-१९६७
७२. श्रीमन्नारायण अग्रवाल, (लेख), 'ग्रामदान के बिना ग्रामीण समस्याएँ हल नहीं होंगी', (पत्र) भूदान यज्ञ
७३. विनोबा, (लेख), 'ग्रामदान के बिना न हिंदुस्तान टिकेगा न जनशक्ति पैदा होगी' (पत्र), भूदान यज्ञ, २-७-१९६५
७४. चारू चंद्र भंडारी, 'ग्रामदान क्यों', पृ. २२
७५. सिद्धराज चड्ढा, 'भूदान से ग्रामदान', पृ. २७
७६. श्रीमन्नारायण अग्रवाल, 'गांधीवादी संयोजन के सिद्धांत', पृ. १५९

□

७

महात्मा गांधी के विचारों की आज के परिप्रेक्ष्य में प्रासंगिकता

"सदियों बाद आनेवाली पीढ़ियाँ शायद इस बात पर आश्चर्य करेंगी कि हाड़-मांस का ऐसा पुतला भी कभी इस पृथ्वी पर हुआ होगा।"

—अलबर्ट आइंसटीन

आज गांधीजी हमारे बीच नहीं हैं। वह एक विचार और एक आस्था बनकर हमारे बीच से चले गए। सिद्धराज चड्ढा के अनुसार, "गांधीजी का जीवन निरंतर और आग्रहपूर्वक सत्य के आचरण में लगी हुई आत्मा की अखंड यात्रा थी। पर उनका सत्याचरण केवल निजी मुक्ति के लिए नहीं था। उनका सारा जीवन सामाजिक अन्याय, आर्थिक विषमता, शोषण, गरीबी और ऊँच-नीच के भेदभाव के खिलाफ सतत संघर्ष था, क्योंकि ये सब असत्य के ही रूप या उसकी संतान हैं।"[१] गांधीजी ने अपने संपूर्ण जीवन को संघर्षों के लिए समर्पित कर दिया था। उनके हृदय में मानवता के प्रति दया एवं करुणा के भाव थे। मानव जीवन से संबंधित कोई भी पहलू ऐसा नहीं होगा, जिसपर उन्होंने अपना मत प्रकट न किया हो। उनके विचार अत्यंत उदारवादी और

लोक कल्याण की भवना से प्रेरित थे। महात्मा गांधी द्वारा प्रस्तुत विचार आज के राजनीतिक जीवन में व्यापक बीमारियों के लिए रामबाण औषधि है। सामाजिक समस्याओं के निराकरण का सर्वोत्तम हल है एवं आर्थिक शोषण को समाप्त कर मानव को मानव के रूप में पहचानने का मार्गदर्शन है। इतिहास के इस महानतम् गौरव ने एक नए रास्ते पर चलकर संपूर्ण मानवता को एक नई दिशा दी है।

परंतु आज हम जिस युग में रह रहे हैं उसपर बहुत हद तक भौतिकवादी मान्यताओं का प्रभाव जम चुका है। यह प्रभाव आज इतना गहरा है कि हम इस युग को भौतिकवादी युग की संज्ञा देते हैं। भौतिकवाद मूलतः दैहिक सुखों की प्राप्ति के लिए उद्धृत है। स्पष्टतः उसका संबंध आध्यात्मिक मान्यताओं से नहीं रहता सत्य के स्थान पर असत्य का, अहिंसा के स्थान पर हिंसा का, प्रेम के स्थान पर घृणा का तथा सहानुभूति के स्थान पर वैमनस्य का प्रभाव विशेष रूप से देखने को मिलता है।

अतः आज गांधी के विचारों को भी व्यावहारिक दृष्टिकोण से विभिन्न लेखकों, राजनीतिकों, आलोचकों के द्वारा कठिन अग्नि परीक्षा से गुजरना पड़ रहा है। संक्षेप में हम गांधी के विचारों के विरुद्ध लगाए गए आक्षेपों को इस प्रकार रख सकते हैं—

> गांधीवादी विचारधाराओं के विरुद्ध आलोचकों का प्रथम आक्षेप है कि गांधी दर्शन में मौलिक विचारों का नितांत अभाव है। यह तो समाजवाद, अनुदारवाद, उदारवाद, अराजकतावाद, साम्यवाद, व्यक्तिवाद, आदर्शवाद आदि अनेक विचारधाराओं का समन्वय मात्र है। इनमें किसी नवीन विचार का उल्लेख नहीं किया गया है। एक लेखक ने तो यहाँ तक कह दिया है कि 'गांधीवाद नई बोतलों में पुरानी शराब है।'

जॉर्ज बनार्ड शॉ ने अपनी प्रसिद्ध स्पष्टवादिता से अहिंसा पर आक्रमण किया और इस शाब्दिक आक्रमण में उन्होंने 'न्यू टेस्टामेंट' को भी नहीं छोड़ा। 'मेजर बारबरा नामक' उसके नाटक में अंडरेफ नामक एक चरित्र कहता है कि, "तुम्हारी ईसाई मान्यता कहती है कि बुराई का प्रतिरोध न करो, और दूसरा गाल बढ़ा दो। मुझे दिवालिया बना दीजिए। मेरी नैतिकता, मेरे धर्म में तोप और टारपीडो को भी स्थान मिलना चाहिए।"[२]

इसी कटुता की भाषा में हिंसा के पक्ष में बोलता हुआ शॉ का उपर्युक्त चरित्र बोलता है, "यह मेरे विश्वास की अंतिम परीक्षा, सामाजिक व्यवस्था को उलटने का एकमात्र अस्त्र व साधन है अवश्य। एकमात्र कहने का तात्पर्य—तुम ६७० मूर्खों को सड़क पर छोड़ दो, तीन पुलिसवाले उन्हें बिखेर देंगे। किंतु उन्हें वेस्ट मिंस्टर के किसी भवन में इकट्ठा कर दो, उन्हें कुछ उत्सवों के बीच में से गुजरने दो और कुछ नामकरण ग्रहण करने दो, जिससे उनमें हत्या का साहस पैदा हो जाए और तब तुम्हारे ६७० मूर्ख

सरकार में परिवर्तित हो जाएँगे''[३]

गांधी के सत्य, अहिंसा और प्रेम संबंधी विचार इतने अधिक गहन हैं कि साधारण मनुष्य की क्षमता उन्हें ग्रहण करने में अपने को कमजोर अनुभव करती है। जब साधारण व्यक्ति इन्हें ग्रहण करने में असमर्थता अनुभव करते हैं तब फिर कैसे गांधीजी के विचार व्यावहारिक हो सकते हैं? वैसे ही मनुष्य को यह अनुभव होता है कि गांधीजी के विचारों में सैद्धांतिक भावना अधिक है, आचरण करने की क्षमता इन सिद्धांतों में कम दिखाई देती है।

आलोचक यह भी कहते हैं कि देश की स्वतंत्रता का श्रेय अहिंसा के दर्शन को देना सर्वथा अनुपयुक्त है, क्योंकि अहिंसा से ब्रिटिश साम्राज्य का अंत नहीं हुआ, अंग्रेज अंतरराष्ट्रीय परिस्थितियों तथा अपनी आर्थिक स्थिति के कारण ही भारत से गए और प्रसाद रूप में भारत को विभाजित कर गए। अहिंसा उस विभाजन का प्रतिरोध नहीं कर सकी।

फिर आज के जटिल समाज में जन्मा मनुष्य गांधी द्वारा प्रतिपादित नैतिक संदर्भों से अपना संबंध नहीं जोड़ सकता। उसकी अहंवादी, भौतिकवादी मान्यताएँ शांति का उपदेश तो सुन सकती हैं, लेकिन स्वार्थ का त्याग नहीं कर सकतीं। हृदय-परिवर्तन की कल्पना के सहारे पूरे राज्य की व्यवस्था की रचना करना वस्तुतः स्वप्नलोक में विचरण करने के समान है। ऐसा लगता है कि गांधीजी आज २ अक्तूबर और ३० जनवरी तक ही सिमट कर रह गए हैं। इसलिए आलोचकों को उनके सिद्धांतों की व्यावहारिकता पर संदेह है।

आलोचक गांधीवादी प्रतिरोध की पद्धति का भी उपहास करते हैं। उनका विचार है कि असहयोग, सविनय अवज्ञा, भूख-हड़ताल या अन्य किसी रूप में सत्याग्रह प्रभावदायक नहीं है और इन उपायों में पूँजीपतियों के हृदय परिवर्तनों की आशा नहीं की जा सकती। साम्यवादियों का कहना है कि शांतिमय उपायों द्वारा पूँजीपतियों से आर्थिक सत्ता ग्रहण करना केवल एक स्वप्न है और शनैः-शनैः की पद्धति पूँजीपतियों को और भी सबल बना देगी, उनका यह भी कहना है कि केवल हिंसात्मक आधार पर ही पूँजीपति वर्ग की आर्थिक सत्ता को समाप्त किया जा सकता है।

आलोचक यह भी कहते हैं कि गांधी का सत्याग्रह सिद्धांत उनकी अहिंसा की धारणा के अनुकूल नहीं है। अहिंसा का आशय है—मनसा-वाचा-कर्मणा किसी भी रूप में विरोधी के मन को तकलीफ न पहुँचाना। परंतु आलोचकों का तर्क है कि सत्याग्रह से उन व्यक्तियों को निश्चित रूप से मानसिक और कभी-कभी शारीरिक कष्ट भी पहुँचता है जिनके विरुद्ध इनका प्रयोग किया जाता है। यही कारण है कि ऑर्थर भूर ने इसे मानसिक हिंसा कहा है तथा सत्याग्रह के एक रूप उपवास को

राजनीतिक भयादोहन की संज्ञा दी गई है।

एक आलोचना यह भी की जाती है कि प्रत्येक स्थिति में, प्रत्येक जगह और प्रत्येक प्रकार के लोगों के साथ सत्याग्रह का सफलतापूर्वक प्रयोग नहीं किया जा सकता। स्वतंत्र समाज में जहाँ विवेक, मानवता के प्रति आदर और न्याय विद्यमान हो सत्याग्रह का प्रयोग भले ही सफल हो जाए, परंतु निरंकुश शासकों तथा बौद्धिक एवं नैतिक दृष्टि से पिछड़े हुए लोगों के विरुद्ध सत्याग्रह की सफलता संदिग्ध है। अनेक बार शासक दल ने दमनात्मक तरीकों से सत्याग्रह को कुचल दिया है। आज हम देखते हैं कि पाकिस्तान, बँगलादेश, श्रीलंका आदि देशों में शासकों के द्वारा सर्वथा दमनात्मक रवैया अपनाया जा रहा है एवं जनता की स्वतंत्रता, भावना, विवेक आदि को कुंठित करने का प्रयास हो रहा है। भारतीय राष्ट्रीय आंदोलन में प्रबुद्ध उग्रवादियों का उदय भी इस सिद्धांत की खामी को स्पष्ट करते हैं। भारत में आज भी हम देखते हैं कि निहत्थे सत्याग्राहियों के साथ पुलिस एवं शासन मनमाना अत्याचार करते हैं, धरने पर बैठनेवालों को जेल की चाहरदीवारी के अंदर कर दिया जाता है, उपवास करनेवालों को मरने हेतु छोड़ दिया जाता है, झूठ का ढिंढोरा पिटनेवालों को मनचाहा ईनाम मिलता है और सत्यवादियों के मुँह पर शासन तुरंत ताला लगा देता है ऐसी स्थिति में गांधी द्वारा बनाए गए इन तरीकों का सफल प्रयोग आज असंभव हो गया है।

आलोचकों ने यह भी कहा है कि आक्रमण की स्थिति में सत्याग्रह सफल नहीं हो सकता। परमाणु तथा हवाई हमले के इस युग में पुराने तरीकों को कभी सफलता हाथ नहीं लग सकती।

साम्यवादी विचारक तो गांधी दर्शन के मूल उद्देश्य को भी शंका की दृष्टि से देखते हैं। श्रमिकों और पूँजीपतियों में वर्ग-सहयोग, उद्योगों के राष्ट्रीयकरण को आवश्यक न समझने और पूँजीपतियों की संपत्ति के संबंध में संरक्षकता के सिद्धांत का प्रतिपादन करने के कारण साम्यवादी विचारक गांधीवादी विचारधारा को पूँजीवाद का अभिन्न मित्र कहते हैं। उनका मानना है कि प्रन्यास सिद्धांत पूँजीवाद को स्थायी बनाए रखने के अतिरिक्त और कुछ नहीं है।

गांधीवाद के विरुद्ध एक आक्षेप यह भी है कि यह धर्म और राजनीति को एक ही समझने की भूल करता है। इस वर्ग में दो प्रकार के आलोचक आते हैं। एक तो पश्चिम के हैं, जिनमें मार्क्स तथा उसके अनुयायी आते हैं, मैकियावेली भी इसी श्रेणी में आते हैं तथा दूसरे हैं भारत के विचारक। उपर्युक्त पाश्चात्य विचारकों का मत है कि धर्म राजनीति को भ्रष्ट करता है और इतिहास इस बात का सबूत है कि राजनीतिक, आर्थिक और सामाजिक जीवन में धर्म के प्रवेश ने मानव विकास को अवरुद्ध किया है। धर्म ने भाग्यवाद का पाठ पढ़ाकर गरीब को गरीबी में ही रहना सिखाया है और राजकीय सत्ता

को देवी रूप प्रदान करके जनता में दास भावना का प्रचार किया है। भारत के प्रसंग में यहाँ हम यह कह सकते हैं कि धर्म ने ही भारत का बँटवारा कराया। साथ ही साथ पंजाब की घटनाओं का सत्य धर्म और राजनीति का मिला हुआ रूप पुनः हमारी एकता और अखंडता को चुनौती दे रहा है भारतीय विचारकों में प्रमुख तौर पर हम पुरी की शंकराचार्य को यह कहते हुए उद्धृत कर सकते हैं कि, ''धर्म और राजनीति दोनों अलग-अलग रखे जाने चाहिए। राजनीति कानून के दायरे में रहती है जबकि धर्म पर इस प्रकार का कोई नियंत्रण नहीं होता।''[४]

महात्मा गांधी बहुमत को सदैव जनमत नहीं मानते और उनका मत है कि एक व्यक्ति के विचार को भी जनमत कहा जा सकता है, यदि उसका उद्देश्य सार्वजनिक हो। यहाँ आलोचकों का कहना है कि सार्वजनिक हित की परिभाषा कर पाना कठिन है और इस संबंध में रूसो की सामान्य इच्छा के विरुद्ध जो तर्क दिए जाते हैं वे ही तर्क गांधीवादी जनमत के विरुद्ध भी प्रस्तुत किए जा सकते हैं। व्यवहार में यदि जनमत बहुसंख्यक जनता का मत नहीं है तो वह कुछ भी नहीं है।

आलोचकों का कहना है कि आज के इस भौतिकवादी युग में गांधी परिस्थितियों के अनुकूल नहीं हैं। गांधीजी वास्तविकता से बहुत दूर निरा काल्पनिक हैं। आज देखा यह जा रहा है कि व्यक्ति को राज्य की सर्वाधिक आवश्यक है। यह मनुष्य के जीवन के हर क्षेत्र में प्रवेश कर गया है तथा मानव के व्यक्तित्व के विकास में आनेवाली बाधाओं को दूर कर उनके व्यक्तित्व के विकास का मार्ग प्रशस्त कर रहा है। औद्योगिक सभ्यता के परिणामस्वरूप उत्पन्न होनेवाली खामियों का अंत कर यह सर्वसाधारण को मुक्ति का मार्ग दिखा रहा है तथा मानव को अनेक तरह की सुविधाएँ प्रदान कर रहा है। ऐसी स्थिति में गांधी द्वारा इसके उन्मूलन का सुझाव अत्यंत अव्यावहारिक जान पड़ता है। गांधीजी एक ऐसे आदर्श राज्य की कल्पना करते हैं, जो कल्पना की कोरी उड़ान ही है। यह कैसे संभव है कि पुलिस और सेना अहिंसा का पालन करे। इसी प्रकार आर्थिक क्षेत्र में भी नैतिक उपायों के आधार पर सफलता प्राप्त करना संभव नहीं है। यदि मिल मालिक सदैव नैतिकता निभाता रहे तो वही कभी पूँजीपति नहीं बन सकता और यदि श्रमिक नैतिक सिद्धांतों पर चलता रहे तो वह सदैव ही अपने मालिक द्वारा शोषित होता रहेगा। जीवन में विश्वास का मूल्य अवश्य है, किंतु इस सीमा तक नहीं जिस सीमा तक गांधीवाद उसका प्रचार करता है।

गांधीजी के द्वारा औद्योगिकीकरण का जो विरोध और कुटीर उद्योग-धंधों का जो समर्थन किया गया है, आलोचक उसे युग के नितांत विपरीत, अव्यवहारिक और अनुचित बतलाते हैं। आलोचकों के अनुसार वर्तमान समय में औद्योगिकीकरण या यंत्रीकरण को अस्वीकार करना रचनात्मकता के नियमों को ही अस्वीकार करना है। जन सामान्य,

समाज एवं राष्ट्र की आर्थिक स्थिति में सुधार के लिए हमें आज औद्योगिकीकरण को अपनाना ही होगा। इसका कोई विकल्प नहीं है।

गांधीजी चाहते हैं कि पूँजीपतियों के हृदय परिवर्तन से पूँजीवाद को समाप्त करने एवं आर्थिक समानता स्थापित करने का कार्य किया जा सकता, लेकिन आलोचकों के अनुसार इस प्रकार का हृदय परिवर्तन बिलकुल भी संभव नहीं है। ट्रस्टीशिप का सिद्धांत आर्थिक जीवन की जटिलताओं को न समझते हुए मानव की नैतिक शक्तियों में जरूरत से अधिक विश्वास करता है। इस संबंध में एम.एन. राय लिखते हैं कि, ''गांधीजी पूँजीवाद की निंदा तो करते हैं, परंतु उसे समाप्त करने को नहीं कहते। डिजरैली की भाँति वह उन्हें चीनी चढ़ाकर कड़वी गोली निगलने को कहते हैं।''[५] आलोचकों के अनुसार यदि पूँजीवाद की समाप्ति और आर्थिक समानता की स्थापना की जानी है तो यह कार्य उत्पादन के प्रमुख साधनों के राष्ट्रीयकरण के आधार पर ही संभव हो सकता है। ट्रस्टीशिप का सिद्धांत तो जनसामान्य के आर्थिक हितों की रक्षा का साधन बनने की बजाय पूँजीपतियों का रक्षा कवच बनकर ही रह जाता है। प्रो. अमिला दत्ता के शब्दों में, ''वर्तमान समाज में प्रभावी वर्गों को अपदस्थ करने की किसी भी आंदोलन के विरुद्ध गांधीजी का सिद्धांत एक रक्षा-कवच का कार्य करता है।''[६] प्रो. गुन्नार मिरडल के द्वारा भी यही विचार व्यक्त किया गया है।[७]

महात्मा गांधी के सर्वोदय दर्शन के संबंध में भी आलोचकों ने आपत्तियाँ उठाई हैं। आलोचकों का कहना है कि इसमें नगर समाज की ओर ध्यान नहीं दिया गया है तथा सर्वोदय आंदोलन में लगे कुछ समर्थ विचारक भी यह अनुभव करते हैं कि आंदोलन में कुछ कमियाँ हैं। ग्रामदान के बाद के काम में कुछ कठिनाइयाँ महसूस हुई हैं। इन कठिनाइयों का कारण या तो कार्यकर्ताओं की अपनी कमी रही है या बाहर के लोगों द्वारा ग्रामदान के नए मूल्यों को पूरा न समझने की बात रही है।[८]

इस प्रकार हम देखते हैं कि गांधीवादी विचारधारा तथा गांधीजी को आलोचकों की कठिन अग्निपरीक्षा से गुजरना पड़ा है। परंतु अब मैं उन सारे तथ्यों और वास्तविकताओं के एक-एक करके उपस्थित कर रहा हूँ, जिससे गांधीवाद पर किए गए सभी आक्षेप निर्मूल लगते हैं तथा अधिकांश आलोचनाएँ खोखली प्रतीत होती हैं। यहाँ पर मैं यह भी स्पष्ट कर देना चाहता हूँ कि किसी विचारधारा या सिद्धांत पर तत्कालीन परिस्थितियों का गंभीर प्रभाव पड़ता है। इस तरह का चिंतक आवश्यक रूप में अपने युग का शिशु होता है। अत: अगर हम गांधी के विचारों पर प्रश्न उठाते हैं तो यहाँ हमें यह अवश्य ध्यान में रखना चाहिए कि किन परिस्थितियों में गांधी ने अपने विचार दिए आदि बातों पर भी हम गौर करें। परिस्थितियों में परिवर्तन होता है, लोगों के दृष्टिकोण बदलते हैं, कोई बात जो आज सही है कल अपनी मौलिकता खो सकता है और फिर नए विचार

सामने आ जाते हैं। लास्की ने भी कहा है—"No theory is ever intelligible save in the context of the time."

आलोचकों का यह कहना कि गांधी के विचारों में मौलिकता का अभाव है या गांधीवाद नई बोतलों में पुरानी शराब है सर्वथा निस्सार है। आखिर मौलिकता है क्या? मौलिकता सदैव नवीनता में ही नहीं हुआ करती, वास्तव में यदि पुरानी बात को नवीन ढंग से कहा जाए तो वह मौलिक ही है। गांधी के पूर्व तक यह समझा जाता था कि सत्य और अहिंसा व्यक्तिगत जीवन के ही सिद्धांत हैं। महात्मा गांधी ने इस बात का प्रतिपादन किया कि सार्वजनिक, आर्थिक और राजनीतिक जीवन में भी सत्य और अहिंसा का सफलतापूर्वक प्रयोग किया जा सकता है। गांधीवाद इस दृष्टि से एक मौलिक दर्शन ही है।

गांधीजी को कल्पनालोक में विचरण कराने वाला और उनके विचारों को आलोचकों ने अव्यावहारिक कहा है। गांधी के सत्य-अहिंसा और प्रेम को कहाँ दुरुह और कहाँ असामान्य की संज्ञा दी गई है। साधारण व्यक्ति की इसमें रुचि के अभाव का भी आरोप लगाया जाता है। यहाँ आलोचक भूल जाते हैं कि गांधीजी ने भारत के मन को बदलने के लिए इन्हीं नैतिक आदेशों को अंगीकृत किया था। गोखले को भी लगता था कि गांधी अहिंसा और सत्याग्रह के अस्त्र से जीत नहीं सकता, किंतु गांधी की आत्मा ने सभी चुनौतियों को स्वीकार किया और आज तक अहिंसा और सत्य का आधार जो वैयक्तिक माना जाता था, उसका समाजीकरण किया।

यह क्या कम सुखद आश्चर्य नहीं है कि गांधीजी ने असहयोग और सविनय अवज्ञा जैसे दो बड़े आंदोलनों को अहिंसा की कसौटी पर कसा। देश की साधारण जनता ने गांधी का अनुकरण किया, कायर या डरपोक की अहिंसा के रूप में नहीं बल्कि समर्थ और शक्तिशाली की अहिंसा को यश मिला। साधनों की पवित्रता के आग्रह को उन्होंने अपने विचारों और कर्म से कमी भी ओझल नहीं होने दिया और अंततः वे देश को स्वतंत्र कराने के महत्त्वपूर्ण कार्य में एक महत्त्वपूर्ण कड़ी के रूप में बने रहे।

महात्मा गांधी ने अगर राज्य का विरोध किया तो इसकी भी तह में व्यक्ति कल्याण संबंधी उनकी भावना निहित थी। वे व्यक्ति की अंतश्चेतना के ऊपर किसी तरह के बंधन को स्वीकार करने को तैयार नहीं थे। गांधीजी सभी राज्यों के अहंभाव से परिचित थे तथा इसके स्वरूप और कार्य करने के ढंग को वे व्यक्तिगत स्वतंत्रता तथा व्यक्तित्व के विकास में बाधक समझते थे।

फिर गांधीवादी विरोध पद्धति का उपहास उड़ाना भी आलोचकों की एक बहुत बड़ी भूल ही कही जा सकती है। भारत के स्वाधीनता संग्राम ने इस बात को स्पष्ट कर दिया है कि अहिंसात्मक साधनों द्वारा क्रूर से क्रूर शक्ति पर भी विजय प्राप्त की जा

सकती है। अहिंसा में तो ऐसा आत्मबल निहित होता है कि असंभव को भी संभव कर सकता है। इसके अतिरिक्त शांतिपूर्ण ढंग से किए गए परिवर्तन ही तो स्थायी सिद्ध हो सकते हैं।

फिर सत्याग्रह को दुराग्रह या उपवास को राजनीतिक भयादोहन भी नहीं कहा जा सकता। यह एक ऐसी विरोध पद्धति है जो सर्वथा नैतिक है। वस्तुतः सत्याग्रह का औचित्य-अनौचित्य या श्रेष्ठता-निम्नता इस बात पर निर्भर करती है कि उसका प्रयोग किस प्रकार के व्यक्तियों द्वारा किया जाता है। नैतिक दृष्टि से श्रेष्ठ व्यक्तियों द्वारा प्रयुक्त किए जाने पर यह निश्चित रूप से वीर पुरुषों द्वारा अन्याय के प्रतिरोध हेतु उपयोग में लाया जानेवाला अहिंसक शस्त्र है, लेकिन व्यवहार में अनेक बार अवांछित तत्त्वों द्वारा अपनी स्वार्थ पूर्ति हेतु जो काररवाई की जाती है, उसे ही सत्याग्रह का नाम दे दिया जाता है और इसी कारण सत्याग्रह की आलोचना की जाती है। वस्तुतः वे दोष सत्याग्रह के नहीं, वरन् सत्याग्रह को प्रयोग में लानेवाले व्यक्तियों के हैं।

गांधीजी की संरक्षकता के सिद्धांत पर आलोचकों द्वारा की गई टिप्पणी के संबंध में यह कहा जा सकता है कि यद्यपि आर्थिक क्षेत्र के संबंध में गांधीजी की विचारधारा उतनी व्यावहारिक नहीं है, किंतु गांधीजी की नैतिक ईमानदारी पर संदेह करना उनके साथ अन्याय करना है। गांधीजी को अहिंसात्मक साधनों के आधार पर मानव हृदय-परिवर्तन की क्षमता में अद्‌भुत विश्वास था और अपने इसी नैतिक विश्वास के कारण दरिद्रनारायण के सच्चे साथी के नाते उन्होंने इस सिद्धांत का प्रतिपादन किया। गांधीजी पर पूँजीवाद का समर्थक होने का आक्षेप इस कारण से और भी अधिक अनुचित हो जाता है कि गांधीजी ने प्रयास सिद्धांत की असफलता की स्थिति में संपत्ति के राष्ट्रीयकरण एवं श्रमिकों के द्वारा सामूहिक रूप से उद्योगों के प्रबंध का सुझाव दिया था।

आलोचकों के नजर में गांधीजी द्वारा राजनीति और धर्म का मिश्रण भी अनुचित है। परंतु मेरा यहाँ कहना है कि इन आलोचकों के द्वारा गांधीवादी धर्म को समझने का प्रयास नहीं किया गया है। महात्मा गांधी ने धर्म को परंपरागत रूप में नहीं वरन् व्यावहारिक और मानवतावादी रूप में ग्रहण किया है और उनका आशय केवल यह है कि आर्थिक, सामाजिक और राजनीतिक जीवन में भी नैतिक मान्यताओं को अनिवार्यतः लागू किया जाना चाहिए। न केवल आदर्श वरन् व्यवहार की दृष्टि से भी यह गांधीवादी विचार नितांत सत्य है।

गांधीवादी जनमत का सिद्धांत भी एक आदर्शवादी धारणा है और इस रूप में उसका महत्त्व है। व्यवहार में गांधीजी स्वयं कहते हैं कि अल्पसंख्यकों को बहुसंख्यक के तर्कयुक्त मत के सम्मुख झुक जाना चाहिए।

महात्मा गांधी के सर्वोदय की विचारधारा तथा विनोबा के आंदोलन एवं जयप्रकाश

नारायण की दलविहीन प्रजातंत्र की वकालत के सबंध में आलोचकों की धारणा साफ-सुथरी नहीं है। आज देश में सामूहिक पुरुषार्थ की जरूरत है। पदागत राजनीति के स्थान पर लोकनीति की स्थापना आवश्यक है, विकेंद्रित उत्पादन प्रणाली और विकेंद्रित शासन सत्ता ही भारत के सुखमय भविष्य के लिए आवश्यक हैं। सर्वोदय उन्हीं दिशाओं की ओर ले जाने को उत्सुक है, जो वरेण्य है। सर्वोदय में समत्व, समर्पण, निष्ठा और श्रम साधना है। सर्वोदय दर्शन वैराग्य की शिक्षा नहीं देता। अतः यह किसी भी रूप में अव्यावहारिक नहीं हो सकता। यह तो सच्चे अर्थों में भारतीय आदर्शों की परंपराओं की पुनः स्थापना करने में रत है। फिर आज अगर विनोबा आंदोलन सफल नहीं हो सका है तो पहली बात यह है कि सरकार का अपेक्षित सहयोग इसे नहीं मिल पाया है तथा बुद्धिजीवियों एवं इसके कार्यकर्ताओं ने भी अपनी भूमिका का सही निर्वहन नहीं किया है। यदि अब भी जबकि विनोबाजी तथा जयप्रकाश नारायण हमारे बीच नहीं रहे उपर्युक्त कठिनाई को समय रहते दूर कर लिया जाए तो यह आंदोलन अपने निश्चित प्रभाव छोड़ सकता है और नई समाज व्यवस्था की स्थापना करने में भी समर्थ हो सकता है।

अंततः पूर्व में की गई आलोचनाओं का जबाव स्वयं गांधीजी के इन शब्दों के माध्यम से भी प्राप्त किया जा सकता है—"लोग कहते हैं कि हमारे विचार बदल गए हैं और मैं वर्षों पूर्व कही गई बातों से भिन्न बातें करता हूँ। सच्ची बात यह है कि परिस्थितियाँ बदल गई हैं, मैं तो वहीं हूँ। मेरे शब्द और कार्य परिस्थितियों के अनुसार ही होते हैं। जिस वातावरण में मैं रह रहा हूँ, उसका विकास होता रहा है और सत्याग्रही होने के कारण उसकी प्रतिक्रिया भी मेरे ऊपर होती रहती है।" इसे तो गांधी की बौद्धिक ईमानदारी ही कहा जा सकता।

महात्मा गांधी के संबंध में उपर्युक्त समालोचना से यह स्पष्ट है कि गांधीजी ने विश्व के विचार, जीवन और संस्कृति को महत्त्वपूर्ण देनें दी हैं। गांधीजी के योगदान के संबंध में कृपलानीजी ने लिखा है कि, "राजनीति का सत्य, अहिंसा और साधनों की पवित्रता द्वारा नैतिककरण करके, अन्याय और निरंकुशता का सत्याग्रह द्वारा सामना कर तथा अपने रचनात्मक कार्यक्रमों द्वारा गांधीजी ने सामाजिक, राजनीतिक एवं आर्थिक जीवन या संयोग एवं समन्वय करने का प्रयत्न किया तथा प्रभावकारी लोकतंत्र की स्थापना कर न्याय एवं समानता पर आधारित समाज की नींव डाली और इस प्रकार विश्व शांति के लिए मार्ग प्रशस्त किया।"

महात्मा गांधी ने आत्मगत विधि द्वारा तार्किक विश्लेषण के माध्यम से सत्यवान की प्राप्ति के बदले वस्तुवादी विधि द्वारा व्यावहारिक जीवन में उसकी परीक्षा कर लेने में ही पूर्ण विश्वास रखते थे। अंतिम सत्य नित्य है, परंतु सापेक्षिक सत्य परिवर्तनशील है। गांधी दोनों में समन्वय करते हैं। वे लकीर के फकीर न थे। उनकी विशेषता थी कि वे

प्राचीन भारतीय धार्मिक परंपरा एवं पाश्चात्य आधुनिक परंपरा का समन्वय कर अपने अनुभव द्वारा सत्य की परख को बल देते थे। यद्यपि गांधी ने सच्चिदानंद को अंतिम सत्य मानकर सामाजिक संगठन में उसके पूर्ण अवतरण का पक्षमंडन किया, फिर भी उनका रामराज्य हीगल के राष्ट्र राज्य की भाँति अंतिम आध्यात्मिक विकास नहीं, या द्वंद्ववादी प्रक्रिया पर आधारित एक अंतिम उच्चतम विकास नहीं, अथवा यह वास्तविक राज्य को विश्वात्मा का प्रकाशन होने के कारण पूर्ण आदर्शवादी होने की संज्ञा को अस्वीकृत करता है। मार्क्स के साम्यवाद की भाँति वह कोई स्थायी दर्शन भी नहीं, अपितु शाश्वत विकास की सत्यता को ध्यान में रखकर उन्होंने इसे एक गतिशील आध्यात्मिक विकास की संज्ञा प्रदान की। गांधी आदर्श एवं यथार्थ में पूर्ण समन्वय करते हैं।

गांधी एक महान् समन्वयवादी थे। उनके व्यक्तित्व में सृजनात्मक शक्ति अपार थी वे ईश्वर की सर्वव्यापकता में आस्था रखते थे। फिर भी सांसारिक समस्याओं से उनका स्थायी संपर्क बना रहा। ईश्वर में निरंतर श्रद्धा के साथ ही चरित्र की पवित्रता के माध्यम से नैतिक मार्ग पर गमन को सार्थक बताया। राजनीतिक मामलों में ऐसे पवित्र एवं उच्च चरित्र की उन्होंने आवश्यकता बताई। ईश्वर में अटूट निष्ठा एवं आंतरिक आवाज जैसी रहस्यवादी धारणाओं के पोषण के साथ वे भौतिक जगत् के ठोस वैज्ञानिक पर्यवेक्षण एवं जाँच पर जोर देते थे। भौतिक दशाओं के प्रभाव को हीगल की भाँति स्वीकार करते थे। चरखे द्वारा उत्पादन प्रक्रिया से शोषणरहित एवं सदाचारपूर्ण समाज की रचना होती है गांधी ने प्राकृतिक चिकित्सा का प्रयोग अपने ही शरीर पर किया था। लॉक भी चिकित्सा शास्त्र का ज्ञाता था दोनों ही शारीरिक रूग्णता के लक्षणों की पहचान के साथ अपने-अपने देश की राजनीतिक रुग्णता के लक्षणों की पहचान एवं उसके सही निदान प्रस्तुत करने में दक्ष थे।

रस्किन, थोरो, गीता एवं बौद्ध धर्म की शिक्षाओं का गांधीजी ने सांस्कृतिक समन्वय किया। प्लेटो, रूसो, टॉलस्टॉय, स्वामी दयानंद एवं तिलक की ही भाँति आधुनिक पाखंडपूर्ण दिखावटी सभ्यता के प्रति अपनी प्रतिक्रिया प्रदर्शित की। फिक्टे, हीगल एवं मेजिनी की तरह वे महान् राष्ट्रवादी थे। सिसरो एवं कांट की भाँति राजनीति के अंतर्गत भौतिक धर्म सत्ता की महत्ता को मान्यता प्रदान की। स्पेंसर की तरह सरकार के कृत्यों के प्रति उदासीनता की भावना रखते थे। मार्क्स की तरह वे सामाजिक एवं आर्थिक शोषण के विरुद्ध थे। ग्रीन की भाँति व्यक्ति के अधिकारों की प्रतिष्ठा के साथ सामान्य हित के आदर्श का समान पोषण करते हैं। काल्विन एवं लास्की की तरह असंगत सत्ता के विरोध के अधिकार का समर्थन पेश किया इस प्रकार गांधी एक महान् समन्वयवादी एवं प्रगतिशील विचारों की उत्कृष्टता को मुखरित करनेवाले थे।

गांधी नैतिक आदर्शवाद के प्रणेता होने के नाते वेदांत बुद्धवाद, स्टोई तथा क्रिश्चियन

विश्वासों की भाँति, परंतु डार्विन तथा स्पेंसर के योग्यतम के प्रति अति जीवन के आदर्श के विपरीत, सत्य के अंतिम विषय में विश्वास रखते थे, जिसे आज के आलोचनात्मक बुद्धिवादी स्वीकार करने में असमर्थ रहते हैं। आधुनिक नास्तिक, यांत्रिक एवं सामाजिक व्यवस्था के विपरीत वे प्राचीन नैतिक व्यवस्था में विश्वास रखते हुए बताना चाहते हैं कि अव्यवस्थित एवं युद्धपूर्ण संसार में भी दैवी उद्‍देश्य निश्चित रूप से छिपे रहते हैं।

शक्ति एवं वर्ग संघर्ष के विपरीत गांधी मानव हृदय परिवर्तन एवं वर्ग सहयोग में विश्वास रखते थे। वे सामाजिक प्रगति के लिए संस्थामूल परिवर्तनों के स्थान पर जे.एस. मिल की भाँति नैतिक शिक्षा, आंतरिक शुद्धि एवं आत्मानुभव पर जोर देते थे। वे आंतरिक चेतना एवं अंत:करण को प्रकाशित करने की शिक्षा दिया करते थे। स्वतंत्रता, समानता, सामाजिक न्याय, व्यक्तिगत अधिकार, निर्भीकता, अहिंसा जैसे आदर्शों के पोषक थे। अंत:करण की शुद्धि एवं चेतना रखने के कारण वे सभी दिशाओं में प्रभावशाली थे। राजनीतिक एवं नैतिक विचारों की संतुष्टि के साथ उन्होंने एक विशिष्ट जीवन दर्शन भी प्रदान किया। सामाजिक पुनर्जीवन अहिंसा, प्रेम एवं सत्याग्रह पर ही संभव बनाया जा सकता है। वर्ग संघर्ष एवं साम्राज्यवादी शोषणों के वे महान् विरोधी थे। वे एक साथ व्यक्तिवाद, आदर्शवाद एवं अराकतावाद के गुण पर जोर देते हुए समूहवादी राज्य को आवश्यक बुराई बताते हैं। व्यक्ति के नैतिक संपत्ति पर उन्होंने जोर दिया जो समाज पुनर्निर्माण के हेतु आवश्यक था।

हीगल के विपरीत पर ग्रीन की भाँति उन्होंने अंतरराष्ट्रीयतावाद एवं विश्व शांति पर जोर दिया। ये धारणाएँ उनके मानववाद की प्रतीक थीं। यही नहीं, पद दलितों के उद्धार के लिए वे सतत बेचैन रहते थे। अंतिम व्यक्ति को उन्होंने सामाजिक प्रगति का मापदंड बताया। उनका सर्वोदयवाद, वेन्थम के उपयोगितावादी, अहंवादी, मनोवैज्ञानिक भोगवाद तथा अधिकतम संख्या के अधिकतम सुख के आधी भौतिक आदर्श के खोखलेपन एवं निष्प्राणता के विपरीत नैतिक सुख, आत्मानुभव एवं सभी व्यक्तियों के सुख पर जोर देनेवाला है। मनुष्य की जटिल एवं कठिन समस्याओं के स्थायी हल के लिए शांतिपूर्ण नीति को ही उन्होंने लाभदायक बताया।

गांधी ने न्यायालयों के फैसले की अपेक्षा मध्यस्थता द्वारा झगड़ों के फैसले पर जोर दिया। इसी धारणा पर उन्होंने भारत में ग्राम पंचायत को सामाजिक पुनर्स्थापना का माध्यम बताया। भारतीय सांवैगिक एकता हेतु सामूहिक कीर्तन एवं प्रार्थना पर जोर दिया। पुस्तकीय ज्ञान की अपेक्षा अंत:करण की शुद्धता एवं चारित्रिक पवित्रता पर उन्होंने अधिक जोर दिया। गांधी केवल दार्शनिक व्याख्या की उड़ान नहीं भरते वरन् विचारों को व्यावहारिकता में ढालना चाहते थे, अत: गांधी के विचार सार्वभौमिक, सार्वभौतिक तथा सभी परिस्थितियों के लिए उच्च एवं आज की परिस्थितियों से निबटने

के लिए रामबाण औषधि हैं। वे इतिहास के प्रथम व्यक्ति थे, जो घृणा को प्रेम से तथा हिंसा को अहिंसा से रोकने में विश्वास रखते थे। यह गांधी द्वारा अपनाया गया तरीका ही था, जिनको अपनाकर स्वतंत्रता संग्राम में भारतीय जनता ने शक्तिवान् ब्रिटिश साम्राज्य को भारत छोड़ने हेतु बाध्य कर दिया और जिसका प्रभाव फिर लंका, बर्मा और पूर्वी अफ्रीका पर भी पड़ा। एक पश्चिमी विचारक महात्मा गांधी के बारे में लिखता है कि "शताब्दियों तक भारत का इतिहास 'गांधी पूर्व' और 'गांधी पश्चात्' के रूप में लिखा जाएगा।"[९]

'गीता' में भगवान् कृष्ण ने कहा है—

"यद् यदा चरित श्रेष्ठस्तत्तदेवेतरो जनः।
सत्यत्प्रमाणं कुरुते लोकस्तदनुवर्तते॥"

श्रेष्ठ पुरुष जो आचरण करते हैं, दूसरे लोग उसका अनुकरण करते हैं और वे जिसे प्रमाण बना जाते हैं, लोक उनका अनुसरण करते हैं।[१०]

विश्वबंधु बापू ने वर्तमान युग में विश्वयुद्ध की भीषण विभीषिका से त्रस्त जगत् को अहिंसा का अमोघ अस्त्र दिया। भारत की सदियों से त्रस्त जनता में सत्याग्रह का क्रांतिमंत्र फूँककर नूतन प्राण संचार किया और स्वार्थ संकुचित राजनीतिक परिवेश में नैतिक मूल्यों की प्रतिष्ठा कर अनमोल रोशनी प्रदान की। पैगंबर मुहम्मद साहेब के बाद सामाजिक समता एवं ईमान के लिए सतत संघर्ष करनेवाले वे सबसे बड़े अपराजेय योद्धा थे, जो जीवन के अंतिम क्षण तक सनातन मूल्यों की रक्षा के लिए आतुर और प्रयत्नशील रहे।

लॉर्ड माउंटबेटन ने ७ अक्तूबर, १९४८ को रॉयल एम्पायर सोसाइटी की गोष्ठी में महात्मा गांधी की महानता पर प्रकाश डालते हुए कहा था, "भारत में गांधी की तुलना रुजवेल्ट तथा चर्चिल जैसे राजनेताओं से नहीं होती। वे तो सिर्फ मुहम्मद साहब और ईसा मसीह से ही उनकी तुलना करते हैं।"[११]

महात्मा गांधी ने संबंध में दिनकरजी ने भी लिखा है—

"बापू ने राह बना डाली,
चलना चाहे संसार चले,
डगमग होते हों पाँव अगर
तो पकड़ प्रेम का तार चले।"[१२]

परंतु खेद की बात है कि आज हम महात्मा गांधी द्वारा बताए गए रास्तों से विचलित हो रहे हैं और उस दिशा में बढ़ रहे हैं जहाँ न तो शांति होगी, न आदर्श, न उन्नति और न ही मानव काल के मुँह में जाने से ही बच सकता है। कहीं भी अमन चैन और शांति

नहीं है। भौतिकवादी सभ्यता की चकाचौंध से मानव की आँखें चौंधिया गई हैं।

आधुनिक जीवन पद्धति के विभिन्न पक्षों पर दृष्टिपात करने से यह अच्छी तरह स्पष्ट हो जाएगा कि आधुनिक सभ्यता नैतिकता के आधारभूत आदर्शों को भुलाकर धीरे-धीरे किस प्रकार नैराश्य एवं नाश के गर्त में गिरती जा रही है और किस प्रकार एक के बाद दूसरे युद्ध से हर जगह मानव समाज की नैतिक बुनियाद ही हिल रही है।

सच्चाई के प्रति उत्तरोत्तर बढ़ती हुई उपेक्षा की भावना आज सबसे अधिक व्यापारिक क्षेत्रों में दिखाई देती है जहाँ झूठे विज्ञापनों के कारण स्वस्थ प्रतियोगिता का अवसर ही समाप्त होता जा रहा है। चाहे नागरिक हो या सैनिक क्षेत्र, आधुनिक प्रचार और विज्ञापन तंत्र मनोविज्ञान की मदद से इतना संपन्न हो चुका है कि अर्द्धसत्य ही नहीं, असंख्य सत्य बनकर हमारे सामने व्यामोह पैदा कर देता है। इसका सबसे बुरा परिणाम यह होता है कि जो वास्तव में बिलकुल सत्य है उसपर भी शंका होने लगती है। आज यह निर्विवाद है कि राजनेताओं के आश्वासनों एवं प्रतिज्ञाओं में जनता को उतना भी विश्वास नहीं रह गया है जितना कि अबोध एवं अपढ़ ग्रामीण व्यक्ति के वचनों पर होता था। इस प्रकार के बढ़ते हुए अविश्वास एवं असत्य के वातावरण में भला किसी प्रकार का राष्ट्रीय या अंतरराष्ट्रीय सद्‌भाव कैसे संभव है। आज की सिद्धांतहीन राजनीति गांधी के नैतिकता के नियमों से सर्वथा भिन्न है। आज के राजनीतिज्ञ मात्र सत्तापरायण हैं और जनता उनके लिए गौण। भारतीय संदर्भ में राजनीतिज्ञों ने जनता में न अपनी विशिष्ट पहचान स्थापित की है, न वे क्षेत्रीयता, जातीयता, सांप्रदायिकता या भाषायी भेदभावों से ऊपर उठ सके हैं और न ही गांधी की तरह उन्हें अपने सहयोगियों, अधीनस्थों एवं अनुयायियों का वह सक्रिय सहयोग ही प्राप्त है। आज भारत के अधिकांश भागों में सांप्रदायिकता की आग भड़क रही है। जातिवाद की आँधी इतनी तेजी से चल रही है कि किसी भी चीज के गुणावगुण जाँचने की यह उत्तम कसौटी मानी जाती है। आज नेताओं की छवि सिर्फ जातीयता के आधार पर ही आँकी जाती है।

आजादी के बाद से ही भारत में महात्मा गांधी के आर्थिक तथा सामाजिक विचारों का ढिंढोरा पीटते इतने वर्ष गुजर चुके हैं, किंतु आज भी हम गांधी एवं उनके विचारों को नहीं समझ सके। सहसा हमारे सामने चंद सवाल उठ जाते हैं कि क्या हम गांधी की विचारधाराओं को मूर्त रूप दे सके हैं? यदि नहीं तो आखिर क्यों? इस भाग-दौड़ की दुनिया में गांधी और उनके मूल विचार आज सामाजिक, आर्थिक समस्याओं के कटघरे में खड़े हैं। महात्मा गांधी के सत्य-अहिंसा, नैतिकता, ग्रामीण विकास, बुनियादी शिक्षा और लघु उद्योग के विकास का भारत तथा आज के यंत्रीकरण, कंप्यूटर, नई शिक्षा नीति (मॉडल स्कूल) और बड़े उद्योगों का भारत बिलकुल ही अलग-अलग दीख रहा है। क्या सही अर्थों में यह वही भारत है जिसकी कल्पना गांधी ने की थी। २ अक्तूबर, और

३० जनवरी को हम भारतवासी औपचारिकता पूरी कर लेंगे, किंतु उनके बताए गए मार्ग पर चलने से परहेज करेंगे। उनका नाम रटते-रटते हम उनके आदर्शों को तिलांजलि दे देंगे। यही हमने बुद्ध एवं महावीर के साथ किया और अब गांधी के साथ कर रहे हैं। कवि अंचल के शब्दों में—

"पूजा का पाषाण बनाकर हमने
तुमको रख छोड़ा,
मंदिर में अगणित पत्थर थे,
एक अधिक उनमें जोड़ा।
शपथ तुम्हारी खाते-खाते हम तुमको
ही भूल गए
गीत तुम्हारी गाते-गाते हम तुमको
ही भूल गए।"[१३]

गांधीजी को हमारे बीच से गांधीजी के समर्थक राजनेताओं ने ही हटाया। शासन के कर्णधारों ने राष्ट्रीय जीवन में भी अहिंसा को मात्र सिद्धांत के रूप में जीवित रखा। वैयक्तिक सुख-सुविधा तथा वैभव की अकांक्षा ने गांधीज़ी के दर्शन को उनके व्यक्तिगत जीवन से भी लुप्त कर दिया और उनके शासन से भी।

सत्ता के केंद्रीयकरण का फल तो इतना कड़वा सिद्ध हो रहा है कि आगे के वर्षों में भारत का टुकड़ा हो जाए तो कोई आश्चर्य नहीं। सरकार की इधर ऐसी प्रवृत्ति रही है कि राज्य सूची से विषयों को निकालकर समवर्ती सूची में रख रही है। राज्यों की निर्भरता केंद्र पर लगातार बढ़ती जा रही है। विरोधी मुख्यमंत्रियों को भद्दे ढंग से अपस्थ कर दिया जाता है।

आर्थिक क्षेत्र में हम देखते हैं आर्थिक विकेंद्रीकरण की दुहाई सभी देते हैं, किंतु सकेंद्रण को सभी बढ़ावा देते हैं। सन् १९६३-६४ से १९८३-८४ के दौरान २० वर्षों की अवधि में 'इकॉनॉमिक टाइम्स' के ९ मई, १९८५ और २६ फरवरी, १९८६ के अंक के अनुसार देश के बड़े औद्योगिक घरानों की परिसंपत्ति काफी तेजी से बढ़ी है। बिड़ला की परिसंपत्ति १९६३-६४ के २८३ करोड़ रुपए से बढ़कर १९८३-८४ में २,८३१ करोड़ रुपए और टर्न ओवर इसी अवधि में २९० करोड़ रुपए से बढ़कर से २,९७२ करोड़ रुपए और टर्न ओवर ३२५ रुपए करोड़ से ३,०६९ करोड़, मफतलाल की परिसंपत्ति ३९ करोड़ रुपए से ६९५ करोड़ और टर्न ओवर ३९ करोड़ रुपए जे.के. सिहानिया की परिसंपत्ति ५३ करोड़ रुपए से ६७४ करोड़ रुपए और टर्न ओवर ५४ करोड़ रुपए से ६५१ करोड़। थापड़ की परिसंपत्ति ६३ करोड़ से ५७२ करोड़ और टर्न ओवर ७१

करोड़ से ७५३ करोड़, ए.सी.सी. की परिसंपत्ति ७७ करोड़ से ५७१ करोड़ और टर्न ओवर ४४ करोड़ से बढ़कर ५७१ करोड़ हो गया है। इस प्रकार १९८३-८४ में परिसंपत्ति और टर्न ओवर बढ़कर क्रमशः रिलायंस टेक्सटाइल्स का ५६३ और ६२९ करोड़, साराभाई ४४५ और ५१० करोड़, मोदी का ४१० और ६८२ करोड़ हो गया है।[१४] तभी तो करों की चोरी के विरुद्ध चलाया गया तत्कालीन वित्त मंत्री श्री विश्वनाथप्रताप सिंह का अभियान पूँजीपतियों—चाहे सरकार में हो या सरकार से बाहर—को रास नहीं आया। बात आर्थिक विकेंद्रीकरण, परंतु परिणाम आर्थिक संकेंद्रण।

आज श्रम और गहन तकनीकी की घोर उपेक्षा होती जा रही है, और यही सिलसिला १९८० की औद्योगिक नीति के साथ रहा। वर्तमान सरकार भी जिस तरह से कंप्यूटर की भाग-दौड़ में लगी है और यंत्रीकरण की बदौलत तेजी से २१वीं सदी में प्रवेश करना चाहती है उससे नहीं लगता कि श्रम गहन तकनीक को प्राथमिकता मिल पाएगी, तथा गांधी के मार्ग पर भारतीय अर्थव्यवस्था को चलाने की योजना है। आज उनकी बात तो जो १९४४ में प्रकाशित कंस्ट्रक्टिव प्रोग्राम में कही गई है, "यदि काम करनेवालों की कमी हो तो मशीनें अच्छी मानी जा सकती हैं, किंतु यदि काम करनेवाले आवश्यकता से अधिक हों तो मशीनें व्यर्थ हैं।"[१५] सरकार मानने को तैयार नहीं। कृषि, उद्योग, यातायात, व्यापार सभी क्षेत्रों में आज यंत्रों का बोलबाला है। यंत्र तो अब आधुनिक सभ्यता और विकास के अभिन्न अंग बन गए हैं।

करारोपण के बारे में उनका दृष्टिकोण था कि वरदान क्षमता के अनुरूप ही करारोपण होना चाहिए और इससे प्राप्त राजस्व का प्रयोग मितव्ययिता सिद्धांत के आधार पर लोकहित के लिए होना चाहिए। किंतु आज करदान, क्षमता से अधिक करारोणन, कर अपबंधन, अनुत्पादक व्यय और अभिव्ययिता आम बात हो गई है, जिसका अर्थव्यवस्था पर गहरा प्रभाव पड़ता है।

महात्मा गांधी (भारत के सपूत) का विचार आज भारत में ही काल्पनिक लगने लगा है। अंतरराष्ट्रीय क्षेत्र में गांधी की महत्ता को चाहे कितना भी क्यों न सराहा जाए, रूस, अमेरिका और यूरोप से असंख्य लोग गांधीजी के तत्त्वज्ञान का अध्ययन करने भारत चले आएँ, किंतु भारत में इनका कोई महत्त्व नहीं है बस महत्त्व है तो भोली-भाली जनता को समझा-बुझाकर वोट की राजनीति खेलने के लिए और किसी तरह सत्ता पर आसीन होने के लिए। अच्छा तो यह होता कि लोग गांधी टोपी पहनने के पहले गांधी के विचारों को आत्मसात् करते।

पंचायती राज को, जिसे शासन की व्यवस्था के बुनियादी ढाँचे का अंग बनाना चाहिए था, संविधान निर्माताओं ने सिर्फ इसे नीति निर्देशक सिद्धांतों के अंतर्गत स्थापित करके संतोष कर लिया। फिर पंचायतें आज जिस ढंग से कार्य कर रही हैं वह गांधीजी

का सपना नहीं था। पंचायतों के काम करने में आज अनेक शासकीय अड़चनें हैं। अपने गंतव्यों को पाने के लिए उनके पास पर्याप्त अधिकार नहीं हैं तथा साधनों का भी अभाव है। यह भी देखने में आ रहा है कि पंचायतों की स्थापना से जातिवाद व भ्रष्टाचार आदि में भी वृद्धि हुई है। प्रशासन में भी तमाम भाई-भतीजावाद और लालफीताशाही का बोलबाला है। फाइलों की गति धीमी है जो स्पीड मनी को बढ़ावा देती है। मद्य निषेध कराने में सरकार अभी तक विफल ही रही है।

इसी प्रकार जब हम आज की अंतरराष्ट्रीय स्थिति को देखते हैं तो ऐसा लगता है कि आज के विश्व को गांधीवादी विचारधारा की शख्त जरूरत है। आज विश्व में सर्वत्र हिंसा, स्वार्थ, शोषण, प्रतिस्पर्धा आदि की प्रवृत्तियाँ बढ़ती जा ही हैं। हर राष्ट्र अपने पड़ोसी राष्ट्र को शंका की दृष्टि से देख रहा, कई एक-दूसरे से संघर्षरत हैं। विश्व के नेता सत्ता के नशे में इतने मतांध हो रहे हैं कि वे संभव-असंभव में भी अंतर नहीं कर पाते। औद्योगिक क्रांति के बाद आर्थिक प्रतिद्वंद्विता, शस्त्रों की होड़, परमाणु अस्त्रों तथा अंतर्महाद्वीपीय प्रक्षेपास्त्रों ने मनुष्य जाति के भविष्य पर प्रश्न चिह्न लगा दिया है।

वर्तमान संसार पूर्णत: विज्ञान की गिरफ्त में है। विज्ञान ने आज मानव को इतने अधिक सुख-साधन जुटाए हैं, जो नि:संदेह स्तुति योग्य हैं; किंतु इसने मानव विनाश के जितने संसाधन आज जुटा रखे हैं, उतने आज तक कभी नहीं जुटाए गए। आज के विश्व की स्थिति जितनी जटिल हो गई है, इतनी कभी नहीं। ऐसा प्रतीत होता है कि विज्ञान ने सुख के साथ-साथ हिंसा का भी विकास किया है तभी तो शायर इकबाल हिंसा के विकास पर तीक्ष्ण कटाक्ष करते हैं।

"जान ही लेने की हिम्मत में तरक्की देखी।
मौत को रोकनेवाला कोई पैदा न हुआ।"[१६]

आज की स्थिति ऐसी है कि एक राष्ट्र दूसरे राष्ट्र पर संदेह करता है, एक समाज दूसरे समाज से भयभीत है, एक धर्म दूसरे धर्म से डरता है। यह असुरक्षा और भय का वातावरण ही हिंसा को जन्म देता है। यह एक मनोवैज्ञानिक तथ्य है।

वर्तमान युग में 'स्टार वार' की बड़ी व्यापक चर्चा है जिसके फलीभूत होने का मतलब है—समग्र मानवता का विनाश, या यों कहें कि मानव समाज की हत्या, तो ज्यादा उपयुक्त होगा। वैज्ञानिकों का अनुमान है कि यदि अमेरिका और रूस में नाभिकीय युद्ध होता है तो कम-से-कम दस करोड़ से लेकर २ अरब तक लोग मारे जा सकते हैं। जो बच जाएँगे वे मरे से भी गए-गुजरे होंगे। इसके अतिरिक्त जलवायु, में भी ऐसी विकृतियाँ पैदा होंगी, जिनकी कल्पना करना मुश्किल है।

घृणा पर आधारित मानव मन पर 'युयत्सु प्रवृत्ति' फिर हावी हो रही है। आज का विश्व विज्ञान के सुनहरे रथ पर चढ़कर ऐसे मार्ग पर या खड़ा हुआ है, जिसके आगे

केवल खाई है। जर्जरित मानवता आज कराह रही है उसे करुणा, प्रेम और शांति चाहिए जो अहिंसा ही दे सकती है।

आज विश्व शांति में बाधक तत्त्वों में एक अन्य तत्त्व राज्य और लिप्सा है। नेपाल के अतिरिक्त विश्व के प्राय: अन्य सभी देशों ने राजतंत्र को नकार सा दिया है। संप्रति विश्व में प्रजातंत्र, साम्यवाद, समाजवाद एवं सैनिक शासन व्यवहृत हैं। सत्ता प्राप्ति के लिए जहाँ मुजीब, भुट्टो, अमीन, तैराकी आदि की बलि चढ़ाई जा रही है वहीं लगभग सभी राष्ट्राध्यक्ष सत्ता के लोभ से भयाक्रांत हैं, इसलिए कि सत्ता प्राप्ति के सोपान आज ईमानदारी और नैतिकता को ताख पर रखकर पार किए जाते हैं।

उपर्युक्त तमाम समस्याओं का सही एवं एकमात्र समाधान अहिंसात्मक दर्शन ही है। आज के विश्वव्यापी शोषक एवं शोषित के वर्ग भेद को समाजवाद, साम्यवाद, और पूँजीवाद कभी भी एवं किसी परिस्थिति में नहीं मिटा सकते। इसे मात्र गांधी दर्शन ही समाप्त कर सकता है। योग्य, क्षमता एवं प्रतिभा के अनुसार कार्य तथा आवश्यकता के अनुरूप कार्य तथा उपलब्धि का सुअवसर प्रदान करना ही गांधीवादी विचारधारा का लक्ष्य है। धन और धरा को बाँटकर मात्र वर्ग संघर्ष की पृष्ठभूमि तैयार की जा सकती है, यह वितरण स्थायी विश्व शांति की स्थापना का आधार कदापि नहीं हो सकेगा।

महात्मा गांधी ने अहिंसा और सत्य का व्यापक पैमाने पर प्रयोग किया और उसमें सफलता हासिल करके विश्व के इतिहास में अविस्मरणीय कार्य किया। गांधीजी की दृष्टि में अहिंसा वह ज्योति है, जिसके द्वारा सत्य का दर्शन होता है। बिना अहिंसक हुए सत्य की प्राप्ति असंभव है। अहिंसक व्यक्ति सच्ची साधना द्वारा विश्व का कठिन से कठिन कार्य कर सकता है। उनके विचार से अहिंसा में ईर्ष्या, क्रोध, लोभ, भय आदि का कोई स्थान नहीं है। मानव इतिहास इस बात का स्पष्ट प्रमाण है कि क्रमश: हिंसा का ह्रास तथा अहिंसा का विकास हुआ है।

गांधीजी भी स्थायी सामाजिक क्रांति के लिए अहिंसक प्रेम को ही सबसे महत्त्वपूर्ण मानते हैं। हिंसा द्वारा समाज में कभी स्थायी शांति स्थापित नहीं हो सकती, क्योंकि हिंसा सदैव प्रतिहिंसा को जन्म देती है।

बहुमत के नाम पर अल्मत का शोषण सर्वथा अनुचित है। सत्ता नीचे से ऊपर की ओर जाए, योजनाएँ जन-आधारित बनें एवं जननेता चरित्रवान् एवं सच्चे अर्थों में लोक-सेवक हों। सादा जीवन उच्च विचार उनका जीवन दर्शन हो, मानव मात्र के प्रति समान आचरण एवं समान व्यवहार हो, नेतृत्व वर्ग से इसी अपेक्षा के साथ महात्मा गांधी ने स्वतंत्र भारत में स्वराज्य की कल्पना की थी। गांधी दर्शन की मान्यता है कि बल के साथ निर्बल को भी जीने के अधिकार है।

गांधीजी को जीवित रखने के लिए आज आवश्यक है कि इस राजनीति की

दूषित प्रवृत्ति को बदला जाए। सात्विक साधनों और सेवा की नीति पर समान रूप से बल दिया जाए। राजनीति में अर्थ व्यावसायिक मनोवृत्ति को बदलकर सेवा की नीति को अपनाना होगा। गांधीजी ऐसे ही वातावरण में जीवित रह सकते हैं जिसमें स्वार्थ परमार्थ में बदल जाए और समाज हित का निश्चित व्यापक आधार हो।

निश्चित रूप से भारत जैसे विशाल जनसंख्यावाले देश के लिए तीव्र आर्थिक विकास एवं पूर्ण रोजगार की स्थापना हेतु गहन श्रम तकनीक नितांत आवश्यक है जिसकी जोरदार वकालत गांधीजी ने की थी।

महात्मा गांधी लघु उद्योगों के पक्षधर थे। उनकी धारणा थी कि भारतीय अर्थव्यवस्था की समस्याओं का समाधान एकमात्र लघु उद्योगों से ही संभव है। इससे उत्पादन, रोजगार और आत्मनिर्भरता सभी की वृद्धि होती है। चूँकि भारत में श्रम की प्रचुरता और पूँजीवादी दुर्लभता है, इसलिए यहाँ लघु और कुटीर उद्योगों का तीव्र विस्तार नितांत आवश्यक है।

महात्मा गांधी व्यक्तिगत स्वतंत्रता के बहुत बड़े समर्थक थे और मनुष्य के व्यक्तित्व में अधिक विश्वास रखते थे। उनकी राय में मानवीय क्रियाएँ न्यूनतम प्रतिबंधित होनी चाहिए ताकि व्यक्तित्व का पूर्ण विकास हो सके। जब तक मनुष्य अपने उत्तरदायित्व का अनुभव नहीं करता तब तक विश्व की उन्नति संभव नहीं। किंतु आज कोई भी व्यक्ति विफलताओं की जबावदेही लेना नहीं चाहता, मानो उनकी जबावदेही किसी से संबंधित है ही नहीं। हर कोई अपनी विफलताओं को दूसरों पर टालना चाहता है।

महात्मा गांधी को संसार का एक महानतम व्यक्ति समझा जाता है। इसलिए नहीं कि उन्होंने अपने देश के स्वतंत्रता संग्राम का सफलतापूर्वक नेतृत्व किया, क्योंकि पादरी होम्स ने सन् १९२२ में ही गांधीजी को संसार का महानतम व्यक्ति घोषित कर दिया था जबकि भारत स्वतंत्र नहीं हुआ था और उनका नाम पश्चिमी जगत् में नहीं फैला था। विचारशील जगत् में व्यक्ति की दृष्टि में जिस चीज ने उन्हें इतना महान् बनाया था वह था उनका वह विलक्षण साधन जो कि उन्होंने दक्षिणी अफ्रीका तथा भारत में अपने संघर्षों में अपनाया। वह है उनका पदार्थ पर आत्मा की श्रेष्ठता पर बल देना। मनुष्य में आत्मबल में विश्वास को जाग्रत् करके गांधीजी ने मानव हृदय में उससे कहीं बड़ी क्रांति की जो कि रूस और फ्रांस में हुई थी, क्योंकि उन क्रांतियों के वाहकों ने जीवन के उन मूल्यों को नहीं ललकारा, जिनके ऊपर उनके समय का समाज आधारित था। अपने अनुयायियों को हिंसा से बचने, सामाजिक, आर्थिक एवं राजनीतिक अन्याय के विरुद्ध अपने संघर्ष में केवल सत्य और अहिंसा के बल पर निर्भर रहने का उपदेश देकर, उन्होंने प्रत्येक मानव हृदय में उन गुणों को आरोपित करने का अथक प्रयास किया। उनका अहिंसा पर बल देना इस बात की सतत याद दिलाता है कि कुछ बातें ऐसी भी हैं

जो कि मनुष्य को अपने देश के लिए भी नहीं करनी चाहिए। जब राष्ट्रीय भावनाओं में उत्तेजना आती है तो इस बात का बड़ा खतरा रहता है कि न केवल सर्वसाधारण व्यक्ति बल्कि नेतागण भी इस महान् सत्य को भूल जाएँ। इस बात को सबसे आगे चलकर गांधीजी ने राष्ट्रीय आंदोलन को एक ऐसे ऊँचे नैतिक स्तर पर उठा दिया जिस पर कि अन्य किसी भी देश का राष्ट्रीय आंदोलन न पहुँच पाया था।

यद्यपि महान् नैतिक शस्त्र सत्याग्रह के संबंध में मैं बहुत कुछ लिख चुका हूँ फिर भी यहाँ जैसा कि लॉर्ड वॉयड ने सन् १९५३ में एक सेमिनार में कहा था, उद्धृत करना सर्वथा उचित है। उनके शब्दों में ''सत्य और सत्य प्राप्त होता है विचार से, सब मनुष्यों के लिए न्याय, समस्त राष्ट्रों को अपनी प्रतिभा के अनुसार अपने साधनों को विकसित करने की स्वतंत्रता, राष्ट्रों के अंदर व्यक्तियों के लिए स्वतंत्रता, अर्थात् पूर्ण स्वतंत्रता चाहे उनका रंग, धर्म या राजनीतिक विचारधारा कुछ भी क्यों न हो, रोग भूख तथा गरीबी से स्वतंत्रता, एक शब्द में सबके लिए पूर्ण स्वतंत्रता ताकि प्रत्येक व्यक्ति अपने भौतिक, मानसिक तथा सांस्कृतिक कल्याण के लिए अपनी उच्चतम आंतरिक शक्ति प्राप्त कर सके। गांधीजी के सिद्धांत की मुख्य विशेषता यह है कि इन महान् आदर्शों की प्राप्ति केवल अहिंसात्मक साधनों से की जा सकती है। मेरे विचार से हमारी काररवाई में गांधीजी की शिक्षा का सबसे महत्त्वपूर्ण भाग यही था।''

हिंसा स्वार्थ, शक्ति की तृष्णा तथा नैतिक पतन है। वर्तमान वातावरण में उत्पन्न होनेवाला व्यक्ति सत्याग्रह की अजेय शक्ति में सरलता से विश्वास नहीं कर सकता। सत्य का पालन कठिन है, क्योंकि आज प्रायः शब्दों का उच्चारण विचारों को अभिव्यक्त करने की बजाय उन्हें छिपाने के लिए ही अधिक किया जाता है। अहिंसा कठिन है क्योंकि अपनी पशुवृत्तियों के वशीभूत होकर भय, अविश्वास तथा घृणा की भावनाओं में बह जाना और अपने विरोधी को बलपूर्वक कुचलने की चेष्टा अधिक स्वाभाविक है। साधनों की विशुद्धता कठिन है, क्योंकि आमतौर से जब एक मनुष्य अपना लक्ष्य निर्धारित कर लेता है तो उसकी दृष्टि में किसी भी प्रकार उसे प्राप्त करने के अतिरिक्त और कुछ आता ही नहीं। परंतु यद्यपि वे कठिन हैं तथापि हम अपना नैतिक विकार करना चाहते हैं तो हमें उनका पालन करना ही होगा। यदि हमारा लक्ष्य एक नैतिक समाज की रचना करना है तो गांधीजी द्वारा दी गई शिक्षा तथा आदर्शों पर अमल करना ही होगा।

यद्यपि सत्य, अहिंसा और साधनों की विशुद्धता के पालन में पूर्णता मानव की पहुँच से परे है, तथापि हमें इनको कोरी कल्पना नहीं समझना चाहिए। ये धीरे-धीरे प्राप्त किए जा सकते हैं। स्वयं गांधी ने हमें दिखाया है कि आरंभ किस प्रकार किया जाए। गांधीजी की एक सबसे अधिक सुंदर और सबसे अधिक महत्त्वपूर्ण विशेषता यह थी कि

वे किसी बात का उपदेश देने से पहले उसको स्वयं अपने जीवन में उतार लेते थे।

आज के विश्व को काल्पनिक आदर्शों की उतनी आवश्यकता नहीं है, जितनी परिवर्तन लाने के साधनों की। समाज व्यवस्था के उसके सामने दो आदर्श हैं—पश्चिम का उदारवादी लोकतांत्रिक पूँजीवादी आदर्श और साम्यवाद का मार्क्सवादी लेनिनवादी तथा माओवादी आदर्श, जिन्होंने विश्व को पहले ही दो भागों में विभक्त कर दिया है, जिनमें विश्व की क्रमश: २० और ३३ प्रतिशत जनता अपना जीवन बिता रही है। उन दो विश्वों के बाहर एक तीसरा विश्व है, विकासशील विश्व, जिसमें ४० प्रतिशत जनता निवास करती है और जो एक पागलपन के साथ विकास के गैर-साम्यवादी पथ पर दौड़ने की चेष्टा कर रहा है और जिसने विकास की इस होड़ में सभी प्रकार के आदर्शों के साथ प्रयोग किया है—इंग्लैंड के ढंग के संसदात्मक लोकतंत्र से लेकर अधिक-से-अधिक तानाशाही सैनिक अधिनायकवाद तक जो आज भी अपनी राजनीतिक, सामाजिक और आर्थिक समस्याओं को सुलझाने में सर्वथा असमर्थ हैं। अब तक यह स्पष्ट हो जाना चाहिए था कि इन समाजों के लिए एक क्षिप्तगामी औद्योगिकीकरण की दौड़ में सफलता प्राप्त करना कभी भी संभव नहीं हो सकेगा और अंततोगत्वा उन्हें गांधी के द्वारा बताए हुए मार्ग पर लौट आना होगा। एक बात जो अभी पूरी तौर से स्पष्ट नहीं है, वह यह है कि विकसित देश, जो आज उन भौतिक सफलताओं से—जो उन्होंने विशिष्ट परिस्थितियों में प्राप्त की थी—और जिनका दोहराया जाना अब संभव नहीं है, थके से प्रतीत होते हैं। तकनीक और संस्कृति के बीच आज जो एक विश्वव्यापी संघर्ष चल रहा है उसका समाधान करने की क्षमता न तो पश्चिम के पास है और न साम्यवादी विश्व के पास। पश्चिम और साम्यवादी दोनों ही जब तक अपनी यांत्रिक तकनीकों से हटकर सामाजिक तकनीकों को दिशा में बढ़ना शुरू नहीं करेंगें—जो केवल गांधी के साधनों के द्वारा ही संभव है—उनके सामने आणविक हत्या के अतिरिक्त और कोई मार्ग नहीं रह जाता। लॉर्ड बॉयड ने भी कहा है, ''यदि आज जीवित बचे रहना है और जीवित बचे रहना चाहते हैं तो आपको गांधीजी द्वारा बताया गया अहिंसात्मक साधन अपनाना चाहिए। यदि आप सच्चाई के साथ अहिंसात्मक साधन अपनाते हैं तो आप एक नवीन संसार की रचना करेंगे, एक ऐसे संसार की जिसमें कि गरीबी नहीं होगी, जिसमें वे रोग नहीं होंगे जिन्हें कि रोका जा सकता है, जिसमें कि संपूर्ण मानव जाति, समस्त राष्ट्रों का चाहे ये सबसे धनी हों, चाहे सबसे गरीब। सांस्कृतिक और नैतिक कल्याण का एक उच्च स्तर होगा।''[१७] आज के प्रसंग में गांधी को सर्वथा प्रासंगिक बताते हुए U. Thant ने भी कहा है, "Gandhi's philosophy has a meaning and a significance far beyond the confines of his country or of his tise."[१८]

फिर उन्होंने कहा है, "Gandhi's philosophy will continue to be relevant for millenia to come... if the world is to be seved from nuclear catestrophe."[१९]

अब मैं दैनिक समाचार-पत्र ''हिंदुस्तान के २९-१-१९८७ के उस शीर्षक को उद्धृत कर रहा हूँ जिसमें कि राष्ट्रपिता महात्मा गांधी की पुण्यतिथि की पूर्व संस्था पर वर्तमान में बापू की प्रासंगिकता को लेकर भाषा संवाददाताओं के अनेक गांधीवादियों और विद्वानों के विचार जानने चाहे। सबने एक स्वर में स्वीकार किया कि विकास और आपाधापी के इस युग में भी गांधी की प्रासंगिकता कम नहीं हुई है। शीर्षक था, 'दुनिया को परमाणु युद्ध के साए से गांधीवाद ही बचा सकता है।'

गांधीवादियों का मानना था कि आज पंजाब समस्या के हल के लिए बापू जैसे लोगों की ही जरूरत है। ऐसे लोग पंजाब के गाँव-गाँव में जाएँ। लोगों की समस्या समझकर उनके समाधान का प्रयास करें। सर्वश्री आर.आर. दिवाकर, रजनी कोठारी, जे.डी. सेठी, नानाजी देशमुख, सुरेशचंद्र गंगल, राजीव वोरा, श्रीराम जोशी और प्रो. महेंद्र कुमार आदि गांधीवादियों और विद्वानों ने स्वीकार किया कि आर्थिक, राजनीतिक और भौतिक सत्ता के केंद्रीकरण के इस जमाने में गांधी के सिद्धांतों से बढ़कर प्रासंगिक कुछ नहीं है।

प्रसिद्ध गांधीवादी आर.आर. दिवाकर ने कहा, ''परमाणु युद्ध से त्रस्त इस दुनिया में गांधीजी प्रासंगिक ही नहीं, बल्कि अति प्रासंगिक हैं। हिंसा तो जंगल के कानून की तरह है, लेकिन अहिंसा मानवता का कानून है।'' उन्होंने कहा कि इनसान के तौर पर गांधीजी मर चुके हैं, परंतु चेतना और सिद्धांत के रूप में वह जीवित रहेंगे।

युवा गांधीवादी राजीव वोरा मानते हैं कि ''सत्तासीन और साम्राज्यवादी शक्तियों से लड़ने हेतु देशवासियों के लिए गांधीजी ही एकमात्र प्रासंगिक हैं।'' उन्होंने कहा कि ''२१वीं शताब्दी का नारा भारतीयों के अपने इतिहास को पूरी तरह नकारता है।''

बंबई विश्वविद्यालय के भूतपूर्व कुलपति एवं टेक्सास विश्वविद्यालय अमेरिका में 'गांधी जीवन एवं विचार' के विजिटिंग प्रोफेसर श्रीराम जोशी ने कहा कि उच्चतम तकनीकों और औद्योगिक सभ्यताओं के कारण प्रदूषण, मानव एवं प्रकृति में असंतुलन और आर्थिक असंतुलन के इस जमाने में गांधी की बड़ी जरूरत है। विकेंद्रीयकरण, स्वायत्तता और सहयोग के उनके सिद्धांत आज से ज्यादा महत्त्वपूर्ण कभी नहीं रहे।''

दीनदयाल शोध संस्थान के अध्यक्ष नानाजी देशमुख का मानना है कि बापू अगर आज हमारे बीच होते तो देश से बेरोजगारी और अशिक्षा काफी हद तक दूर हो जाती। समाज में बढ़ती सामाजिक और आर्थिक विषमताएँ कम होतीं। आम आदमी बेहतर जिंदगी व्यतीत करता।

श्री देशमुख ने कहा, ''यदि गांधीजी होते तो पंजाब समस्या के हल के लिए

देशभर के नानकपंथियों में राष्ट्रीय एकता की भावना पैदा करते। वे पंजाब के प्रत्येक सिख परिवार के बीच जाते। वे इन लोगों को संकुचित भावना से ऊपर उठने का प्रचार करते थे, जो सांप्रदायिकता की आग में जल रहे हैं।''

प्रख्यात राजनीति शास्त्री प्रो. रजनी कोठारी ने कहा कि ''आज पूरी तरह गांधी के रास्ते पर लौटना बहुत मुश्किल हो गया है, क्योंकि बहुत कुछ ऐसा हो गया है जो बदला नहीं जा सकता। पश्चिमी सभ्यता हमारा अभिन्न अंग हो गया। साथ ही नई तकनीकी को भी हम नहीं छोड़ सकते। लेकिन गांधी की दी हुई यह कसौटी भारतीय नेतृत्व के लिए आज भी उतनी ही प्रासंगिक है कि हर योजना और नीति बनाते समय हर निर्णय करते हुए हमें समाज के निर्धनतम् व्यक्ति को ध्यान में रखना चाहिए। उन्होंने कहा कि गांधी हर समस्या का सीधा और सरल हल खोजते थे। आज हमें भी गांधी की तरह अंतरराष्ट्रीय समस्याओं के स्थायी हल खोजने होंगे।''

विख्यात गांधीवादी अर्थशास्त्री जे.डी. सेठी ने कहा कि ''गांधी ने मौत का डर छोड़ दिया था। आज के नेताओं को हर चीज से ज्यादा अपनी जान प्यारी है। इसलिए इनमें से कोई पंजाब जाने का हिम्मत नहीं करता। वरन् यह समस्या कब की हल हो गई होती। गांधी ने आजाद भारत की एक स्पष्ट परिकल्पना की थी। उसे साफ-साफ शब्दों में हमारे सामने रख भी दिया था। जो गांधीजी को नहीं जानता वही उन्हें अप्रसांगिक कहने की मूर्खता कर सकता है।

श्री सेठी ने २१वीं सदी में ले जाने के बारे में नारे को मजाक बताया। उन्होंने कहा कि गांधी काल को खंड में बाँटकर नहीं देखते थे, वह आज की बात करते थे, कल की नहीं।

'गांधी मार्ग' के संपादक प्रो. महेंद्र कुमार ने कहा कि ''औद्योगिक सभ्यता के जो खतरे गांधीजी ने बताए थे वे आज हमारे सामने हैं। गांधी ने इन्हें दूर करने के जो उपाय बताए थे वे भी आज पहले से ज्यादा प्रासंगिक हैं। गांधीजी ने जो कहा कर भी दिखाया, लेकिन आज कथनी और करनी में अंतर है।''

जवाहरलाल नेहरू विश्वविद्यालय में गांधी अध्ययन केंद्र के निदेशक प्रो. सुरेशचंद्र गंगल ने कहा कि ''गांधी की प्रासंगिकता को शांति और विकास के लक्ष्य के संदर्भ में ही देखा जा सकता है। गांधीजी ने युद्ध और तकनीकी की जड़ों पर ही प्रहार किया और कहा कि असमानता एवं असुरक्षा की भावना और भय को समाप्त करके ही हम युद्ध रोक सकते हैं। यदि हमने गांधी का रास्ता अपनाया होता तो पंजाब जैसी समस्याएँ पैदा ही नहीं होतीं।''[२०]

गांधी के विचारों की प्रासंगिकता का सर्वेक्षण अभी तक मैंने गांधीजी के विचारों की प्रासंगिकता का सैद्धांतिक एवं व्यावहारिक पक्ष का ऐतिहासिक एवं सिद्धांतवादी

अनुशीलन ही प्रस्तुत किया है। परंतु गांधीजी के विचारों की सार्थकता को और गहराई से जानने हेतु मैंने लोगों से मिलकर, उनसे बातें करके तथा उनके वैज्ञानिक विश्लेषण द्वारा तथ्य एकत्र करने का प्रयास किया है। इस हेतु वर्तमान परिप्रेक्ष्य में गांधी के विचारों की प्रासंगिकता जानने के लिए हमने एक सर्वेक्षण आयोजित किया। इस सर्वेक्षण के लिए मैंने अपना क्षेत्र पटना विश्वविद्यलाय का शैक्षणिक क्षेत्र चुना तथा उपर्युक्त विषय से संबंधित प्रश्नावली तैयार की। जो उत्तर मैंने प्राप्त किए तथा उनका वर्गीकरण और विश्लेषण कर मैंने जो निष्कर्ष निकाले वे इस प्रकार प्रस्तुत किए जा सकते हैं—

इस व्यवहारवादी अध्ययन के उद्देश्य से हमने विश्वविद्यालय के वरिष्ठ छात्रों को, नए व्याख्याताओं, पुराने व्याख्याताओं (अवकाश प्राप्त भी) को चुना और ध्यान रखा कि प्रश्नावली का उत्तर संबंधी आँकड़े सही-सही प्राप्त हो सके। इन लोगों को मैंने आयु के अनुसार तीन भागों में बाँटा है तथा उदाहरणों की संख्या कुल ४० है—

१. २१-३० वर्ष तक २० उदाहरण,

२. ३१-४५ वर्ष तक १२ उदाहरण,

३. ४६ से अधिक वर्ष तक पर उदाहरण।

निम्नलिखित महाविद्यालय हमारे इस अध्ययन क्षेत्र की परिधि में आए—

१. पटना विश्वविद्यालय के विभिन्न विभाग
२. पटना कॉलेज
३. वाणिज्य महाविद्यालय
४. पटना साइंस कॉलेज
५. बी.एन. कॉलेज
६. मगध महिमा कॉलेज
७. पटना वीमेंस कॉलेज
८. पटना विधि महाविद्यालय
९. पटना मेडिकल कॉलेज
१०. पटना ट्रेनिंग कॉलेज

उपर्युक्त सभी महाविद्यालयों में छात्र-छात्राओं एवं शिक्षकों ने हमारी प्रश्नावली का ईमानदारी एवं रुचिपूर्वक उत्तर दिए। पूरी प्रश्नावली का उत्तर प्राप्त कर लेने के बाद उनका विश्लेषण मैंने किया तो पाया कि कुछ में हमारी प्रश्नावली के प्रति सच्ची ईमानदारी, कुछ में अज्ञानता, रुचिहीनता, रुढ़िवादिता, प्रगतिशील विचार दिखाई दिए। कुछ तो कट्टर गांधीवादी लगे। कुछ दिखावटी भी, कुछ तटस्थ और कुछ विरोधी भी।

उपर्युक्त दस महाविद्यालयों से मैंने अलग-अलग उनकी संख्या के अनुपात में उदाहरण चुने और तीनों वर्गों के आयुवाले में बाँटा।

गांधीजी के विभिन्न विचारों की प्रासंगिकता के प्रति उनका क्या दृष्टिकोण है, इसलिए मैंने अपने प्रश्नों को उस प्रकार ढाला था—

१. राजनीति का नैतिककरण,

२. अहिंसा,

३. सत्याग्रह (साधन साध्य की पवित्रता),

४. गाँव की तरफ लौटने का गांधीवादी संदेश,

५. रामराज्य की अवधारणा,

६. उद्योग एवं यंत्रीकरण संबंधी गांधीवादी धारणा,

७. ट्रस्टीशिप सिद्धांत,

८. सर्वोदय,

९. गांधीवादी विचारधारा की व्यावहारिकता,

१०. तनावपूर्ण विश्व के संबंध में गांधी के विचार।

इस तरह गांधीजी के विचारों की प्रासंगिकता के मूल्यांकन हेतु हमने पाँच वर्ग बनाए हैं, जो विषयानुसार अलग-अलग सारणियों में प्रस्तुत किए गए हैं।

राजनीति का नैतिककरण

सारणी-१

आयु समूह	कुल संख्या	उग्र स्वीकृति	अनिश्चित स्वीकृति	उग्र स्वीकृति	अनिश्चित अस्वीकृति	तटस्थ
२१-३०	२	९	३	७	०	१
प्रतिशत	—	५	५	५	०	५
३१-४५	१२	३	१	४	२	२
प्रतिशत	—	२५	८.३	३३	१७	१७
४६ से अधिक	८	४	१	२	०	१
प्रतिशत	—	५०	१२.५	२५	०	१२.५

१. **उग्र स्वीकृति**—इस वर्ग में वे लोग आते हैं जिनकी यह निश्चित धारणा है कि आज राजनीति का नैतिककरण नितांत आवश्यक है। उपर्युक्त सारणी में आयु समूह २१-३० वर्ग के ४५ प्रतिशत लोग गांधी के राजनीति के नैतिककरण को आज बिलकुल प्रासंगिक बताते हैं। आयु समूह ३१ से ४५ वर्ग के २५ प्रतिशत और आयु समूह ४६ से अधिक वाले ५० प्रतिशत और आज राजनीति का नैतिककरण नितांत आवश्यक समझते हैं।

२. **अनिश्चित स्वीकृति**—इस वर्ग में वे लोग आते हैं जो गांधी द्वारा राजनीति के नैतिककरण को आज के संदर्भ में स्वीकार तो करना चाहते हैं, किंतु उनमें ठोस तर्क नहीं। वे कुछ ढुलमुल से हैं और कुछ अनिश्चित। ऐसा लगता है

कि उन्हें यदि ठोस तर्कों के द्वारा समझाया जाए तो शायद वे मान लें कि आज राजनीति का नैतिककरण आवश्यक है। उपर्युक्त सारणी में इस मत के लोगों में १५ प्रतिशत आयु समूह २१–३० के हैं, ८.३ प्रतिशत आयु समूह ३१–४५ के और १२.५ प्रतिशत ४६ से ऊपर आयु के लोग हैं।

३. **उग्र अस्वीकृति**—यह ठीक प्रथम वर्ग का उलटा है। उनमें अस्वीकृति के साथ उग्रता है। उनमें अधिकतर यह अस्वीकृति गांधीवादी विचारधारा के अपनाने के कारण है। हमारे उदाहरणों में २१–३० के वर्ग में ३५ प्रतिशत वर्ग ३१–४५ में ३३ प्रतिशत और ४६ से अधिक आयु वर्ग समूह में यह उग्रता कुछ कम २५ प्रतिशत है।

४. **अनिश्चित अस्वीकृति**—यह दूसरे वर्ग का उलटा है, लेकिन अस्वीकृति के साथ। इस वर्ग में हमारे उदाहरणों में २१–३० के बीच ० प्रतिशत, ३१–४५ के बीच १७ प्रतिशत और ५.४६ से अधिक आयु के बीच ० प्रतिशत हैं।

५. **तटस्थ**—यह वर्ग अधिकतर उन्हीं लोगों का वर्ग है जो निराश लगते हैं और हर बात में यही कहते हैं कि हमें क्या मतलब या क्या फर्क पड़ता है। हमारे उदाहरणों में २१–३० के वर्ग में ५ प्रतिशत, ३१–४५ के बीच में १७ प्रतिशत और ४५ के ऊपर आयु के वर्ग में १२.५ प्रतिशत लोग हैं।

उपर्युक्त विश्लेषण से यह स्पष्ट हो जाता है कि आज अधिक लोगों की यह धारणा है कि राजनीति का नैतिककरण आवश्यक है चूँकि हर आयु वर्ग के लोगों की संख्या इस मत के पक्ष में अधिक है।

अहिंसा की प्रासंगिकता

सारणी–२

आयु समूह	कुल संख्या	उग्र स्वीकृति	अनिश्चित स्वीकृति	उग्र स्वीकृति	अनिश्चित अस्वीकृति	तटस्थ
२१–३०	२०	६	४	५	२	३
प्रतिशत	—	३०	२०	२५	१०	१५
३१–४५	१२	५	३	२	१	१
प्रतिशत	—	४१	२५	१७	८.३	८.३
४६ से अधिक	८	४	१	२	१	०
प्रतिशत	—	५०	१२.५	२५	१२.५	०७

उपर्युक्त सारणी से स्पष्ट है कि आयु के अनुसार युवा वर्ग समूह के लोग कुछ कम अहिंसक हैं, परंतु आयु वृद्धि के साथ अहिंसा की प्रासंगिकता में क्रमशः वृद्धि होती गई है।

सत्याग्रह की प्रासंगिकता

सारणी-३

आयु समूह	कुल संख्या	उग्र स्वीकृति	अनिश्चित स्वीकृति	उग्र स्वीकृति	अनिश्चित अस्वीकृति	तटस्थ
२१-३०	२०	७	५	२	३	३
प्रतिशत	—	३५	२५	१०	१५	५
३१-४५	१२	६	२	१	२	१
प्रतिशत	—	५०	१७	८.३	१७	८.३
४६ से अधिक	८	५	१	१	०	१
प्रतिशत	—	६२	१२.५	१२.५	०	१२.५

साध्य एवं साधनों की पवित्रता की प्रासंगिकता

सारणी-४

आयु समूह	कुल संख्या	उग्र स्वीकृति	अनिश्चित स्वीकृति	उग्र स्वीकृति	अनिश्चित अस्वीकृति	तटस्थ
२१-३०	२०	९	३	३	२	५
प्रतिशत	—	४५	१५	१५	१०	१५
३१-४५	१२	६	१	३	०	२
प्रतिशत	—	५०	८.३	२५	०	१६.६
४६ से अधिक	८	४	२	०	१	१
प्रतिशत	—	५०	२५	०	१२.५	१२.५

गाँव की तरफ लौटनेवाले गांधीवादी संदेश की प्रासंगिकता

सारणी-५

आयु समूह	कुल संख्या	उग्र स्वीकृति	अनिश्चित स्वीकृति	उग्र स्वीकृति	अनिश्चित अस्वीकृति	तटस्थ
२१-३०	२०	३	२	१०	२	३
प्रतिशत	—	१५	२०	२०	१०	१५
३१-४५	१२	३	१	५	२	१
प्रतिशत	—	२५	८.३	४१.२	१६.६	८.३
४६ से अधिक	८	४	१	२	०	१
प्रतिशत	—	५०	१२.५	२५	०	१२.५

सारणी क्रमांक ५ के विश्लेषण से स्पष्ट होता है कि युवा वर्ग के लोग आज गाँव लौटना या गाँव में रहना पसंद नहीं करते। कारण इसका गाँव और कृषि की स्थिति के साथ उनकी लाचारी है। उन्हें गाँव में पूरे वर्ष काम तो दूर रहा तीन महीने भी ठीक तरह से काम नहीं मिल पाता है। भारतीय किसान कर्ज में ही जन्म लेते, कर्ज में ही बड़े होते हैं तथा कर्ज में ही मर जाते हैं। गाँवों का विकास तेजी से हो नहीं रहा अतः उनका निर्णय भी आज गांधीवाद को प्रासंगिक ही बनाता है।

रामराज्य की प्रासंगिकता

सारणी-६

आयु समूह	कुल संख्या	उग्र स्वीकृति	अनिश्चित स्वीकृति	उग्र स्वीकृति	अनिश्चित अस्वीकृति	तटस्थ
२१-३०	२०	०	२	१५	२	१
प्रतिशत	—	१०	१०	७५	१०	५
३१-४५	१२	१	३	७	०	२
प्रतिशत	—	८.३	२५	६२	०	८.३
४६ से अधिक	८	१	२	३	१	१
प्रतिशत	—	१२.५	२५.५	३७.५	१२.५	१२.५

उपर्युक्त सारणी के विश्लेषण से यह स्पष्ट हो जाता है कि अधिकांश लोगों ने

S • Gandhi K Sapnon Ka Bharat • 3rd by PP • 06.02.09

गांधी के रामराज्य संबंधी विचार की प्रासंगिकता को अस्वीकार कर दिया है। आधुनिक वातावरण में यह उन्हें नहीं भाता, इसलिए अधिकांश ने इस पर अपनी उग्र अस्वीकृति दी है।

उपयोग एवं प्रकिरण संबंधी गांधीवादी विचार की प्रासंगिकता

सारणी-७

आयु समूह	कुल संख्या	उग्र स्वीकृति	अनिश्चित स्वीकृति	उग्र स्वीकृति	अनिश्चित अस्वीकृति	तटस्थ
२१-३०	२०	८	३	६	१	२
प्रतिशत	—	४०	१५	३०	५	१०
३१-४५	१२	६	१	४	१	०
प्रतिशत	—	५०	८.३	१३	८.३	०
४६ से अधिक	८	४	१	२	०	१
प्रतिशत	—	५०	१२.५	२५	०	१२.५

ट्रस्टीशिप की सार्थकता

सारणी-८

आयु समूह	कुल संख्या	उग्र स्वीकृति	अनिश्चित स्वीकृति	उग्र स्वीकृति	अनिश्चित अस्वीकृति	तटस्थ
२१-३०	२०	२	२	१२	२	१
प्रतिशत	—	१०	१०	६५	१०	५
३१-४५	१२	२	३	६	१	०
प्रतिशत	—	१६.६	२४.१	४९.८	८.३	०
४६ से अधिक	८	१	२	३	२	०
प्रतिशत	—	१२.५	२५	३७.५	२५	०

क्या पूँजीपतियों का हृदय परिवर्तन संभव है

सारणी-९

आयु समूह	कुल संख्या	उग्र स्वीकृति	अनिश्चित स्वीकृति	उग्र स्वीकृति	अनिश्चित अस्वीकृति	तटस्थ
२१-३०	२०	२	२	१३	२	१
प्रतिशत	—	१०	१०	६५	१०	५
३१-४५	१२	२	३	६	१	०
प्रतिशत	—	१६.६	२४.९	४९.८	८.३	०
४६ से अधिक	८	१	२	३	२	०
प्रतिशत	—	१२.५	२५	३७.५	२५	०

सर्वोदय की प्रासंगिकता

सारणी-१०

आयु समूह	कुल संख्या	उग्र स्वीकृति	अनिश्चित स्वीकृति	उग्र स्वीकृति	अनिश्चित अस्वीकृति	तटस्थ
२१-३०	२०	१२	३	०	०	३
प्रतिशत	—	६०	१५	०	१०	१५
३१-४५	१२	७	२	०	१	२
प्रतिशत	—	५७.१	१६.६	०	८.३	१६.३
४६ से अधिक	८	५	१	१	०	१
प्रतिशत	—	६२.५	१२.५	१२.५	०	१२.५

सारणी-११

आयु समूह	कुल संख्या	उग्र स्वीकृति	अनिश्चित स्वीकृति	उग्र स्वीकृति	अनिश्चित अस्वीकृति	तटस्थ
२१-३०	२०	१५	३	१	१	०
प्रतिशत	—	७५	१५	५	५	०
३१-४५	१२	७	२	१	१	०
प्रतिशत	—	५८.१	१६.६	८.३	८.३	०
४६ से अधिक	८	५	१	०	१	१
प्रतिशत	—	६२.५	१२.५	०	१२.५	१२.५

उपर्युक्त समग्र विश्लेषण करने के बाद हम इस निष्कर्ष पर पहुँचते हैं कि हमारे उदाहरण के तीनों वर्गों में से पहला वर्ग कुछ अधिक उग्र है और तेज तर्रार निर्णय देता है। कारण इसका वर्तमान भारत का राजनीति, सामाजिक और आर्थिक दृष्टि से कुंठाग्रस्त होना है, जिसका प्रभाव उनकी मन:स्थिति पर पड़ा है। दूसरा वर्ग आर्थिक दृष्टि से एकदम सुरक्षित है फिर भी राजनीतिक दबाव एवं सामाजिक कुरीतियों तथा विकृतियों का प्रभाव उसपर है और तीसरा वर्ग वह है जो या तो नौकरी पद से सेवानिवृत्त हो चुका है या होना है। इस वर्ग में कुछ गांधी के समकालीन तथा उनके सहयोगी भी मिले। इस वर्ग ने गांधी के समय से अब तक अनेक उत्थान-पतन देखे हैं। इसलिए गांधी की प्रासंगिकता के संबंध में मिली-जुली प्रतिक्रिया हमें मिली, जो तीन प्रकार की हो सकती है—प्रासंगिकता को स्वीकार करनेवाला, अस्वीकार करनेवाला या फिर तटस्थ रहनेवाला। इन वर्गों से बातचीत के बाद मेरी यही धारणा बनी है कि इसी प्रश्न को लेकर व्यापक पैमाने पर हमें अपने देशवासियों का हृदय टटोलकर देखना चाहिए। खेद है कि समयाभाव के कारण में यह नहीं कर पा रहा हूँ।[२१]

यह उत्साहप्रद बात है कि मानव जीवन की नैतिक प्रेरणाएँ अभी तक समाप्त नहीं हुई हैं। इसी कारण वर्तमान परिस्थिति में भी समाज का पूर्ण विघटन और मानव समाज का संपूर्ण विनाश नहीं हो सका है। विज्ञान, उद्योग और औद्योगिक समाज के अत्यंत तेजी से विकास से समुत्पन्न कई प्रकार की नैतिक समस्याओं के कारण ही आधुनिक युग का यह नैतिक संकट का प्रादुर्भूत हुआ है। सहज सुलभ यातायात के कारण इतनी तेजी से विभिन्न देशों का परस्पर समाप्य के कारण भी इसमें वृद्धि हुई है। प्रकृति और मानव मस्तिष्क संबंधी नवीन तथ्यों और सिद्धांतों के साथ मानव को अच्छी

तरह से अभियोजित करने का पूर्ण अवसर नहीं मिला और यंत्रों के द्वारा प्राप्त विराट् भौतिक शक्ति को भी सुंदर ढंग से अभियोजित करने के लिए भी उसे अवसर नहीं मिला। वर्तमान संकट एक प्रकार की चेतावनी है। हमें भौतिक और मानसिक शक्तियों के विकास के अनुपात में ही अपनी नैतिक शक्ति का भी विकास करना चाहिए।

जीवन के विभिन्न क्षेत्रों में हमारी आधारभूत नैतिक वृत्तियाँ अभी भी सक्रिय देखने को मिलती हैं, इसकी कुछ अभिव्यक्तियाँ समाचार-पत्रों के पृष्ठों पर मिलती हैं जो समाज के उन पापों और कलंकों के विवरणों से भरे रहते हैं। क्रूरता, भ्रष्टाचार और धन-लिप्सा आदि की घटनाएँ जब इन समाचार-पत्रों के मुख्य शीर्ष के रूप में प्रकट होकर समाज की नैतिक अराजकता का उद्घोष कर रहे हैं। ऐसे समय में भी राहत के तौर पर हमें कभी-कभी किसी बच्चे में ईसा सदृश करुणा का दर्शन होता है। जब किसी व्यक्ति को सड़क पर से या नदी की बहती धारा से किसी बच्चे या अन्य किसी जीव को जान पर जोखिम डालकर बचाया जाता है। ऐसी घटनाओं का जिक्र पूरब और पश्चिम दोनों जगत् के समाचार-पत्रों पर छपते हैं।

आज निश्चित रूप से कम या अधिक रूप में लोगों ने गांधीवादी रास्तों पर चलना भी शुरू कर दिया है। यह वास्तव में खुशी की बात है। संयुक्त राज्य अमेरिका, इंग्लैंड, पश्चिमी जर्मनी, जापान, इटली, पाकिस्तान आदि अनेक देशों में लोग गांधी द्वारा बताए गए अहिंसात्मक प्रतिरोध द्वारा अपनी-अपनी सरकारों पर परमाणु निःशस्त्रीकरण के लिए या 'स्टार वार' कार्यक्रम को समाप्त करने के लिए दबाब डाल रहे हैं ताकि मानवता का संहार करनेवाले हथियारों की रोक संबंधी बातचीत में तेजी लाई जाए और विश्व को भयरहित बनाने में योगदान दिया जाए। इंटरनेशनल फिलीशियन फार द प्रेभेशिंम ऑफ न्यूक्लियर वार को नोबेल पुरस्कार से सम्मानित किया गया तथा गांधी पर बने रिचर्ड एटनबरो की फिल्म को आठ ऑस्कर पुरस्कार से सम्मान्ति किया गया है।

यूरोपीय देश जैसे स्वीडन, डेनमार्क एवं नार्वे आदि ने अपनी परमाण्विक प्रक्रिया को इसलिए स्थगित कर दिया चूँकि उनके विरुद्ध व्यापक जन प्रदर्शन हुए। आज पश्चिम राष्ट्रों के अधिकतर विचारक, विद्वान जिनमें प्रमुख हैं—बर्ट्रेंड रसेल, एंड्रे मालरौक्स, एनुरनी प्री बेरी, वेंडल विल्की के द्वारा, यूनिलेटरल न्यूक्लेयर डीसारमामेंट के लिए आवाज उठाई जा रही है। यूनिलेटरल न्यूक्लेयर डीसारमामेंट की माँग गांधी की अवधारणा का ही विकसित रूप है, जिसके अनुसार अहिंसा बलवानों की हथियार है कमजोरों का नहीं, केवल वही एकमात्र जिसकी इच्छाशक्ति और दृढ़ संकल्प है, हानि उठा सकता है और कसाइयों का सामना कर सकता है। गांधी की अहिंसा की अवधारणा में कमजोर एवं कायरों को कोई स्थान प्राप्त नहीं है। इस प्रकार के लोग जो यूनिलेटरल न्यूक्लेयर डीसारमामेंट की माँग कर रहे हैं उन लोगों का सामना करने में समर्थ हैं जो अपने

हथियार दिखाकर मौत की चेतावनी और नाश करने की चुनौती दे रहे हैं और इस प्रकार के लोग आज पूरब और पश्चिम दोनों जगहों में हैं।

कांगों में लुम्मुबा, लीबिया में केनेथ काउंडा, तंजानिया में जूलियस न्यरेरे आदि ने मानवीय मूल्यों की रक्षा समानता और स्थायी शांति के लिए काफी प्रयत्न किए हैं। इंदिरा गांधी और स्वीडिस प्रधानमंत्री पाल्म शांति के लिए शहीद हो गए।

महामा गांधी जिस प्रकार अपने पहले के टॉल्स्टॉय, ईसा, बुद्ध आदि से प्रभावित थे, ठीक उसी प्रकार आज लोग महात्मा गांधी से प्रभावित हो रहे हैं। आज विश्व जनमत इस बात का प्रयत्न कर रहा है कि नैतिक अस्त्रों के द्वारा जनता पर किए गए किसी प्रकार के अत्याचार को रोका जाए। संयुक्त राष्ट्र संघ भी शांति की रक्षा तथा मानव को भयमुक्त करने की कोशिश में लगा हुआ है।

आज संसार के अधिकांश राष्ट्रों ने अपनी विदेश नीति में असंलग्नता को प्रमुख स्थान दिया है। आज इस समुदाय की संख्या में निरंतर वृद्धि हो रही है। आज इसकी संख्या (हरारे सम्मेलन) १०१ तक पहुँच गई है। इनमें वे राष्ट्र हैं, जिन्होंने सदियों से जकड़ी गुलामी के जंजीरों को तोड़कर तुरंत स्वतंत्रता पाई है और जिनका राजनीतिक, सामाजिक और आर्थिक विकास अभी होना है तथा वे राष्ट्र भी हैं जो पूर्व तथा पश्चिम के गुट से विचारधारात्मक संबंध भी रखे हुए हैं। स्वीडन और डेनमार्क जो स्वतंत्र अर्थ नीति के माननेवाले राष्ट्र हैं, पश्चिम के हैं उसी प्रकार क्यूबा, यूगोस्लाविया, रूमानिया जो साम्यवादी दर्शन को मानते हैं भी गुटनिरपेक्ष आंदोलन के सदस्य हैं। गुटनिरपेक्ष आंदोलन के कई सिद्धांत, आदर्श और उपदेश निश्चित रूप से महात्मा गांधी की शिक्षाओं पर आधारित हैं। सभी के साथ मित्रता निश्चित रूप से गांधी की शिक्षा विश्व से प्रेम करो का उप–उत्पादन है। फिर सभी समस्याओं या बातों को उनके गुणों के आधार पर जाँचा जाए। महात्मा गांधी द्वारा प्रतिपादित विश्व समस्याओं का नैतिक अस्त्र द्वारा अंत हो के सिद्धांत पर ही आधारित है।[२२]

जवाहरलाल नेहरू के विचार बहुत हद तक गांधीजी की शिक्षाओं से प्रभावित थे और चूँकि जवाहरलाल नेहरू भारत के प्रथम प्रधानमंत्री बने, अतः उन्होंने देश और विदेश संबंधी बहुत सी समस्याओं के समाधान में गांधी के आदर्शों, प्रयोगों एवं शिक्षाओं को एक निर्देश के रूप में स्वीकार किया। आज संसार के लोग झगड़ों को तय करने के लिए वार्त्ता, मध्यस्थता, तथा अंतरराष्ट्रीय सम्मेलनों पर जोर दे रहे हैं, जिसका उपदेश यही महान् संत गांधी ने दिया था। आज दोनों महाशक्तियाँ विश्व जनमत के नैतिक प्रभाव के कारण ही बहुत हद तक अपने दमनात्मक इरादों पर अंकुश लगाए बैठी है। आज वह दोनों हथियारों को समाप्त करने के लिए परस्पर वार्त्ता का रास्ता अपना रही है।

भारत में भी गांधी की योजनाओं को कार्यान्वित करने हेतु अनेक उपाय किए गए

हैं। भारतीय संविधान निर्माताओं ने भारत के विभिन्न धार्मिक संप्रदायों के हित के लिए भारत को एक धर्म निरपेक्ष राज्य घोषित किया। पंचायती राज्य की व्यवस्था की तथा नीति-निदेशक सिद्धांतों को संविधान के भाग ४ के अंतर्गत स्थान दिया, जिनकी बुनियाद काफी हद तक गांधीवादी विचारधारा से प्रभावित है। मौलिक अधिकारों के साथ ४२वें संविधान संशोधन द्वारा नागरिकों के मूल कर्तव्यों की भी व्यवस्था की गई है। संपत्ति के अधिकार को नागरिकों के विकास के मार्ग में बाधक होता देख इसे १९७८ के ४४वें संशोधन द्वारा समाप्त कर दिया गया है। न्यायपालिका की स्वतंत्रता एवं निष्पक्षता के लिए इसे कार्यपालिका और विधायिका से बहुत हद तक पृथक् रखा गया है। राज्यों के किसी कानून—जो सामाजिक हित के अनुकूल नहीं होते—उनकी समाप्ति के लिए भारतीय जनता गांधी के रास्तों पर चलने का प्रयत्न करती है। आर्थिक क्षेत्र में विकास के लिए पंचवर्षीय और वार्षिक योजनाओं के साथ २० सूत्री कार्यक्रम चलाया जा रहा है। कुटीर तथा लघु उद्योगों को बहुत-सी रियायतें दी गई हैं। विलासितापूर्ण सामानों पर कर लगाकर सामाजिक संतुलन को बनाए रखने का भरसक प्रयत्न किया जा रहा है। व्यक्तिगत हाथों से धन के केंद्रीयकरण को समाप्त करने हेतु 'काल भैरवी ऑपरेशन' शुरू किए गए हैं। बेरोजगारी को दूर करने एवं गरीबी हटाने हेतु सरकार प्रतिबद्धता की बात दोहरा रही है। नई शिक्षा नीति के तहत सामाजिक समता बनाए रखने हेतु मॉडल और नवोदय विद्यालय खुल रहे हैं। न्यूनतम मजदूरी निश्चित की गई है। भूमिहीनों में जमीन का वितरण तथा हरिजनों के लिए आवास की व्यवस्था को कार्यरूप दिया जा रहा है। अस्पृश्यता का अंत संविधानतः कर दिया गया है। बच्चों की शक्ति तथा उनके सुकुमारावस्था के दुरुपयोग को रोकने तथा स्त्रियों के कल्याण के लिए अनेक कार्य हुए हैं। परिवार कल्याण कार्यक्रम के तहत जनसंख्या नियंत्रण की दिश में भी कुछ प्रगति हुई है। आज स्त्रियों में भी जागरण हुआ है और उनका मंच पुरुषों के समान अधिकार प्राप्ति के लिए जोरदार शब्दों में आवाज बुलंद कर रही है। पशुओं की दशा तथा नस्ल सुधार में भी प्रगति हुई। दूध उत्पादन तथा आपूर्ति के लिए ऑपरेशन फ्लड योजना को कार्यरूप दिया जा रहा है। कृषि, सिंचाई आदि में भारत आत्मनिर्भरता की तरफ बढ़ रहा है।

संभवतः उलझी हुई पंजाब, असम और मिजो समस्या जिसके लिए इंदिरा गांधी ने अपनी कुरबानी दी, इसके समाधान में भी आंशिक सफलता ही दिखाई देती है।

अंतरराष्ट्रीय क्षेत्र में भारत ने गुट-निरपेक्षता की नीति को अपनाया है जो पंचशील के सिद्धांत पर आधारित है। यह शांति तथा साहस की नीति है, कायरता की नहीं। भारत को दूसरे शक्ति समूह से कोई मतलब नहीं है। हम किसी से सहायता ले सकते हैं, परंतु सिद्धांत और आदर्श बेचकर नहीं। भारत सभी राष्ट्रों के बीच परस्पर सहयोग तथा सद्भाव का हिमायती है तथा आपसी झगड़े या मतभेद को अहिंसात्मक पद्धति से

सुलझाने का पक्षधर है। हम संयुक्त राष्ट्र संस्था का एक ऐसी संस्था के रूप में विकास चाहते हैं जो गुटबंदी से अलग रहकर विश्व शांति की स्थापना में योग दे। भारत पूर्ण निःशस्त्रीकरण का समर्थक है। भारत किसी राष्ट्र के आंतरिक मामलों में हस्तक्षेप का विरोधी है तथा सभी राष्ट्रों की एकता और अखंडता का सम्मान करता है। परंतु अगर जहाँ कहीं भी प्रजातंत्र की हत्या या मानवीय मूल्यों का हनन होता है, यह चुप नहीं रहता। बँगलादेश की घटना (१९७१) इसका उदाहरण है। भारत ने जहाँ अमेरिका को उसकी दुरंगी नीति के लिए हमेशा दुत्कारा है वहीं सोवियत संघ को भी नहीं छोड़ा है। हंगरी, चेकोस्लोवाकिया की घटनाओं में भारत ने सोवियत संघ के प्रति नैतिक विरोध प्रकट किया। रंगभेद नीति के संबंध में इंग्लैंड द्वारा दक्षिण अफ्रीका का समर्थन करने के कारण राष्ट्रमंडलीय खेलों में भारत में अपनी टीम नहीं भेजी। भारत का साथ दो-तिहाई राष्ट्रमंडलीय देशों ने दिया और उसने भी अपनी टीम नहीं भेजी।

इस प्रकार हम देखते हैं कि आज भारत सहित विश्व के देशों ने बहुत हद तक गांधीवादी विचारों को प्रासंगिक मानकर चलना शुरू कर दिया है, फिर भी स्थिति संतोषजनक नहीं है। आज विश्व में जो भी हो रहा है (जैसाकि सभी जानते हैं) सर्वथा निंदनीय है। भारत ने भी आज गांधी को सिर के बल खड़ा कर दिया है या यों कहें कि उनकी कब्र पर रंगरेलियाँ कर रहा है तो कोई आश्चर्य नहीं। अतः आज जरूरत ऐसे महापुरुषों की है जो अपनी दिव्य ज्योति से समाज, राष्ट्र व विश्व के चतुर्दिक विकास में सहयोग कर गांधी के सपनों को साकार कर दें। अपना-पराया का भेद समाप्त हो और विश्व संघ बने।

संदर्भ

१. गांधी, 'मेरे सपनों का भारत', भूमिका से
२. जॉर्ज बनार्ड शॉ, 'मेजर बारबरा', पृ. ४६७
३. उपरोक्त, पृ. ४९९
४. हिंदुस्तान, समाचार-पत्र, २-११-१९८६, पृ. ४
५. एम.एन. राय, 'इंडियाज मैसेज—फ्रैगमेंटस ऑफ ए प्रिजनर्स डायरी', पृ. १२४-२८
६. अमल दत्ता, 'फॉर डेमोक्रेसी', पृ. ५९
७. गुन्नार मिरडल, एशियन ड्रामा, 'एन इंक्वायरी इन टू दी प्रोपर्टी ऑफ नेशंस'
८. सिद्धराज चड्ढा, 'भूदान से ग्रामदान', पृ. १७-१८
९. हिंदुस्तान, ३० जनवरी, १९८७, पृ. ३
१०. हिंदुस्तान (लेख), युग पुरुष गांधी, किशोर कुणाल द्वारा उद्धृत, ३०-१-१९८७
११. उपर्युक्त
१२. हिंदुस्तान, ३०-१-१९८७

१३. हिंदुस्तान, ३०-१-१९८७
१४. इकॉनोमिक टाइम्स, १, ५-१९८५ एवं २६-२-१९८६
१५. गांधी, कंस्ट्रकटिव प्रोग्राम, पृ. १८
१६. हिंदुस्तान (लेख) गांधी की अहिंसा कितनी प्रासंगिक, ३०-१-१९८७
१७. ज्योति प्र. सूद : 'प्रमुख राजनीतिक विचारक', पृ. ८५
१८. सोमनाथ धर : 'इंडिया एंड फॉरेन रिव्यू, रिलेवेंस ऑफ महात्मा गांधी टू डे', पृ. ५५, भाग २१, ३० सितंबर, १९८४
१९. उपर्युक्त
२०. हिंदुस्तान ३०-१-१९८७, पृ. ७
२१. पटना विश्वविद्यालय के विभिन्न विभागों तथा कॉलेज शिक्षकों एवं छात्र-छात्राओं से लिया गया साक्षात्कार, (सर्वेक्षण रिपोर्ट)
२२. सोमनाथ धर : इंडिया ऐंड फॉरेन रिव्यू, रिलेभेंस ऑफ महात्मा गांधी टूडे, भाग २१, नं. २३, ३०-९-१९८४

□

संदर्भ-ग्रंथ

गांधी, मोहनदास, करमचंद की रचनाएँ

१. 'अनाशक्ति योगा' (हिंदी), कलकत्ता, १९३४

२. 'ए गाइड टू हेल्थ', अमेर, ए. राम द्वारा अनुवादित, मद्रास, १९२०

३. 'आरम आव्जरवेंसेस इन ऐक्सन', देसाईजी, बालाजी द्वारा अनुवादित, अहमद्राबाद, १९५५

४. 'बापू'स लेटर्स टू मीरा', मीरा द्वारा प्रकाशित, अहमदाबाद, १९४९

५. 'बेसिक एजुकेशन', अहमदाबाद, १९५१

६. 'कंस्ट्रक्टीव प्रोग्राम', अहमदाबाद, १९४८

७. 'कंक्वेस्ट ऑफ सेल्फ', प्रभु आर.के. ओर राव मु.आर. द्वारा प्रकाशित, बंबई, १९४३

८. 'कम्यूनल यूनिटी', अहमदाबाद, १९४९

९. 'देलही डायरी', अहमदाबाद, १९४८

१०. 'डायट एंड डायट रिफॉर्म', अहमदाबाद, १९४७

११. 'इकोनॉमिक्स ऑफ खादी', अहमदाबाद, १९४७

१२. 'इथिकल रेलिजन', मद्रास, १९२२

१३. 'फूड सार्टेज एंड एग्रीकल्चर', अहमदाबाद, १९४९

१४. 'फॉर पेसिस्ट', अहमदाबाद, १९४९

१५. 'फॉर वर्क्स एगेनस्ट अनटेचेविलिटी', अहमदाबाद, १९५४

१६. 'फ्रीड्मस वेटेल', मद्रास, १९२१

१७. 'फ्रॉम वरवदा मंदिर', देसाई बालाजी द्वारा प्रकाशित, अहमदाबाद, १९४५

१८. 'गांधीजी कोरेस्पोंडेंस विथ दि गवर्नमेंट', १९४२–४४, अहमदाबाद, १९४५

१९. गांधी वाणी (हिंदी), आर. सुमन द्वारा प्रकाशित, इलाहाबाद, १९४२

२०. गीताबोध (हिंदी), दिल्ली, १९३४
२१. गोखले : 'माय पोलिटिकल गुरु', अहमदाबाद, १९५५
२२. हिंद स्वराज्य : अहमदाबाद, १९३८
२३. हिंदू धर्म, अहमदाबाद, १९५०
२४. माय सोल्सअगोनी, बंबई, १९३२
२५. नॉन-वायलेंस इन पीस ऐंड वार, अहमदाबाद, भाग १, १९४४, भाग २, १९४९
२६. रस्किन, 'अन टू दिस लास्ट एंड ए पैराफ्रेज', देसाई जी. बालाजी द्वारा अनुवादित अहमदाबाद, १९५१
२७. 'सत्याग्रह : नॉन-वायलेंट रेसिस्टेंस', अहमदाबाद, १९५१
२८. 'सत्याग्रह इन साउथ अफ्रीका', देसाई जी. बालाजी द्वारा अनुवादित, अहमदाबाद, १९५०
२९. 'सेलेक्संस फ्रॉम गांधी', रोज एन.के. द्वारा प्रकाशित, अहमदाबाद, १९४८
३०. स्पीचेज ऐंड राइटिंग्स ऑफ महात्मा गांधी, मद्रास, १९३४
३१. स्वराज्य इन वन ईयर, मद्रास, १९२१
३२. 'दि स्टोरी ऑफ माय एक्सपेरिमेंट्स विथ ट्रूथ, भाग १, १९२७, भाग २, १९२७, १. देसाई, एच. महादेव द्वारा अनुवादित और दोनों भाग एक साथ प्रकाशित, अहमदाबाद, १९४०
३३. 'दि रिमोभल ऑफ अनटचेविलिटी', अहमदाबाद, १९५४
३४. 'दि साइंस ऑफ सत्याग्रह, हिंगोरानी, टी. आनंद द्वारा प्रकाशित, बंबई, १९५७
३५. 'दि ह्वील ऑफ फॉरचून', मद्रास, १९२२
३६. नई तालीम की ओर
३७. महिलाओं से
३८. रचनात्मक कार्यक्रम
३९. प्रार्थना प्रवचन, भाग १ एक्ट

गांधीजी से संबंधित रचनाएँ

१. एरिक्सन, एरिक, गांधीजी, 'ट्रूथ ऑन दी ओरिजिंस ऑफ मिलिटेंट नॉन-वायलेंस', फाबर एंड फाबर, लि. लंदन, १९७०
२. अग्रवाल, ए.एन. गांधीज्म : 'ए सोसलिस्टिक ऐप्रोच', इलाहाबाद
३. अंबेदकर, बी.आर. 3 व्हाट कांग्रेस ऐंड गांधी हैम इन टू दी अंटचेव्लस, बंबई, १९५६
४. एंड्रूज, सी.एफ. : 'महात्मा गांधीज आइडियाज', लंदन, १९४९

५. बिड़ला, जी.डी. : 'इन दी सैडो ऑफ दी महात्मा', बंबई, १९५३
६. बापू (हिंदी), दिल्ली, १९४४
७. बोस, एन.के, 'माय डेज विथ गांधी', कलकत्ता, १९५३
८. केलिन, जॉर्ज, इन दी पाथ ऑफ गांधी, लंदन, १९४८
९. दाँतवाला, एम.एल. : 'गांधीज्म रीकन्सीडर्ड', बंबई, १९४४
१०. दयाल, भवानी, 'दक्षिण अफ्रीका के सत्याग्रह का इतिहास', इंदौर, १९१६
११. दत्ता, धीरेंद्र मोहन : 'महात्मा गांधी का दर्शन', बिहार हिंदी ग्रंथ अकादमी, सम्मेलन भवन, कदमकुआँ, पटना, मई, १९७३
१२. धावन, गोपीनाथ : 'दि पॉलिटिकल फिलॉसफी ऑफ महात्मा गांधी', बंबई, १९५१
१३. दिवाकर, आर.आर., सत्याग्रह, बंबई, १९४६
१४. धर्माधिकारी, दादा : सर्वोदय दर्शन, सर्वसेवा संघ
१५. देसाई, महादेव : महादेव भाई की डायरी भाग २, सर्वसेवा संघ
१६. दी स्टोरी ऑफ बेरुली, अहमदाबाद, १९२९
१७. इटन, जीनेट, गांधी : 'फाइटर विदाउट ए सोवर्ड, न्यूयॉर्क, १९५०
१८. फिशर लुइस : 'ए विक विथ गांधी' न्यूयॉर्क, १९५२
१९. गांधी एंड स्टालिन, न्यूयॉर्क, १९४७
२०. गांधी : 'हिज लाइफ एंड मैसेज फॉर दी वर्ल्ड', न्यूयॉर्क
२१. 'लाइफ ऑफ महात्मा गांधी', न्यूयॉर्क, १९५०
२२. फिशर फ्रेडरिक, 'देट स्ट्रेंज लिटिल ब्राउन मैन गांधी', न्यूयॉर्क, १९३२
२३. लेनिन एंड गांधी, लंदन, १९२७
२४. जॉर्ज, एस.के. : 'गांधीज चैलेंज टू क्रिस्चिनियटी, लंदन, १९३९
२५. गुनाकी, वेशवराज, ग्रामर ऑफ गांधीज्म, कर्नाटक प्रिंटिंग प्रेस, राबकेबी, १९५४
२६. गुप्ता नागेंद्रनाथ : 'गांधी एंड गांधीज्म', बंबई १९४५
२७. हिथ, कार्ल, गांधी, लंदन, १९४४
२८. होल्मस जॉन हेयन्स, माय गांधी, न्यूयॉर्क, १९५३
२९. 'होमेज टू महात्मा गांधी' : नई दिल्ली, सूचना एवं जनसंपर्क विभाग
३०. हक्सले, अल्डस : एनडस एंड मिंस, लंदन, १९३७
३१. जैन, जगदीश चंद्र : 'आई कुड नॉट सेव बापू', बनारस १९४०
३२. जोन्स ई. स्टेंले, 'महात्मा गांधी : एन. एंटरप्रेटेशन', न्यूयॉर्क, १९४८
३३. कालेलकर, काका : गांधीवादी समाजवाद (हिंदी), दिल्ली, १९३९

३४. कुमार जैनेंद्र : 'सर्वोदय अर्थशास्त्र'
३५. कृपलानी, जीवतराम भगवानदास : 'महात्मा गांधी, जीवन और चिंतन', प्रकाशन विभाग, सूचना एवं प्रसारण मंत्रालय, भारत सरकार, नई दिल्ली, सितंबर, १९७८
३६. कृपलानी, जीवतराम भगवानदास, 'गांधी दी स्टेट्समैन', दिल्ली, १९५१
३७. कृष्णदास, 'सेवेन मिनट्स विथ महात्मा गांधी', २ भाग, मद्रास, १९२८
३८. कुमारप्पा, जे. : दि इंडियन स्ट्रगल फॉर प्रीशम, राजमुंदरी, १९३१
३९. मशरूवाला, किशोरीलाल : 'गांधी एंड मार्क्स', अहमदाबाद, १९५१
४०. मशरूवाला, किशोरीलाल : 'गांधी विचार दोहन'
४१. मजूमदार, विपिन बिहारी : गांधियन कांसेप्ट ऑफ स्टेट, संपादित
४२. मुंशी, के.एम. गांधीजी : दि मास्टर, बंबई
४३. आई फोलो दि महात्मा : बंबई, १९४०
४४. मजूमदार, हरिदास : गांधी वेरसस दि इम्पायर, न्यूयॉर्क, १९६२
४५. नेहरू, जवाहरलाल : राष्ट्रपिता, सस्ता साहित्य मंडल, नई दिल्ली
४६. डिस्कवरी ऑफ इंडिया, लंदन, १९४०
४७. ग्लिम्पसेस ऑफ दी वर्ल्ड हिस्ट्री, लंदन, १९४०
४८. नेहरू, कृष्णा : दि स्टोरी ऑफ गांधी, न्यूयॉर्क, १९५०
४९. पोलक, एच.एस.एल. और दूसरे : महात्मा गांधी, मद्रास, १९३०
५०. प्रसाद, राजेंद्र : महात्मा गांधी एंड बिहार, बंबई, १९४९
५१. प्यारेलाल, दि एपिक फास्ट, अहमदाबाद, १९३२
५२. ए विलीग्रिमेज फॉर पीस, अहमदाबाद, १९५०
५३. महात्मा गांधी : दि लास्ट फेज, अहमदाबाद, १९५६
५४. राधाकृष्ण, सर्वपल्ली, महात्मा गांधीज एसेज एंड रिफ्लेक्संस ऑन हिज लाइफ एंड वर्क्स, लंदन, १९४९
५५. रोला, रोम्या : महात्मा गांधी, पेरिस, १९२४
५६. रथनास्वामी, एम., दि पॉलिटिकल फिलासफी ऑप मिस्टर गांधी, मद्रास, १९२२
५७. शर्मा, डी.एस., दि गांधियन सुभाष, न्यूयॉर्क, १९४९
५८. सितारमैया, पट्टाभि : गांधी और गांधीवाद, राधामोहन अग्रवाल, मैनेजिंग डायरेक्टर, शिवलाल अग्रवाल एंड के., प्रा.लि., १९५७
५९. सुमन, रामनाथ : गांधीवाद की रूपरेखा, नई दिल्ली, १९३९
६०. श्रीधरनी, कृष्णलाल : दि महात्मा एंड दी वर्ल्ड, न्यूयॉर्क, १९४६

६१. तेंदुलकर, दीनानाथ गोपाल और दूसरे, गांधीजी : हिज लाइफ एंड वर्क्स, बंबई, १९४४
६२. टॉल्स्टॉय, लियो, रिक्लेक्शंस एंड ऐरो, लंदन, १९३७
६३. त्रिपाठी, शंभुरत्न : गांधी धर्म और समाज
६४. तिवारी, आर.डी. : गांधी मीमांसा, इलाहाबाद, १९४१
६५. वर्मा, वी.पी. : दि पॉलिटिकल फिलॉसफी ऑफ महात्मा गांधी एंड सर्वोदय, लक्ष्मी नारायण अग्रवाल, आगरा ८, तृतीय संस्करण, १९७२
६६. यशपाल, गांधीवाद की शव परीक्षा, लोक भारती प्रकाशन, इलाहाबाद, १९७२

अन्य सहायक पुस्तकें

१. अली, सैयद अमीर, दि स्पिरीट ऑफ इसलाम, लंदन, १९२२
२. ऐलेक्जेंडर, एच.एफ. : कांग्रेस रूल इन इंडिया, लंदन, १९३८
३. अवस्थी, अमेरश्वर एंड अवस्थी : रामकुमार आधुनिक भारतीय सामाजिक एवं राजनीतिक चिंतन, रिसर्च पब्लिकेशंस इन सोशल साइसेंस, १९७५
४. अग्रवाल, राज किशोर नारायण, राजदर्शन, पंकज प्रकाशन, वाराणसी, प्रथम संस्करण, १९६९
५. बार्कर, वी. : ग्रीक पॉलीटिकल थ्योरी, प्लेटो एंड हिज प्रेडेसेसर्स, लंदन, १९५२
६. वेल्स, ए.सी.एफ., दि हिस्ट्री ऑफ पीस, लंदन, १९३१
७. बॉम्बाल, के.आर. फाउंडेशन ऑफ पॉलिटिकल साइंस, एन.सी.ई.आर.टी., १९७९
८. बोस, सुभाषचंद : थ्रो कांग्रेस आइस, इलाहाबाद, १९३९
९. बार्न्स, डी.सी., टार, लंदन, १९३४
१०. केज, सी.एम., नॉन-वायोलेंट कोअरसन, न्यूयॉर्क, १९२९
११. इलविन, वेरियर, ट्रूथ एबाउट इंडिया, अहमदाबाद, १९३८
१२. इडवर्ड ग्लोवर, वार, सेडिज्म एंड पेसिज्म, लंदन, १९३३
१३. हीथ, कार्ल : मेस्जिम इन टाइम ऑफ वार, लंदन, १९१५
१४. हुक, सिडनी, कार्ल मार्क्स, लंदन, १९३३
१५. गुरुदत्त, भारत गांधी और नेहरू की छायामात्र, भारती साहित्य सदन, नई दिल्ली, १९८२
१६. जैन पुखराज, प्रमुख राजनीतिक विचारक, साहित्य भवन, आगरा, १९८२
१७. कबीर, हुमायूँ, साइंस, डेमोक्रेसी एंड इसलाम

१८. कुमार, महेंद्र, अंतरराष्ट्रीय राजनीति के सैद्धांतिक पक्ष, एस. चंद एंड कं., १९६५
१९. लास्की, एच.जे., कम्युनिज्म, लंदन, १९२८
२०. लिंडसे, ए.डी., कार्ल मार्क्स ए कैपिटल, लंदन, १९३७
२१. मसानी, एन.आर. सेरिलिज्म, रिकन्सीडर्ड, बंबई, १९४४
२२. नान्डा, बी.आर., गांधी ए पिक्टोरियल बायोग्राफी, प्रकाशन विभाग, सूचना एवं प्रसारण मंत्रालय, नई दिल्ली, १९७२
२३. राधाकृष्णन, एस., ईस्ट एंड वेस्ट इन रेलिजन, लंदन, १९३३
२४. दि हिंदू व्यू ऑफ लाइफ, लंदन, १९३३
२५. एन. आइडिया लिस्ट व्यू ऑफ लाइफ, लंदन, १९३१
२६. राय, लाजपत, अनहैप्पी इंडिया, कलकत्ता, १९२८
२७. राय, एम.एन., रेडिकल ह्यूमनिज्म
२८. रसेल, बर्ट्रेंड, जस्टिस इन वार टाईम, लंदन, १९२४
२९. पावर, ए न्यू सोशल एनालिसिस, लंदन, १९३८
३०. शुक्ल, चंदशंकर, कंवरसेशन ऑफ गांधीजी
३१. शर्मा, वीरेंद्र, गांधी विचार दर्शन, रस्तोगी पब्लिकेशन, मेरठ, नवीन संस्करण
३२. शाह गुणवंत, गांधीजी के सिद्धांत नई पीढ़ी की दृष्टि, सस्ता साहित्य मंडल, प्रकाशन, १९८३
३३. सूद, ज्योति प्रसाद, प्रमुख राजनीतिक विचारक, के. नाथ एंड कंपनी, मेरठ २, अष्टम संस्करण, १९८२–८३
३४. शर्मा, किशन स्वरूप : गांधी एज ए पोलिटिकल थिंकर
३५. टंडन, विश्वनाथ : दि सोशल एंड पॉलिटिकल फिलॉसफी ऑफ सर्वोदय आफ्टर गांधी
३६. चढ्डा, सिद्धराज : भूदान से ग्रामदान
३७. त्रिपाठी, कमलापति, बापू और भारत
३८. बापू और मानवता
३९. भारत सरकार, संपूर्ण गांधी वाङ्मय
४०. भावे, विनोबा : स्वराज्य शास्त्र, सस्ता साहित्य प्रकाशन, १९५५
४१. थॉट्स ऑन एजुकेशन, अखिल भारत सर्व सेवा संघ, काशी, १९५९
४२. थर्ड पावर : सर्वसेवा संघ प्रकाशन, वाराणसी, १९७२
४३. लोकनीति, सर्वसेवा संघ, प्रकाशन, वाराणसी, १९७७
४४. वर्मा, एस.पी, आधुनिक राजनीतिक सिद्धांत, विकास पब्लिशिंग हाउस प्रा.लि. गाजियाबाद (उ.प्र.), १९८०

४५. भट्टाचार्य, प्रभात कुमार, गांधी दर्शन कॉलेज, बुक डिपो, त्रिपोनिया बाजार, जयपुर १९७२-७३
४६. अनविन, जे. डब्ल्यू., सेक्स एंड कल्चर, लंदन, १९३४
४७. सेठी, जे.डी., महात्मा गांधी की प्रासंगिकता
४८. विलेंसकी, आर.एच., जॉन रस्किन, लंदन, १९३७

पत्र-पत्रिका, जरनल्स, अनुच्छेद, लेख, पत्र एवं समाचार-पत्र

१. गांधी, मो. क., यंग इंडिया (सेक्संस) १ (१९१९-२२), २ (१९२४-२६), ३ (१९२७-२८), मद्रास, १९२२, १९२७, १९३१
२. हरिजन, १९३३-४२
३. हरिजन सेवा, अहमदाबाद, १९३३-५०
४. हिंदी नवजीवन, अहमदाबाद, १९१९
५. गांधी मार्ग, जरनल्स ऑफ पीस फाउंडेशन, नई दिल्ली, भाग १८, नं. १, जनवरी, १९७४
६. गांधी मार्ग। जरनलस ऑफ गांधीजी ए फाउंडेशन, नई दिल्ली, भाग १९, नं. १, जुलाई, १९७५
७. दि हिंदू, २३ अक्तूबर, १९४१
८. हिंदू मद्रास, १ जून, १९५९
९. जनता, पटना, ३१ दिसंबर, १९७८
१०. नारायण जयप्रकाश, रिलेवेंस ऑफ गांधी टू ऑवर टाईम्स, एवार्ड, न्यूज लेटर्स, २ : १ और २, जनवरी-अप्रैल, १९७०
११. धर, सोमनाथ, रिलेवेंस ऑफ महात्मा गांधी, टूडे इंडिया ऐंड फॉरेन रिव्यू, भाग २१, नं. २३, ३० सितंबर, १९८४
१२. चटर्जी पार्थो : गांधी प्लीज स्टैंड अप, इलस्ट्रेडेड विकली
१३. धर, धरनी धर, रिलेवेंस ऑफ गांधी नेहरू एपरोच, मेनस्ट्रीम
१४. शुक्ल राजऋषि, सर्वोदय आर्श और व्यवहार, उत्तर प्रदेश पंचायती राज, पृ. ८०, २ अक्तूबर, १९५५
१५. राममूर्ति, आचार्य, गाँव की बात, भूदान यज्ञ क पाक्षिक पत्र, २० जनवरी, १९६७
१६. भावे विनोबा : गांधीजी : एक सत्य प्रधान मानव, भूदान यज्ञ, २१ अक्तूबर, १९६६
१७. भावे विनोबा : स्वतंत्र भारत में भी पुरानी शिक्षा पद्धति जारी, भूदान यज्ञ, २० अगस्त, १९६५

१८. भावे विनोबा : ग्रामदान के बिना न हिंदोस्तान टिकेगा, न जन शक्ति पैदा होगी, भूदान या, २ जुलाई, १९६५
१९. भावे, विनोबा, एक होइए—बस इसी का नाम है ग्रामदान, भूदान यज्ञ, १३ अगस्त, १९६३
२०. ज्ञानचंद, भूदान एंड ए सोशल रिवोल्यूएशन, गांधी मार्ग, ४५, जनवरी, १९५८
२१. पाटिल, आर.के. : सोशल रिवोल्यूशन थ्रू भूदान, गांधी मार्ग, जनवरी, १९५८
२२. देशपांडेय अच्युत : ग्रामदान : स्नेहेन जीवनम्, भूदान यज्ञ, १९ मई, १९६५
२३. नारायण, जयप्रकाश : ग्रामदान में गांधीजी के ट्रस्टीशिप विचार का प्रयोग, भूदान यज्ञ, जनवरी, १९६७
२४. पाटिल, रा.कृ., भूमि समस्या का अहिंसक समाधान, भूदान यज्ञ, २५ अगस्त, १९६७
२५. बहुगुणा, कमलेश्वर प्रसाद, सर्वोदय आंदोलन : एक समीक्षा, भूदान यज्ञ, २७ अगस्त, १९६५

पत्र एवं वक्तव्य

२६. गांधी, मो.के. : सत्याग्रह आश्रम साबरमती से जवाहरलाल के नाम पत्र, ४ जनवरी, १९२८
२७. साबरमती से जवाहरलाल के नाम पत्र, १७ जनवरी, १९२८
२८. पर्णकुटी, पूना से जवाहरलाल के नामपत्र, १४ सितंबर, १९३३
२९. सेवागाँव, वर्धा से जवाहरलाल के नाम पत्र, ८ जुलाई, १९३६
३०. मंत्रिमंडल मिशन और वायसराय का वक्तव्य, नई दिल्ली, १६ मई, १९४६
३१. मंत्रिमंडल मिशन और वायसराय का वक्तव्य, १६ जून, १९४६

न्यूज पेपर्स

३२. हिंदुस्तान, नई दिल्ली, १, फरवरी, १९४८
३३. हिंदुस्तान, नई दिल्ली, २, नवंबर, १९८६
३४. हिंदुस्तान, पटना, ३०, जनवरी, १९८७
३५. दि हिंदुस्तान टाइम्स, नई दिल्ली, १८, मार्च, १९७५
३६. दि हिंदुस्तान टाइम्स, नई दिल्ली, २२, अक्तूबर, १९७७
३७. इकोनॉमिक टाइम्स, बंबई, ९ मई, १९८५
३८. दि इंडियन नेशन, पटना, ३० नवंबर, १९८४
३९. दि टाइम्स ऑफ इंडिया, नई दिल्ली, संडे मैगजीन, ३० सितंबर, १९८४

□□□